新青年非虚构写作 01

应知故乡事

返乡者眼中的中国乡村图景

黄 灯 张慧瑜 黄志友 主编

上海大学出版社

图书在版编目(CIP)数据

应知故乡事：返乡者眼中的中国乡村图景/黄灯，张慧瑜，黄志友主编. —上海：上海大学出版社，2020.12（2023.9重印）
 ISBN 978-7-5671-3974-9

Ⅰ.①应… Ⅱ.①黄… ②张… ③黄… Ⅲ.①散文集－中国－当代 Ⅳ.①I267

中国版本图书馆CIP数据核字(2020)第205621号

责任编辑　陈　强
助理编辑　夏　安
封面设计　缪炎栩
技术编辑　金　鑫　钱宇坤

应知故乡事
——返乡者眼中的中国乡村图景

黄　灯　张慧瑜　黄志友　主编

上海大学出版社出版发行
（上海市上大路99号　邮政编码200444）
（http://www.shupress.cn　发行热线 021-66135112）
出版人　戴骏豪

*

南京展望文化发展有限公司排版
江苏凤凰数码印务有限公司印刷　各地新华书店经销
开本 890mm×1240mm　1/32　印张 13.25　字数 282千
2020年12月第1版　2023年9月第3次印刷
ISBN 978-7-5671-3974-9/I・606　定价　48.00元

版权所有　侵权必究
如发现本书有印装质量问题请与印刷厂质量科联系
联系电话：025-57718474

目 录

序一　书写就是力量　　　　　　　　　　　　黄　灯　001
序二　作为公共写作的非虚构文学　　　　　　张慧瑜　001

村居现状忧思录　　　　　　　　　　　　　　陈年喜　001
寻觅眷恋：一次返乡引发的牧区重思　　　　　阿希塔　010
异国部落归来，"乡土重症记者"终返滚烫的脸庞村庄　刘　楠　019
一个农村老人的死亡　　　　　　　　　　　　张学婷　036
春节返乡笔记　　　　　　　　　　　　　　　李　若　047
陇中小村庄的病与痛　　　　　　　　　　　　陈子陌　060
我的回家之旅，我的年（外二章）　　　　　　蔡　诚　070
回乡散记　　　　　　　　　　　　　　　　　郭福来　088
小公园：迷宫或废墟　　　　　　　　　　　　曾雯湘　096
长治久安　　　　　　　　　　　　　　　　　崔智皓　103
行将消失的民间职业戏班　　　　　　　　　　刘志红　113

每个人都需要老有所依	蒋建梅	138
戈壁递给我的三杯茶	李 娜	158
团结与裂化：我的猪年黔鄂双村散记	姚华松	167
2019沙井村春节期间见闻	史庆芬	174
我们	杨晓霞	187
大礼堂	黄亚洲	201
故乡·童年·四季	曹 瑾	218
我的故乡，没了	李广旭	226
回眸家乡	马大勇	242
咱老百姓今儿真高兴	王成秀	247
鸭子的故事	金红阳	258
路	苑 伟	263
回乡书	陈燕萍	277
外公的家	小 海	298

冬季出发的匠人	安　庆	309
故乡的水文变迁	万华山	316
我姥娘	信世杰	328
"石头"的漫漫乡建路	李文英　李　勇	336
68岁老人的人生过往与手机世界	甘庆超	360
回乡见闻之刘大哥的故事	陈一伊	368
我的四叔四婶的独塘凹	日涉园	377
父亲的春节流浪日记	九　月	389

附　录

"故乡纪事·爱故乡非虚构写作大赛"(2019年度)征稿启事	397
"故乡纪事·爱故乡非虚构写作大赛"(2019年度)获奖名单	401

序 一

书写就是力量

黄 灯

2017年4月,在"爱故乡"志愿者的推动下,"文学与文化专业小组"在北京小毛驴市民农园的一个工坊里成立。按北京爱故乡文化发展中心总干事黄志友的说法,"爱故乡"活动推进五年后,要进一步拓展,急需文学、文化、教育、艺术、建筑、医学等专业小组的科学介入。我们所成立的"文学与文化专业小组",是"爱故乡"众多专业小组中的一个,主要通过文学写作和文化研究,记录乡土变迁,助力乡村建设的具体实践,共同推进乡村文化建设,凝聚和抚慰民心。

"文学与文化专业小组"成立后,在爱故乡平台的支持下,志愿者成员做了一些具体的工作。2017年8月,在湖南汨罗八景举办了"乡土书写工作坊",来自全国各地的学者、基层写作者、政府官员,以文学的名义,在山沟里待了几天,高密度地讨论了很多问题,韩少功、祝东力、昌切、李明华老师从不同层面做了主题演讲,工作坊坚定了推进基层写作的信心。同年,在马永红、王昱娟的推动下,陕西洛南、禹平、蓝田、旬阳等地的爱故乡文学小组获得了空前发展,充分凸显了乡村书写的活力，涌现了一批热情而富于创造力的基层写作者，让人备受鼓舞。经过两年的实践，为了调动大家的写作热情，2019年1月，"爱故乡文学与文化专业小组"联合西南大学中国乡村建设学院、新青年非虚构写作集市、崖边Mook联合举办了首届"故乡纪事·爱故乡非虚构写作大赛"，活动获得了各地写作者的鼎力支持，评委会共收到293篇作品，总字数超过100万字。经过严格公正的评选，最终评出35位获奖者，包括大学生、博士、高校老师、媒体人、基层工作者等。此次结集，即为大赛的成果。

大家知道，从2015年开始，"返乡书写"通过新媒体的传播，借助非虚构的写作形式，已成为重要的文化现象。在这一写作热潮中，影响最大的作品多为高校人文学者所作，他们立足长期的社会观察，富于深长忧思所致的穿透力，以反思城市化进程中的乡村命运为核心，直抵时代痛点，引起了社会的普遍关注。

不能忽视的是，"返乡书写"的局限也非常明显，最突出的就是写作者因为纯粹的学院知识分子身份，他们倚仗获得的现代知识谱系，不由自主地对"故乡"进行了居高临下的观照，在精神和生活方式上，和故乡的人、事拉开了相当的距离，导致故乡表达落入了"问题化""本质化"的窠臼。如何获得更多视角的故乡表达，如何修复写作者和故乡之间深刻的情感关联，修复两者之间的韧性和从容，成为"返乡书写"获得突破的关键。此次征文大赛，正是为了弥补这一缺陷所进行的有限尝试，大赛倡导各行各业的朋友和在本乡本土建设家乡的实践者，"放下批判或赞美故乡的外在视角，需要深入故乡的人情世事之中来体认和观察，尤其是需要放下既有的成见、偏见，侧耳倾听他人的言说故事",给予故乡一份恰如其分的忠实记录。现在,大赛的获奖稿件已呈现在读者眼前,这沉甸甸的收获,确实对"返乡书写"进行了有益补充。

从本书收录的作品看,作者身份各异、地域不同,主要从宏观层面的整体思考和微观层面的个体命运两方面,表达了吾土吾民几十年急速变动中的变迁之巨、时代之痛。

先看宏观层面的整体思考。在记录者笔下,中国的城乡不是一派田园牧歌式的安宁,而是处在变动不居的动荡中。万华山的《故乡的水文变迁》,非常生动地描述了三十多年来,一个豫南村落在时代洪流里所经历的变迁:流经故乡的小河变得凶暴,河水被村民污染,村民由此生病;环绕梨花岛的一湾清水枯竭,梨树被砍伐殆尽,舞狮风俗也随着年轻人的外出打工而消失;丰饶的大野堰在故乡人开荒垦地的热情中被荡平;水井荒废,稻田抛荒,曾经在稻田里生息繁衍的小动物,因化肥农药的广泛使用不见了踪迹。万华山的文章极富代表性,这些讲述故乡风物、习俗、民情、建筑变迁的作品,倾诉了作者对故乡的缅怀和不尽乡愁,流露出对单纯时代消逝的无尽怅惘。尽管时代的发展,终结了一些美好事物,让记录者遗憾不已,但他们并没有像患上"怀乡病"的文人,产生对时代发展的抵抗和拒绝。李广旭在《我的故乡,没了》中,既写出了故乡矿山村因资源枯竭、产业转型而带来的消亡,也真实记录了矿山村的数代"工人们",在历经阵痛后生活的转机。曾雯湘在《小公园:迷宫或废墟》中,展现了规模远超广州"上下九"、厦门鼓浪屿的中国骑楼群——汕头小公园,在时代发展的滚滚潮流中的没落和伤感,但并没有将发展当原罪,而是在温存地怀念这承载了汕头丰厚历史的建筑遗存后,感叹"旧的不去新的不来,日子总要朝前看……老古董也不一定有用,昔日的骑楼建筑群其实已不适应当今的大型商业模式……"。阿希塔在《寻觅眷恋:一次返乡引发的牧区重思》中,一方面揭示了牧区荒漠化、开发区上马导致的偷排乱放,另一方面,也展示了整体移民给牧区生活带来的生态向好、生活质量提高的真相。

显然,这些年轻作者的"返乡报告",看似弥散了对立的书写,但并不意味着写作者内心的纠结,反而呈现了他们对时代变迁更为开放的态度,面对一路向前的发展和由此带来的问题,他们不是急于分辨原因,而是更多呈现真相,保持了一种混沌、不明朗的原生态,体现了对"既成事实"和历史的尊重。

再看微观层面的个体命运。在本书中,诸多写作者通过丰富的个体,呈现了时代变迁中,故乡小人物不同的生命状态和生活态度。在城市化浪潮之下,大部分乡村变得衰落,随着乡村沦陷的,是日益空巢化、无人赡养的留守老人,或者因生活贫困难以成家的光棍等各类人群。《一个农村老人的死亡》《每个人都需要老有所依》《我的四叔四婶的独塘凹》等作品,都撕开了农村老人晚景凄凉的一幕,凸显了养老艰难的严峻现实。《村居现状忧思录》《陇中小村庄的病与痛》等文本,则把无力应对时代变迁、无力背负沉重家累,以致对生活失去信心的农民的处境写得入木三分。《长治久安》《我的故乡,没了》等则把目光投向重工业发展下的阵痛,让读者看到随着工业时代辉煌的逝去,那些工人们惨淡的生活处境。可贵的是,写作者不仅仅讲述变革带来的伤痛,他们对故乡小人物的叙述,固然有贫困的悲哀,但同样不缺健康的欢笑,不缺悲辛中透发出的力量和信心。杨晓霞的《我们》,聚焦于两代人的兄弟姐妹的打拼和奔波,他们"或背井离乡,或囿于故土,也都是很努力地活着,与其改变环境,不如让自己去适应环境,因为摆在他们面前的选择,的确是少之又少,只有牢牢抓住每一次转身的机会"。苑伟的《路》,写进城打工的年轻人,木工做不下去,就去替人装修;装修工做不下去,就进厂打工;工厂倒了,明天醒了接着找活干。对这些出生农村、读书无门、没有文化和技术的年轻人而言,时代并没有给他们太多的机会,更谈不上多么光明的未来,但他们中的大多数,并不抱怨现实可能隐含的不公,更没有放弃自己,而是在逼仄的缝隙中,努力地去应对,为自己争取更好的生活条件,以开凿更大的生命空间。恰如陈一伊《回乡见闻之刘大哥的故事》所言,"一切都是未知,可是仍要走下去",这种对生活的接纳、虔诚,对自我生命的担当,亮出了一种值得肯定的人生态度,闪现着隐匿于底层人民之中的素朴和坚韧。

值得一提的是,故乡小人物并不只是被动地接纳时代的变动,在某种程度下,他们会接受时代带来的变化,主动学习、促进自我成长,自主介入时代并参与公共事务和公共生活。甘庆超《68岁老男人的人生过往与手机世界》中,那个"敢于尝鲜、敢于挑战"的张大爷,不仅买了村里的第一台收音机,还很早就买了电视,到老还玩智能手机;九月《父亲的春节流浪日记》里,那个不安分的父亲,一辈子折腾,摆菜摊、做生意、玩股票、卖保险,最后还是回到摆菜摊的老路。刘楠通过《异国部落归来"乡土重症记者"终返滚烫的脸庞村庄》,向我们报告了村里的卡车司机王晓伟,不仅自家致富,还组织卡车协会,成为

"卡车协会分会长",义务帮司机们追回工钱,救助有困难的司机。村里的塔吊工人"小匪",利用微信群寻找工作机会,也使之成为帮助弱势群体发声、争取权益的新渠道。李占永校长在乡村教育严重萎缩的艰苦条件下,仍苦苦支撑着乡村的教学点,他和刘志红《行将消失的民间职业戏班》里创办采茶剧团的白老爷子,赵会喜《西海固的悲悯》中,窘迫中仍坚守信仰、坚持文学梦想的周志礼、马文波,李文英、李勇《石头的漫漫乡建路》中,二十多年来一直从事乡村文化建设、发起乡建公益活动的杨斌青一样,努力地赓续着故乡的汩汩文脉,让故土的文化与精神血脉薪火相传。

由此可见,此次征文大赛的参与者,由于大多身处基层,他们在生活方式、思想意识上并没有与故乡事、故乡人拉开距离,他们体察、倾听和记录故乡时,更多是以"只缘身在此山中"的方式,没有对故乡进行"鸟瞰"式的宏观观照,因而他们记录的故乡,就和"返乡书写"显示出很大的不同:时代和人事的变迁,不再被"问题化",而显示出历史本身不可定义的苍茫;故乡那广大的人民,虽然被时代被动裹挟,但依然保有不怨天尤人的坦然、自我生长的生机和参与公共事务的热情,他们身上的主动建构精神,正是撑起国家发展、推动社会变革的基始性力量。

书写就是力量。确实,对孕育了整个中华文明的乡村而言,在当下的语境中重提乡土书写,意味着在现有的文明格局和现实困境中,重新追溯我们突围的根本。乡村,不应仅仅作为问题的存在出现于大众和传媒的视野,也应作为我们解决现实困境的精神滋养地,成为我们惊慌失措的精神的安放处和建构审美生活的落地处;乡村经验,不应仅仅成为人们回望故乡或远离故乡的情感发酵地,更应成为我们在爱故乡的实际行动中,建构新的生活方式的具体参照;乡村书写,不应仅仅作为部分掌握了话语资源的书写者抒发乡愁情绪的通道,更应成为我们认识国情、建构新的精神资源的可靠路径。这本书中所收录文章的作者,用拙朴、真诚的语言,对此进行了精彩的回应。

最后,利用这次机会,深深感谢社会各界对"爱故乡文学与文化专业小组"的支持。在整个小组的运作过程中,我深深意识到了政府、高校、社会机构、基层民众、志愿者团队之间拥有很大的合作空间,意识到一件事情的做成,需要多方出力。就这次征文比赛,深深感谢深圳职业技术学院的支持,在2019年9月中秋之际,举行了令人难忘的颁奖典礼,使得全国各地的作者拥有机会当面交流;深深感谢上海大学出版社的支持,使得本书的出版变为现实;深深感谢澎湃·镜相的持续关注,使得众多普通写作者通过网络的传播,有更多机会发声。

2020年4月22日

序 二

作为公共写作的非虚构文学

张慧瑜

这几年,非虚构写作比较火,借助移动互联网的自媒体平台,很多"素人"写出了一些爆款文章。一个时代有一个时代的文学形式,面对这个多元、复杂的社会,非虚构文学成为这个时代最接底气、最丰富的表达手段。在我看来,没有什么人不能从事非虚构写作,也没有什么主题不能成为非虚构写作的对象。

非虚构这个概念来自美国,与20世纪60年代美国兴起的新新闻主义有关,借鉴文学的手法来深度描写新闻事件,或者把不是新闻的新闻变成社会话题。其实,这与19世纪末期欧洲共产主义运动中孕育的报告文学有相似之处,都是试图借文学叙事来反思现代社会。非虚构写作既扩充了文学表达的疆界,又探究了新闻事件背后的社会根源,是一种把文学、新闻与社会议题结合起来的文体,也充分印证了文字媒介、文学语言的社会功能。

不仅如此,在20世纪中国的社会运动中,文学、写作始终与大众动员、群众运动有着密切关系。1936年全面抗战前夕,上海出版家邹韬奋和著名作家茅盾联合发起"中国的一日"的征文,各个社会阶层、不同地域的中国人记录下"1936年5月21日"这一天发生的故事,给历史留下了时代的剪影。同样是1936年,刚刚完成"两万五千里"长征的红军战士,也用写作、回忆录的方式,写下了"红军长征记",后来一部分书稿被埃德加·斯诺拿走,成为轰动世界的《红星照耀中国》中关于长征历史的素材。从这个角度来看,带有纪实、回忆、亲历、口述等元素的作品都可以看成是非虚构式的。

非虚构作家可以粗略地分为专业作者和业余作者,前者有作家、记者、社会学家、人类学家等掌握特定专业素养的人,结合自己的专业知识用非虚构来讲述他者、他域的故事,认识和理解现代社会、都市文明之外的或处于边缘状态的社群;后者则包括所有能读书识字的人,借助非虚构来讲述自己的经验、身边的故事,从无法发声的"沉默的大多数"变成可以用文字等理性语言来表达自我的主体。非虚构写作再次让"写作"成为一种公共交流的媒介,因为写作不只是能够运用抽象语言把握生活与世界的能力,而且携带着写作者的情感、历史和社会态度,因此,非虚构文学既是一种以专业知识分子为核心的精英写作,也是一种普通人能够参与的公共写作和大众写作。从阅读的角度看,非虚构写作的"亲民性"还在于这是一种让普通读者也能"喜闻乐见"的文体。

非虚构写作的意义有四点:一是包容性,写什么题材都可以。大到重大历史事件,如最经典的报告文学是美国记者约翰·里德写的《震撼世界的十天》,讲述的是"十月革命"的历史,小到可以是个人的所思所感,日记、家书、游记等。近些年,物质史、文化史流行,农作物、日常用品都具有了文化"考古学"的历史价值,这些都为非虚构打开了新的写作空间。二是开放性,什么人都可以写。名人、伟人的传记、回忆录经常是畅销书,恰如美国最不缺乏的是各种名人的传记,这成为塑造合格的、理想的美国公民的"典范"人生。更重要的是,非虚构打开了普通人用文字、写作讲述自己的生活和经验的可能性,尽管在社会机制上依然有各种限制,但非虚构文学的属性使得"业余"作者在社会经验、人生阅历上有更大优势。三是公共性,非虚构写作以文学为媒介来回应社会议题,其魅力在于用个人视角、亲历者、见证者的身份来讲述故事,即便再个人化、私人化的叙事,因为其"真实"的底色,也携带着社会的印痕,具有公共价值。四是自由性,非虚构文学的写法没有固定程式,非常自由,可以是口语化的自述,也可以是结构严谨的调查报告,还可以是科学化的观察手记、田野笔记,或者是文学化、抒情化的人文地理。正是这些特征,使得非虚构写作已经超出文学、新闻的界限,成为一种题材多样、主题广泛的文化形态。如果把影像也看作广义的书写行为,纪录电影、短视频等也是一种影像非虚构。

非虚构书写经常呈现两种风格:一种是追求客观化的、白描式的写作,尽量搁置书写者的个人因素,展示书写对象的某种原生态和"真实"状态;另一种是带有个人情感的、内心体验的观察,往往讲述有深刻体会或深有感触的经历。不管是哪种风格,非虚构的特色,就像纪录片一样,是充分暴露"摄影机"或者说不回避书写者的"在场"状态。这就涉及到非虚构写作的伦理问题,也是非虚构写作的张力和优势所在。好的非虚构作品不会假装"客观"、"真实",而是把"自我"放置到书写对象的世界和生活中,就像具有自我反思意识的人类学家一样,用参与式观察或民族志的方式来与他者交流。从理论的角度看,非虚构写作是一种双主体写作,书写者自身有自己的主体性、自我意识和社会价值判断,而被书写对象也是另一种主体,无法完全受书写者的"掌控"。自我与他者是两种不同的文明形态、空间区隔和价值观,正如返乡者回到故乡也面临自我与他者的遭遇和对话过程。这种自我与他者的关系是一种辩证关系,首先,书写者需要放下自我的价值观,倾听他者的声音,站在他者的位置上思考和观察;其次,他者的价值与自我的视野形成对话或冲突状态,这是包容和理解的开始;最后,借他者的目光,自我产生反思和质疑。从朝向他者,到回归自我,这是一种主体的辩证和自省过程。

这次写作比赛,有两个关键词:一是非虚构,二是爱故乡。前面说了一些对非虚构的看法,对于爱故乡,这不仅是非虚构写作的热门题材,如前些年引发讨论的"返乡体"书写,而且故乡书写与现代文学、现代中国有着密切关系。五四新文化运动以来形成了三种故乡的传统:第一种是鲁迅式的人文知识分子视野下的故乡,离开故乡又重新返乡,这成为现代中国人的基本情感体验,故乡被他者化、异乡化,这是一个再也回不去的故乡,一个需要批判和打碎的"铁屋子";第二种是费孝通式的社会学家、人类学家视野下的故乡,中国变成社会化的"乡土中国",有着自身的经济、社会和伦理秩序,面临现代化、城市化的冲击和转型的焦虑;第三种是实践者返回故乡、扎根故乡和改造故乡,这包括从事乡村建设、乡村改良的民国乡建派和进行土地革命、"农村包围城市"的武装斗争的革命者两种实践方式。

可以说，故乡、农村是理解20世纪现代中国的关键，也形成了两种故乡叙事：一种是现代人的、个体化的故乡，这种故乡有两幅面孔，邪恶的、吃人的故乡和浪漫的、诗意的故乡；另一种是作为国家、民族象征的故乡，书写乡村就是讲述中国的故事，如赵树理、柳青、路遥的乡土文学就属于这个大的传统，乡村革命、乡村建设是中国革命"不言自明"的隐喻。20世纪80年代以来，乡村、故乡书写再次从国家的、民族的象征变成个体化的故乡。

北京爱故乡文化发展中心成立于2016年，是弘扬故乡文化、关注乡村建设的公益组织，依托北京小毛驴市民农园开展爱故乡活动，其组织者是21世纪在新的历史条件下重新关注"三农"问题的乡村建设者。与历史中的乡村状态不同的是，改革开放以来中国经历了新一轮剧烈的现代化、城市化转型，乡村成为被抛弃的地方，到90年代后期出现了严重的"三农"危机，在这种背景下，如何恢复乡村的活力以及如何实现乡村的现代化就成为新时代的乡村建设者们思考和回应的问题，我和黄灯、孟登迎、鲁太光等朋友经常跟着黄志友、潘家恩等一线乡村建设者参加一些爱故乡活动，对爱故乡和乡村建设有一些直接的经验体会，特别是对于我这种在学院中从事知识生产的人文学者来说有很大的启示和触动。正是在这种背景下，我们又联合刘忱、郭春林、阎海军、范雨素、沙垚、王磊光等师友一起发起这次"故乡纪事·爱故乡非虚构写作大赛"，尝试用非虚构的方式来推广爱故乡文化。

由于是第一次办这种民间比赛，在没有资金支持的情况下，评委们都是义务劳动，大家共同商讨征文启事和评奖办法，从2018年底发布,到2019年4月共收集到293篇作品,最终评选出了35篇获奖作品。这次获奖者的身份非常多元,有大学生、博士生、高校教师,也有普通的劳动者,还有基层工作者,地域分布也很广,来自北京、上海、广州、浙江、江苏、重庆、河北、河南、福建、云南、湖北、湖南、贵州、吉林、山西、山东、内蒙、海南、新疆等20余个省市,充分说明这次大赛具有广泛的群众基础,是21世纪移动互联网时代的群众写作运动。从这些获奖作品中可以看出这样几种故乡叙事:第一种是写故乡的文化和风俗,如万华山、史庆芬、金红阳写的故乡的节庆风俗,刘志红写的民间职业戏班和安庆笔下的走街串巷的匠人等,都是一种特殊的乡村文化;第二种是返乡者在故乡遇到人与事,从陈年喜、李若、小海等作品可以看出故乡的凋敝和无奈,这是两种比较常见的故乡叙事;第三种是故乡的历史和记忆,如黄亚洲的《大礼堂》写的是乡村电影院的故事,李广旭写的是对父辈的三线工厂的记忆,信世杰写的是乡村赤脚医生;第四种是精神故乡,故乡不是自己的家乡,而是一种信仰之地,如赵会喜写的是张承志的文学故乡西海固以及李娜写的充满诗意的戈壁文化;第五种是"第二故乡",故乡不在远方,故乡就在脚下,我们工作和生活的城市是"第二故乡",如曾雯湘写的《小公园:迷宫或废墟》;第六种是社会化的故乡,写的是故乡的新貌和改造,如姚华松写到村庄里新修建的体育广场对乡村文化的积极作用,还有山西武乡县的乡建人物杨斌青的故事。

这次征文活动遇到两个"意外":一是黄灯老师借调任深圳职业技术学院之际,在深职院举办了有点"奢侈"的颁奖典礼和讨论会,与一般的研讨会不同,这次会议邀请了全国各地的获奖嘉宾到深圳开会,很多是从事普通工作的一线劳动者、在读大学生和退休老人,这正好体现了非虚构写作的包容、自由和平等的精神,也体现了非虚构写作是一种不受职业、年龄、地域、学历等外在条件限制的写作方式;二是上海大学出版社陈强老师的热情邀约,使得这批获奖作品可以出版,给这次活动画上了圆满的句号。另外,这些文章有一些已经在杂志、公号上先期发表,尤其是澎湃·镜相编辑刘成硕老师在"新青年非虚构写作集市"上陆续推出了获奖作品,还有北京大学新闻与传播学院的硕士生周敏、李东宝帮助整理稿件和统计分数,在此一并致谢。还需要说明的是,有几篇文章因为篇幅等原因没有收入,我从投稿中又选出了几篇不错的文章加入其中。

期待,写作能成为人们记录时代和书写脚下的土地的媒介,把更多不同的经验和感受写下来,变成一种公共表达和时代记忆。

2020 年 8 月

写于北京百望山

村居现状忧思录

陈年喜[*]

一

我老家所在的峡河村是一个不足两千人的村子,但面积却不容小看,从峡河最顶头陕豫分界的西界岭头沿溪往下走,到最末尾的汪坪河口组,如果选择步行,需要差不多一天时间,它曲曲折折坑坑洼洼的长度有三十五公里,而宽度,处处不等,窄的地方,南山到北山,随便喊一嗓子,对方能听出你是谁。如果用一只百足虫来形容峡河村的形貌格局,那就最直观恰当不过了,那腿足的部分是沟沟壑壑的岔子,深浅宽窄不同,都一律归附主脊部分的峡河统领。峡河虽然越来越干涸了,冬季时,有时仅仅只剩遍地乱石芦苇的河床,成为一个让人联想的名词,但到了雨季,还有着不小的气派,浑苍的洪水浩浩汤汤,入武关,归丹江,最后泯然于长江的千里

---

[*] 陈年喜,70年代出生,陕西丹凤人。从1999年起从事矿山爆破工作,2015年颈椎手术后离开矿山,现在贵州省一家旅游企业做文案策划工作。90年代开始写诗,有诗作数百首散见《诗刊》《诗选刊》《星星诗刊》《草堂》《扬子江诗刊》《天涯》等多家报刊,出版有诗集《炸裂志》,也有散文、小说、评论等发表。获2016年中国工人诗歌桂冠奖。

沉沙与波涛。

火柴盒子似的村居就散散落落分布在岔子口,有十户一片的,有三五户的,更多的是独户而居,不是他们嫌吵,图清静,或都私狭,实在是可做宅基的地方有限,更因为可供方便耕种的土地太少,总不能扛着家什跑十里八里路去种庄稼吧。

现在的峡河村委会设在不上不下的大坪组,这是一片相对开阔些的河流冲击留下的小三角洲,所谓的经济文化和信息人口中心。如果开个什么会,那些住在两头尾的媳妇老人们要走小半天,虽然一条公跑贯始终,但没有公交车,摩托车虽然普及率很高,但他们多数不会骑,只有到了每年的春节时,读书的孩子和打工的男人回来才把车子发动一阵子。好在现在会也少了,有个什么事,村委主管某方面的领导在群里发一条通知,大家都知道了,该怎么执行就怎么执行,该怎么规避就怎么规避。比如上面明天要来检查扶贫政策的宣传情况,大家连夜背熟答案。

我在外面打工稀稀疏疏有二十年时间了,按老家人的看法,算是外面的人了,但每年总要回来几次,住一阵子,一些时间是因为外面活路不景气,挣不到钱,干不下去,一些时间是因为身体的因素,病了,或者顶不住压力了。最主要的还是在于,在外面的世界,并无一片真正属于自己的容身地。所以对于家乡纷纷扰扰的物与事,生死与离合的悲喜情怨,依然如亲历,了然如掌。有时候晚上睡在床上,闭上窗外的喧嚣,禁不住把这片世界,把这片地理上的人事风尘,电影一样从记忆里翻播一遍又一遍。

峡河村,最触动人神经的是村居,就是那些泥墙乌瓦的一栋栋房子。它们散兵游丁一样杵在峡河两岸,杵在我记忆与感官的每一个晨昏,它们见证着一方岁月生活的丰歉,也见证着一个人的忧乐。

20世纪90年代是峡河大变革的黄金时期,我现在居住的三间大瓦房就修建于1994年。那个时段,南下打工潮虽然已波及到乡村世界的山山野野,但对地处两省三县夹角地带的峡河村冲击并不大。山上林木资源丰富,而粗放式产出的木耳、香菇市场价钱出奇的好,湖北、河南的商贩开着车上门收购,土地生产之余的劳动收获远比出门打工丰饶得多。也是那时候,一座座大瓦房在峡河两岸竖起来,它们粉墙明窗,宽畅舒展,而镇街上,还是一排低矮的石头屋脚。

世界仿佛一只魔方,二十多年过去,领跑本地一方经济的峡河村早已风光不再,而象征着滋润生活的大瓦房们,已被四邻八乡的一栋栋高楼挤压得无力喘息。我奇异的是,二十多年了,它们几乎从无改变,仿佛一棵老树,生苔了,停滞了。每次从外面回来,夹路相迎的是它们,破落垂败,让人的目光避无可避。

是这儿的人们不再勤劳?是人们的生活日益不堪吗?是风起云涌的时代声变停步在山门之外吗?不是的。像当下所有我们目力所见的兴盛或败亡的事物一样,这是宏观的、微观的、内部的、外部的,看得见与看不见的,数不清的因素作用的结果。村居的衰败与犹疑,并不是一个简单的个像,而是一个复杂因果的折射体。

二

智忠是我矿山打工岁月里近二十年的伙伴,我们同行去内蒙,上新疆,下广东,山南水北,漠野关塞,很少分开过。三四年不见,年前春节时见到他,差点没认出来。他告诉我,他病了,风湿病。他把双手伸给我看,十指肿胀弯曲,关节严重变形,由于涂了什么药水,有一股冲鼻的气味。

因为孩子那天要回来,我是来向他借摩托车去镇上接孩子的。摩托车在他家的偏房里放着,上面盖着拆开的纸箱子,纸箱上厚厚一层灰土,上面的商品图案已经有些模糊。他说不能骑车了,车子一年多没有动过了。上一回,还是儿子小冬骑的,油箱的油还满着。

我说,小冬二十多了吧?智忠说,过了年,就整三十了。

他帮我推着车子出来,小门有些窄,车子双把手偏躲门框好几次才推出来。下台阶时,房檐上突然掉下一片瓦,砸在摩托车的钢制后货架上,碎成了多片,吓人一跳。

时间还早,搬来了两只木凳,我俩就坐在院子里说闲话。他的女人,在厨房里做午饭,案板上咚咚乱响,是在擀面。他们要我吃了中午饭再上街去。

智忠只有一个孩子,初中读完就出去打工了,打工两年,因为没有技术,工作难找,就又上了技校,上了三年,又开始打工。小冬读技校那几年,是他家最紧张的时间,在矿山,他总是加班,过节也不休息,把十几年的烟瘾都戒了。

我抬头看看刚才落瓦的檐口,大豁小口的,参差不齐,显然不是第一次落瓦了。檐口上的木头,因为雨水长期的作用,已经沤烂了,起粘合作用的黄泥露出来。而旁边另外两家的檐口情况也差不多。

我说,房子该翻盖了。智忠叹口气,说,怎么翻盖?小冬的事始终定不下来,万一将来孩子在外面入了别人的门,或者对象要求在外边买房,翻盖就白白花钱耗力了。家里就这点钱,顾了东顾不了西,将就先住着吧。

仔细想想,也是,在农村,许多家庭面对的都是这种情况。孩子或打工,或读大学,或参军,外不成,里不就,家里的老宅子,翻修也不是,不修也不是,就这样耗着,等着,一年又一年过去了。

有运气不好的,一场病,一场事,积攒多年的钱一下花掉了,房子照旧,希望成灰。而在外打拼的儿女们,更加进退维艰。这样的情况也不在少数。因为烂房或危房,成为贫困户,被政府纳入扶贫对象。这样的情况也不在少数。

说着话,饭熟了,面端上桌,是浆水面。酸菜的浆水上一层碧绿的葱花,色香诱人。

三

这些年,在偏僻的农村世界,要说最大的事,就是移民搬迁的事,政府为此倾注了最大的心力。

先是从最穷的、条件最艰苦的地方搬,不通电、不通路、不通自来水的三不通地界的搬迁,叫生态条件搬迁。这些地方搬得差不多了,就开始把公路沿线那些失修的、居住条件危险的贫困户纳入对象。以眼下的趋势看,随着山区生产生活条件的恶化,扶贫规模的扩大,搬迁的力度将越来越大。

时间和扶贫节点的不同,搬迁优惠照顾的政策也不同。前些年,物价不高,政策是只要你愿意搬迁,迁入地方不限,按人口每人补助八千到一万元，有眼光的搬到了县城、西安，有的搬到了外省。那时候外边的房价不高，县城一千多元一平方米，省城三四千，每人八千元补助，已经算很大的支持力度了。

这几年，县城和镇上建立了统一移民搬迁安置点，统一的房型结构，统一的帮扶政策，被搬迁者只需要象征性地缴一点购买费用。我想，这里面也有保护本地人口的考量。

但被纳入搬迁对象，毕竟是需要条件的，虽然搬迁力度在年年加大，条件在放宽，但什么时候搬迁的机会降临到自己头上，也是没准的事。大家都在观望着，老房子也就慢慢荒芜着。

也有不愿搬迁的，其中的原因更为复杂难言。

2019年2月9日，农历正月初五，下了几天的小雪终于停了下来，峡河上下一片银白，阳光照着，分外刺目。落光了叶子的青冈树顶着一头琼枝玉条，仿佛城市里人造玉树琼花的景观，让人不敢相信眼前的真实。

农村的习惯，只有过了正月初五，人们才会出门办事，破五破五，仿佛只有过了初五，一些事情才会迎刃破解。往日早六点发往县城的城乡小巴车中午十二点才迟迟到来。由于公路背阴的地方积雪很厚，山道多弯，车不敢大胆开，车轮上挂着铁链，显得更加颠簸。

大表哥和我讲了一路，他是去县城装修新房子的，是政府扶贫的搬迁房。镇里催了又催，已经躲避不过去了。

他老家的房子位置有些偏，从房后翻过去，就是河南省卢氏县官坡镇，现在两地也通简易水泥路了，而在十五六年前，我们从灵宝金矿打工回家，常常背着一包脏透的工装和被褥，翻爬茅草丛生的小路。

他说他一直处在矛盾苦恼里。城里有了房子,虽然只有五六十平米,当然是高兴的事,但按照搬迁政策,在被扶贫安置后,家里的老宅是要被拆掉还林的。因为当初是按照生态搬迁政策被纳入的,签了义务协议。

我懂得他的忧虑,虽说有些另类,但这也是一部分被搬迁户的犹疑。家里的房子被拆了,就意味着再无回归的可能,而接下来的生存生活问题将直面无可回避,毕竟在柴方水便的熟而又熟的世界里生活了大半辈子,突然面对的陌生环境,收入问题和柴米油盐生死病痛的压力用什么来承担面对?我听说,在村里一位新媳妇的老家南山,村民们会在上面来检查时,带上粮菜和各类生活用品,到安置点的新房住几天,待检查过了,一股脑儿又回来了。至少,在老家不用每天为水和粮菜花钱。

县城到了。满大街的高楼宽巷挡不住四来的寒风。他一再邀请我去看看他的新房子,看怎么装修又好又省钱,但我没有时间。在商贸街口的小饭馆里,我请他吃了刀削面。

挥挥手,我去办事,他向安置搬迁房方向走去。那地方距离县城还有三公里,他舍不得打车。表哥已近六十了,秃了顶,一口浓重的小地方俚语,要他融入县城生活和人群,显然是有难度的。也唯愿政策执行能缓慢一些,让他在那山林之中把这一生过完,但那又是与发展相悖的,也是不可能的。

四

2016年春天,我那时候还在北京混世界。有一天夜里,来生从老家给我打来电话,要我帮忙向家乡政府土地管理部门的人说说情,把他家的建房用地申请批下来,儿子晓平和对象都二十多了,三媒六证订过了亲,该结婚了。

在农村,孩子结婚是天大的事,再者,我知道,来生只有一个孩子,不可能将来两代人两地分居,那会增加更多的生活成本,养老与养小都成问题。

我打电话问了同学有关新宅基地的审批情况,他说,不是不愿帮忙,农村当下这种新问题新困难很普遍,但国家的城镇化政策你是知道的,虽然没有明确规定偏僻农村地区不再批复宅基地,但这些年从没批复过谁家。就是老房翻盖,我们也是睁只眼闭只眼,原则上是不支持的,盖了,也拿不到新的房产证,属于非法建筑。最后他表示实在抱歉了。

我说好吧,放下了电话,对于来生,我迟迟无法把电话拨通,因为我实在不知道怎么回复他,这位总是带着少年的我们放牛、满山找野果子的兄长。

在我老家,有不少遇到这种情况的人家,在国家宅基地政策开放的时代,他们因为各种原因,没有获得建房机会,一家人挤在一个屋檐下过日子,待有了孩子,孩子一天天长大成人,一家人挤不下了,而建房用地政策又收紧了起来。来生家就属于这种情况。而在面积窄小的老屋基上翻盖,既冒政策险又无实用意义。

没想到的是,订婚多年的晓平和女孩子因为房子问题分手了,女孩嫁到了湖南某个小城,孩子都有了。

春节期间,我见到了晓平,一个英俊的小伙子,个头足有一米八五。在外闯荡多年,他对人很有礼貌,见面叫我叔叔。他去镇上买年货,骑着摩托车,人显得精神又英武。

路上,他的摩托车载着我。他说,准备在河南洛阳买房了,现在没房,女孩子谁也搭不上茬。我想起来,这么些年,他一直在洛阳打工。我问家里的房子怎么办,他说就让它塌了算了,反正又不能再建。

而他的爸爸,去年五月不在了,带着遗憾走了,才五十八岁。

在回贵州前,我去来生的坟上看了看,坟上覆了新土,而新土上一疙瘩一疙瘩的小包隆起着,像起了疱疹。这还不是蚁虫筑巢的时节。传说一辈子没出过麻疹的人,死了也会把麻疹补回来。看眼前的情景,我想起来生年轻时的模样,白白净净的一张脸,大概真没出过麻疹呢。

寻觅眷恋：一次返乡引发的牧区重思

阿希塔*

"家乡对我们的影响，

就像乌鸡的乌，

是乌到了骨子里头。"

——贾平凹

与我熟悉的人都知道，我是一个极热爱家乡的人。

热爱到什么地步，我的手机壳后盖上就打印着牧区老家的照片。我会在同学聚会上动情歌唱："虽然已经不能用，不能用母语来诉说，请接纳我的悲伤，我的欢乐。"（摘自《父亲的草原母亲的河》）

不论走到哪里，我都愿意说，我的根在草原，我的家乡是苍天般的阿拉善。

其实，我也常在思考牧区究竟对我意味着什么？是什么让我对

---

* 阿希塔，内蒙古阿拉善人。1992 年出生于一个牧区教师家庭，幼年生活于嘉尔嘎勒赛汉镇巴兴图嘎查。从 2006 年踏上他乡求学之旅，辗转祖国大江南北。目前任职于内蒙古师范大学新闻传播学院，在中国传媒大学传播研究院获得博士学位。

牧区如此眷恋？是蓝天白云？是童年记忆？是父母亲情？还是其他什么？

回想我的求学之路，也几近是我与家乡分离之时。也就是自从出外，才让我有了家乡的概念。2006年我便到一百多公里外的银川求学，2010年千军万马挤过高考独木桥，之后我辗转祖国南方北方，终于在2017年落在了北京，开始了博士生活。回头算算，就像父亲所说：从2006年开始，你基本上也就是寒暑假回来两个月，其他大多数时间都是我和你妈"空在家"。我想这种"空在家"可能是大多数供养大学生的家庭的普遍状态，而我这一走就是十几年。

能把人直接化了

1月18日，我登上了从北京站始发的回乡列车，一路从地铁里奔进站，乌泱泱的人流和大大小小的包袱箱子，空气里不时有盒饭飘香，人们个个神情期待，让我觉得同样是乘坐轨道列车，比起都市里的地铁，这里才是真正的烟火人间。每次来火车站，尤其是老站，总有一种感觉，这里并非旅客的运输站，而是人间冷暖的集散地，一定有做不完的"田野调查"，听不完的"人间故事"。

我是喜欢与火车上的人聊天的，这次回家也不例外。一上车，我便早早将行李放好，一屁股坐在卧铺最里面，倚着叠好的被褥，静静地等待着同周围铺的乘客攀谈起来。因为是返乡高峰期，乘客们大都操着老家口音，人们对于陌生人的戒备随着"老乡"的身份很快化解了。

"你好,麻烦能换个铺不?我这有个老人,谢谢谢谢!哦,我到乌海,我舅舅下面没儿没女,我领上来北京看病来了,哎单位忙,我就和舅妈先回了。要我说也没事了,医院说非要再住一个星期。我就说让住着再检查检查。"

"噢?我们也是看病来的,你们在哪点住的?多少钱了?哎,北京看个病一天尽排队了。窗口都不给挂号,现在全在网上……"

接话的这个人便是这次火车上与我聊天的主要人物,暂且称呼他为"胖哥"吧。为什么叫胖哥?其一是因为单看面相,大概三十五六岁的模样;其二是因为现在虽然是寒冬腊月,胖哥上车时可能因为赶点儿,胖乎乎的身躯运动过于剧烈,一直喘了足有五分钟的粗气,满脸豆大的汗珠与窗外北方萧瑟的冬季有些格格不入。

"你是哪儿的?"胖哥操着一口不那么普通的晋北方言。

"噢,我阿盟的。"

"我鄂尔多斯东胜的。"

"阿盟我去过,好地方!我那两年在阿盟干了点工程,就在你们那个腾格里开发区。"

简单的几句"摸底",话匣子就此打开了。当然,胖哥看我是学生模样,还讲着普通话,基本是和我聊成长经历和阿盟那边的情况。

"我小时候是在牧区长大的,就在腾格里旁边,那个时候叫嘉尔格勒赛罕镇,现在叫孪井滩,好像又和腾格里合了。"

"噢,你们那地方就是缺水,不过挺好赚钱的,干工程的都是外地人,像我们伊盟(鄂尔多斯)来的可多了。"

虽然我自七岁就搬离了嘉镇牧区,随父母来到了旗里面住(旗与县同级），对于嘉镇的变化其实心里一直有惦念，就像小时候我会在放牧时坐在山梁上幻想，以后要在门前这片荒滩上建起高楼大厦就好了。

的确，嘉镇的发展随着改名为"孪井滩生态移民示范区""腾格里经济技术开发区"而显示出了这片区域的主要发展模式。千禧年前后，是阿拉善沙尘暴肆虐最严重的时期，有几场"黄风"甚至还席卷了几千公里外的北京。《焦点访谈》节目对黄沙漫天的沙尘暴做了专题节目，追溯到的"沙源地"就有阿拉善地区。也就是那个时候，阿拉善当地开始逐渐实行"草原围栏定畜""生态整体移民"等政策。我的老家因为地理位置靠东，在我1998年离开牧区时还基本维持着散养放牧的状态，后来听说队上给各家划分了草场，架起了铁丝栅栏，发放了"禁牧款"，实行了"定牧制"，这一系列措施的落地使得阿拉善生态在近十年有了明显好转。另一方面，大型民间资本力量的注入，如全国最大的非政府环境保护组织如阿拉善SEE生态协会、支付宝"蚂蚁种树"、日本奥伊斯嘉国际组织等也使阿拉善生态有了明显改观。

"你知道腾格里那个事不？"胖哥边嗑着瓜子边和我说。

"知道呢，当时说是挺严重的！"

胖哥所说的其实是2015年暴发的"腾格里沙漠非法排污事件"。巧合的是这件事也是由《焦点访谈》节目暗访才得以曝光：几万吨污水未经处理直接排进沙漠，甚至有企业在沙漠腹地建设"蒸发池"，让污水"自然消失"……该节目一经播出立即引起了巨大轰动，有媒体报道是中央下达了彻查此事的命令，从开发区管委会到旗县、盟市相关领导都一一进行了问责。

"我那会儿就在腾格里开发区那干点绿化上的工程,那会儿我们就奇怪了,有几公里的树死活种不活!水也都按时好好浇的呢,咋回事呢?结果去了一看才知道,树苗子旁边走的是排污管线,他们用污水浇水的呢!"

"这不是变相排污么?"

"恩,是哇!这还算个甚了,这也就几公里的树苗子。《焦点访谈》一曝光,上面下来人查蒸发池的事情,那片地方根本没法靠近!"

"为啥?"

"光味道大的就能把你扑出来!那会儿说让去插个标尺,测一下蒸发池有多深,人们都不愿意去。最后没办法,说是找干蒸发池工程的包工头才去的,结果你猜咋的?标尺下去直接到不了底!腐蚀没了!"

"我的天!这么严重?我是当时听人说了挺严重的,没想到有这么夸张。"

"哎,我估计啊,人跳进去都能把人直接化了!"

上小学的时候,老师经常会让我们做"地球是我们赖以生存的家园"手抄报。2019 年春节期间上映的《流浪地球》讲述了因太空变化导致地球环境不再适宜人类生存,人类决定"协助"地球重新在宇宙中寻找合适轨道的故事。而就目前看,我们人类还远未拥有科幻电影所讲述的能力,地球仍是我们唯一的生存家园。

环境议题对阿拉善来说尤为重要。在阿拉善地区,因地广人稀,矿产资源丰富,地方经济主要依赖一些粗放型能源企业,而农牧民想要提高收入,要么加大种植养殖量,要么干脆放弃农牧生产,进入工矿相关行业去打工。然而,这两条路都存在着破坏环境的隐患。

十几年前,我亲眼见证了牧区的荒漠化,草原日渐消逝,"沙进人退"的苏木(中国的行政区划之一,是内蒙古自治区特有的乡级行政区)不在少数。十几年后,大量牧民转业,开发区加速上马,工厂"偷排乱放"的现象屡禁不止。

地方政府在加快本地区经济发展过程中,一面要保护环境,一面要谋求发展。从既往的发展历史来看,这两方面常常被对立了起来。"先污染,后治理"成为了一条不同地区重蹈覆辙的老路。

这几年,阿拉善政府也逐渐开始转变发展思路,以自然环境和人文环境为卖点,着力加大了当地的旅游事业发展,"阿拉善世界沙漠地质公园""阿拉善英雄会""金色胡杨节"成为国内外重要的旅游品牌,政府意图将阿拉善打造成为"国际旅游目的地"。

火车继续在北方大地上前行着,我望着窗外,快要进入内蒙界了。在一排排笔直的白杨树掠影中,我在想象着我的家乡现在究竟发展成了什么模样。

钱里面有火

这几年,春节返乡手记成为网络红文,作者一方面是诉说自己浓浓的乡情,另一方面也在踌躇中表达回不去那记忆中的故乡。有位教授曾经直接反驳过上海世博会的口号"城市,让生活更美好",她说,应该是"乡村,让城市更美好"。这其中的道理只要稍作思考便可以得出:农村在为城市不断提供新鲜血液,是农村供养着城市。

2019年春节我特意回到牧区,让我对城与乡的关系有了更进一步的认识。

"这个山梁子下去就到了。"

奶奶在车里边比划边说。

由于出来得晚,我们晚上十点才赶到老家。但因为大爹将草场和房子早都一并租给了别人,现在老房子住的是租户,我们只能打算借宿到西北2公里的邻居——"摇头奶奶"家。

"张姨妈和占春来了,你们过来。"

"别了别了,都晚上十点多了,我们自己稍微吃上点,明天再说。"

"哎?那哪行!多少年了才回来一次!又不是天天回来的呢。"

"姨妈,没事!你别忙活了,我们明天再骚扰,今天晚了,先休息吧。"

"摇头奶奶"因为患有帕金森综合征,一说话总会轻微摇头,我便从小称呼梁家奶奶为"摇头奶奶"。我们婉拒了"摇头奶奶"的张罗,吃了点年馍便准备睡觉了。

牧区的晚上是真正意义上的黑夜,外面有点亮光就可以将屋子照得通亮。刚进被窝一会工夫,摇摇晃晃的车灯光从远处照亮了屋子,基本可以确信是朝着"摇头奶奶"家的方向来的。

"哎呀呀!大过年的睡啥觉呢!赶紧起床,你们嫂子已经往你们家走了,做饭去了,我来接你们。"

"过年好过年好!大晚上的,辛苦了,我还说明天再骚扰你们去!"

"这有啥辛苦的呢?走走走!队上的都来了呢,我估计这阵子肉都炖在锅里头了。"

原来是"摇头奶奶"打了电话,老邻居们全体出动了。盛情之下,我们又重新穿上衣服,在 12 点开拔。几束车灯摇晃在漆黑的草原上,朝着老家的方向,一场凌晨开场的年夜饭在和老邻居们的寒暄中即将开始。

各位邻居婶婶们大显神通,半夜现宰了一头羊和一只鸡,三下五除二,凉菜热菜摆满了桌子。男人们称兄道弟,女人们互诉家常,一屋子热闹到了早晨四点。

酒酣之时,我出门去方便。没走几步,才发现这外面可真黑。一回头,豁然发现老房子上的灯在一片漆黑中显得那么火红。这就如同在寒冷中你方知温暖的珍贵。

第三天我们返回旗里,路上的时候,我想起每次离家,奶奶都会叮嘱我同样的话:"钱里面有火呢!罢(别)惹人!好好写字!"

我细想这些话,其实说了三点:不贪财,和为贵,勤治学。奶奶虽然不识字,是个文盲,但就是这样一个老牧民,能将如此的大智慧用朴素的语言表达。要知道,现在有多少人在金钱利益面前迷失了自己,他们有的位高权重,有的富甲一方,却忘记了这些简单的"乡土道理"。

我是喜爱农村的,在阿拉善地区,农村更多指的是牧区。前几年内蒙古开展了一场"十个全覆盖"工程,各嘎查(村)实现了各项公共服务水平的大幅度提升。在我记忆中奶奶总会在院子里洒水,有用土夯的院墙,还有那用"羊粪砖"堆砌的厚实的羊圈,这些都消失不见了。小时候总会望着的那个山脚,因为那里的路通往外面的世界,会有"大车"来("小车"指牲畜驮车),而现在柏油路多了,且四通八达。这时拿起我的手机,看看后壳上的老照片,再抬眼看看眼前的场景,不由得感叹和欣喜这片土地上的变化。虽然我们已经很多年不在这里生活了,但牧区赋予我们的精神上的传承,正是我们这一代仅存牧区生活记忆的人群最宝贵的财富。

汽车在牧区新铺的柏油马路上飞速行驶,我望着马路两旁冬天枯瘪的旱柴,这显然是夏天遗留下来的礼物。我回想着这两天回牧区经历的一切,我好像忽然明白了我对家乡的眷恋究竟来自何方。我想,是牧区的这股精神,这份情感,这盏在漆黑中点燃的"火红"。

回到城市里的第二天,我又前往了姥姥以前住的房子。虽然在城里,这里却变化不大。姥姥家已经搬离十多年了,一切还是老样子。回想这里的一砖一瓦,当时建房子时我还做过"小工",那时身材瘦小,一怀只能搬三四块红砖,而现在一米八十多的身高站在大门前,觉得这房子也不像以前那么高大了。

在我的记忆中,从爷爷奶奶辈的牧区纯牧民,到父亲一辈的城镇半牧民,再到我这一代仅残存牧区孩童记忆的非牧民,三代人恰好勾勒出了牧区今昔的巨大变化。我一直觉得,内蒙古的魂在农牧区,因为城市都大同小异,无非是楼高点,马路宽点;而农牧区不仅仅是物理意义上的广阔天地,农牧区应该有自己的独特发展模式,它亦可以拥有保持自己独特乡土文化的权力。它并不依附于城市,城市反而是农牧区"爱的供养"。农牧区所拥有的"乡土经验"与"乡土实践"将是下一个四十年社会巨大变迁可以依靠的坚实力量。

异国部落归来，"乡土重症记者"终返滚烫的脸庞村庄

刘 楠[*]

2018年农历十一月初六，暮色初降。车子在豫北陈村外公路停住，我开始"笨拙"的返乡之旅。爷爷生前开的琉璃瓦厂旧址，新建了"富豪古建瓦厂"，旁边挂着"就业扶贫基地"的牌子。道路两侧，满堂堂的，烟囱、工厂、雕花灰瓦。通往村里的路口，竟也找了半天。

陈村，我出生的地方，连同没有棱角的村名，一直被我狠狠地漠视。

时光倒退一年，我留学研究北美边缘村庄，混迹在印第安人抗议政府工程的队伍中，穿当地袍服在"拒绝高科技"的美国阿米什部落蹲点。时光再倒退十年，"重症问题村"几乎是我记者生涯的刻度尺，"盲井村""凉山童工村"——我会用五年跟踪"砍手党村"，记录被砍断脚筋的"黑头目"出狱后振兴村庄的历程。

---

[*] 刘楠，中国人民大学新闻学院博士，中国传媒大学传播研究院讲师。前央视记者、媒体主编，探村博士联盟发起人，获第七届范敬宜新闻教育学子奖。已出版《寻找白岩松》《有一种基因叫理想》《新闻撞武侠》等书。

潜意识里,也许是我功利主义的嫌弃。陈村,这个中原默默无闻的小村,干瘪而无新闻点。转折点是2018年,母亲经历一场大病手术后,我开始带她游走阿米什部落等地散心。

途中,她无意中说起:"你知道吗?陈村你出生的西厢房都快要塌了,他们说拆掉吧,我说不中,得留住,给楠楠一个念想。"

2018年底回国,我决定目光如炬地返乡。故乡,是生命永恒的"疤记",滚烫而真实。

卡车晓伟和塔吊小匪的"网络组织"

从瓦厂向南,步行路过干涸多年的水库,征地新修的火车道,十分钟就到四百多口人的陈村。残垣断壁的老房子,很多复垦成耕地,东一块西一块,点缀在房屋间,起起伏伏。

中原大地文化悠久,以陈村为中心,半径十公里之内,就有苏东坡父子的"三苏坟"、宋代官窑神垕古镇、广阔天地知青园等。而在我印象中,陈村的人们,世代在贫瘠的盐碱地上刨食,种点玉米花生豆子,日出而作,日落而息,闷声不响。

多年未亲近,突然懵懂归来,该怎样进入陈村?卡车司机晓伟,是我选择的一号人物,上百人的微信群"美丽家园陈村"的群主。

四十出头的王晓伟,是村里的能人。同样花三十万元,他家的楼房就比别人家气派,欧式装修,地板铮亮。如果不是在地下赌场"输了一个厂、一辆车",他可能不需要现在这样拼。重整旗鼓,他贷款买了五十万元的卡车,从背着氧气瓶的青藏线,开到广州往返跑运输。

晓伟最在乎的,是微信头像上印的身份:"卡车协会分会长"。从广州出发,农历腊月二十五,晓伟把货车开到陈村山脚下的空旷地。第二天一早,他就带领村子附近的卡车司机们,去协会总部河南某县会师,参加春节联谊会。

四五百名从各地赶来的卡友和家属,在红色签名墙上写下名字。音响轰轰,彩灯闪耀,摇臂专业拍摄。现场直播地址打开,各地卡友的点赞评论跃出。

"咱们协会的追讨部,2018年成功地帮卡友们追回二十多万工钱,体现了抱团取暖的精神",卡车协会会长发言致辞,"中国有三千万名卡车司机,互助组织很多,但像我们一样正规注册,有两万多人的协会,非常少有"。

"卡车协会专用酒"摆上桌,现场表演中西合璧、南北融合。东北二人转先热场,然后是高大上的歌曲《中国梦》。参加过湖南卫视大咖秀的模仿者,跳着杰克逊太空舞,烟雾喷出,又变脸模仿起獠牙恶鬼。

一面面锦旗被卡友们送上台,前来主持的河南电视台主持人,略显激动地解说着:"一方有难八方支援,卡车司机朋友们无论是遇到故障、翻车,还有乱收费,协会微信群消息一发,卡友们能帮忙的都赶来,有时送一个零件,就解决了燃眉之急。"

分会长晓伟被颁发了优秀管理奖,水晶奖杯上是竖大拇指的图案,他举着奖杯给我拍照。在激昂的颁奖音乐中,卡车司机们从T字台上场,获颁荣誉证书,有的人还穿着厚绒睡衣。

联谊会最高潮的环节,是一名自称"文化水平不高,只会说感谢"

的司机点燃的。他叫东子，运输途中遭遇车祸，妻子不幸去世，留下年幼的孩子。协会一号召，卡友们给他家捐了四万多元。分会长讲这个故事时，现场鸦雀无声，然后是如雷般的掌声。

"前一段卡车司机小辉辉夫妇去世，上万名卡车司机送行。他们出事的青藏线我也跑，缺氧难受。"同桌的晓伟感慨，"外人很难理解卡车司机的心酸，有的运蔬菜水果，一点不能耽误，连续驾驶。有的运危险化工品，要考专门执照，处处小心。最气人的是欠钱。"

卡友们说，现在的运输信息大多是在网站获得的，有时打个电话就成交，也不签合同。货主登记司机们的身份证、驾驶证，装货运到目的地，卸货后才打款。有的货主借口货品有损坏等理由，克扣运费，甚至不给钱。

易会长解释："卡车司机文化水平大多不高，走法律途径时间拖不起，很多都是一人养一家，月月要还车贷，成立追讨部，就是应广大卡友之需。"

追讨部设置专门的事实核查员，都是志愿帮忙。他们先核实情况，收集证据，再电话去跟货主沟通。遇到老赖，就要用"集体轰炸"的土办法了。

晓伟琢磨："最笨的办法最有用，协会微信群动员司机们都给老板打电话。老板每天接单子，各种信息、电话都不敢错过，一接就是要钱的，生意没法干，他们想着就还钱。"

专门负责追讨事务的余副会长，说现在遇到了新麻烦。道高一尺魔高一丈，被卡友集体骚扰过的老板，现在开始了用智能设备"反攻"。"像协会负责人电话在网上是公开的，有的老板报复我们要钱的,用隐蔽号码发消息打恐吓电话,说什么要把你整得怀疑人生。我们压力很大。"

联谊会最前桌,是协会邀请来指导"非暴力维护权益"的维权专家王金伍。被央视节目多次采访、参加过国家部委座谈会的这位河南老乡,格外受大家尊敬。

网络搜索王金伍,跳出的关键词是:"中国货车维权第一人""公路三乱的克星""十年扳倒 600 多执法人员"。他用带发射和接收装置的偷拍机拍摄执法乱象,饱受争议,也得到了主流媒体的关注。央视《面对面》栏目专访他的节目,名叫《"路"见不平》。

王金伍义务支援卡车司机,却对卡车协会的追讨办法表示担心,"合理,但是不提倡。电话集体讨债,属于法律的灰色地带。还是要签合同,拿好证据走法律渠道"。

晓伟觉得王老师有道理,现实中却有众多无奈。车贷一个月要还一万多元。一人开车,积劳成疾,腰椎间盘出问题,和老赖走法律途径实在拖不起。

最开心的,是卡友们用对讲机或手机微信群聊天。司机们天南海北的,便想办法约在一个地方,晚上喝个小酒,聊路上遇到的新鲜事。比如一些卡车司机,拍摄自己的日常生活竟然成了快手网红。

"我们带着小煤气灶,路上可以做饭。以前有一次堵车堵了两天,我把面包分给路上小姑娘。饿着肚子,第二天才有卖饭的来,一份蛋炒饭卖 35 元。"

春节前夕,和晓伟一样的打工中青年,候鸟一样归来。寥落的村庄,麻将场的几张桌子很快坐满。烟雾缭绕中,我发现了童年小伙伴小匪。

小时候,敏捷调皮的他是我乡土知识的启蒙者:大热天抓"老咕哝"(蜕皮前的蝉)烤做美食,雨天抓天牛灌瓶子里,在墙角探寻一种叫"地灯"的类蜘蛛动物。

如今,他是从郑州工地回来的塔吊工,两个孩子的父亲。

"再过几年,我干塔吊就没人要了",小匪利索地从麻将场出来,带我到他家,讲他的心事。

这十多年,带着"建筑工地特种作业操作资格证书",他辗转在上海、浙江、郑州等地。悬在几十层楼高的机车中,他要精准操控,把木材、钢筋等重材料吊送到位。机器坏了,他要爬到陡峭的前臂去维修。"很危险,靠的是手劲、眼神、体力。到四十多岁,这个活儿工地就不好找了,人家要年轻精力好的。"工作不稳定,小匪说现在找活儿主要靠塔吊微信群,工友们会转发招工消息,"找工作,现在靠微信。看到群里说哪里有活儿,就打电话去问"。

在郑州工地,小匪一月工资六七千元,包住。工地有时赶工期,一天干十多个小时,钱也不多给。微信圈抱团取暖的工人们,他们会选择用脚投票。"工地上没有啥八小时之说,老板凭良心。哪个老板孬种,这么多塔吊工人,群里一发他的信息,大家都不去他那工地,看他咋找人。"

2018年五一劳动节,小匪和工友们在微信群商量,和老板们协商谈判加工资,"塔吊这个工种对工地特别重要,有时要通宵加班,工资却很低,干一天才一两百元。微信群里大家说,跟老板谈加钱,不中就一起不干"。小匪说这次微信群的联合,立竿见影,"这件事后,老板真的加钱了,我加了几百吧,不过也不是长久之计,得有组织化管理"。

如今,手机不仅是农民扩展视野、寻找工作机会的"新农具",也成为弱势群体表达话语、争取权益的新渠道。即使在美国"活在现代的古代人"阿米什部落,科技也在慢慢嵌入。在传统宗教信仰下,阿米什人不用汽车、电视、电脑等科技产品。如今,新技术经过教会开会讨论,如果达成共识可以适当采用。在美国宾州兰卡斯特,我看到一些阿米什人用手机交流,用软件约车。我认识的朋友雪莉,正是阿米什人信息网站的编辑。凯文凯利在《科技想要什么》一书中写到一个故事。年轻的阿米什人发邮件给他,探讨前沿科技。

私校竞争下的教学点"屏幕攻略"

"生存还是消灭?学生要是掉到个位数,这里是不是就被撤了?"

在11个人的村教学点,李占永校长和刘老师夫妻,是全部的师资力量。学校怎样办下去,这个问题总在心头隐隐作痛。

校门上方的红漆名,已经斑驳难以辨认。进门,迎面是一大片土地,荒草间有绿色植物拱出,李校长介绍是"乡土教学基地"。右侧,排着一溜儿废弃的教室,是上世纪60年代的老房子,刷着"教育必须为无产阶级政治服务,必须与生产劳动相结合"的标语。

穿过旧房子,还有十几间房子。操场上,高高的杆子上,飘着五星红旗。操场上唯一的体育器材,是一个乒乓球台。

冬日枯叶萧瑟,我端详着空荡的校舍。这里,曾开设初中和高中部,鼎盛时学生有几百人。我的姑姑、叔叔等曾在这里上学。1977年恢复高考前,我父亲19岁,是这里最年轻的物理代课教师。那年高考,他是乡状元。

看电视剧《大江大河》时,他感慨:"你想想,那时咱村的中学多厉害,恢复高考那年全县考上本科的都不多,咱村考上好几个,现在村里哪还有高中?"

人气消匿,如今,这里的全部学生,一年级五个,二年级六个。李校长和刘老师每天满负荷,交叉上课。教育局开会、日常校务需要处理时,一个老师外出,孩子不能单独放教室不管,他们就把两班合并在一个教室,一年级上课时,二年级做作业。

"一年365天,可以说350天都在这里。每天早上七点迎接学生,一直到晚上下学。真是一对一辅导,手把手写字。成绩不赖,去年有次乡联考,我们得了个语文第一,数学第二。"

李占永19岁师范毕业时就分在这个学校,后来辗转在多个小学任教。2015年他又回到了这里,担任校长。教了近三十年书,他获奖无数,指导的学生还得过全省奥数奖。

然而,如今村里一、二年级学龄的孩子,有一半都不选择在教学点读书。

陈村是自然村,隶属于1 200多人的行政村赵村,这个小学是大村唯一的学校。李校长分析:"现在很多家长打工,没有精力照看孩子,做饭和接孩子耽误做工,便干脆把孩子送到外面寄宿学校、私立学校,收费高一点,图个省事。"教学点,似乎被很多村民遗忘。包括我姑姑在内的几个村民,一脸迷茫:"你去教学点了?咱村那个教学点还在?"

晓伟夫妻常年在外开车跑运输,两个儿子分别送去了县里的私立小学和中学。"不想上教学点,去外面公立学校又没有附近户籍,上不了。娃们从小学一年级就寄宿了,都是留守儿童。"

小匪的女儿过两年也要上小学,我问他:"去不去村里的教学点?妻子和父母在家都可以照顾。"他斩钉截铁说"不","感觉家里殷实的都把孩子送外面了,去村教学点感觉都是家里条件不好的,人太少,孩子上着也没劲儿"。

其实李校长一直攒着劲儿,努力聚拢村里的学龄儿童。教学点离家近,老师水平不差,本该是首选。他曾经在村里贴喜报公布教学点成绩,联合村委会去做家长的动员工作,去附近村人多的幼儿园提前宣传等。

李校长心里明镜似的,他甚至统计了2018年在村里办婚礼的有八家。想着六年后,最多只有八个孩子入学,还不知道几个能来,他又有点神伤。

最大的考验,是私立学校的抢生源大战。随着城镇化发展,县乡的教育资源越来越集中,应运而生的寄宿需求,催生着私立学校如雨后春笋般冒出。

每年五、六月,私立中小学到各村布阵宣传。李校长形容:"那场面,就跟保险公司推销一样,上门送礼物,校车免费接送,有的还承诺吃饭免费。私立学校最核心的动力是啥?是教育产业化赢利。有的老师有招生任务,招一个学生给几百元。"

有的当地教师反映:"2016年县教育局一名主任入股某乡镇私

立学校，分红几十万元，被县纪委查处。有人统计，市里一半的私立学校都集中在咱这个县。"

激烈的竞争中，李校长调整心态，他对自己说，最重要的还是教育见实效，孩子们的学习成绩、精神面貌才是"金字招牌"。

《中国青年报》引发讨论的《屏幕可能改变命运》一文，李校长也看过。他认为，教学还得靠老师言传身教，尤其是农村孩子家庭教育基础差，得因材施教。不过，对于缺师资、缺设备的乡村教学点，多媒体教学资源可以生动辅助音乐、美术等课程的教学内容。

事实上，媒体的屏幕报道之前六年，国家就开始在乡村教学点布局"屏幕"了。李校长最常用下载的教学视频，来自国家教育部的"教学点数字教育资源全覆盖项目"网站，这里有人教版、北师大版等版本的同步教材。通过网络音乐课学习，孩子们绘声绘色唱起了《草原就是我的家》等歌。"教学点有国家的数字资源项目，都是免费的。不过县乡中心校，多媒体资源更多，有配套老师指导。我们还是有差距，毕竟教学点就两个老师。"

如今的数字信息化项目是国家的非商业项目，可以同步学习北京等地的优质课堂。这个项目始于2012年，是响应当年出台的《国务院办公厅关于规范农村义务教育学校布局调整的意见》精神，意见提出：坚决制止盲目撤并农村义务教育学校。规定多数学生家长反对或听证会多数代表反对，撤并后学生上学交通安全得不到保障等撤并后问题突出的，不得强行撤并教学点。提倡教育信息均衡化，远程网络教学已经惠及村里的教学点。

从2001年开始实施的"撤点并校"政策，显露的问题密集见诸媒体。单我采访报道过的，就有陕西小学撤并后乡村代课老师被辞退、大凉山中心校路途艰辛导致部分孩子辍学、湖北一些地区村民要求恢复被撤并学校等事件。

很多学者认为，撤点并校阻断割裂了儿童与自然、家庭、村庄之间的关系。代表乡村一部分的村落学校的消失，相当于将已经长在身体里面的器官或骨架突然拿走，加速了乡村社会的解组和萧条。而优质教育集中并校的"托拉斯"效应，让乡村教育愈发失去竞争力。

青山绿水，白草红叶黄花，其实，乡村学校有得天独厚的教育资源。

李书磊教授在《村落中的"国家"》一书中，观察变迁中的乡村教育，认为应试教育中土语系统缺失，往往用"小青蛙、小鱼姐姐"代替蛤蟆、捉鱼，温情化减少了一些残酷，也对孩子粉饰了一些残酷。叶敬忠教授在《发展的故事》一书中，提到村庄是教育的理想场所。在村庄中儿童可以直接接触到自然万物和各种社会风俗，并与家庭生活相联系。将孩子"禁闭"在中心寄宿校，孩子连自己的村庄的长辈都不能全部认出，很难想象他们会怎样认知自己出生的村庄和养育自己的父母。

功利化、产业化的教育，往往会忽视乡土知识和实践知识的重要。李校长说，在教学点，他倡导陶行知的"教育即生活"的理念，引导学生参与自我生活的改造。学生们在校园的菜地种芝麻、红薯、油菜、玉米，共同分享收获的食物。

李校长给我看他制作的视频，他带孩子们去山里踏青、辨识植物，介绍蚂蚱的"保护色"，孩子们的笑容，纯真灿烂如花。他还在网络上寻找关于中华传统道德、尊老爱幼等内容的视频,定期发给学生,进行全方位素质教育。

理想丰满,现实却可能骨感。李校长很担心11人是"红线"。乡里现在20个教学点,最少的就是11人。按照当地之前的情况,10人以下的教学点就可能面临被撤并的风险。

在教学激情和招生焦虑中,我眼前的李校长,把家安在学校,头发油油的,嘴上起了泡。也许是我的到来,他第二天就去买了红漆,搬来梯子,把门上的校名描得红艳艳。

他通过微信给我发来他的自勉语:"如果你是雄鹰,没有掌声,你也要飞翔;如果你是深山的花儿,没有人欣赏,你也要芬芳……"

想起在美国阿米什部落探访时,我观察当地的乡村教育,广袤的田野,黑色的马车,没有电线的乡村农舍,相隔不远,就能看到一间精致的教室。经过长期抗诉,阿米什人不参加美国政府的教育、社保、兵役制度体系。他们在居住区创建数量可观的乡村教室,就近上学,小班教学,由本族人授课,上到八年级。阿米什人自制的教材,强调维护其文化和独特信仰,包括平等、团结、劳动创造幸福、家长积极参与教育等。

易兴霞教授在一篇论文中,提到美国阿米什人基础教育给中国的启示,她写道:"阿米什小规模学校取得了较好的成绩与出勤率,这提示我们,小规模学校因其课程的乡土性和灵活性,适合地域偏僻、生源少的地区。"

当数字教育资源普惠教学点,当优质师资力量坚守乡村,当硬件设备丰富了孩子的文体生活,当对乡土特色教育的重要性形成共识,乡村的琅琅读书声能不更响亮吗？孩子们求知的眼神能不更清澈吗？乡村的情感结构能不更温润吗？

麦秸垛、微信群、数字卫生室

记得小时候，村子最南边的小桥，是个很有仪式感的地方。纹路精致的石磨盘、琉璃瓦装饰的青龙爷庙，桥下是溪水潺潺，白鹅天歌。夏日的傍晚，村民们都凑过来，拿碗菜半蹲着吃，聊到天黑，这里是乡村公共信息的传播场所。

那时，石桥旁不远的晾晒场，堆着迷宫般的麦秸垛，孩子们总是钻来钻去。场边住着一户人家，房子破旧不堪，孩子们也总是穿着寒碜，很害羞的模样，很少到桥这边见人。

多年后，在"美丽家园陈村"微信群，当年害羞的孩子之一出现了，微信名"刘三"。他喜欢发红包、推表情，很是活跃。亲戚告诉我，父母去世后，青年刘三去哈尔滨打工，当了上门女婿。路途遥远，家里老人都不在了，一晃他十几年都没回村了。

微信群里，刘三喜欢做三件事：寻亲、了解乡情和汇报日常。"伟，你记得我吗，我是你三哥"，"你那陶瓷厂还干着呢，没放假啊？"，"我干装修活呢"。

有一次，他若有所思在群里发了句感慨："娘在，家在。娘在，天在。"

当年看《出梁庄记》，梁鸿老师分次去探访被城市化进程卷入的老家农民工，了解他们"如何弯腰、躬身，如何思量眼前山一样远的道路,如何困于劳累和幸福"。如今,通过村庄的微信群,陈村那些在西安、广州、哈尔滨等地的大地亲人,得以数字化联结,思想、情感、爱好跃然网上,乡土中国的网络新型"熟人社会"开始显现。

给五保户盖的扶贫小单间,为啥他不住?养鸡场离村太近夏天太熏怎么办?村民热议的公共事务,通过微信群空间,得以让信息充分流动,大家商讨想办法。去年,村子附近工厂爆炸,炸裂了很多村民的窗户。村民相互统计家里损失状况,去向有关部门举报,最后这家工厂被取缔。

陈村微信群如今还有了"机构入驻",比如村卫生室。娥姐是村卫生室唯一的医生,也是群里的"公共知识分子"。她发布的信息包括:通知儿童打防疫针,通知老人测量高血压,通知贫困户、残疾人到村卫生室体检等。

娥姐父亲是村里的老村医,她兄妹几人继承父业,都学了医。对于村庄,她是医生,更是乡里乡亲的村民。她在微信群有时语音唱个戏,发布的信息也融合着两种身份:"乡亲们,天气冷了,多喝热水,防止感冒","室内取暖防止煤气中毒,不要在大柴火堆旁烤火";"冬至别忘吃饺子。人生就像饺子,无论被拖下水、扔下水,还是自己跳下水,不蹚一次浑水就不算成熟。"

我去村卫生室找娥姐,路上使劲回想,小时她爸爸给大家看病,喜欢用土黄色的纸包着几颗药丸,叠成三角状,不过几分钱,却很见效。

童年记忆中昏暗光线的卫生室,现在变得有点"高大上"。门口挂着"心理健康服务咨询点"的牌子,进屋,满眼信息应接不暇。四周墙上，贴着各式宣传海报："六道保障线保贫困人口县内住院零花费""健康知识问答""县健康扶贫远程问诊流程图"等。

娥姐说："现在交通发达，去县里看病买药都方便，来卫生室的人少了。这里诊疗费一次一元，来看病的大多是老人。不过现在，健康扶贫的工作忙得很。"

"抢当贫困户，吓跑儿媳妇；拒当贫困户，荣宗展傲骨"，村里扶贫海报贴起来了，对口的人员都要行动起来。娥姐这小小的卫生室，也是扶贫的重要阵地。

她统计的健康扶贫基本情况，包括村民和贫困家庭两大类，具体分18个项目，包括患高血压、糖尿病、心脑血管、重性精神病等各类疾病的人数等。

娥姐介绍："这几年上面有要求，卫生室诊治信息处方全部上网，录入省基层医疗卫生机构管理信息系统。我不会用电脑，学了好几天。来，看看你奶奶的健康记录。"鼠标一点，奶奶巧妮的网络诊疗记录弹出，上一次卫生室诊断是"消化不良"。这些年，眼不花耳不聋的她，一直不愿去城市，自己在村里种菜，饲养着各种家畜，报喜不报忧。如今，她的"神秘"健康数据被我这个大孙女意外知晓。

离开卫生室时，娥姐在微信群正通知村民交儿童防疫针本，还有一些家长没联系上，我自告奋勇说去带话。她把人名写在一张处方纸上，我隆重地装进口袋，一家家敲开老乡的门，第一次真正感觉自己是"陈村人"。

这些年，我在新闻报道、学术论文中使用的"乡村重症""乡村共同体"等词，耸人听闻或文绉绉，而它们都在乡亲的鲜活面庞前黯然失色。这些年,我在河阳乡村研究院考察浙江"乡村春晚",那里村村有气派的文化大礼堂,而中原村庄贫瘠中蕴含的活力常被我低估。

有部获奥斯卡奖的法国纪录片《脸庞,村庄》,两位主人公探访一个个村庄的人物故事,收集拍摄大幅农民肖像贴在村子的砖墙上、集装箱上、工人水塔上。李红艳教授曾说:农民的面目在历史的长河中,几乎都是陌生化的和群体化的。我们也许忘却了"农民"这个概念背后,活生生个人的"原始"生活。

客从何处来?乡愁是蕴含在基因中的密码。就像我曾经帮有中国血统的印第安马斯魁部落长老寻亲,当81岁的格朗特长老看到自己的广东家谱,还是会热泪扑簌。他说:"我对孙辈说,要记得我们的血脉,记住我们从哪里来,传给下一代人。"

转了地球半圈,2018年返乡,我终于与一张张滚烫的乡亲面庞相遇。正如梁鸿教授说:"一个归乡者对故乡的再次进入,不是一个启蒙者的眼光,而是重回生命之初,重新感受大地,感受那片土地上亲人们的精神与心灵。它是一种展示,而非判断或结论。"

我返乡的日子,农历十一月初六,凑巧是村里一年一度搭台唱戏的日子。这些年,村里已经聚集了十几家企业,请戏团的钱大多由他们赞助,1 000元、2 000元不等,丰富村民文化。这些钱有的是企业主动交,有的需要村干部去"化缘"。今年,只有一家国有变电厂没捐。

村干部跟我说,企业捐资赞助文化的传统,是我爷爷生前开办琉璃瓦厂时定下的,延续至今。"那时咱村的厂,是大家的集体企业,每年给村民分红,现在都是私人企业了。"

站在琉璃瓦厂的旧址前,想着老人们给我说的村史。上世纪七八十年代,爷爷和村里几名长辈,开煤窑赔了几十万元,走南闯北又开始新的征程。他们在浙江买过群羊,从陕西赶回过驴子。有一次,去包头送花盆,回来买了一百多匹红棕马。他们包了一节火车皮,运到市火车站。村里人去车站,把马赶回来,浩浩荡荡,很是壮观。

"马很烈,训练了很久,给乡亲们犁地。"

爷爷刘保健,去世 20 年了。我有时会想,如果他健在,会用怎样的互联网方式再运回这一百多匹马呢?也许只需要用手机点一点屏幕?

一个农村老人的死亡

张学婷[*]

3月18日早上7点,大外公在老家过世。当时大多数亲戚都在梦中。

其实这个消息并不算突如其来,在2018年下半年的时候就隐隐约约传来大外公身体不好的消息,后来更是被诊断患有胰腺癌,晚期。确诊之后,几乎整个族里的人都回去看了他。大家都暗自期待着他能迈过2019年这个坎。只是最后,他还是没有迈过人生这道坎。

同时,大外公的死亡也让我看到了小镇暗流之下的养老问题。

一个普通的小镇

我老家是在重庆的一个小镇上,丘陵地形,有一条河贯穿其中。

---

[*] 张学婷,中山大学传播与设计学院新闻学系学生,曾写过《愚公走出大山,一个"非成功学"样本》《工地水鬼:那些在泥浆里拿命换钱的年轻人》等深度报道。曾获"瞭望者"记者节图片新闻一等奖、红枫新闻作品大赛文字类二等奖。关注城乡关系,期盼"留得住乡愁"那天的到来。

重庆有几百个差不多情况的小镇。从小我要出山到市区的话,大巴车需得慢慢爬环山泥路颠簸着往外走。将近三四个小时的路程下来,能把人胆汁颠出来。由于交通不好,小镇一直很封闭,也没有多少活干。镇上的年轻人要不就是待在镇上,东走西走做一点工;要不就是下定决心去广东、深圳等沿海地区打工,几年才回来一次。十几年前,两类人差不多各占一半。

不过随着经济发展,选择后一种生活的人数就慢慢超过了前一种,原因是显而易见的。2010年我读小学六年级的时候,小镇上最令人羡慕的职业之一是小学老师,既有死工资,又有寒暑假,还是个文化人。可是当时我的小学班主任每个月的工资也只有800元,即便她既教语文,又教音乐和美术。而那些外出打工的就不一样了,短短四五年时间,便开着小轿车神气洋洋地回来了,还有余力在镇上修一栋楼房。那时候每到过年,茶馆里便都是外出打工的人在四处吹嘘自己走南闯北的见闻。慢慢地,镇上的年轻人也都随着"先锋们"外出打工了,剩下的都是一些小孩老人们。镇子慢慢成了一个空镇,只有在过年的时候才会呼啦啦回来一大群人。

生比死更为艰难

大外公是我外公一母同胞的哥哥,今年八十多岁了,育有四子三女。儿女们又开枝散叶、繁衍生息,到了现在,他们这一支一共有三四十人,算得上我们那个小镇上人数最为庞大的一脉了。

他们也是小镇上最先走出去的一批人。我的舅舅、姨妈们都没有什么文化,但是在当时经济快速发展的重庆,缺的就是肯干勤劳的人。渐渐的,六个子女都在城里有了自己遮风挡雨的地方,只剩下一个三舅在家赡养爸妈。他们在老家还给爸妈修了一座楼房,让他们再也不用下地干活。每到过年,回来八九辆车,拉着一大家子,浩浩荡荡,在老家住上一两个星期过完年再回去。而大外公大外婆呢?由于他们坐不了汽车,一上车便吐,吐得天昏地暗的,也不适应城市的喧嚣和快节奏,"连个说话的都找不到"。实在没办法,便只好留在老家休养,日子也就渐渐过去。

可是平静在大外公查出胰腺癌的时候被打破了。医生说,没有多少日子了,接下来就让他过得顺心点吧。老家还有老伴等着,还有些能说话的亲戚,加上自己也适应了老家的生活,大外公便选择回老家度过生命中最后一程。

可三舅为了儿子的学费几年前也离家外出打工,家里面只剩下两个老人和三舅妈。之前不生病还不觉得,一生病便迅速感受到了老人的衰弱。三舅妈平时也要工作,只能帮着煮煮饭。大外婆也是七十多岁的人了,行动迟缓,还有白内障、高血压等老年病。最开始大家都赶着回来照料大外公,可是时间久了,每个人都有工作和小家庭,老在家里待着也不是事。舅舅他们是下死力气干活的,一天不回去就少一天的收入,客户也不满意工期延长。哥哥姐姐们学历都不是很高,在以前是无伤大雅,可是在"硕士遍地走,本科不如狗"的年代,稍不注意便会丢了好不容易安稳下来的工作。

搞装修的大舅抽着烟向亲戚解释道:"都看到我买车买房,不晓得这些都是我累死累活打拼下来的。开了年忙得很,我不回去看着,一天就会损失几大百。养这么一大家子不要钱吗?爸买药医病不要钱吗?那车买了好几年了我都没得钱换。小磊(大舅的儿子)这次没请到假,回都回不来,那个主任真是心硬得很,非要让你哥哥过完年再回来,假都请不到。眼看着小磊的二胎来了,奶粉钱都还没有凑齐。钱钱钱,命相连!"

于是,看到老人情况稍微变好,他便急急忙忙赶回城里处理工作了。大家商量着过年再回来看看大外公。

时光如流水般划过,却并非了无痕迹。

过年了,大外公家要办团年饭,一为酬谢亲戚们在照料中出的力,二为过年,三是用喜气儿赶赶这病气儿。我到的时候,卧室门大开着。大外公穿着黑色的厚棉袄,盖着一层沉重的棉被侧躺着。听到我们来了,大外公慢慢穿鞋下床。我才发现,他的脸太瘦了,像是骨头外面包着一层皮,眼球也很浑浊,脸上布满了老人斑,戴着的毛线帽把他整个额头都遮住了。他却明显很高兴,眼角挤出笑纹,指挥着姨妈把家里的纯牛奶给我们这些小辈喝。餐桌上,大外公吃了几块鱼肉便放下筷子,起身去外面看哪些亲戚还没有到。姨妈说,现在他最希望看到的就是团圆了。

吃过几轮团年饭,春节假期很快就结束了。舅舅、姨妈们商量后决定,大家排班轮流在家住一段时间照顾大外公,其余的人先回城里。即使大外公最珍惜团聚,他们的状况使他们不能也不会留在老家太长时间。与死亡相比,生存显然更为艰难。

何况,对于"死",现在的人已经没有太多敬畏了。祭祖的时候,买香烧纸更多的是财力的体现。买大蜡烛、几千响的鞭炮,人们听了也只会说,这个人怕是过年赚了大钱,而不是他有多孝顺。买小香、五块钱一捆的纸,心里安慰自己,反正人都去了,心意到了就行,这些也不太碍事。

更有甚者,把死做成了一门生意。有专业替哭不出来的子女哭的哭丧人,有看坟地风水的风水师。过年时,一位姨妈回忆起老祖母过世还在跟我们抱怨:"婆婆去世那一年,我还小,我家叔叔以为我听不懂,但是其实我全部都听到了的,他悄悄咪咪让风水师看风水。风水师说,'坟头埋前不埋后,埋左不埋右。如果埋右了,旺的只是你们(指叔叔)一家,你们弟弟姐姐家就旺不了了'。后面我告诉我妈,我妈还找他吵了一架,最后也不晓得怎么样了。但是你看这几年三家的际遇,他家日子过得最为红火。"

养儿千日,用儿一时?

如果说,大外公家只是被生活疾病打击的一家人,大家还算是众志成城,只能说是天灾。那舅公家可就是天灾加人祸了。

舅公今年也是八十多岁了,是个鳏夫。一天吃饭后眼睛突然模糊,身体也有点不好,送到医院的时候已经是中风加失明了。他有两子一女,现在都在城里讨生活。

之前舅公本来是大表舅在赡养,但后来大表舅被接去城里自己孩子家生活。哥哥家里两室一厅,住了哥哥嫂嫂和侄子,勉强加上大表舅已经是饱和了,无法再安排下舅公的住处,便商量好去幺表舅家住。当时大家都在说大表舅幺表舅孝顺,把舅公接到城里去享福,外婆她们还说要约个时间去看看舅公,可是没想到下一次见面却是在医院。更没想到为了医药费,原本和睦的两兄弟已经吵得不可开交。

舅公之前在农村并没有想过买保险,无法得到补助。中风加失明,家里已经为他花掉了十几万块钱,更别提后续一大笔的照料费用。大表舅幺表舅虽然在城里买了房,但也因此欠下一笔债务。更何况眼看自己孙子一个要开始上学、一个才刚刚出生,奶粉钱、学费、衣食住行等等,怎么算都是一大笔费用。早已老去的父亲和出生不久的孙子,如何抉择,这笔账虽然现实但也不乏道理。

大表舅认为:"之前我这么多年养着都没出什么毛病,现在为啥你来养就出这么多事情?肯定是你对爸不好!"二表舅觉得:"之前那是爸还年轻,现在他都八十多岁了,身体肯定要出一点问题的。有问题不应该由我们兄弟两个一起担着么,反正我没钱!"两兄弟闹得鸡飞狗跳,连亲姐姐都没办法劝解。二表舅一气之下把哥哥给爸买的所有衣服都烧掉了,大表舅从此之后谈话都要录音保存证据。村委会尝试调解不行,就各自找支持自己的亲戚帮忙,搞成两大帮派。亲戚也不能解决,他们还想着要去重庆电视台调解栏目曝光,闹上法庭。公说公有理,婆说婆有理,双方都不能静下心来好好谈谈。

现在舅公还在医院住着,问题解决之日遥遥无期。

那些农村老人们

据研究报告指出,中国现在60岁及以上的老人已达2.6亿人,农村老人也早已过亿。但是相比城市里的老人,农村老人无论是物质生活还是精神生活都更加匮乏,且绝大部分农村老人只能依靠"务农自养"。2013年,武汉大学社会学教授刘燕舞经过六年实地走访发布《农村老年人自杀及其危机干预》一文,直言农村老人自杀的数量已经严重到"触目惊心的地步"。在中部区域的农村,老年人自杀数竟占该区域自杀数的71.33%。当地老人认为"比起亲儿子,药儿子(喝农药)、绳儿子(上吊)、水儿子(投河)更可靠"。

小镇上的情况没那么严重,但老人们确实面临着赡养、医疗等问题。

城镇化趋势不断加强,小镇上的医疗、教育资源和基础设施远远比不上城里,年轻人都铆足了劲儿想要在城里拥有自己的一席之地,纷纷外出打工,只留下老弱病残在家。那些在城里打拼出来的人更是会引得小镇上其他人的艳羡和称赞,待在家里不出去打工的不仅日子没有别人家红火,也会被认为没出息。

即使不为自己,也要为了下一代。镇上只有两所小学和一所初中,如果想要读高中,孩子们就只能往城里挤。何况初中的教学质量并不好,打架斗殴更是常事。家庭条件好一点的等孩子过了小学就要计划着把孩子往城里送。

我的一位伯伯有一子一女,女儿在城里读书,怕出事,也为了照顾她,伯母便在城里租了房子陪读,顺便找了个活儿干。儿子还在读初中,成绩不太好,家里还有个老人。伯伯就在水泥厂找了一份工作,工资不高,偶尔还要打零工多挣一点钱,但能照看儿子和老爸。一家人平时过着两地分居的日子,过年时伯母回来了四天、煮了团年饭就又回去打工了。

小镇上,空巢老人和留守儿童比比皆是。农忙时候,老人是小镇上的主要劳动力。他们一边要看顾孩子,一边要趁着天还没黑抓紧割谷子、收苞谷。下午两三点是重庆最热的时候,空气中翻滚着热浪,暑气熏得人眼睛都睁不开,但田里早有大爷大妈们弯着腰收割。重庆是丘陵地形,机器无法施展开,还是要靠人力。几天抢收下来,肩膀上会被勒出一道道红痕,腰上贴满了膏药。

农闲时候,老人们就显得有些无所事事,或盯着街上的人盯一天,或从街那头走向街这头,碰到熟人聊会天儿,消磨上午时间。中午吃个饭,下午睡个午觉,晚上接孩子回家,一天的时间便过去了。我曾经问过我的幺外婆她平时都在干嘛。她只有一个女儿,在成都嫁人生子,过年前才会回来一次。她说看电视,我很惊奇,她的电视只能收到两三个台,到底有什么好看的?她却说,打发时间的,要什么好看。确实如此,她对着电视广告也能看得津津有味。眼神似乎在看电视,似乎也没有,仿佛透过电视看着另外的东西。

这些老人,从儿女远去的那一天起,就被带走了精气神,变得真正"老"起来。又如同温顺的羔羊,儿女就是指挥他们的牧羊人。只有到了过年,车水马龙把整条街填满,老人们才会像一座座年久的钟突然上紧了发条,为着儿女滴滴答答地转了起来,透着一股活气儿。可如果老人年纪大得走不动了,必须要有人照顾了怎么办?谁也没有想过,或者想过也没有办法解决,索性不想。

许多农村老人没有养老保险和医疗保险的意识,他们的生活来源只能依靠自己几十年积累下来的"棺材本"和儿女的"孝顺"。但是积蓄最多只有几万块钱,一场大病就吹没了。儿女们也都有自己的生活，打拼尚且不够时间，不能再多指望。

农村里连基础的养老设施也缺乏。养老院很简陋，几个镇子才有一家，荒草萋萋，大门紧闭，透着一股神秘和阴森，除了墙上写着"××养老院"五个大字，从外形上已经看不出来是一家养老院了。况且老人们宁愿在家里待着没人照料，也不愿意去养老院，怕别人风言风语，伤了儿女的心。有些老年人脑海中甚至都没有想到过去养老院。

在农村似乎一直都根深蒂固地存在着老人必须为子女奉献的思想。之前小镇上一位大爷手里好不容易攒了一万块钱，自己去银行在柜台客服的指导下存了起来，死活不肯告诉儿女密码。前年他去世了，临终的时候忘了告知子女，那笔钱就被冻结了，必须得办一整套手续才能取回。他的子女是带着怨恨和气恼去办手续领这笔钱的。镇上的人都在说："作孽哦，为啥子不给子女说，你看他们又跑到城里头办这样办那样，费工夫不说，路费也是好大一笔。"

今年"papi酱"在三八妇女节要求父母拥有自己独立生活的视频在网上流传，点击量达到了几百万次。许多网友在下面附和，说早就想告诉自己的爸爸妈妈了。网友"@渡边鱼子酱"也因为上传了自己妈妈在老年大学学琴的视频得到了一万多次的转发量。城里的孩子们想尽办法纠正父母的老旧思想，希望他们能够在晚年重新拥有自己的独立人生。2019年两会代表们呼吁社区养老，让老人们晚年生活更加幸福，但是农村老人的生活中似乎并没有这样的选项。我不敢把"papi酱"的视频发到家族群中，因为我知道，等待我的必然是一场声讨。在他们眼中，独立生活就等同于抛弃，是无法原谅的，是不孝的。

另 外 的 选 择

同样是过年,在大外公饱受病痛折磨的时候,小镇上来了一对九十多岁的老夫妻,带着自己的儿女们来寻根。他们十几年前因为去了成都市区定居,阴差阳错和老家断了联系。算来算去,竟是我们这一支最老的长辈,是我外曾祖父最小的弟弟,我称他"老嘎"。"老嘎"人到晚年希望能够寻回自己的家族,重修家谱,宣布要拿出几万块钱办一场寻亲宴。

宴席上,他播放了自己金婚庆祝的视频,是和很多对老夫妻一起参加的集体婚礼。他还写了演讲稿,在台上歌颂祖国改革开放四十年,即兴发挥讲述了自己和老伴晚年的幸福生活,他们拿着退休金去了好几个地方旅游。他兴致勃勃地期望着下一个十年,还能在这里和大家欢聚一堂,约定每年的腊月二十五都要回来办一场寻亲宴,精力旺盛得不像一个九十多岁的老人。家里其余的老人们眼睛都看直了,仿佛刚刚发现人生中居然还有这么多姿多彩的事情。他们以为,老年就等于平淡、安静与死亡。

"老嘎"过完春节就回去了,可是这场宴会的内容却成为小镇上很久的谈资。老人们说起不乏羡慕,外婆还对我说,有时间还要去成都看一看老祖宗,顺便旅游。而外婆自从六十多岁从广东照料孙子回来后便再也没出过远门,每日都是看电视消磨时间,外出旅游对她来说可是迈出不小的一步。

这场宴会似乎改变了一些东西,让老人们的生活多了一丝活力。

但我知道，农村的空巢老人现象如此严重，不只是因为老人们依附儿女、安土重迁的想法，养老措施的不完善、农村和城市之间工作条件工作机会的差距、养老保险及医疗保险的不完全覆盖等因素都会对其造成一定的影响。要完全解决农村老人的问题，需要比解决城市老人的养老问题更进一步，更深一步。

大外公去世了，舅舅姨妈们的养老重担却并不能放下，剩下孤苦伶仃的大外婆又该何去何从呢？

春节返乡笔记

李　若*

我的出生地是一个叫"张洼"的地方,距离最近的市区一百多里地,离县城六十里,离镇上十里。

每次春节回家从市火车站先到县城、再到镇上、最后到村里,用我的话说,就是回到了天尽头,回到一个在地图上都找不到的地方。

这几年常听朋友同事说,他们家那里在"搞开发",我总是感叹——大概全中国都开发完了,也轮不到我们这儿。

所有人都在买房

这些年,听到最多的就是,村里人都在买房。

邻居家儿子儿媳在昆山买了房,隔壁大哥在苏州买了房,还有相当一部分人,在市里、县里、镇上买了房。

"他们家房子建好没几年啊,怎么又买房子?"

---

* 李若,北京皮村文学小组成员,打工一族。澎湃"镜相"专栏作者,作品散见于《北京文学》《花城》《读者》《单读》等。

"村北头姓陈的都搬走了，只有一家没有在外面买房的。南头咱老李家搬了大半了。"

不管之前在村里住的是楼房、平房还是砖木房，年轻人陆陆续续地都在往外搬，等留在村里的老人去世后，房子就这么空着，门上挂把锁。经年累月，村里年久失修、倒塌歪斜的房子不算少。

我有两个弟弟，小弟还没有对象，大概是觉得房子买在市里说出去好听些，方便找对象，前两年非要在市里买套房，买了也不住，到现在还没装修。

大弟有两个小孩，今年前后，也和弟媳天天在镇上忙着要买房。腊月二十八，大弟开着车，载着妈妈、弟媳、小弟和我一起去看房。行至半路，邻居家姑娘小兰打来电话说她买的地皮旁边还有一份，让大弟去看看，一份地皮六万一，要是大弟和她的买一起，将来建房子时一块建可以省很多钱。

我们穿过街道往北拐，上一个上坡，就到了小兰说的那个小区。小区中间一条水泥路，两边是刚建的房子，大概有十来排，两排房子之间间隔四五米。

这个地方原来是农田，现在还能看到有的房子旁边种着菜。小兰把我们领到她买的地皮旁，果然在她那份和另一套房子之间还有一份空地。不一会儿，地皮的主人开着一辆河北牌照的车过来，我们说明来意，她沉吟一下说，"本来没有打算卖，你真想要的话给七万。"

"挨着的才卖六万一，都一样面积的就一个价格卖了吧。"大弟说。

地主不肯。

"一样的东西两样的价。"妈妈转身要走，"买了地皮也是个麻烦，你们谁有时间在家建房子、请瓦工、买材料？我老了跑不动了，建房子和装修少则半年，多则一年，你们总不能把外面生意停掉在家耗那么长时间吧。"

一行人又来到镇政府对面已经盖好的商品房小区。刚把车停好，几个人就呼啦一声围了上来，像车站拉客的似的，这个往东引，那个往西拉。老人们都说这个地方之前是山，山上有很多坟，开发商用挖掘机全部挖平整，盖成了一套套房。

"这门脸房要三十八万。"大弟指着一套房子说，我看了一眼，"这叫什么门脸房，不知道在这背道里能有什么生意做。"

往前走，碰上村里一位邻居，他说他儿子还有两套房子要卖，说着就要领我们去看。不一会儿，他指着一栋半成品的两层小楼说："一套二十九万。"弟媳嫌门口太窄，和前一排房子挨得太近，光线也不好。

再往前走，遇上弟媳娘家的远房叔叔，他也给介绍了一套房子。三间两层的框架，客厅挺大，三室一厅，还送一个地下室，要价三十八万。妈妈看上了，弟媳却不喜欢房子的户型。

我们退出来，这时有人和弟弟打招呼，原来是侄子，刚搬到镇上不久，还在打扫房间卫生。他告诉我们他的房子是三十五万买的，转头又问大弟："你怎么也要买房子呢？"

"你们都搬走了，独留我在村里，我和谁玩呢？"大弟笑答。

晚上回来，我问弟弟："为什么要在镇上买房呢？村里有田有地，青山绿水，养几只鸡鸭，自己种点菜不是挺好的吗？"

"姐呀，那是城里的有钱人过的生活，回农村养老，种一点菜园、住两间小屋，到月有退休金，想买什么买什么，不靠种田地生活，旱涝保收当然轻松惬意。农村人就不一样,没有经济来源,指望种田地挣钱生活,多累多辛苦。夏天毒太阳,晒得满头大汗,还要在田里干活,地里刚刚拔完草,下一场雨,草又疯长……"

小弟弟开了口就说个没完,"农村都是土路,一下雨地上就起泥,出门两脚泥。在城市或者镇上好歹还能找个超市上班,赚个零花钱,在农村就是死马一匹,连个就业机会都没有。城里教育和医疗水平也比农村好吧?两相比较,谁还愿意待在农村呢?"

我回他,"农村广阔天地大有作为,可以发展合作社搞团结经济啊,还能开养鸡场搞生态农业、观光旅游什么的。"

"可别提养鸡了。"大弟一听也接了话,说他大姨姐家就是开养鸡场的,稻谷一块三一斤,鸡蛋三块钱一斤,赔本赔得着急上火。

"再说了,咱离城市那么远,谁会开车到你这儿来观光旅游?搞合作社村民不是那么好组织的,前期得多少资金铺垫?先让大家得到好处了人家才信你,没有甜头谁会听你的?"

我无话可说。

齐心协力也得把媳妇娶了

年后,堂姐和姐夫来我家拜年,闲聊中说四堂姐家儿子词波快要结婚了。

儿媳妇要求在街上买一套房子,已经花三十多万买了,订婚时又要了两万,眼下马上要结婚了,张口要八万八的彩礼。四堂姐实在拿不出来,只好像派任务一样,给亲戚下了借款通知——每个舅舅和叔叔借两万,每个姨娘和姑姑借一万——先把彩礼钱凑齐。算了算,办酒席还得几万,烟都要"大中华"的,酒也是一百多块钱一瓶的,只能到时候再说了。

我一惊,"娶个媳妇从头到尾不得几十万?"

"包括房子,没有几十万,媳妇根本到不了家。"

堂姐给我算了一笔账:买房已花了三十多万了,做婚房肯定要买家具、电器和装修,盘下来不得七八万?订婚时要了两万,结婚要八万八,"三金"得一万多吧,办酒席得四五万。现在很多农村人结婚也要有车有房,这姑娘家只要了房,没要车,她要是和别的要房要车的比怎么办?万一彩礼钱凑够了,姑娘又要车或者不买车再向你要一辆车的钱,你说都快结婚了,前期已经花了那么多的钱,你是给还是不给?不给,眼见着的婚事转头就黄了,给吧,再到哪儿弄钱?词波三十二了,耽误不起了。

"一开始说亲也就是一万两万的,谁知道像是一步一步套住了似的。钱越花越多,亲戚朋友齐心协力也得把媳妇儿娶进来呀。"

我问,当年四姐夫在工地被墙砸死时赔偿的钱呢?

堂姐说,那时赔偿不到十万元,几个孩子上学,早花没了。

堂姐还说,她家邻居一小伙子谈了一个对象,两人谈了两三年,快到谈婚论嫁时,小伙子家去姑娘家提亲,被姑娘的爹告知要有房有车才能娶,没房没车免谈。

小伙子父亲早逝,母亲多病,哪有那么多钱呢?好好的一桩姻缘被姑娘爹搅黄了,后来姑娘嫁给了镇上的有钱人。

姑娘出嫁那天,小伙子就骑着摩托追着姑娘的婚车,一路走一路哭。

"你看,可怜吧。"

受　骗

年轻人都不在家,农村都是空巢老人和留守儿童,这给了骗子无数可乘之机。一些拿着"金元宝""银元""金条""银条"的骗子,三天两头去村里忽悠老头老太太。

我见过妈妈买的一百块一根的"银条",妈妈说村里有很多人买,我问,那个卖金条银条(实际上大概是铅条)的那天在村里卖了几千块吧?妈妈说:"岂止几千啊,上万都有。"

曾有一个外乡人带着仪器到我们那儿,找老头带路和他一起"寻宝",说见者有份。他在山上用仪器探着探着,真挖出了一尊"玉观音"。外乡人说:"只挖到一个不够分,我也没有带钱,要不你给我两千块钱,'玉观音'算你一个人的?"

老头拿着"玉观音"翻来覆去地看,外乡人说:"你看着玉多好,绿莹莹的,不带一点杂质,绝对是好玉,至少值一套房子的钱。"

老头信以为真,屁颠屁颠回家掏两千块钱买了下来。事后,老人才醒悟过来,是中了外乡人的圈套:人家早就埋好了,故意找人领路,把只值几块钱的东西演一演,就卖了两千。

今年回家,我又看到村里差不多家家户户都装了净水器。我问妈妈,这是免费发的吗?妈妈说是花两千多块买的。我上网查了一下,根本不值两千。

我说买贵了。妈妈又说:"买一送一,买净水器送消毒柜。"可就算这样,两样加在一起也不到两千块,羊毛还是出在羊身上。

书要哄着才读

大弟家两个孩子,大的叫琪琪,四岁了,在家上幼儿园;小的两岁,一直跟着爸爸妈妈在苏州,过年时才回来。

过年这几天,大弟和弟媳跟妈妈说,过完年想换一下,把小的放家里,把大的带走。家乡的幼儿园没有城市的幼儿园师资力量好,把琪琪带到苏州上学,可以受到更好的教育。

妈妈不同意,说要带就两个都带走,"哦!大的当初也是从两岁放家里的,我刚把他带到上幼儿园,会吃会喝好带了,我能干点活了,你又把小的放家里,我就不能轻松点?你要把小的放家里,我就什么都不干了,田地也不种了,牛卖掉,猪也不养了,零花钱向你们要,你们两个看着办吧"。

过了年,大弟还是把大的留下,把小的带走了。

堂姐的小孩星星和堂姐、姐夫一起来拜年,吃饭时,姐夫指着我问他:"这是谁,你认识吗?"星星不看我,只微笑着埋头扒饭,我知道年轻人不喜欢说话,就打圆场说:"他认识的,从小在这儿长大的,肯定认识。"

吃过饭,我和堂姐聊天,我问:"星星上高二了吧?"堂姐说是啊,都十七八岁了,还不懂事。

"一米八的瘦高个,皮肤又白,一表人才的,以后娶媳妇你们又不用操心。现在你们好好培养,将来读大学,毕业出来工作就好了。"

堂姐皱着眉头,"就怕不是上大学的坯子啊,前一段时间差点辍学打工去了。真的,车票都买好了,准备第二天去上海。悦儿(星星妹妹)周末去姥姥家玩,姥姥问怎么是你一个人来的,你哥哥怎么没有来?悦儿说我哥明天去上海打工。我爸妈赶紧给我打电话说我胡闹,怎么不让孩子上学,小小年纪打什么工,你就缺那点钱吗?"

"这也不怪我。孩子非闹着说不读了。不读就不读,那出去打工吧,于是我给他联系在上海的姑姑,让他去打工。要不是姥姥姥爷拦着,还真打工去了。这回有姥姥姥爷撑腰,他提条件说,要我读书可以,给我买笔记本电脑,家里要装网线。你说气不气人?没办法,只好依了他,你看,简直就是哄着他上学呀。"

"孩子小时好带,越大越不听话。"

相个媳妇,也就那么回事

小弟李伟27岁了,还没有对象,妈妈愁得逢人就念叨。一圈亲戚朋友也都在操心,说他:"嘴咋就那么笨呢,不会哄,不会骗,老老实实的,怎么可能找得到女朋友。"

"你看谁谁在外,领一个不花钱的回来了……某某出去时是一个人,回来时可就是一家了……现在人太本分到哪儿都吃不开,要学会花言巧语哄女孩子开心,好胳膊好腿不如一张好嘴……"

其实前几年,李伟在苏州打工时谈了一个安徽小姑娘,情投意合也挺般配,他还把两人合影照片寄回家给妈妈看,妈妈高兴得合不拢嘴。谁知过年时小姑娘回家,在家人的安排下,相亲成功了,年后就没有再去苏州。小弟经此打击,几年不愿意再提这事,这么一耽搁,转眼就二十七了。

年轻人常年不在家,只有春节前后十来天在家待着,所以相亲还得抓紧时间,一错过,又是一年,年龄越大越不好找了。

妈妈发动七大姑八大姨,赶紧想想谁家还有没出嫁的姑娘,什么女儿的同学、儿媳妇的表妹等等,只要能够得着,都往李伟这儿说。

堂婶的侄女过年走亲戚,堂叔见了,便极力怂恿堂婶做媒,把她说给弟弟。堂婶瞅着机会,就拉着她姐介绍李伟的情况:"小伙子真精神,今年二十七,人品好还能干,有手艺,房子买在市里,还没有对象。你家姑娘要是没对象,让两个年轻人见见,看他们能不能相得上?"姑娘妈妈听堂婶把弟弟夸成个年轻有为的小老板,也就同意见见。

相亲定在初九,取长长久久之意,地点就在堂婶家。相亲那天,妈妈和弟弟带着烟酒、饮料去了叔叔家。

弟弟回来我们便问他,相得怎么样?

"姑娘挺一般,皮肤有点黑,在农村干活行。"

用我妈的话说,姑娘是骑着摩托载着她妈妈一块来的——那说明姑娘不娇气,有一把子力气,身体强壮能生养。

当晚我妈就打电话给堂婶问对方的意见,得知对方对弟弟挺满意。弟弟喜欢那种秀气文静型的,他不太满意,我们就让他想好再做决定。

第二天,弟弟说:"就这个吧!身边的同龄人都结婚了。有的人那么好,家里也有钱,找的媳妇也就那么回事,我还挑什么呀?"

既然双方都没有意见,亲事就定了下来。正月十六那天,妈妈打电话请媒人和姑娘家人吃饭。我们订的是一千元一桌的套餐,酒水和饮料是自己带的。

姑娘家来了妈妈、姑娘和姐姐。饭桌上。妈妈一个劲儿的把菜往姑娘的碗里夹,看得出来,我妈是真喜欢那个姑娘。妈妈还提前为每个人都准备了礼品和红包。吃完饭,他们走时,妈妈又让弟弟租车送姑娘回家。

妈妈让堂婶把两万元"见面礼"交给姑娘——只要姑娘家接了这钱,就等于这个亲事确定下来了,下一步就是装修房子办酒席,再到进洞房,妈妈也就放心了。

逼着人退亲

堂妹晶晶是1994年出生的,一米六五的个子,不胖不瘦,长得也好看,按说媒人该踏破门槛才对,然而并非如此。

说起来,命运对她挺残酷,十四五岁那年秋天,不知为什么,晶晶的头发开始大把大把地掉,不到一个星期,满头秀发都掉完了,晶晶急得不停地哭,亲戚邻居看着都心酸。

村里女人们说晶晶"属树"的,树落叶她就掉头发。叔叔带她到武汉医院去看,拿着大包大包的药回来吃,后来也长出来一层茸毛,可没过多久就又掉了,反复几次之后,终于再也不长了。

正在上中学的晶晶,受不了同学异样的眼光,没多久就辍了学。

那几年,叔叔婶子因为晶晶的头发,操碎了心,到处看病吃药,找各种偏方单方,比如用猪胆涂在头皮上、吃炒的黑芝麻黑豆,结果还是一样,一根头发也没有长出来。

直到现在,晶晶还是天天戴着假发。

去年春节,她去同学家玩,同学家邻居的妈妈看到了,就托同学的妈妈做媒把晶晶介绍给她儿子。晶晶把没有头发的情况说给同学妈妈听,让她传话,看对方能不能接受,接受就相亲,不接受就算了。对方回复说,戴假发不碍事,同意相亲。

男孩子比晶晶大两岁,家里在镇上有两层楼房。叔叔和婶子说男孩条件不错,姑娘自己本身有缺陷,就不要太挑了,男孩有个差不多的就行了。

男孩条件都还好,就是个子不高,大概比晶晶矮半头。相完亲,男孩租了车送晶晶回来,晶晶接了男孩家给的两万元见面礼。元宵节晶晶生日时,男孩还为晶晶买了一个手机和一块手表。

可就在今年快过年时,叔叔给我打电话,说晶晶和男孩闹了矛盾,对方说要么年底结婚要么就退婚。晶晶在广州打工,叔叔打电话问晶晶,没说几句就问哭了。叔叔请我侧面打听打听,是怪晶晶还是男方的问题,如果是自家女儿的问题,就让我劝劝她。

"没有头发,人家不嫌弃就已经不错了,不要东想西想,错过了以后不一定能找得到这样条件的。"

我们老家有不成文的规矩,如果一桩亲事成不了,要看是谁想退婚,如果是男方提出退婚,见面礼就不用退了,要是女方想退婚,拿了人家什么就得退什么。

我知道叔叔让我问的意思,想搞清楚是晶晶想退婚还是男孩想退婚。我问晶晶:"退婚是你的意思吗?"晶晶犹豫了一会儿才给我回复:"是我。"

"男孩半年不给我打一个电话不发一条信息,到年底说结婚就结婚,哪有这样的,这不是想逼着我提出退亲吗?"

"家里不想让你退,你们还能继续吗?"

"你不知道男孩家人有多恶心。我不在家,他们竟然到我家威逼我妈,说要么叫我回家结婚,要么限三天之内退三万块钱给他,把我妈气得吐血,像这种人我还能嫁给他吗?"

我明白了,我告诉晶晶,无论你做什么决定,我都支持你。

很快,叔叔便退给了男孩三万元,本来见面礼两万,他们把买手机的钱、买手表的钱、吃饭钱、买饮料钱全都算了进去,连给媒人的红包钱和相完亲送晶晶回来时的租车钱都算进去了。

春节之后,我带着两侄子去叔叔家玩时,两侄子在木材堆上爬上爬下,我和婶子、晶晶坐在火塘边聊天,婶子还在耿耿于怀:"你说晶晶到底有多傻,我们吃了一万元钱的亏哩,便宜了那个人,人家把手机和手表都算作钱了……你说一个打工的,要那么好的手机有什么用,又不是我叫你买的,是你自己愿意买的,退亲时我得你的手机退你手机,得你手表退你手表,我要你这些玩意儿吃吗?还死贵的,人家都作钱了,晶晶都不知道把手机和手表退给人家。"

晶晶低着头小声说:"手机用了半年了,人家不要。"

我只好好言相劝:"婶子,像这样的人你敢和他做亲戚吗?你敢把晶晶嫁给他吗?别说吃一万块钱的亏,就是倒贴一万块钱都要把这门亲事退掉。放心吧,吃亏是福,你忘了当年我大弟还差三天结婚,小姑娘跑了,那不也吃两万块钱的亏吗?后来我大弟娶了一个多好的媳妇。你看弟媳生的两个大胖小子,像熊大、熊二吧。"

婶子乐了,我起身吆喝:"熊大、熊二,跟我回家!"

陇中小村庄的病与痛

陈子陌[*]

这里所说的高尚不是那种单纯的美好,而是对一切事物理解之后的超然,对善与恶一视同仁,用同情的目光看待世界。

人都往外逃,鬼村渐成局

今年过年回到村庄,想必许多人有个明显的感受就是:村里已经变得前所未有的空荡、冷清、荒凉。

"村里没人了!"这也许是今年过年大家聊得最多的话题了。

我们村原本是几百人的村庄,如今也就剩下五十口左右人了。大过年的,走遍整个村庄也不见几个人影,许多人家门都是关着的,有的人家已经是墙倒房塌,大晚上出去也看不到几盏红灯笼。这与鬼村有何两样?

---

[*] 陈子陌,原名陈振华,出生于甘肃省陇西县马河镇,2018年6月毕业于河南工业大学工商管理专业。郑漂族,IT公司运营。相信写作让灵魂走在修行路上,坚持用心创作文字。个人微信公众号:HUA说。

过年去舅舅家,发现不论是一路上的村庄还是他们村里,都已经变得人烟稀少,大晚上整个村里一片漆黑,伸手不见五指。还记得在前几年,大过年的附近几个村里都是一片红红火火,哪有这般凄凉落寞?

我们对这里感到既熟悉又陌生,于是一遍又一遍地问自己:这儿,还是我们原来的那个村庄吗?

其实,陇中多处的村庄都一样,渐渐没人了。

今日的村庄,早已人走茶凉,昔日的热闹喧天已不再有。即使年关渐近或在正月时节,走遍村庄的大道小巷也听不见鞭炮声,听不到儿童追逐嬉闹的欢笑声,也听不到母亲大喊孩子回家吃饭的悠长之音……

还好,朝阳起又落,我们还能看见蓝天和星月,还能听见那狗吠鸡鸣,还能看到那炊烟袅袅升起,还能闻到那厨房里飘来的山野美味……仿佛身临世外桃源,远离都市喧嚣,与世不争。

我们不得不问:偌大的一个村庄,人都去哪里了?

答案只有一个:逃走了!

前几天坐车时,在车站遇到了两个村里的四十多岁的老乡,便闲聊了一阵子。W叔两口子都在银川打工,一年回家一两次。大儿子在南方读大学,小儿子在省城新区读全封闭小学。虽然平时两口子压力大点,但他们按时给孩子生活费,在他们看来孩子就是他们的未来,必须通过读书走出去;L姨两口子也在银川打工,多年打拼后她家已经在银川郊区买了房,过年时就她一个人回同村的娘家来看看。不管咋样,她家已经算是逃离了村庄。

其实,村里像他们两家这种情况的人家还有很多。

有的人,已经从破烂不堪的土房子搬到村里的新农村去了,那里有砖瓦房和水泥院子,过上了小康生活;有的人,孩子读书毕业后有出息了,在大城市里买了房和车,老两口高高兴兴地进城帮忙带孙子;有的人,全家在外打拼多年,终于在县城或省城里买了房,于是全家人都去城里过年了;也有的人,想尽办法把孩子安排在了城里的学校,租了房陪孩子读书……

人往高处走,水往低处流,村里的人都在努力往外走。

如今的村庄,逃离已成必然趋势。只要能出去人们就会想尽办法离开,今年出不去就等明年、后年……自己出不去就好好培养孩子,全指望孩子。

在这里,除了根和记忆,还会留下什么?

村庄没前途,城市钱途广

为什么人要往外走?因为村子没发展,没前途。说白了,就是穷!这才是真正的病根。近几年来,农村对人们的吸引力越来越弱,而城市对人们的拉动力量却越来越强。农村缺资金、缺人才,公共服务和基础设施都落后于城市,这是农村留不住人的主要原因。越来越多的人选择离开,而留下来的人却只能守望着孤村。

农村经济落后。村民几乎没有固定的工作,经济来源单一且很不稳定。当地气候条件差,土地贫瘠,科技落后,靠种几亩薄地为生,一年庄稼收获有限,不足以养家;药材虽然是当地的经济来源之一,但是种药材比较辛苦而且药材收益回收周期比较长,其市场也缺乏稳定,风险多;打工机会少,而且农村地方的工作都没有稳定性,少则十天半月,多则半年,如果不是一个技术活,比如木匠、瓦匠等,活儿重工资也比较低。一家人吃饭、孩子上学、老人养老、家人就医,哪样都离不开钱。总之,在农村没地方挣钱,挣钱难是最致命的问题,所以很难留住人。

农村教育落后。不能否认,西部农村教育资源本身比较薄弱,师资力量不足且不均衡,教育配套落后。大城市里的孩子在学校可以享受着多媒体、空调、新风系统、暖气等设备,在明亮的教室里上课,而在有些农村地方冬天甚至都没有火炉取暖。随着生源的减少,许多地方不得不撤校合并,集中教育资源、生源教学,不过在这样的大环境下,近年来农村地方的学校环境、教学基础设施等也出现了一定改善。尽管如此,村里的人仍会想方设法把孩子安排在县城或市里,甚至省城或其他大城市读书。因为谁都清楚地认识到:孩子是家庭的未来,再穷也要把孩子送出去。

农村医疗落后。还记得电影《我不是药神》里患癌的老奶奶有句台词:谁家没个病人,你就能保证你这一辈子不生病吗?的确,生老病死是人生常态,生病谁也躲不过去。医疗关乎健康,而农村的医疗机构不健全,医疗设备落后,医疗水平比较低。村医一般是方圆几里内最受爱戴的人,因为村民有个头疼感冒都需要村医来治,而去镇上的医院比较远,不方便。我们村曾有位村医,医术精湛,医德高尚,以前经常背着医药箱,骑着摩托车去村民家上门看病,深受十里八乡村民爱戴。后来这位医生在县城开了诊所,村里的人便乘车前去县城他的诊所求医,人太多以至于需要排队就医。农村的人常是遇到大病了才上县城、去市里、去省城的医院,甚至去外省的大城市求医。落后的医疗水平,严重影响着村民的健康。

相形之下,近年来城市的拉力愈来愈强。

城市经济发达。城市人口相对密集,交通便利,生活便捷,工作机会多,对人们的吸引力更大。刚毕业的大学生更愿意留在城里打拼;有些家庭通过资金的积累在县城买了房,全家人都搬到了城里生活;有些人在外打拼多年,终于有了一个栖息地,告别流浪生活;也有的人,常年在新疆等地打工,一年回家乡一次,年还没过完就走……总之,他们追求更高的收入和更美好的生活,离开农村是必然的选择。

城市教育发达。城市教育资源丰富,而且师资力量比较雄厚,教育配套比较健全。近几年来村庄里许多家长更愿意把刚上小学的孩子转到县城读书,家中又派遣一位家长陪读。也有一些家长常年在外打工,便把孩子带在他们打工所在的城市,方便照顾。几乎在所有家长看来,城里的教育就是要比乡下的好,哪怕学费贵点,他们也愿意苦点累点。毕竟,不能让孩子输在起跑线上。家长对孩子教育问题的关注,在一定程度上也减少了村里留守儿童的数量。

城市医疗发达。大城市里的医疗资源比较集中,而且医疗配套比较完善。在农村地方头疼感冒等小病求医都靠唯一的村医,而在城里药店和诊所遍布,很是方便。大医院也集中,医疗资源优势明显,就医安全有保障。但是大城市里的就医费用比较昂贵,也在无形中增加了人们的生活压力。

城市在飞跃发展的同时,农村在不断衰落,城市相比农村更具有强大的吸引力,农村人口不断向城市转移,农村逐渐成为空心村。人们对农村歧视的态势不减反增,社会贫富差距逐渐拉大,人口比例失调,一些社会问题便日益暴露。

薄地无人耕,项目无进展

在陇中农村地方,农民收入基本来自种地或打工。但现状又是如何呢?

土地是农民赖以生存的基础。令人痛心疾首的是,在村庄人口流失的同时,土地资源也在逐渐流失。在农村,快没人种地了,也快没人能种得动地了。

陇中苦瘠甲天下。这本来就是一个靠天吃饭的地方,土地贫瘠,十年九旱,一年的庄稼收获无几。外出打工的人不得不放弃了家中的那几亩薄地另谋出路,久而久之那些长期无人开垦的地变成了荒地;岁月无情,那些留守村庄种庄稼的人年岁渐长,劳动力下降甚至丧失,他们不得不减少耕种面积,于是又放弃了一部分偏远的薄地,那些山地也逐渐沦落为荒地;在土地流转利用的政策导向下,一部分土地也被征用,尽管有补贴却也少得可怜,甚至还拿不到手。

农田无人耕,荒地便野蛮扩张。

人走地丢,留下的人在一次次变迁中依旧守望,现实的残酷一次次地痛击着人们的心。

2006年,村里建了一个淀粉厂。定西盛产洋马铃薯,当地马铃薯含粉量高,品质优良,被称为"中国薯都"。淀粉厂刚开张的时候许多村民去厂里打工,很大程度上解决了村里的就业压力,增加了经济来源;粉渣池里的粉渣晒干可以当猪饲料,最重要的是这东西免费送,村里人便发动全家人每天去拉几车;生产出来的淀粉村里人可以就近在厂里购买。有一年,厂里还请了社火在村里闹了一天一夜。但是好景不长,淀粉厂开了没两年就倒闭了。

2017年,隔壁村搞蔬菜大棚项目,主要种植青菜和菌菇。村里人去附近打工,一天八小时才挣60元。虽然有了一部分经济来源,但是这并没有给村庄带来实质性的改变。昨天在去坐车路上还遇到了两位村里的婶子,她们去年打工的钱终于要到手了,但是脸上却看不到一点喜悦,因为这点钱挣得不容易!

2018年初,村子里引进了一个蔬菜大棚的项目,村庄里的曲家川土地被征收用于该项目。村民一方面可以拿到土地的租金,另一方面也可以通过在这个项目打工赚钱,增加经济收入。这本来是一件很好的事,但是好景不长,因为三通一平和土地资金的一些问题,村民与开发商产生了矛盾,项目停工大半年了,过年前村民也没能拿到打工挣的钱。

每引进一个项目,结局都是停滞不前,想打工都没去处,村民辛辛苦苦干活挣的钱却一分也拿不到手,村庄发展的出路又在何方?这一直以来是个困惑大家的问题。

也许,走出去才是一条路。

离婚率飙升，光棍脱单难

"三农"问题一直是当今社会焦点。在城镇化过程中，城乡差距逐渐明显，贫富悬殊日渐凸显。现在国家也在集中力量解决农村的一些难题，积极帮扶农村。但是在农村的建设发展过程中，有很多的问题我们也不得不面对，比如农村人口流失、土地流失、空巢老人的赡养、留守儿童的生活和教育问题、飙升的离婚率、光棍危机加重等。

其实，在当前诸多的问题中，陇中村庄未来面临最严峻的挑战莫过于飙升的离婚率和日益加剧的光棍危机。

20世纪最后十年到21世纪前十年，受计划生育的影响，农村人口规模本身就已经呈现减少趋势。而近几年来留在村里的人口中，新生儿出生率几乎为0；相反，近几年来村里平均一年死亡3—5人，人口死亡率呈现较高且平稳发展趋势。这也就意味着多年来村庄的人口呈现负增长趋势，人口优势尽失。

根据民政部最新统计数据可知：2018年全国结婚登记人数为1 010.8万对，同比下降4.9%，离婚登记人数为380万对。毫不意外，2018年的结婚人数再度下降，这已经是自2013年以来连续5年下降。

结婚的人越来越少，离婚的人越来越多。

近几年来，村庄里达到法定婚龄的青年新婚率逐年降低，相反离婚率却在上升。可是为什么好好的日子过着过着，本来应该同心同德的夫妻却走散了，离婚的原因是什么呢？因为穷，没本事还不珍惜。

其实，农村的女人大多是不会轻易离婚的，而是被逼的。有的人尽管很拼命，但日子过得实在太穷了，女方跟着人跑了；有的人因为走了违法犯罪的道路，女方三观正，忍无可忍便离了婚，带走了孩子；也有的人，因为忍受不了丈夫的常年家暴，被打绝望了便索性跑了，再回来的时候便死活都要离婚。

离婚，不仅对两个家庭造成了创伤，更对孩子产生了很大的伤害。有些人，也因此打了一辈子光棍。

据国家统计局最新数据显示，中国2018年男性比女性多出5 000万人以上，有媒体称，预计到2020年，我国将会出现大约3 000万光棍。这将引发一系列的社会问题。

中国出生人口性别比严重失衡，其直接后果就是光棍危机。这一问题产生的根源是什么？一方面这是农村传统"重男轻女"思想留下的后遗症，另一方面是计划生育政策导致出生人口性别比严重失衡。总而言之，男多女少是农村的人口现状之一。

在陇中农村地方，村里的女孩子，到了谈婚论嫁的年龄几乎都嫁出去了，而村里的男孩子却娶不到女人，一晃就过了三十岁，依旧是孤家寡人一个。有的人一年四季在村里晃悠着，在清闲中等待；而有的人选择到外面打工，说不定哪天还可以带回家一个情投意合的女人。

为什么村里的有些男人至今娶不到女人？

因为穷。一方面村里太穷没发展，男人窝在家里没本事走出去，挣不到钱；另一方面家里太穷生活拮据，女方看不起。其实，在我们当地彩礼并不算多贵，但是有些家庭却一点儿也拿不出来。

也因为自身问题。不难发现,在农村地方有些光棍多多少少存在一些身体方面的不足,比如说长得丑、结巴、哑巴风,或者存在一些这样或那样的缺点,比如说懒、邋遢……女方很难放心地把自己的一生交给一个不可靠的男人。

二婚再娶难。在农村地方,许多离了婚的男人想再找个伴是件比较难的事,因为有些人自身有违法犯罪经历,或者有家暴史……二婚的女人在择偶时似乎会更加谨慎。

一个农民的所有梦想和希望全部寄托在下一代的身上。而光棍,因为有子孙后代的希望很渺小,所以一旦过了三十岁被打入了光棍大军,也就逐渐失去了对生活的信心,放弃奋斗,自暴自弃,懒得做饭,懒得洗衣服,懒得打扫屋舍,懒得种庄稼……光棍与常人之间形成了巨大的落差,十有八九都是性情的落寞,融不进同龄人的圈子,受人歧视。《崖边报告》中阎海军如是说,真实反映了现实情况。

其实,许多时候人还是需要自己争一口气,美好的生活源于勤劳踏实,奋斗不止。你自己不努力,别人想帮你一把都难!

最后借用我很喜欢的一段话结束本文:

> 作为一个词语,"活着"在我们中国的语言里充满了力量,它的力量不是来自于喊叫,也不是来自于进攻,而是忍受,去忍受生命赋予我们的责任,去忍受现实给予我们的幸福和苦难、无聊和平庸。
>
> 人活着,不容易,但要自己争口气。
>
> ——余华《活着》韩文版自序

我的回家之旅,我的年(外二章)

蔡 诚*

一月,一个周末的黄昏,从出租屋醒来,我抬眼望向窗外,除了宛如坚硬密封的墙一样的雾霾,什么也看不见——记得刚北漂那会儿,晨曦和夕阳常常调皮地穿过小窗洒进我简洁而温暖的小屋,一切,看上去像我的生活和青春的梦想一样充满诗意。现在,这个城市越来越不宜居了,自己当年的豪情壮志也早已烟消云散,特别想离开,但日复一日还是没有勇气离开。

静静的,我在不敢打开的窗下读书。这时,手机响了,母亲打来的。"军儿啊……你三年没回家过年了……票买好了吗?……"进入腊月后,母亲给我打了好几个电话,每一次都在说回家这件事,"你一定要回来啊,我快七十岁了,一年比一年老……外面的钱是挣不完的,什么时候都不能忘了家……"母亲声音苍老、急切,我唯有愧疚、恭顺地听她唠叨。"要回的……回的……"我说,"买到票了我第一时间告诉您……今年回家过年一定多待几天……"挂断电话,我仿佛看

---

* 蔡诚,生于江西。北漂者,撰稿人,阅读推广者。

到母亲迈着蹒跚的小脚步到村口的古樟树下迎我,满脸皱纹的母亲消瘦、佝偻、憔悴,却满心欢喜。

我已无心读书,这部《尤利西斯》这个冬天过去大半了还没有读完三分之一。我坐到心爱的笔记本电脑前,一边播放着舒缓忧伤的音乐,一边浏览火车票预订官网。北京到南昌,我要的日期,总是无票,无座票甚至也没有。去年的情景也是如此,忍受不了回家的苦,一气之下我决定留守北京。其实我很想家,孤身一人在这个人情淡漠的城市,糟糕的雾霾又是如此的常态。再也不能让母亲失望,我又输入另一个日期,终于显示有一张无座票可售,一步步操作,这张将宽慰我多年乡愁的车票终于要在腊月二十九日晚十一点带我踏上返乡的旅程。天黑得早,呆坐在没有开灯的暗夜中,我想着故乡,想着母亲,五味杂陈。

梦里醒来后,这一夜我彻夜难眠,故乡,城市,梦想,现实,一幕幕错综复杂在我脑海交织。十八岁那年我出门远行,南昌、深圳、北京,一路漂泊,从此和故乡若即若离,二十年了,我只回过六七次家。每一次回家前,我这个爱要面子却挣不到什么钱的人都犹豫忐忑,是母亲听上去让我心碎的絮叨逼我带着乡愁一次次踏上回家的旅程。前些年,鄱阳湖边那个叫西舍蔡的小村,乡亲、老屋、稻田、小道、炊烟……我眼里的细节,一如其旧,缓慢、单调、沉闷,但当我拎着行李,看到穿着粗布衣裳的母亲急切却又迈着力不从心的碎步远远地迎我走来时,我柔弱的心一瞬间被触动。我加速朝母亲走去,母与子,短短的这一段田埂土路,我们之间仿佛被长长的海峡阻隔太久。我常常梦到母亲,母亲真的老了,老得需要眯起原本就不大的眼睛好一会儿才能认出我……

朝思暮想的返乡的这一天,天空终于变得明净起来,但长安街光秃秃的树枝上仍然布满了乌鸦的聒噪。从苹果园出发,半小时后我来到了人头攒动的西客站。如此浩荡的人流,如此集中的回家潮,四年后,我再一次深切地感受着。挤在人群中,路过一家家大声吆喝的超市,我忽然想起母亲喜欢吃酥脆的北京烤鸭,于是往行李箱中塞进了一只。我喜欢安静,只想早点登上南下的高铁,但时间难挨,在候车室的三小时,我看书、睡觉、玩手机,做什么都无法专一,一次次抬起头,发现我们候车的这一列队伍还是纹丝不动。终于听到广播喊我们了,在我疲劳至极的时刻,我被裹挟着、推搡着离开京城。夜幕中,高铁抖动了一下,然后奔出北京,在一望无际的华北平原上驰骋,据说要穿过我从没见过的滚滚黄河,但可惜,是在晚上,还只是一瞬就会被抛到身后。虽然车厢里不挤,但站着很累,一个多小时后,我什么也不想,昏昏沉沉在过道靠边坐了下来。

公共场所无法沉睡,有人上厕所,有人泡面,有人说笑,有人打牌,我时不时被惊醒。一次次站起来又一次次坐下,不堪其扰,凌晨两点多,我决定倚靠座椅站到黎明时高铁到站。无精打采中,我后悔昨夜没睡好,后悔没从网上黄牛那里买高价票,当然一边还在观察着车厢,专注着某些人,希望发现各种原因离开座位者。一个女人抱着突然哭泣的孩子离开了座位,那个戴眼镜的老头看上去想上厕所,另一个矮胖的中年男子踮起脚跟在拿行李……我猜测哪个离开的时间更长。"嘿……这是我的座位。""不好意思,睡过头了。"常常在这样的对话里,我不情愿地站了起来。天色终于微亮,我看到了南方我熟悉的丘陵在窗外飞速而过,看到了绿意盎然的山间的亲切小屋,还不时能发现村民在放其实听不见的噼啪作响的鞭炮。近乡情更怯,我知道,家正离我越来越近了。

下了高铁转长途汽车,窗外的风景终于能从容地在我眼前展开——九江很冷,很静,虽然高楼林立,但看上去还是一座没有活力的小城,而车过鄱阳湖,湖面也没有我印象中那般开阔,新建的跨湖大桥更是破坏了远山近水和谐共处的美感。贴了白色瓷砖的二三层小楼不时闪现在破旧的长途汽车两旁,房前屋后往往一派寂静,偶尔见门口有喂鸡唤鸭的老人。车子在鄱阳湖边上偏远的腹地继续穿行,路过的村庄我开始能一个个叫上名字,名字虽在却面目全非。大多数村庄除了祠堂,基本上户户都盖起了二三层的楼房,独门独院,多数铁门紧闭,而没在原址盖楼的封火屋或泥砖瓦房都任其风吹雨打。这是近几年政府大力规划实施新农村建设的成果,当然更是外出打工的乡亲挣了钱的最好证明。如果将这样新建的小村连接起来,我以为和一个看上去现代化的小镇无异。出了城市,一路上几乎都是这样的景象,这无法吸引我,相反我内心泛起了无以言状的乡愁。

我知道,我少年时光的那种乡村图景已经远去。那时,我们住的虽然是老屋,过得也很简朴,但人们都甘其食,美其服,安其居,乐其俗,邻国相望,鸡犬之声相闻……人与人,人与世界都一片安详,特别是年前年后,小村多热闹啊,孩子们放炮竹,跳房子,吃酒席,家家杀年猪,户户做年糕。改革开放后这些年,乡亲们普遍对工地失去了兴趣,原本盛产稻谷棉花的丰腴田地现在多半干涸荒疏,有的灌木丛生,有的甚至成了路——车穿行于再也没有泥泞小路的乡间。进入我耳朵的再也没有一句亩产多少的交谈,集体都在说钱,说生意,说体面,泥土上的事物仿佛和他们相距遥远。作为一个从北京回来却一无所有的单身汉,看着已发生巨大变化的故乡,我只能一路沉默。

阴沉的黄昏时分,宁静的乡间不时传来小鸟单调的啁啾。拎着行李,我激动而紧张地朝我的小村走去。小村建在一处丘陵的低洼处,因为连年的水患,村里的一部分人家后来迁到了更高一点的地方重建,我家因为经济原因还没有盖新房。站在丘陵的一处高处,看到了一棵巨大樟树的左侧,我魂牵梦绕的老屋,她的瓦顶,土墙,窄窄的斑驳的木窗,一切老态龙钟,深沉苍凉。不敢靠近她,我的脚步愈来愈小心翼翼——朴素的灰色风衣,廉价的黑色运动鞋,黑瘦单薄的身子,没有几个钱的口袋,一部华为手机,一个大帆布行李箱。当我以这样的形象出现在村口,出现在母亲和乡亲们面前,他们的问长问短和上下打量的目光,我怕……突然,身后有人拍了下我的肩膀,"回来了,好多年没见你了,听说你在北京发财了!"原来,是小时候一起长大的伙伴,也才从广东回来几天,他耳朵上夹了一根烟,粗大的手里拿着一部苹果手机。"还行吧,发财谈不上。"看着他发亮的大皮衣,我最后只能这样告诉他。

母亲已经迎出来了,系着围裙的头发花白的母亲走路颤颤巍巍的。面对面的这一刻,我能觉察到母亲眼里涌出的泪花,我的心疼得缩了起来,冬天冰冷的微风中,我赶紧扶着母亲往家走去。有几个路过的乡亲和我们打招呼,同样的问题,我心不在焉地给着同样的回复。"你没带烟吗,得给他们敬烟啊!"母亲突然嗔怪道,"三十六岁的人了,还是没长大,得懂礼貌!"我向母亲赔不是,说改天一一上乡亲们家送烟去。当母亲推开厚厚的却被虫蛀了不少小窟窿的百年木门时,阴暗厅堂里的一股霉味向我袭来。借着屋顶两片蒙上了一层灰尘的明瓦,我看到我上大学那年挂上的毛主席画像还在;住在景德镇的姑姑送的一对鸭子造型的黄色瓷器还摆在长条书案的一角;故去多年的爷爷的遗像摆在书案的另一边;木梁上结了几处蛛网,几刀腊肉、腊鱼吊在梁上;满是污浊的木板壁上,泛黄的毛笔字迹已辨认不清的两张奖状还并排贴着……我来回踱步,十八岁之前我生活的这个世界,我亲爱的老家,陈年老屋,一切都没有变化,仍然这样迎接新年。在这里我都做过什么,留下了什么?一些有印象的事在我的脑海翻涌。

"饿了吧……军,我给你下碗面条去,"母亲从箱子里给我翻出一双她做的保暖鞋,"家里冷,不要冻坏脚了"。说着,她到西边的小厨房里去了。我在收拾屋子,收拾我睡过的用稻草做垫子的雕花老木床,床底下有老鼠窸窣的声音,房梁上也有。我正饶有兴趣翻看我小学时代的作业本,在广州打工的表弟来了,他梳着很精神的发型,蓝色西装,白衬衫上打着领带,额头亮堂,穿着锃亮的黑皮鞋。"听说你来了,你在北京怎么样,听说一月能挣一万多……我想明年跟你去,带我去吧,我什么都能做!"表弟大专毕业,去年结婚我没能参加他的婚礼,女方是湖南妹子,漂亮能干,没要他父母一分钱——这是我母亲告诉我的,还要我也带一个回家,"乡下结婚结不起,十万彩礼不算多,还要三金(金项链、金耳环、金手镯)。我们这现在很兴从外面带老婆来,你也要带一个给我看看!"我当然也想有这样的好事儿,但年复一年,只会让望穿秋水的母亲哀叹不已。"看机会吧!"表弟的话我觉得羞愧，但表面上我又一次伪装了自己。

母亲老了养不了猪，给我端来的这一大碗面条里的肉是亲戚家杀了过年猪送我们的，母亲还加了两个鸡蛋，这久违的浓香的面条味道，我吃得津津有味。正吃面条间，一个婶婶送她做的一盘年糕来了，事无巨细，她又问了我许多在北京其实还没有能力解决的问题。我没有住房，没有考取公务员，没有女朋友，没有买车，没有稳定工作，但最后她得到的有关我的消息是，我在北京过得不错，比他在深圳上班的儿子强——为了不让家人、乡亲们失望，在家的这些天，许多话我没有实话实说，当然也不愿意天花乱坠为自己在乡亲们面前树立一个高大上的形象。彼此打听和传说外面的世界，这是年前年后乡亲们最爱做的事儿。然而，一个显而易见的事实是，我老家还没有盖房子，我的一番说辞，难免要遭遇乡亲们怀疑的目光。我因此不爱出门，除了骑上那辆父亲早已废弃的自行车，沿着褐色的河边小路去一道小山脊背后的外婆家；除了一次看三姑爷放干他承包的满是大鱼跳跃的池塘，我都没怎么出过门。这些年的乡下，回不回家过年，很多漂在外乡而命运不济的人都为之苦恼，谁都不想在故乡留下贫穷愚笨的形象，同时也不想被人传说成流浪在外不知所终。

一个河南籍的外来媳妇站在村里的祠堂里，好奇地等待在他乡为她举办一场她感到陌生的乡下婚礼，我站在乡亲中间看着她，同时想象未来我如何在这里完成我的仪式。我认识几个我有意交往的女孩，但好像没一个对我的故乡感兴趣，对我的爱也并不坚定，要她们中的任何一个和我私奔都很不容易。新郎，高高的个子，健壮、谦和，是村里唯一的硕士，他在向人群抛糖，我接到了两颗，母亲又给了我一颗。炮竹声中,母亲目送这对新人离去,"你什么时候能办这大事啊……再不办,真的没人跟你了。"转身,母亲问我。"今年一定要结的,您放心。"我向母亲发了誓。天空闪过一连串炮竹的电光,不久,寒冷中,公共空间的热闹消散,变成了家家户户的打牌声——农闲时节,特别是年关前后,打牌是乡亲们最热衷的消遣,大多都要输赢点小钱,虽然老了,母亲和她的几个妯娌也爱玩这个。这些天,我时常站在母亲身后,这是她最容易忘记不快的时候,我愿意看到母亲一双布满老茧青筋突起的手上上下下抓牌、出牌、洗牌,沧桑的脸庞因为好牌或赢钱经常露出过年一样的欢乐的笑脸。

我拿着一本书坐在阳光底下晒太阳,除夕这天,母亲在一旁的石凳上杀了一只和她朝夕相处了两年多的鸡,一只刚才还在篱笆圈里的泥土上找吃食的大母鸡。更早一些时候,我和母亲一起把它赶进老屋边上低矮的小厨房,幽暗的四壁都透风的厨房里,大母鸡不想被我们抓住,不断扑棱着翅膀发出咯咯的叫声,有时机敏地飞过我们的头顶,但最后还是被不断和它用一种特殊语言交流的母亲抓住了。村里另一户人家在杀猪,我们乡下,杀猪比杀鸡重要得多。我听到猪头割下时户主放的炮竹声,不久又传来另一户杀猪的炮竹声——猪头是圣物,年夜饭前,家家户户都要端着它到村里的祠堂祭祀,近百户蔡氏人家献祭的猪头壮观地摆在一起,童年时我经常在这些猪头间,炮竹的烟气缭绕里穿来钻去。时过境迁,这重要的风俗虽然还没有完全被改变,但人少了,味淡了。若干年后故乡的这个除夕之夜,站在祠堂里祭拜,我无限怅惘,老一辈毕恭毕敬的故乡风俗现在荒芜了,在我们这一代代新人手里,像是要土崩瓦解……

一吃完年夜饭,弟弟就打着电筒去别人家打牌了。我帮母亲收拾饭桌,年夜饭已不是我记忆里的样子,除了自家种的几种食材,一切都从镇上采办,味道也和城市的小餐桌相差无几。陪母亲看了一会儿了无生趣的春节联欢晚会,十点多,犯困的我想去睡觉,但母亲还想和我多说说话——母与子在炭火炉前守岁,暗淡的火光印着我们的影子。我在说北漂的工作和生活,母亲则对一些故乡的人与事念念不忘。从母亲嘴里,我似乎明白了故乡的流变,今天的故乡,乡亲们的价值观正在和城里趋向一致,人与人之间,一切都在向利益看齐,而对于正饱受污染的我们曾嬉戏过的河流,对于长不出果实只长荒草的红土地,我们没有仇恨,相反以为只有这样才能带来富裕和文明。"手镯先留给你,等你有女朋友了给她戴上!"在我昏昏欲睡站起来去睡觉之际,母亲突然掏出一只金手镯给我,"你好好保管,我相信你女朋友会喜欢的。"收下礼物,我躺到床上,窗外,除了时断时续的烟花炮竹声,就是小村大年夜无限的沉默,听着这沉默,我终于沉入迎接新年的梦乡。

故 乡 三 日

初秋的一天,村里仅有的三位老人坐在村口的大樟树下纳凉,一位敞着衣襟满脸皱纹的老汉,手里端着盛有几片青菜的大碗米饭,开心地说起了孙子过年将要带贵州女孩来家里结婚的事儿,"我看了照片,姑娘俊着呢……我孙子有福气,那边还不要什么彩礼钱!""行啊,你孙子看着老实巴交,追女孩儿可有一套,不像我小儿子,快四十了,还单着，真是愁死人"，一个干瘦的老妇人手扶着腋下刚从池塘里洗过的一盘衣服接过了话茬。"外面带媳妇好啊，现在家里可是娶不起，得有车有房……我那不争气的孙子，我们现在也管不了那么多，全靠他自己的造化"，另一个把锄头支在地上身子倚着木柄头发半白的大叔囔囔说。这时，一个约摸八岁上下的小男孩跑了过来扑进正往嘴巴里扒饭的老汉怀里，"爷爷，爷爷，给我一块钱，我要买一根雪糕"，说着，便活蹦乱跳摸起了爷爷的口袋。

这是我地处江西穷乡僻壤之地的老家的寻常一景。那年九月，我从深圳返回故乡看母亲，母亲躺在那张我记事起就待在阴暗屋角挂着脏兮兮蚊帐的老木床上咳嗽，不是疼，母亲说，是痨病不用担心。父亲也说没什么事，一过了农忙，他就去了景德镇瓷厂做工——我上初中时，他就这样候鸟一样在家和景德镇之间往返，还总爱感慨：自己身强力壮时只能窝在农村干活，人生似乎只有难以摆脱的无聊感，等老了才遇上改革开放可以随便出去打工的好政策……儿啊，趁着年轻，趁着好时代，你要好好把握前程。父亲在村里以勤劳出名，等我高中毕业时，我家以前屋顶老是漏雨，墙壁斑驳潮湿的老房子已重新翻盖成一幢二层面贴着白色瓷砖的小楼房，但代价也是显而易见的，母亲经常一个人在家操持，衰老过早地爬上了她昏暗无光的额头。母亲常年没做过体检，我想去请村里卫生所的医生看看，再说已经办了农村合作医疗，看病的负担应该能减轻不少。在我上村里卫生所请医生的路上，在村口，我遇见了多年没见的三位乡亲，递了烟后，他们一个个饶有兴趣地盯着我看，仿佛我完全是一个外来的陌生人。

你回来啦,坐飞机来的么……你在哪打工,做什么工作,发财了吧……有媳妇了吗,准备什么时候结婚……那边好找工作吗,像我这样的老头他们要不要……那里有什么好玩的东西,他们爱吃什么……在平淡无奇的乡下,乡亲们最想知道外面的世界,在他们眼里,只有那陌生的和自己相隔万里的东西才能使他感到好奇。我口吻轻松地说着他们想知道的一切,我说我干活就是站在那里看护着机器,机器能生产各式各样的玩具;我说我还没女朋友呢,想找,争取带一个回来吧,为家里减轻负担;我说我住的地方离大海不远,大海是咸的,一眼望不到尽头,出产许多和我们这里完全不同的形状怪异的鱼;那里没有人听得懂我们的家乡话,我们都用普通话交流……尽管我无法信誓旦旦地说我的未来一定很美好,但经过我的描述,在乡亲们看来,我的生活已经远远超出了他们的想象。年轻多好啊,闯荡世界,你们赶上了好时候,大叔说,他希望自己儿子在上海也能成功。

　　大叔有故事,从他现在干枯的大嘴里我知道了原来并不了解的他的青春轶事。1966年下半年到1967年初,全国"大串连"时期,初中毕业的他免费吃住走过不少地方,南昌、武汉、郑州,"差一点我就上了北京了,"大叔咧开了嘴说,"可惜那时候没有改革开放,到哪里都要写条子,一切听从组织安排。要搁现在,我怕是早在城里落脚了,在北京安家落户也不一定。"如今,大叔虽然还愿意走,但身体远不如从前,他说他的生活就像一片将要荒芜的土地,只有一些麻雀在他周围飞来飞去。"就等着享福吧,你儿子或许能代替你完成你想要的一切,只要活得长寿些。"老妇人大声说,一边颤悠着,在秋天的阳光里走远了。

我们散了,各有新的归途。老汉跟在孙子后面上了小卖部;大叔在田间挥动锄头;孤独的老妇人在院子里的竹竿上晒衣服;我走过架在溪涧上的一座小石桥,来到忙碌的村医的诊所。"不碍事的",医生忙着给一个婴儿打针,一边告诉我,"这老毛病最好就是疗养,如果你带上你母亲在海边住上一年半载,这病怕是会有很大改观"。这启发了我,也难住了我。我还是一个一文不名的打工者,怕是没能力为母亲创造一个海边安居的生活环境,但我还是走到母亲身旁,拖着消瘦身子的母亲正在院子里给鸡撒谷粒。"母亲,我和你商量个事,跟我去深圳如何?在海边我们租一间房子,医生说这有利于你的病,或许就此好起来也不一定……"母亲一言未发,面色沉郁。我在等着她说话,半响,她却挑起耳房墙角边的担子迈出家门。

跟在母亲身后,我终于抢下她肩上的担子。我们在村后的小山上捡拾柴火,落叶、枯枝、藤蔓,一会儿,我们填满了两箩筐。村里十几户人家都改用煤气烧水做饭,唯独我们家,母亲还爱用土灶生火做饭。"用煤气费钱,用完了还得去老远的地方换煤气罐,再说,能捡拾的柴火到处都是,不用也浪费了",母亲说,一边支开坐在灶口老生不起火的我。母亲还没坐定,呛人的烟气一会儿就消失了——不得不说,离乡多年,对乡下的许多农活我已变得生疏,甚至论资排辈谁谁我该怎么称呼也变得模糊不清。我一边用葫芦瓢往大铁锅里舀水,一边又说起了母亲去深圳的事。"哪走得开,家里事多,养鸡种菜,还要侍弄那一亩水田,以后有钱了再说吧,也不在乎这一两年。我身体没什么大毛病,你只管好好做好自己的事。我现在最想的,是你带个儿媳回来,村里上了年纪的人,你这样的不多了。"母亲突然陷入了静默,透过灶房的窗,我看到黄昏降临,宁静笼罩着小村。

没有喊醒我,母亲已经拿走我昨夜换下的一身衣服去了池塘边。红薯稀饭已经在锅里飘出热气。太阳虽然还未升起,天却大亮,东边飘浮的淡红色云朵点缀在清澈蔚蓝的天空上。收割后的田园,薄雾弥漫在潮湿的大地,空气清新。麻雀在低矮的灌木丛间叽叽喳喳,一排枫树在微风中轻轻摇曳。池塘边只有母亲一人洗衣,孤独的捣衣声一阵又一阵。一只黄狗站在樟树下裸露出来的一根巨大的褐色树根上默不作声地观瞧。我的到来,引来了它随后的吠叫,母亲喝了几声,它才怏怏不乐地离去。池塘空旷,寂寥,我想起小时候,池塘边这三条长条形石凳上,每天清晨,家家户户的女主人都在这里洗衣,家长里短,喜怒笑骂,不绝于耳。我陪母亲说话,我说:"现在家家都装了自来水,生活方便了,何必舍近求远来这里洗衣。""除了饮用水,我用自来水不多,多花那个钱干嘛,也没必要。我在这里洗衣服快五十年了,早已成了习惯,还洗得干净。"穿着灰呢衣服的母亲侧脸对着我说话,棒槌声中偶尔伴有咳嗽声。一股阴凉的风从远方吹来,秋天了,我觉得有一丝冷。

我和母亲在八仙桌上一起吃早饭,一盘青菜,一盘我从深圳带来的鱼罐头,一碗自产的豆腐乳。这陪伴母亲的三天快要结束了,我有些感伤地说:"您要好好照顾自己,毕竟年纪大了,一些事完全可以不做,煤气、自来水不要不舍得用。""做得动还是要做点的,不然,活着做什么呢?"母亲往我碗里夹了一片青菜,"在外面你倒是要好好干呢,不要惦记家里,盼你在深圳能有些名堂。""会的,我还想在海边给您买一所房子呢",我说,"我正在学一门技术,以后一定会多挣一些钱。"放下碗筷,母亲又出去挖红薯了,我也跟了出去,走在田间,遇到不多的几个乡亲,他们都是闲不下来在不紧不慢从容干活的老人——多年以后,当我抡起锄头一次次劈裂土地收获一只只果实的时候,我对以前颇感失望总是渴望逃离的农活似乎有了一种新的感情:以城里人的眼光看,这或许是贫瘠、枯燥的劳作;但从乡亲们的内心来看,辛劳过后,这何尝不是土地的一种丰饶的回报呢?母亲笑了,她粗糙而皲裂的手一边擦拭着大红薯,一边说,你带些去深圳吧……

　　临行的前夜,我在收拾行囊,箱底,母亲不知什么时候竟然已经放了一袋大红薯,一瓶豆腐乳,一包花生——沉就沉些吧,我没有拿出来,继续把几件换洗的衣服和几本书放在上面。母亲在看京剧,这是她最爱看的电视节目,我陪她看,她不时发出孩童般的笑声,还评点着或狡猾无情,或善良可爱的主人公。母亲五十岁那年,家里有了第一台电视,从此母亲难得的农闲生活都给了它,电话里,甚至还不忘叮嘱我们父子多弄几部京剧带子回家。母亲小小的愿望,一年年的我们支持她,但如今那些带子堆在五斗橱的一角积满灰尘——与时俱进的母亲再也不满足于在电视里看京剧,现在她还想坐到舞台的池座现场看一台京剧晚会。会带您去的,也许就在今年过年时,《霸王别姬》《四郎探母》《白蛇传》……您喜欢的都让您看个够。咳嗽着,母亲表示满意。夜深了,故乡的最后一夜,满天星星。一转眼,我离开蔡村已经八年了,我想念和母亲的团聚,我衷心希望她的余生我能多陪她几次,最好还能一起生活在文明程度更高的这个小村。会的,幸福是奋斗出来的,我还年轻……

去乡下陪儿子

想儿子了,好久没亲过他可爱的小脸蛋,这个夏天,和儿子分别大半年后,千里迢迢,我回了一趟老家。原本是想和妻子一道回去的,但厂子里赶工,经理只批了我们中一个人的假。我们商量,还是我回去,麦收时节,我可以更多地帮衬家里收割。临行前夜,我们在镇上逛了逛,给老人和孩子买了点礼物,妻子还嘱咐我多拍点儿子的照片和视频。我搂住和我患难与共了五年的妻子,我知道她比我更思念我们唯一的孩子,孩子半岁后,她至今还没有再见到儿子,几次,梦呓中,我听到她在轻唤宝宝的乳名。

带着满身疲惫,黄昏时分,我终于踏上了亲切的故乡的土地。夏风中,五月的乡村,阵阵麦浪在公路两旁起伏,一种久违的沁人心脾的清香在我全身弥漫开来。一路上,很少碰到走路铿锵有力的乡亲,都是一些上了年纪迈着细步的老人在安静地劳作。偶尔,我为他们点上一根烟,他们于是灿开爬满皱纹的古铜色的脸和我交谈,故乡,令他们高兴的事儿并不多。这时,我瞧见了母亲,满头银发的她在一方微波荡漾的池塘的那头,斜坡上的一片菜园里躬身摘菜,两岁多的儿子正趴在旁边的泥地上,一个人寂寞地嬉戏。

急急地赶过去,我抱起儿子。令我略有失望,见到爸爸,他并没有表示出明显的激动。他趴在我的肩上玩一只电子玩具狗,好久,当我们走到村口的大樟树下,我才听到他童真的开心的笑声。扛着锄头,母亲跟在我们身后,一边絮叨着这段时间家里的琐事。我们一同踏进了熟悉的家门,残阳照在清冷的厅堂,八仙桌上,网兜罩着中午吃剩下的一菜一汤,苍蝇在它周围发出沉闷的嗡嗡声。放下行囊,我解开因为汗水贴到脊背上的衬衣,然后用清冽的井水洗脸、擦拭身子,同时,给儿子洗澡。儿子浑身上下给蚊子叮咬了不少红包,因为痛,不时发出尖叫,一次次试图向在厨房忙碌的母亲那边跑去——我为妻子留住了儿子走路时屁股扭动的可爱瞬间,我想,单调的打工生活里,这会给妻子带来欢快的笑声。

会玩几个会走路也会发出各种声音的电子玩具后,儿子一直跟它们玩,直到上床睡觉时分玩腻了才弃它而去。我想带儿子睡,但儿子闹着要跟奶奶睡。母亲抱着儿子回东边的房间去了,我一个人守着月光,仰望窗外的星星,在空空的西边房里像是失了眠。想跟妻子微信视频,但她还在流水线上忙碌不方便接听。拧亮电灯,我又看到床头挂着的我们的结婚照,妻子穿着漂亮的白长裙倚着我在浅笑,我身穿一尘不染的深色西装,留着寸头,白净的脸上露出王子一样的骄傲……我们再也找不回照片上这种意气风发的青春的模样了,严峻的现实里,走着走着,我们变黑了,变老了,笑声也渐渐少了,甚至不再记得当年结婚时我们的甜蜜。

我醒得早,窗外母亲却更早。她在井边洗衣,我在一边洗漱,儿子还在酣睡。"儿子太孤单了,"母亲突然说,"不带他出去,他只会在家看动画片……再生一个吧,这不会累坏你们的,孩子需要一个伴儿,我老了,也做不了孩子的好伴儿。"我同意母亲的意见,但也难于违逆妻子的看法。妻子说,母亲那一代人并无现代社会的经验判断,我们不能凭空就造出一个新生命,他需要大人充足的身体和经济的准备。跌跌撞撞,儿子来到了奶奶身旁,依偎着她,一边用可爱而警惕的大眼睛瞧着我,好像我不是他爸爸似的,也不敢回应我神情温柔的热切的招呼。终于不哭了,我抱起他向着凉爽的田野走去,一头牛,一只鸭子,狗的叫声,树上落下的一枚野果,水的波光里跃出的草鱼的白色肚皮……这一件件,隔着肩膀我和儿子分享,我知道,故乡的事物,一些种子,正悄悄在儿子光亮宽阔的脑门里生根。

儿子还是不爱叫爸爸,但他在熟悉我,慢慢变得爱和我一起玩。我蹲下身子继续和儿子追赶一只蝴蝶,一会儿,它领着我们来到了村后的一条小溪旁。我们把叶子折成的小船放进潺潺流淌的小溪,儿子专注的目光里,一只蜻蜓停在了船头。我蹑手蹑脚想去逮住它,真的逮住了。儿子接过还在挣扎中的蜻蜓的翅膀,一边牙牙学语往前奔去。循着儿子并不明确的指引,我还逮住了一只落在树杈间毫不敏感的知了。儿子终于肯爬上我的背了,也肯对我指手画脚。我乐意当他的马,也愿意为他赤脚下到小溪抓鱼——父子的亲情在升温,我知道,在儿子眼里,我们之间的鸿沟正在渐渐弥合。我有节奏地吹着口哨,儿子笨拙地舞动着两条细细的腿跳起来,我们捉迷藏,又一起往家的方向比赛奔跑。阳光拉长了我们的影子,一只伸出长长舌头的小狗远远地看着我们,轻风沙沙地在树林里回荡。

当家里的两亩小麦一收割,我八天的假期也快结束了。我不得不告别儿子和母亲,这天清晨,一次次我投去匆匆的一瞥,用了很长时间,才依依不舍走出村口——又听不到儿子的笑声,看不到母亲佝偻的背影,随着火车的一声长鸣,他们又隐在了远方,藏在了故乡青绿色的雾霭里……那些朝夕相处的动人时刻,我随后在暗淡的出租屋的灯光下向妻子一再描述,妻子听得兴奋又疲惫。我们一起翻看我在故乡拍的照片和短视频,这是我们单调的打工生活里为数不多的温馨时刻。我们饱含深情地看着,还经常一起畅想,想得最多的,是什么时候我们能在城里买个房子啊,一家人不离不弃生活在一起……

回乡散记

郭福来*

一

天边飘过故乡的云,它不停地向我召唤,当身边微风轻轻吹起,有个声音在对我呼唤,归来吧,归来哟,浪迹天涯的游子。耳边响起这首歌的时候,我正坐在回家的火车上,车窗外擦过的麦田边,很茂盛,枯草接连不断,挤挤挨挨地固守着自己的领地,谁也不肯为路边树上飘落的黄叶腾地,黄叶只得卷曲起单薄的身子,被枯草托举着,仰望路边树的枝头。那里曾是生它养它的故乡,而今,再也回不去了,只能眼巴巴地遥望。

离家两年了,听本家的老哥在电话里说家乡变化可大了,以前的泥泞大街已修建成平展展的水泥路,旧房子已翻盖一新,还通上了终日不断的甘甜的自来水。

---

* 郭福来,1968年生于河北省吴桥县。自幼喜读文学类书籍。尝于农耕之暇,雨夜之隙,写些感悟文字。2014年,开始北漂。打工之余,亦未忘握笔。偶尔发表几篇,颇感欣慰。

每一个喜讯都令我欣喜多日,憧憬多日,回想多日。

最难忘的是村边的宣惠河,那是我小时候的乐园。记忆中,宣惠河水面不宽,也就十多米,也不深,最深处才刚刚淹及大人的腰间。河水只在夏季泄洪时水量大些,且很浑浊,春秋时节则是清亮亮的白水,常有成群的鱼畅游其中。在那食物短缺的年代,这条河成了村里人的食品库,而我们这帮不爱上学的孩子们则成了捕鱼工,每人从家里拿出网兜、笊篱、竹篮、铁桶等工具,欢笑着,打闹着跑到河边,三两下脱掉短衣长裤,"扑通"一声,跳入水中,先扎几个猛子,畅游一番,再互相撩水嬉戏。时常惊得身旁的小鱼跃出水面,白色的鳞光划出一道优美的弧线,"嗖"的一下,又落入河水。这时有人喊:快看,那儿游过一条大鲶鱼,于是一群孩子匆匆跑上岸,绰起各自捕鱼的工具满河里搜寻起来。

中午休工的大人们在桥上陆续走过,喊着各家的孩子。孩子们则拎起自己的收获,让父母带回家,鲢鱼、鲫鱼、鲤鱼、草鱼、鲶鱼,还有泥鳅、鳝鱼、河虾挤在一起。像市场上的商品一样,一兜连着一筐,一桶挨着一篮子,排列着。而我因为年纪小,只在河边拣了一些蛤蜊,有长条形的,椭圆形的,扇形的,每个蛤蜊的贝壳花纹各异,各乘其美,连母亲看了都啧啧称奇:大伙看看,俺孩子拣的这些蛤蜊真好看啊,你们说这玩意儿是咋长的呢?大家就七嘴八舌地议论着朝家走,母亲牵着我的手,边走边说:"到下午你再拣点蛤蜊,晚上咱一锅煮了,吃剩下的贝壳归你拿着玩。"

如今将近四十年了,母亲煮的蛤蜊的那种鲜香味道依然萦绕在我的记忆里,每每想起,犹齿颊生津。

二

"各位旅客,列车运行前方停车站是吴桥站,有在吴桥下车的旅客请提前做好准备。"随着广播喇叭的提示声,我看到好多的旅客纷纷起身,收拾着自己的行李,我的心一阵激动:"啊!吴桥,我阔别两年的故乡,今天,我终于回来了,我像个在外面跑累的孩子,回到父母的身边一样。我像只迷途的羔羊,在外面的世界一番闯荡后,又回到从小就熟识的地方,听久违的乡音,看亲切的人群。啊!吴桥。两年前,我觉得在家乡生活的日子日渐局促,田地里的那点儿收入,亦应付不了日常的开销,于是决定离开家乡去外地打工。我像那不忍离开枝头的黄叶,紧紧拥着生我养我的地方不愿走,可是,来自世俗的风很强劲,一阵阵,一股股,一天天,时刻都在掰扯着我紧握家乡的手,逼我开始孤独的流浪。啊!吴桥,我的家乡,今天,我终于回来了,尽管我依然空着行囊。"

三

出车站的时候,很多出租车司机热情地用乡音问我打车吗,我摇着头回答:不,我在街上走走。一位穿着臃肿的中年女人伸出枯干的手拽我的胳膊,一边激动地说:"大哥,你坐我的三轮车吧!我的车有四面透明的玻璃,你朝哪看都成,风还吹不着。"我迟疑着,她却很利索,很热情地像亲人似的伸手夺了我的行李,催促我走向一辆停在路边的红色电动三轮车。

  三轮车平稳地拐上县城的街道。下午的阳光平展展地摊在长江路上,记忆中的路口市场上的脏乱已没了踪影,偶尔驰过的汽车更显出了公路的空间,隔离带里的花树只剩下了光秃秃的枝条,却能让我想象出春暖花开时的美丽。再往前走,我抬头看到了联华百货大楼顶上的大表,我问那中年女人:"这大表还走吗?"她说:"走啊!因为没有秒针,你得看一大晌,才能发现分针动一下。"我说怎么看上去跟两年前一样啊!她说可不就是原先那个表吗!表不变是时间在变,日子不变是人在变。我有些惊讶她的话,忙问她什么学历毕业。她说就在咱县里上的高中,我问她为什么不去大城市里打工,她说出不去啊,家里有两亩多地,公婆年纪大了,常年闹病,孩子上学还要天天接送。勉强让丈夫出去了,自己在家里忙活,这不趁着冬闲出来找点零花钱。我沉默了一会儿,对她说现在流行土地流转,你跟你丈夫多承包点地,在家也能发财啊!中年女人提高了嗓门,大声对我说:"大哥,你这两年不在家,都不了解咱农村了。就说九零年前后吧,玉米是五角钱一斤,农用柴油也是五角钱一斤,而现在玉米还是五角钱一斤,柴油却是五元钱一斤了,可地里的产量不会跟着长啊!辛辛苦苦地干一年,那点收成被高物价给套走了。"听了她的话后,又想到自己为什么逃离农村,我彻底沉默了。

四

  落日余晖中,清冷的风悄悄地休息了,我目光逡巡,心中疑惑:这是我的家乡——右张家洼村吗?原先晴天飞尘、雨天泥泞的村街变成了平展而亮阔的水泥路,记忆中,路边堆的一垛连着一垛的柴草也没了踪影。尽管房顶上的烟筒仍在,却没了炊烟升腾的温暖和诗意。街边的小广场上,欢快的音乐撩拨着人们的舞蹈和欢笑,路灯也亮起足足的光,努力地挤在村民们旁边。我还没走近人群,就有一个十几岁的女孩跑过来,亲切地对我打着招呼:"五爷爷回来了,我帮你背着包吧?"我仔细端详了一下说:"你是浩宇吧,两年不见,长高了这么多,我都认不出你了。"我连忙掏出一盒巧克力,递给浩宇:来,你给大伙分分。浩宇答应着接过巧克力,走进人群,分得很仔细,生怕漏过一个人。

乡亲们朝我围过来,这个说:在大城市里就是出息人,看你这模样,比在家里滋润多了,也显得年轻啦。那个说:别光你一个人在外面发财,有什么好事也带几个咱村里的人去。我说在外面工作,身不由己,哪像在咱村里自由乐呵。另一个人说:咱这是穷乐呵,你看这路是上级拨款修的,你看这路灯是电力局赠送的,还有这跳舞的音响和健身器材是慈善组织捐赠的。咱老百姓哪有钱办这些事啊!

这时,我的本家老哥从远处走过来,笑着说:"知道你要来村里,我在这村头接了你三次,这不,刚到家沏好一壶茶,你就到了。"我忙说着刚到,便分了个小包给老哥提着,一面走,一面跟乡亲们道别。

路过村里的棋牌室,里面鼎沸的喧哗,一阵阵涌出玻璃门,隔着玻璃,我看到里面好几张桌子座无虚席,还有很多站着看的。很明亮的灯光被浓重的烟尘熏蒸着。有的人面前摆着一沓沓的钞票,我问老哥:"他们在这赌钱,咋没人管呢?"老哥说:"不动钱来牌多没劲。现在就这风气,到哪个村都这样,谁管?管得过来吗?"

五

老哥家的房子坐落于村头街北面,冲街的门楼,镶满了褚红色的瓷砖,上面的横匾兀自发着皙皙的光。我问老哥,这横匾里面装的是灯吗?老哥说没有,这叫夜光瓷,天越黑越亮。城里人装那个什么LED屏还费电呢!咱这是冷光,自来光。

宽阔的门洞,足有一间屋子大,靠边停了一辆黑色比亚迪。迎面一堵高大的贴满瓷砖的影壁,中间一幅喜鹊明梅的瓷画栩栩如生,跟前尚有一株仙人掌,兀自向空中伸着手掌,是在迎财接福吗?水泥浇筑的院子被打扫得很干净,正屋门口上方安装的门灯的灯光铺满了院子。地面看上去好像微波不兴的水面,我记起在我外出打工前,这地面是铺了红砖的,就问老哥,为什么动那么大的工程。老哥笑着说,多亏上级政府的好政策啊!上级拨了专款扶助农村的危房,旧房改造,我也就着这光,把这老窝重新装修了一下。我老了,哪也不去了。在这老窝里住着舒心,顺意。

我抬头一扫,可不是,原先露着红砖的墙面全都贴上了雪白的瓷砖,原先的木制门窗都改成了铝合金镶大玻璃的新样式了。隔着玻璃看到原先被炊烟熏黑的内墙变成了一尘不染的雪白,迎门的水墙上悬挂了几轴典雅的字画,宽大的连梆椅前,摆了一个大理石的茶几。我的侄子正在茶几前摆弄碗筷,一桌丰富的菜肴各色俱备,屋角的液晶电视上,精神饱满的主持人正热情而有条理地讲解着《致富经》。

六

推杯换盏间,我问侄子:"听你爸说你放下国家公务员不干,执意回村里种地,是不是有什么想法?"侄子放下筷子说:"叔,你不知道干公务员多没劲,没考上时,拼命学拼命往里钻。好不容易考上了,一上班才知道什么叫无聊得腻歪人。办公桌前坐累了,报纸看完了,就剩闲聊了,我想自己看会儿书或打开电脑,还得看别人的脸色,自己口渴想喝口水吧,还得先给领导送一杯过去。哪如自己在田野里,想跳就跳,想喊就喊。"我听了侄子的话,倒佩服起他来。在和他干了一杯酒后,我问他的收入怎样,侄子很爽朗地说:"我去年流转了三百亩地,搞起了良种培育,除去人工、肥料、柴油、电费还有承包的钱,净赚二十六万,相当于公务员五年的工资。再说在广阔的田野里劳作,空气新鲜,心情顺畅,没有了办公室里的钩心斗角,起码多活个三年五年的。"我听了侄子的介绍,真正地羡慕起他来。老哥却说凡事不能光看眼前,还是当公务员安稳,能熬个退休。侄子打断他说:"爸,我今年二十七岁,让我在办公室里熬三十多年,还不把我憋出精神病来啊。叔,你说我这条道走得对不对啊?"我沉吟了一下说:"我在外面早就听说了土地流转这个事,却没胆量回来承包租几百亩地,因为我也年纪不小了,担得起赚担不起赔。来,老哥,为侄子的胆量和收获干杯。"

七

第二天清早,老哥陪我走上宣惠河堤,堤上枯草盈尺,河滩桃树亭立。弯弯曲曲的宣惠河堤，依旧如我少年时的样子，而我却老了。我在人间悠悠地走过了五十年，而河堤却没有一点改变，还是那样委蛇而来，蜿蜒而去。我像一个过客，匆匆而来，匆匆而去。匆匆中，我却记住了宣惠河的美丽。

走下河滩，走近水边。水色暗红，有一股股刺鼻的酸腐味随着升腾的蒸汽涌上来，熏得我有些头晕。我问老哥这是什么水呀，他说这是上游一家化工厂排的污水。我赶紧又问："这河里的鱼虾蛤蜊还能吃吗？"老哥苦笑着说："你又想起咱小时候在这河里洗澡、捉鱼虾的事来啦？那都是老皇历了，现在这条河整个一排污河，什么脏东西、毒水都倒进河里。鱼啊，虾啊，什么活物都死绝啦！就连村里的年轻人都有几个患癌症去世了。""那上级知道吧？管不管？"我急切地问起来。"管！这不咱村里的自来水是县里投资从十多里地外的水井取水给远程运输的，县里为此经过多次走访调研，提出了一套循序渐进的整改方案。还提出一个目标口号叫什么'一河清水，两岸桃花，三季果蔬，四时鱼虾'。"在老哥的娓娓述说中，我望向宣惠河的远方，几只鸟在朝霞里盘桓，似乎在寻找可以栖息的水域。河水平缓地流着，水蒸气却是纯洁的白色，一丝丝一缕缕汇成一团团，好像天空中洁白的云朵，恍惚中，那云朵里站了一位两鬓斑白、手持白色拂尘的仙翁。拂尘轻甩，让我又回到童年，让这美丽的宣惠河又成为村里人的乐园。

二〇一八年二月十四日

小公园：迷宫或废墟

曾雯湘[*]

一

"外边的人来小公园经常迷路,但这里的每一个角落我闭着眼都能走到。"老住户张敬山这么说。

诚然,作为规模远超广州"上下九"、厦门鼓浪屿的中国面积最大(约190余平方公顷)的骑楼群,汕头小公园让人眼花缭乱。同时,不同于其他城市千篇一律的布局,小公园以中山纪念亭即小公园亭为中心向四周放射,因而通往码头的条条道路既是陆地上的终点,又是通向海洋的起点。这种放射状格局使得走在其中之人更容易丧失对方向的感知,并不由自主地产生"千街一面"、犹在迷宫的幻觉。

"如果迷路了,只要沿中心一直走回小公园亭,就能重新找回方向。不过我们居民是不可能迷路的。"张敬山笑道。算起来,自1968年起,生于斯长于斯的他已经度过了五十又一载的人生,已经是一个

---

[*] 曾雯湘,华南师范大学新闻学学子。初入非虚构写作世界的新人,坚信文字记录的力量。

地道的小公园人、汕头人。

"但是汕头并没有本地人这一说,大部分是潮州、普宁、揭阳来的人,到这里做生意定居才成了汕头人。"张敬山解释道,他的籍贯隶属于潮州市潮安区下张,也并非所谓的"汕头本地人"。

"汕"在汉语字典里指鱼梁,即置于河流或出海口用以捕鱼的编网篱笆或栅栏,想来"汕头""汕尾"便是旧时潮汕先民置鱼梁捕鱼之地,只是位置不同罢了。地处韩江、榕江、练江三江汇合口,有着得天独厚的海港优势的汕头,一直以来是渔民居住的小村落。不过,自《天津条约》之后,汕头被迫开埠,成为当时为数不多的中外文明碰撞之地,也迎来了命运的转折点。1921年,汕头建市,成为继广州之后广东第二个新诞生的城市,并开始了建城工程。据历史资料记载,在市政改造计划总投资中,侨资约占三分之一。于是,东起利安路、西至大港河、南起海岸线、北至梅西河,逐渐建起了一片街区,被人们亲切地称为"小公园"。

开埠带来开放包容的海洋文明,使得这座新生城市迅速繁华起来。在那铁幕广布的半封建时代,汕头犹如一位早熟少年郎,英姿勃发,以破竹之势迅速发展。到了1933年,港口吞吐量仅居于上海、广州之后的汕头,其兴盛之姿可想而知。一座座精美繁复的骑楼如雨后春笋群聚于小公园,构成了这座海港之城优美绝伦的天际轮廓线。即使后来历经"文革",小公园集成宏大规模、融汇中西风情的整体风貌依旧为全国所罕有,因此上世纪80年代,国产电影《红牡丹》选择它作为拍摄场地还原了旧时代的香港。

"这件事在当时是特大新闻,他们(拍摄组)在永平路布景布了十几天,真正拍摄只有一天。我当时也跑去看了,看到有人在骑马、牵马。"张敬山回忆道。当《红牡丹》正式在影院上映时,很多汕头人都去看了,晚场的电影票价格更是被炒高了许多,得私下找票贩才买得到,"我们学生买不起,只能去看日场的"。

乘着改革开放的春风,小公园迎来了第二个春天。受惠于经济特区的开放政策,频繁活跃的对外交流活动在这座年轻的港口城市重新上演,于是,小公园,这个昔日的商品交易市场再度成为汕头的中心。

"香港有的东西,没过多久就在小公园出现。"张敬山说。不少海员从香港带日本音响回汕头出售,都聚集在永平路、升平路、文化宫附近,于是这一带日夜回响着港台歌曲以及在春晚上唱火了的金曲。

不过,那时正值少年时代的张敬山还没开始玩音响,当时让他心心念念的是可以记录瞬间欢乐的胶卷相机。直到现在,他仍记得当年他带着攒了一年多的钱风风火火地去百货大楼三楼买人生中第一部相机的场景。"高兴得不得了,晚上买,隔天就拿去拍了。"

那是一部装 135 胶卷的黑白相机,"珠江牌的,一卷通常 36 张,每次都要省着用,有时我能洗 38 张"。于是,张敬山每逢闲暇便带上相机和同学外出游玩,记录少年的美好时刻:妈屿的朝阳,礐石山的黄昏,西堤的波浪,街区的繁华……这座滨海城市的美留在了张敬山心里。尽管几年后他新置了照相机,可以拍彩色胶卷,但他仍忘不了第一部相机带给他的快乐:在那无忧无虑的青春岁月里,他是怎样地像盘旋在港口上空的鸥鸟一样自由自在,在一次次外出扩展自己的足迹中,加深对这座城市的了解和眷恋。正如罗大佑在《恋曲

1980》中唱道:"今天的欢乐将是明天永恒的回忆。"

"后来我去过了不少沿海城市,凡有江、有海经过的地方,我都觉得和汕头差不多,但汕头只有一个,故乡也是这样。"张敬山说。

二

当张敬山送走了轻盈的少年时代时,汕头迎来了疯狂的90年代,机遇的年代,创业的年代。

像全国的下海大军一样,张敬山渴望在难得一遇的时代浪潮中抓住机会致富,因此接连换了一个又一个工作。他先后在水电厂、港务局、家具厂干过,也当过摩托铺铺主、出租车司机,还两度赴泰国寻找机遇,但每一次都没有稳定下来。最后,在千禧年过去不久,张敬山举家前往辽宁沈阳做售卖不锈钢制品的生意,逢过年回老家一次。"那是个创业年代,钱来得快,人心也很浮躁。当时跟我同事过的人,只有少部分坚持下来的最终发达。如果我当时能专心一份工,现在应该混得不错。我像万金油,样样都能却没一样精啊!"张敬山忍不住自我调侃道。

人们汲汲于富贵,像涌向堤岸的练江的波浪一样一路高歌、意气风发,但同时又得意忘形、善于遗忘。不久,尾随急切的求富之心而来的"炒批文"耗空了资金,又损害了城市名声。汕头,最终没有抓住90年代兴办实业的浪潮,被时代抛弃,成为经济特区乃至沿海开放城市中经济表现最没有起色的城市之一。

在这之后,随着商业活动向外围发展,不少居民也跟着向外搬迁,昔日经济中心日见一日萧条、衰颓:基础设施久未更新、老宅楼房岌岌可危、社会结构老化断层等阴霾接踵而至,而留守其间的大抵只剩底层百姓和小商贩。

"其实,90年代政府就已开启旧市区改建活动,在当时是领先于全国的,但因为资金问题一直难以进行下去。"张敬山介绍说。

在经历了"见缝插针"式独栋危房改造、"成片配套"式居住组团改造以及"大拆大建"式房地产开发的三阶段后,小公园仍旧维持着半修新半破旧的样貌,这个项目也成了汕头市民眼皮底下的"扶不起的阿斗"。

以无人机的角度从高空俯视,小公园竟如一片废墟,曾经作为历史文化空间和居住生活空间的老城,正在且将要消亡。

三

其实,不只是汕头小公园,大部分城市的历史街区也都面临着同样的衰亡和失落。隐匿于与汕头与之遥相呼应的府城潮州的龙湖古寨,原先是作为《天津条约》中预备开埠的码头,但由于本地居民抗议浪潮高涨以及交通位置偏近内陆,清政府最终将开埠地点改为了汕头,这个从不曾被历史提起过的小渔村。龙湖古寨诚然也有侨胞捐献的中西合璧建筑,但其规模、工艺远远比不上小公园,在近现代史上(无论是商业、新闻业、电影业等各方面)也远不如小公园那么重要、那么驰名。这么说来,小公园算是被历史选中的幸运儿了。

但也正因如此,才显得小公园如今的落寞更悲戚。拆了又停,停了再拆,既不能一举恢复当年风采,又在沦为废墟的路上踯躅,小公园就在这半陈半新中度过了孤独的21世纪初。舆论似礐石湾的海潮,一波一波而来,却又无声退去,与远处的妈屿昏黄的倒影融为一体。

历史两度选中拥有优越地理位置的汕头,但随后又把滚滚车轮从它身上碾过,任由其子民发出幽幽的喟然长叹。

"现在只剩下这一点点老市区让人怀念了。"张敬山不无惋惜。其实,近些年来政府已采取新措施,效仿成功商业街的模式对小公园进行商业开发。每当黑夜降临、华灯初上,霓虹灯勾勒出古老骑楼优美的轮廓,引得游客们驻足赞叹。一时间,小公园成了潮汕人眼中的网红打卡地点。但是不管怎么开发,都难以完全恢复当年原貌,因为旧楼无可挽回地大面积塌陷,如今再怎么修修补补也只是无济于事。

"灯光比以前更美,但热闹的都是游客,不是本地人,从前的夜市现在再也找不回来了。"张敬山口中的"从前的夜市",是汕头人自己的嘉年华:歌舞厅熙熙攘攘挤满红男绿女,最正最有味的小吃摊大排档引来老饕民,音响店电器铺日夜不息播放着港台歌曲和TVB节目,儿童们坐着叮叮咚咚的旋转木马放声大笑……

不过,旧的不去新的不来,日子总要朝前看。虽然小公园的黄金时代早已逝去成了一个不争的伤感事实,但张敬山渐渐想开了,老古董也不一定有用,昔日的骑楼建筑群其实已不适应当今的大型商业模式,只能当作一点回忆、一点温存、一点怀念了。"得意过,也失意过,都成了回忆了。每年回来,就会过来再回味回味。"

我们一起去了西堤公园,去看那个小小的过番码头,它曾经承载了多少希望,见证了一个个背井离乡的潮汕人摆渡到江心、登上下南洋的大客轮。如今,这里树起了一块过番纪念柱,标刻着当年通往东南亚各地区的距离。正因为当年一次又一次的摆渡,送走了一批又一批下南洋打拼的潮汕人,汕头才诞生了独特的华侨文化、潮人文化。同时,经历过艰苦打拼、蓬勃发展、劫后中兴、归于失落的这段起伏的历史,小公园愈显底蕴深厚,汕头这座年轻的城市因此拥有了区别于其他滨海城市的独特历史记忆。

"汕头的一点点历史,都在小公园了。"最后,张敬山这样说。

因此,不论曾是华美迷宫,还是如今沦为废墟,小公园都经历且完成了一个历史街区的使命。最终,除却如同迷宫的过去和形同废墟的当下,回归到本质上来讲,小公园是每个人最亲切的故乡——无论是为它奋斗的侨胞、以它为荣的老居民,还是替它叹息的所有人。

采访临近结束,我们目送着西堤畔的金色波浪来了又去,只留下一阵大海的唏嘘声,陪伴那根在礐石大桥的衬托下显得无比低矮的过番纪念柱,记录着一段与小公园紧密相连的,如今既属于所有人、又不属于任何人的往事。

(应受访者要求,张敬山为化名)

长 治 久 安

崔智皓[*]

一切都在如获新生？一切却又在经历衰败？

我的故乡是个离我渐行渐远的小镇。小镇不大，从人多的地方走到人少的地方，只需要 30 分钟。小镇在工业区内，或者说它是为了工业区而设置的。这儿有两家地方国企，是镇上人们就业的主要渠道。大部分人都是老子弟，彼此知根知底。一家是钢铁厂，曾经的名字是长治钢铁有限公司，人们管它叫长钢，后来首都钢铁入股，取代长治国资委成为第一大股东；一家是王庄煤矿。小镇沿着那条"钢城大道"，延展成传统的"井"字结构生活区，长钢炼钢厂的旧厂区和公司大楼在大道的最西处，在大道的最东处则是一家两层楼的商场以及初中，大道中段有几个小区、学校、医院，还有市场和商店。

两家企业离得近，却没听说过有什么交集。上世纪八九十年代钢铁厂非常吃香，我妈妈曾经在离家很近的一个建设银行当临时工，再过两年就能转正，可是一听说长钢招人，妈妈便去了炼钢厂。每年

---

[*] 崔智皓，1998 年生，闽南师范大学文学院学生，山西长治人，在校期间，获得"阅读陈映真"征文比赛一等奖。

农历新年,长钢和王庄都会排出大堆漂亮的灯来组成新年灯会。之后,钢铁变成了过剩产能,长钢的灯会与邻居的比起来就显得粗糙。

我父母都是长钢的职工,我小学在长钢子弟小学就读,初中则在长治十九中(原长钢中学)。王庄中学要比长钢中学好,但我当年没考上。中考之后,我借着乡镇中学的加分照顾政策,考上了当地最好的一所高中——长治二中,我们住进了城市里的大房子,我开始学着接受城市里的一切:电梯,红绿灯,如何在车水马龙中骑车。从市里到镇上需要坐一个小时的公交车,路途不算远。

我总觉得我是个奇怪的人,上了高中就再也没和初中同学有过联系,上了大学也没再和高中同学有过沟通。我也说不清楚我变得很少回去的原因,或许是忙碌的高中学业,或许是那里的生活同样让我觉得单调。总之,故乡便成了一个在生活中有些遥远的事物,即便那里存在着最切肤的记忆,即便那些记忆影响着我的成长。钢城小镇就成为了一种回忆。今年我回家乡走亲戚,透过车窗,重新看到了我的故乡。

2月17日早上,妈妈开车带我回长钢,虽说是走亲戚,实际对于我来说就是去见大姨。没退休之前,她是医院的护士,医院是长钢开的。小时候,不管谁家有人生病,总会有她出现在周围帮忙照顾。从小她对我都很好,让我记忆犹新的一次,是家里人用不堪入耳的语言对我的体重"群起而攻之"时,她默默地坐在一边,有些迟疑地为我说了两句公道话,我很感激。毕竟,每个人都无法想象自己的无心之语,会如何摧毁或照亮另一个人。

在我15岁以前的记忆里,她经常会在晚上七八点来到我家,坐在靠近窗户的小沙发里,开始讲她的事情。那时候恰好是我写作业的时候,她说着家庭、医院、生活的种种,我在我的房间听得津津有味。比起枯燥乏味的作业来说,生活的苦水总是能很好地吸引我。尽管有时候她很啰唆,但我还是对她充满好感。她是个纯粹的好人。我经常想:如果我不能做出什么轰轰烈烈的大事,那就像她一样,做个普通的善良人吧。等我搬到了城里上高中,我们每次的相遇只能在假期里了。

六年前,她得了肺癌,所幸还在早期。在上海华山医院切除了小半个肺之后,她获得了一口喘息,做着化疗掉着头发,过着边戴假发边等自己头发长出来的生活。我考研时很想去上海,如果大姨的癌症再转移,需要治疗的时候,我可以去照顾她。

去年夏天,我们以为她的病已经偃旗息鼓了。她来我家住了一个星期,那个星期,我跟她一起做饭,陪她去楼下的树丛里散步。每次她说想要回去的时候,我和妈妈总是挽留。那个炎热的下午,我正在沙发上睡得迷迷糊糊的时候,我隐约看到她轻轻地合上门。我立马起身以后,看到她留在桌上的字条。她说过几天她会再过来,让我不用担心。我追了出去,看到她坐上了那班从镇里到市里看房的免费公交,回家了。可还没等我能为她做些什么的时候,她的癌细胞转移了。秋天,她被查出已经转移到头部。之前很多次化疗和放疗都没能阻止癌细胞,老天还是执意要和她开这个玩笑。那时,她重新长出了有些发白的卷发。

现在,她的头发又快要掉光了。她穿着一身旧的紫红色的绒制睡衣,里面是一件高领的秋衣,裹着头巾,靠在竖着放的枕头上,看着我走进她家。我去的那天,是她刚从太原做完化疗回家的第二天。这次化疗的副作用好像没有那么明显,她的嗓子没有哑,呕吐也没有像从前那么频繁,只不过还会闹肚子。化疗又召回了那些假发示人的日子。我看到她右手的大拇指指甲也因为化疗而钙化,她有些苍老和疲惫。

我尤其想知道,过去究竟发生了什么事情。但妈妈每次都会忿忿不平地提起大姨夫的母亲——一位对外人相当和气、对家里人却是另外一副面孔的老奶奶。那好像是一个残酷并且高压的老妇人,她擅长用各种方式在家庭生活里压制她的儿媳妇。有一次我偷听到妈妈愤怒地对爸爸说,这位奶奶曾在全家人面前喋喋不休地斥责大姨不照顾她,可当她每次生病时,都是大姨不计辛劳地照顾。妈妈曾对我说过:"我觉得大姨的病,就是被那家人气出来的。"每个晚上,大姨走出我家之后,却仍保有那种对于生活的热情。

大姨和大姨夫婚后生有一儿一女。我的表哥是由那位奶奶带大的,表姐是由大姨养大的。表姐今年29岁,在省城太原从事美术相关的工作。自从大姨得了癌症,她就不时地要停下手中的工作,陪着母亲一起去治病。表哥过得不如意,将近十年前他离了婚,孩子跟女方过。癌症转移到头部后,医生建议大姨在头上做伽马刀,然后再化疗辅助,手术风险很大。在做这次手术之前,她给一位很有声望的企业家同学发了微信,希望这位老同学以后可以念及旧情,给表姐安排一份工作。我明白她在担心什么。

每次我与大姨分别的时候都会情不自禁地说:"等我下一次再来啊。"大姨也总是很默契地回答:"等你回来,我们再聚。"希望每一次再见都能真的再见到。但时间改变着一切,有些人,我却不知道该如何再与他们相见。

二哥是二姨的孩子,从小我们关系就很好,他的成绩也是数一数二的,高考的时候顺理成章地考进了全国一所知名的985高校。他大我十岁,所以在家人嘴里,总是让我向他学习。可这么多年我始终没有赶得上他,只在高考后收获了一个南方偏南的普通二本的大学的通知书。大哥则在最北的省份,读完了硕士,正在读博士。可他过得并不幸福,以至于他的问题在家里任何一个人看来都是无法解决的。今年,他已经连续第二年没有回家。

我不知道这些年他身上究竟发生了什么事情,只知道他和二姨闹了很大的矛盾,因为他的婚姻,他的人生选择。在家里人的描述中,我隐约觉得哥哥好像变了。人总是在变化,二姨开始和浪子回头的二姨夫做了和解,但那些幼时所留下的伤痕却已经永远留在了哥哥心里。心结终究需要自己来解开,我也不知道该如何进入他的内心,重新叩问他对于这个世界的态度了。不知道明年万家灯火团圆的时候,他是不是还会跟我一起吃黑芝麻馅儿的汤圆?我只能在闽南遥祝在冰雪之中的哥哥开开心心地过好每一天。

2019年2月19日是我春节后离开家的第一天,那天恰好是正月十五,这是我第一次没能和家人共度元宵。因为要去乡下支教,我提前回了学校。凌晨,我坐上从长治到郑州的火车,再从郑州继续转乘火车。在人挤人的火车上,我看到了列车经过的那些村庄,正在放着烟花,烟花在一望无际的黑暗中直上云霄,照亮墨色的天空。离开家的时候,我给爸爸和妈妈各留了三张纸的信。

最近几年,父母的关系越发紧张,或许"贫贱夫妻百事哀"是一句真理吧。我不在家的时候,据我妈说,"我们都不说话","晚上吃完饭就各干各的,早上他吃完他的去上班,我再做我的,中午我一个人在家里随便吃点,他就在食堂吃了"。妈妈无法忍受这样的生活,她说实在不行就离婚。很小的时候,他们吵架,大多数原因都是挣不到足够多的钱,我妈一直想让我爸去给人送点钱,求求人情,换一个科长的位子。可我爸的官运和名声却并不相匹配,只要认识他的人,都会真诚地说一句,"是个好人"。但十年来,他在轧钢厂的职位原地踏步,听说,现在的厂长就是他曾经的同事。

我爸是个固执的普通人,他对待工作很负责,这与他在家里的表现截然不同。为了工作,他会去学习考证,会去读书。他自然去求过公司的高管们,只不过尝试了一次就宣告失败,便声称不会再去。前任科长凭借着领导亲戚的身份与社交能力,将工作全扔给他做,每月都可以拿到两倍于他的工资。爸爸似乎明白这就是国有企业的生存法则,他接受了。后来我长大了,在人与事当中,也无奈地看到了这条隐秘的规则。它如同一条百足之虫,死而不僵,贪婪地吸吮着这个国家的活力和热情。

去年是爸爸的本命年,可他却并没有获得上天的眷顾。前任科长因为政策退了下来,取而代之的是一位拥有硕士学历的年轻厂长助理。他陪爷爷去北京做完心脏手术回家的第二天,去医院查出了视网膜脱落。医生说他来得太晚,手术之后,他的左眼已经没有多少视力。运城有一家福建老板开的私人钢厂想让他去主管安全,他考虑再三还是拒绝了。他已经无法再离开那个我称之为故乡的地方,对于他来说，安稳的生活已经让长钢成为了他唯一的归属之地。

最近几年，环保督查越来越严，因为高居不下的 PM2.5 指数挑动着人们的神经，再加上钢铁企业普遍面临着经济寒冬，市场趋紧。有关房价硬着陆的消息影响着上下游的全部企业，包括长钢。前几年，长钢一度困难到需要工人借钱买钢坯（事后付还）的境地，让能有一些收入的轧钢厂开工运转。长钢的情况一度差到让我觉得破产近在咫尺，每当想到那么多工人会下岗，我就会联想起每次从城里回到镇子的时候，长钢在路边的指示牌上写着"长钢，中共成立的第一家钢铁企业"。长钢成立的时候叫"故县铁厂"。根据现在的养老政策，已经有些力不从心的爸爸还要再继续工作十年才能退休。但愿这个有"第一"称号的企业还能再坚持十年。但我觉得，这对于一个年产仅 200 万吨钢的、没有任何优势的小钢铁企业来说，太困难了。

上大学以后，我才更加全面地了解到上个世纪 90 年代，东三省经历了那样一次国企下岗潮，近三千万人自谋出路。近些年来，国家一直在唤醒那个曾被骄傲地称为"共和国长子"的地方，但好像没有太大的成果。最近我才意外地发现，现如今山西承载着全国最多的国有企业和工人，曾用地下那些质量并不算好的煤炭，供给着各省改革开放之初的燃料供应，以及现在不少的火力发电厂。

我家里并没有人参与到煤炭生产中，不过我听说的两个故事或许能表明这片土地上人们的态度：一是山西所有地方都被挖空了，人们实际上被悬置在很薄的土层上，每当新闻报道上出现突如其来的"天坑"时，人们自然地想到被过度开发的煤炭资源；二是一位政治人物在煤炭似金的年代，威胁各省如若无法按时缴纳拖欠的煤款，将不再供应煤炭后却被降职这样空穴来风的政治沉浮故事。

后来,一批借由煤炭发家的商人,以及落马的官员上了新闻的头版,一个煤炭商人"七千万嫁女"的故事在我的脑海中长久地徘徊着。煤老板也顺理成章地成了商品经济中各地人们对于山西和山西人的印象。当我在福建漳州的竹塔村支教时,水面店的老板说了一句"山西那么多煤,你们那里肯定很有钱吧",我只能低下头,哑口无言。那些在小煤窑讨生活,而不幸得了尘肺病的矿工们确实成为了这个宏大时代剧烈变化的牺牲品。从来没有人问:如果有一天煤炭挖完了,山西该怎么办呢?

故乡还剩下些什么呢?那些被黑色尘埃沾满的平房还在破碎的水泥路旁煎熬,镇子里荒草丛生的铁路上依旧有运送货物的列车在行驶,曾经高耸的烟囱已经成为了历史,和厂房一起变成了废墟,最后回归成了一片白地。新的厂区在远离小镇的地方为长钢吊着最后一口气。故乡的天依旧是灰蒙蒙的,甚至可以感受到空气中的颗粒。在大货车长年累月的重压之下,那些开裂的水泥路已经不能再产出"绿色GDP",也失去了得到修缮的机会。原来住的那个小区,外面商铺的招牌破旧得厉害,却没换新的,唯有那家小诊所的招牌还算干净。小区的公园里,老人开始多得难以数清。以前三五成群的老头老太太还只是公园的点缀,一大群四处祸害花草、扔甩炮的孩子才是公园的主角。可现在,跳广场舞的老人已经能站满这么一个大公园了。小区的草地也在被铲平,建成水泥地,用来让住户们停车。孩子们再也没办法把秋天的杂草聚集起来,点着火烤土豆吃了。

或许一切都会在衰落之后重新焕发活力。在农历新年的第一个月,人不应该生气,否则将会在接下来的一年里,生更多更大的气。大家都将那些挂在嘴边的牢骚咽回肚子里,将那些可喜的消息和美好的愿景相互传递着。

我愿意相信,未来会有一天,这些国有企业会迸发出强大的生机和活力,因为我爸爸仍然站在轧机面前,和他的同事一起,为他们坚守了一生的事业而奋斗。我也愿意相信,有一天哥哥和二姨可以重归于好,因为哥哥所得到的一切,只是一个需要搬着煤气罐上六楼的家,是父亲在外面夜不归宿,受着人们背后议论的母亲所能给他的所有东西。二姨老了,转变起来总是那么难,可她愿意为她的儿子做任何事情。我也愿意相信,我和大姨还可以见下一次面,她的癌细胞也不要再转移了,命运不能总是这样欺负一个柔软但却坚强的好人吧。希望我们下一次见面时,她的头发还会重新长出来,像一个假小子。

我也愿意相信,那些被长钢这片土地所哺育的年轻人,可以用更好的办法,帮助这家企业走出现在的困境,因为它已经站在了悬崖上。那时候,我们街边的店铺里,可以卖的是那些前沿而有技术含量的工业产品,而不总是炸鸡、奶茶和药。

我曾经想象过故乡和我究竟有怎样的关联。高一的时候,老师布置了一篇有关"家乡"的话题作文。那篇作文被经常在课上抱怨生活的语文老师认为很好,在我的作文本上,保留着那些有些像女生的字迹——我觉得,家乡就是那个我曾经坚持着努力过,为生活奋斗过的地方。

后来我想得更清楚了,那些曾经熟悉要好,现在却不再联系的朋友,那些一直关心着我的家人们,有他们在的地方,好像才能叫做故乡。故乡的故事相处流转着,在他们的生活、历史、悲欢离合中,故乡展现着它的面貌;故乡的故事相处流转着,在那条曾排放又绿又臭的污水,现如今已干涸的"河流"里、在那些不断变换着店面和人员的建筑物里;故乡的故事相处流转着,在上完大学之后,或许我会奔赴另外一个陌生的地方,但我还会怀念那个地方曾经不懂事的自己和莽撞的生活。

我现在依旧清楚地记得,炼钢厂刚出的钢坯,还显着红色的"脉络"和"心脏",当我从它们身边走过时,一股热气让我对它们心生畏惧。我也记得,那些在长钢电视台看到的一个个闪过的镜头,大的炼钢炉慢慢摇着,向下倒出那些看似有些稠得凝固的钢水。最后它们都变成了轧钢厂的轧机上,那些看上去很细的钢条和钢棒。

有个成语叫长治久安,希望长治可以久安。

后记:三月一日,我在乡下支教,结束了第一周,回到大学象牙塔里休整。晚上给妈妈打电话才得知,大姨的儿子,我的表哥,在前一天晚上夜班时,被铲车击中头部,第二天才被发现,最终因工伤去世。妈妈不愿意说太多,我希望大姨能好好地、坚强地生活下去。

行将消失的民间职业戏班

刘志红*

2019年春节前的一天下午,我从家里出发到戏班去看戏。我要去的戏班叫江西省樟树市经楼采茶剧团,一个已经有着四十年历史的民间职业戏班,唱高安采茶戏。从2006年起,我出于写作学位论文的需要,对他们进行采访。2016年起,我又利用假期返乡的机会对戏班进行十年后的重访,至今已经第四年了。

这是戏班新年前演出的最后一个点,位于樟树市的一个村子。车子从公路转到田间小道,比预期多绕行了半个小时,最后才转到三市交界的村子——礼洲村。

礼洲村虽然偏远,但村村通公交依然通到了这里。就在村文化中心旁,每天有六班车,两小时一趟,开往市中心。

第一次看到戏班使用樟树市赠送的舞台车,刚刚转场来的货车,还打着"送戏下乡演出专用车"的字样,打鼓佬兼职开车,这样也好,不用费劲请别人。2018年樟树市政府大力支持经楼戏班,除送了辆

---

* 刘志红,钢琴教师,音乐人类学硕士,江西樟树人,现居上海,著有《戏班十年》。

舞台流动车给戏班外，同时下拨了若干场"送戏下乡"的演出。如今戏班完成了大部分任务，他们刚结束的上个点，正是送戏下乡的演出。舞台车是在货车的基础上改装而成，货箱展开就是一个流动舞台，而且灯光、音响、服装、电子显示屏都可以摆在舞台车上，节省了很多用于搬迁物品的体力。这给年龄日渐偏大的民间戏班演员，着实减轻了不少负担。

演员阵容基本还是我2018年国庆节看到的那样，也是我所见到的最强大的阵容，基本来自专业剧团退下来的演员。只是，花旦和小生不见了。听说他俩自己弄了一个戏班，只等年后开班演出。戏班继任的花旦已经到位，她以前也是戏班的花旦，后来离开戏班，兜兜转转又回到这里。时间就像年轮，一切总是从头开始，没有起点也没有终点。

戏班这次演拜寿戏，演出地点选在村子的中心，北边并排的是罗氏祠堂、村庙，东侧则是礼洲村的文化中心，旁边挨着村里的小卖部。祠堂、庙与村文化中心结合在一起的场所，它们的功能却被区分得非常清晰。

村庙大门紧锁，不知道里面的情况，而祠堂和文化中心则大门敞开。演拜寿戏的东家把酒宴设置在祠堂里。二楼是男演员的住处，稀稀拉拉摆着几张折叠床，一楼的拐角，是小花脸的铺位所在，半封闭空间，不留神还真发现不了。村文化中心则是宜春来的几个女演员的住处，大家把折叠床摊放在各个角落。大厅里，我还见到一张倒扣的几十米长的龙舟，像个躺着的巨人。礼洲村过去不远，有一条江，属赣江的小支流。

二胡手和一名女演员单独住到了一栋别墅里,底楼一间有着席梦思的房间,隔壁有刚装修好的卫生间,只是没有热水。村里新近规划建了一栋栋楼房,整齐划一。大厅挑高,房间,楼梯,所有装修类似城里的别墅,唯一不同的是,这里平时根本不会有人气。这栋楼的主人,一位六十多岁的大妈,绝大多数时间都在樟树市居住,只有过年时才跟家人一起回到这栋装修一新的楼房里,体会当地主的感觉。据说,樟树市街上的房子,特别是沿江的,大多卖给了河西的农民。这些农民在外面赚了点钱,跑到市里买一套房,结果这些房子通通都不住,只在打工地租房。

樟树市这两年开始禁止春节燃放烟花爆竹,我在市政府的公众号上看到不少这方面的通告,家乡作为离城最近的村子,显然属于严控的范围,但对于这个三市交界地,却是天高皇帝远。夜幕降临之后,烟花爆竹一直不断,灿烂的颜色和震耳的声音抚慰忙碌了一年的人们。正如拜寿戏的本身,用眼耳之欢,隆重纪念老百姓普通而又难忘的日子。

一、戏班的研究意义

戏曲学家傅谨研究浙江台州戏班的著作《草根的力量》,2001年经广西人民出版社出版后,几乎成为一个分水岭。以前缺少关注点的戏班研究,在那本书出版后刮起了一阵阵热潮,引发了音乐学、历史学、戏曲学、民族学、社会学等国内相关领域的广泛重视,开始涌现出一大批民间戏班研究者,涉及山西、山东、湖北、浙江、江苏、湖南、广东等多个省市。日渐式微的城市剧院,与火爆的乡村戏班市场,极大的反差刺激研究者努力通过研究乡村戏班,给国营剧团和低迷的戏曲发展寻找一条出路。对于江西民间戏班的研究,空白点依然很多。

傅谨老师认为,中国戏曲自诞生起,便以一种非常自然的形式生长于世,这个载体就是戏班。即使戏曲在城市活动非常兴盛的近现代,民间戏班也仍然是戏曲主要的传播形式。真正将这些民间戏班称为"剧团",乃从20世纪50年代后开始的。随着"戏改"制度在全国的推行,一些民间戏班接受社会主义改造后,接受政府补贴,成为某个体制化部门附属的一个行政单位,它们的人员招聘、培训和演出都事先要政府制定严密计划,部分演出也被纳入政府的意识形态宣传服务之中,"剧团"的名称从此被固定下来。但民间对那些非官办、以营利为目的、流动性强的民营剧团仍习惯称为"戏班"。

经楼戏班,正是这样一个曾经挂靠在江西省樟树市经楼镇(随着市场化竞争的发展,也开始有戏班不再依附行政部门,他们之间的经营管理模式没有明显区别),由一个或几个地方戏表演的热爱者,筹集戏班所需的道具服装,联络各地民间艺人,在赣中村落仪式活动中进行营利性演出活动,并以演戏作为主要收入来源的民间戏班。

经楼戏班是目前活跃在江西省宜春市各个县市的一支民间戏班,建班历史最悠久,声誉极佳,它的成长史带有强烈的时代色彩,从民办到官办,再回到民办,且跨地区流动经营管理。事实证明,高安乃至整个宜春市的民间戏班构成模式大同小异。对经楼戏班解剖麻雀式的具体研究,有可能以小见大地反映高安市及周边县市,乃至宜春市民间戏班的概貌和地域文化;进一步揭示当今社会城市化进程中,小城和乡村的文化精神;抢救地方文化遗产,整理其特色,也即是保留中华文化中一种地方性认同做的努力;力图挖掘戏班生存背后的深层次原因,及其在现代语境下生存所产生的意义;为戏班研究提供一个可供分析参考的蓝本。

每一个乡村,每一个族群,都是国家身上一道道细微的褶皱。只有最细微处发生了变化,我们国家的样貌才真正嬗变。戏班的命运,也正是地方戏的命运,中国传统文化的命运。

记录戏班的故事,是这个时代赋予我们责无旁贷的任务。记录戏班,也就是追寻先民久远的生活方式与精神追求,唤醒那些被社会失落、曾经深植于我们民族集体无意识的文化印迹。并借此把过去、现在、将来进行对比,或许在不断对比中,我们才能真正找到自己的文化坐标。

二、戏班史

据《樟树市文化艺术志》介绍,经楼戏班的前身建于1952年初。当时,还是樟树县(后改为市)经楼公社后窑大队的青年村民白崇贤,利用业余农闲时间,自发请师学艺,组建创办了"三角戏班",演唱采茶戏,配合当时的形势,自编、自导、自演。传统三角班有个特点,人员少,都是农民和农村手工业者,又都属于业余或半业余的性质。农闲多演,农忙少演,逢过节喜寿加班大演。三角班设备简单,便于接待,又被叫做"呼拢班子"。这类戏班常年在用门板搭建的简易戏台上演出,所以还有个名字叫"草台班"。

1958年,三角戏班更名为窑里剧团,后改名为红旗剧团,1964年剧团解散,1965年恢复窑里剧团。"文革"开始后,剧团再次解散,传统戏剧服装全部被焚毁。此后,后窑大队顺应时代,重组文艺宣传队,改演现代剧和短小文艺节目。1979年,后窑大队文艺宣传队改建为经楼采茶剧团,这也正是目前一般人都认可的经楼戏班的创办年份。

剧团改建之后,经楼镇镇政府对其行政上实行领导权,从1980年到1990年间,时任经楼文化馆干部白健兼任该团团长;剧团业务上受县文化局、县文化馆和县采茶剧团的指导;团内制定严格的团规团纪,剧团独立核算,自负盈亏,农闲演出,农忙务农;有演员32人,其中女演员13人,乐队成员9人。

此后剧团费尽周折,几经停办。2000年以后,创始人白崇贤之次子白根保与妻子白凤梅正式共同接管戏班。为便于接戏,他们带领戏班搬迁至高安市,继续活跃在乡村舞台,演出各类仪式戏,成为目前樟树市对外唯一有影响、能演出大型古装戏的民间职业戏班,同时也在宜春市众多民间戏班中享有一定声誉。

三、戏班构成

戏班现有成员约22人,由演员、乐队、后台组成。演员主要来自高安、宜春、樟树等地,其中高安的演员占六成。演员为戏班的主体,共13人,年龄平均五十出头。十年前他们的平均年龄为四十,这十年间,因为没有年轻人的加入,戏班演员开始老龄化。角色包括小生、老生、花脸、花旦、老旦、丫鬟、站班等,班底阵容强大。

一般说来,有"班底"的戏班,才能够称为比较好的戏班。"班底"指至少具备四个以上能演小生、老生、花旦、老旦、丫鬟角色,且唱、念、做、舞俱佳的稳定演员,班底演员的多少往往决定戏班的兴衰。由于班底演员是戏班生存的依靠,他们与老板的关系都非常密切,老板甚至会邀请他们参与戏班的管理,有时也参与具体的写戏过程。

其次是乐手,共8人,分文场、武场。民间戏班中,乐队因经常坐在戏台的左侧演出,所以又俗称"左堂"。左堂随着戏班的发展而变化,人数最多能到达9人。乐器包括:文场有主胡(高胡)、二胡、电子琴、笛或唢呐等,有时加中胡,十年后增加了大提琴做低音支持;武场有板鼓、锣、镲等。

后台一般备有检箱一人,检箱的主要任务是管理服装。检箱旧时也称为"检场",传统戏曲中特殊的舞台角色,负责舞台装置、道具摆设,并协助演员表演时更换衣帽和制造音响效果等。此人熟悉戏路和表演,于每场演出中准备一切所需用具,并随时等候在戏台旁接送道具,人员不够时还要预备登台候补演出。

后台还包括灯光音响师一人,管幻灯一人。音响师也就是调音台工作,负责话筒、各路灯光、天幕背景转换等。管幻灯,利用一个类似电话机键盘的设备,负责给电子屏打字幕。

十年前演员主体为农民,十年后比例发生变化,演员一半以上来自专业团体退休人员,以及城里退休的公职人员。

2016年9月,我跟随戏班采访期间,曾经在宜春工作过的戏班乐手透露,这几年,所有民间戏班的演出质量整体上升,包括观众的欣赏品味也提高了不少。高安市在这个方面优于附近其他县市,戏曲市场相比更活跃,有民间戏班十几个,其中有代表性的分别是:宜丰石市采茶剧团、彭金花艺术团、经楼采茶剧团等。这些民间戏班之所以在演出质量方面能够得到快速提升,与一批来自专业剧团演员的参与有莫大的关联,其中不乏高安采茶戏知名演员。

另外,专业剧团演员的参与,还从伙食、交通、住宿习惯等生活方式和观念方面,潜移默化地影响着曾经以农民演员为主的民间戏班。

同样因为专业剧团演员的加入,促进了词文剧本的普及,道具、布景也得到加强。2018 年,戏班更新使用电子显示屏做背景,戏班开始走入新时代,设备接近专业剧团。

四、戏班演出记录

2016 年春节期间,我在跟踪戏班采访时无意中发现戏班演出记录本。这可能是一本买香烟赠送的软皮抄本,封面上写着"金圣"的繁体字。左下侧分别写着戏班的三个称呼:樟树市经楼剧团、高安采茶戏二团和白梅艺术团。接下来的内容是:演出场数、地点登记簿和 2013 年度、2014 年度、2015 年度的演出记录。(注:截止 2019 年春节前,我已经收集到戏班从 2013 年开始到 2019 年初连续六年的演出记录。)

下文我将就演出时间和场次、地点与场合、剧目、幕后花絮、戏班的开支和收入这几项分别阐述戏班运作,并与十年前展开对比。

1. 演出时间和场次

十年前在对戏班的采访中,我只找到刚刚跳槽过来的乐手老兰的记录,当年戏班本身没有记录演出信息的习惯。东方红剧团当年跟经楼剧团情况比较类似,年演出场次都在 200 场左右,其演出记录可供借鉴。

表 1 东方红剧团 2005 年全年演出场次　　　单位(场)

正月	37	8 月	31
2 月	28	9 月	17
3 月	17	10 月	14
5 月	19	11 月	13
6 月	9	12 月	2
7 月	10	合计	197

戏班记载演出周期,除 2012 年是从 12 月 30 日起到隔年的 12 月 31 日外,2014 和 2015 年都从 1 月 1 日开始计算到 12 月 31 日为一年。正月里的记录,还有阴历的备注。但戏班实际起班,却依旧按农历大年初四为开班日,仿佛也并不冲突。我十年前查看老兰的记录,他的方式是从正月初四开班算起。

表 2 演出月份、天数(2013—2015)

	2013 年(天)	2014 年(天)	2015 年(天)
1 月	10	14	5
2 月	18	20	11
3 月	3	2	4

续 表

	2013年(天)	2014年(天)	2015年(天)
4月	5	0	7
5月	5	4	0
6月	6	7	1
7月	3	0	3
8月	0	9	0
9月	3	17	12
10月	4	7	8
11月	10	7	6
12月	8	10	6
合计	75	97	63

从以上三年的演出天数可以看出,每年冬季为演出黄金季节,其次为秋季。一个演出点的演出时间多数为两到三天。只演一天的演出点也有一定比例,但四天以上的演出机会不是很多。每个演出单位,由一场到八场不等,其中二、三场次的最多。一般以晚上演出为主,白天有时上午,或者下午演一场。三天三场,或者两天三场。

综合十年前后对此,戏班整体演出场次在下降。特别值得一提的是,当年演出能达到年均近200场的东方红剧团,现在每年演出已经不超过5个演出点。

2. 演出地点与场合

戏班的演出点,以高安为中心,分别向周边县市扩散。他们的主要演出地,仍然是农村,少量为街道。

表3　演出县市和场次(2013—2015)　　　　　　单位(场)

	高安	分宜	新余	奉新	新建	丰城	樟树	上高	万载	宜丰
2013年	48	8	4	2	6	5	14	0	0	0
2014年	63	0	9	2	10	5	16	0	3	0
2015年	33	0	9	0	7	5	15	3	0	8

十年前,我对戏班采访时做的演出点记载,分别是:高安、樟树、新余、奉新、新建、丰城、靖安、南昌、进贤、抚州。十年后,变化比较大的是靖安、进贤、抚州,三个点几乎都没有了。抚州的演出点继2007年戏班在余家村结账风波后,根保停止与对方的合作;至于以前演出点很多的靖安,为什么淡出视野,后来我咨询凤梅,她说靖安那些演出点不舍得掏钱,只肯一万元钱演三场,而如今戏班家大业大,少于五千一场亏本。

凤梅对我这样解释,祠堂和家谱修好,三年演出结束,将不再唱戏,这样戏班丧失了不少演出点。现在戏班演出场合,比较稳定的还是冬天的拜寿戏和秋天的庙会戏,修祠堂戏依然占据不少比例,其他场合穿插其间。

表4　演出场合和场次(2013—2014)　　　　　　单位(场)

场　　合	2013年	2014年
拜寿戏	25	38
修祠堂戏	17	13
社火或庙会	14	16
集资	2	5

续 表

场合	2013年	2014年
吊唁	3	0
送戏下乡	9	5
展演	0	1
修家谱	0	8
物资交流	0	3
场合不明	6	16
家族每年唱戏	0	3
合计	87	108

将戏班十年前的资料和现在对比，拜寿戏的比例正呈现快速上升趋势，由以前的不到一半，变成如今以拜寿戏为主。送戏下乡也被纳入戏班的演出场合，表明政府对戏班的支持力度有所变化。

3. 演出剧目

戏班之所以做记录，比较重要的原因，是怕再次获得演出点后，剧目出现重复，影响声誉。比如登记簿上详细记载，在2013年2月27日"晚演出《临江驿》，村长反映，看过此戏，走了些人"。所以，在登记簿记录上，哪怕用最简洁的叙述模式，剧目也会比较清楚地加以标记。剧目多为移植而来的传统戏，十年间基本不变。

戏班十年前以演出飘文戏（唱词和道白皆流动，也叫幕表戏）为主，词文戏（剧本戏）的加入是在2007年购置字幕机后，只将唱词固定。这种只精炼唱词的词文戏，十年后已经又变成飘文，它与一般意义上的词文主要区别之一在于有没有作曲。飘文戏的特点，只是套用原始唱腔,剧目流动,唱腔不流动。

　　戏班如今的演出剧目,分词文戏、飘文戏以及小戏。戏班目前的词文戏剧本有三部:《春江月》《哑女告状》《罗帕宝》,全部接轨高安采茶戏剧团,即有剧本、作曲、要排练、念白规范、文词精炼、打幻灯,现任录音师整理,并由来自高安剧团的名演员卢老师当导演进行排练。

　　词文戏和飘文戏除了在唱词固定方面有区别外,还有演出时间长短区别。词文戏的演出时间多在三个小时,高安采茶剧团则演出两个半小时;而飘文戏演出可长达三个半小时,甚至四小时。这在有些老百姓心中的想法可不一样,看三个小时的戏,哪有四小时过瘾。

表5　戏班常演出的剧目

词文戏	飘文戏	小戏
《春江月》《哑女告状》《罗帕宝》	《奇相会》《王清明招亲》《方卿戏姑》《飘带记》《红梅结子》《仁义状元》《双玉镯》《麒麟送子》《莲花庵》《珍珠塔》《山姑情》《苏秦复考》《四姐下凡》《双玉婵》《喜团圆》	《磨豆腐》《三郎相亲》《四九看妹》《三伢子接姐姐》《补背褡》《大小争夫》《双怀胎》《卖棉纱》《耍金扇》《卖花线》

　　凤梅对戏班词文戏偏少的局面也是很担心,三部剧本戏翻来覆去地演。现在事实就是这样,一年能排好一部戏就不错了。戏班不像有固定拨款的专业剧团,剧团不演戏的时候,全部能集中在一起排戏,一部戏一会儿就能排出来,而且专业剧团的人员流动也不像戏班这么大。

　　小戏,演出时间在三十分钟左右,插科打诨,短小精悍,只有两三个角色。现在,外地演出加戏的情况不算特别多,但是高安本地,每个点必加,几乎达到每晚必加的地步。最令人惊奇的是,登记簿上有这样一个记录,大戏前后,全部加传统小戏:2015年2月28日—3月1日高安市新街镇源塘大队老肖村祠堂落成典礼演戏,3月1日上午10点演出《麒麟送子》,晚上演出《哑女告状》,前加"四九看妹",(青春、红苗)后加"磨豆腐"(松青、菊、凤梅)。

偶尔加演现代小戏,登记簿上显示:2014年6月27日—29日樟树市刘公庙物资交流会,29日演出《红梅结子》,阴天,加演小戏"劝赌"现代戏,刘国富、阳阳演。

凤梅这样评价高安人看戏的热情:能凑就凑,加一点,再加一点。加小戏,除了当地有传统外,还跟东家和演出点临时兴起的决定有关。

除了加小戏,大戏前面的加演还有歌曲,甚至小品,演出的可能是戏班的演员,也可能是当地人自己表演。登记簿显示:2013年12月14日,樟树市洲上乡双塘村陈氏(送戏下乡),上午10点演出香香唱歌,与王建唱《过河》。樟树刘公庙的拜寿戏前,东家请的宾客中有善唱歌者,现场演唱几首歌曲助兴。登记簿还记载:2014年10月2日—4日,新余市姚圩镇洲上杨家村杨金根六十大寿,2日晚《哑女告状》,前面是新余(张)业余说唱小品。

4. 幕后花絮

略带惊喜地写下这些花絮,因为这是以前从未触及过的话题——戏班演员对自己的书面描述。十年前,大多数演员文化水平并不高,有个别人甚至认不了几个字。而到今天,演员能提笔描述自己,这本身就是一个变化,从字里行间来看,叙述者的语言比较流畅和完整。

真诚感谢这本登记簿的记录者,不但记录戏班常规演出,还把当时的天气、人员变动、演出状态等方面也做了相当详细的记录。虽然我们隔着时空,但依然可以通过登记簿这个载体,跟当时的戏班对话。这些资料对于我们这些远离戏班,而又想了解戏班生活的人来说,真的是太宝贵了。

2014年2月16日—18日高安市黄沙镇长沙大队杨家村杨氏宗祠堂第三年,16日晚演出《罗帕宝》后加"双劝夫"(上午来此地祠堂前发生争执,据说是价钱问题),17日晚演出《哑女告状》后加"四九看妹"(黄蓓回家,请刘明来了)。18日晚上演出《春江月》,因傅老师身体不好改演《红梅结子》后加"磨豆腐"。

——摘自演出登记簿

2014年2月23日高安市石脑镇相山大队朱家朱六队合伙凑钱演戏。23日晚上演出《方卿戏姑》因前祭杀(作者注:煞),八仙、乐队在朱六队村围绕一圈,7套4层房子,每层每间走一回,直到九点才开演,天又下起了小雨,不时地用竹篙顶掉顶棚的蓄水……

24日白天中大雨不停地下,只好停演两天,24、25日。26日演出《哑女告状》后加"四九看妹"。27日晚演出《春江月》,因卢老师要去高安剧团演戏,只好请黄峰来演柳二,据反映,演出中较乱。瓷器油灯打烂,两小捆木柴也忘了拿。

——摘自演出登记簿

凑钱看戏,当地人叫清洁戏,在整个演出场合中比例非常低,高安则比其他县市稍微多一些。而作为民俗的组成部分,戏班也间接起到传承的作用。

> 2014年9月21—23日高安市石脑镇六十大寿演戏。21日晚《罗帕宝》,22日晚《哑女告状》(这两场反映很好),23日晚《珊瑚情》后加"三郎相亲"反映不太好。不够紧,松,散。
>
> 2014年11月6日晚高安市文化馆举行民营剧团采茶戏展演,6日晚在广场蛋壳旁,自搭舞台灯光音响服装乐队演出《哑女告状》,台下人山人海,水泄不通,反响不错,人们自发地拍掌欢呼,比金花剧团强百倍,乐队比专业剧团还吃价,演得好,呷价……
>
> ——摘自演出登记簿

这两场演出涉及观众评价的问题。前一场祝寿戏,观众非常内行。戏班这两部剧本戏,尤其是《哑女告状》,和我十年前采访时比较,水平高出很多。剧本戏一个最大的好处在于情节剧情非常紧凑,能够保证戏班在最低层面的完整流畅。而飘文戏,则很容易出现剧情因现场即兴的发挥而显得拖沓。

带有官办色彩的戏班展演,戏班之间通过大比拼提高自身技能、繁荣当地文化生活、培育观众群,高安市文化馆显然起到了正面引导作用。所谓传统的建立,固然有很多因素,但来自官方的支持,则会是其中强有力的一个因素。今天的基础是昨天努力的结果,明日的传统则是今日奋斗的叠加。

  2014年3月6日高安市上湖乡七十大寿演戏。6日上午大家冒雨装车，有四人没来装，下午近五点才到。晚上演出，演出《罗帕宝》，还好天没下雨，刮着大风，把篷布吹开来了。

  7日下午演出《麒麟送子》，雨越下越大，还好终于演完。晚上演出《珊瑚情》前加"四九看妹"，因碟子机放不出，只好先演大戏，后加"三郎相亲"。一夜晚雨下着不停，演完后，大家忙拆台装箱，根保叫了好几声来帮他把箱从台上搬到屋檐下，可是寥寥几个人。我从台上搬到台下，搬完以后，也无人帮我照明打伞。折回盏碘钨灯，我冒着黑拆下乐队绳索，身上已有雨水侵入肩上，无奈右边没解，雨下着很大，又没光，没伞……这是个问题，我以后也不管别人，先把碘钨灯拆下，因为根保话无人听从，也无人帮我。愿（原）在去石脑朱窑，也是在台上无人拆绳，我冒雨拆下绳子，一身湿透，结果晚上我坐涛涛车回高安洗澡换衣服……

——摘自演出登记簿

  作为民间戏班，管理的问题事关戏班前途命运。除了传统意义上的农民演员，十年后的新变化，剧团退休专业演员的参与，大大提升了戏班的专业性和演出质量，同时对戏班的管理提出更高的要求。戏班显然需要与时俱进，根保和凤梅遇到比十年前更为艰难的时候。这既是挑战，也是机遇，时代的变化，呼唤戏班采用更为科学的管理制度。

  5. 戏班的开支和收入

  下表是经楼戏班2007年两场演出的总收入和开支。

表6 经楼戏班两场演出收入与开支表　　　　　　单位(元)

演出时间地点	总收入	实收入	实收入之外的开支
2007年正月初四高安市上湖	3 700	2 825	箱资:175　联系:100　电子琴:6　伙食:187　车费:400　开班电话:12　灯管:5　电池:7.5　根保车费:8　广告费用:9　做戏面盘:3.5　请车:3　音圈:5
2007年正月初八高安市新街	5 060	3 737	箱资:438　联系:219　电子琴:8　车费:400　打剧本电脑字:100　叫艳荣电话:15　背机子线:60　灯管:15　戏剧补粉:5　白彩:4　南昌买景光灯泡等车费:23　红彩纸:10　接艳容油费:10　电池一节:2.5　扣针:2　补茶根油费(接艳容)10　景灯泡:35　请车:3

总收入减去各类开销,剩下的收入大家均分,这就是戏班沿用至今的拆账法。

在各类开销中,箱资、联系、电子琴、车费都是固定费用,其余则为流动开支。箱资是指老板买的这些服装道具,戏班演出使用,需要收取费用。乐队中除电子琴要付租金外,武场乐器由戏班准备,其余皆自带,且没有租金。车费目前的计算,地方与戏班各自承担一半。只要是戏班自己开伙做饭,统计流动开支将会包括在内。

戏班十年前的收入分两种情况,在年均演出200场的基础上,使用字幕机以前年收入在5 000元到8 000元之间,单场收入二三元,甚至十几元;使用字幕机后,可以有六七十元,甚至更高,2007年收入能超过10 000元。

十年过去了,如今戏班的收入如何?

戏班现在开支很大,远超十年前。一是由于生活条件的改善。

大车,也就是货车,根据路程远近计价。其次是小车。现在演员如果能够带车入班,再加上跑班的钱,一年收入比较可观。但是,带车入班也不是件容易的事,能做到这一点的,必定为非常重要的演员。

二是时代所需。除此以外,如今戏班还增添了一项开支,即舞台的费用。请一辆专门搭台的车,依据车程的远近计算费用。有戏台的地方当然更好,免去了搭台的麻烦。实际上,据我查看戏班好几场演出的开销来看,需要搭台的地方占据绝大多数。除了搭台费用,根保、凤梅添置的搭台设备,每次演出收两百元的损耗费,凤梅他们也要经常添置演出磨损的材料。除此以外,功放、电子设备、灯光、投影等道具添置越来越多。2018年添置背景显示屏,每次使用几乎都有损耗和维修的费用计入戏班开销。

正是由于这些日益庞大的流动费用,戏班不得不把每场戏金抬高到5 000元以上,杜绝低价戏。

表7 戏班几次演出收入的情况

时间	地点	场次	总收入(元)	单场个人收入(元)
2015年9月26、27日	高安新街大巷	3	16 000	193
9月28日	新建流湖	3	16 000	160
10月2日	丰城市曲江	3	18 000	176
10月18日—22日	高安蓝坊	5	19 000	128
11月8日—10日	樟树市后窑	4	15 200	133
2016年2月2日—4日	高安石脑赤岸新村	3	13 500	163
2月12日	南昌湾里区枫林村	2	15 000	191

戏班演员单场收入较十年前刚添置字幕机后,确实呈两到三倍增长。一般来说,单一场地,演出场次越多,收入相对越高。但演出场次却因为急剧下降,导致收入增长缓慢。

以 2016 年为例,全年演出 107 场,个人收入大约 17 000 元。2018 年戏班全年个人收入为 23 000 元。据我网上查到的樟树市政府工作报告,2016 年全市农村居民可支配收入为 14 412 元,2017 年则上升为 15 671 元。戏班全年演出收入只比平均线稍稍高一点,优势不明显。也就是说,如果没有送戏下乡的演出,戏班收入还要掉到平均线以下。

纵观十年前后对比,戏班的收入远远跟不上经济增长的脚步。加上戏班流动生活的特点,演员们认为,只有当戏班的收入达到当地平均工资的两倍,才会吸引年轻人加入。

五、戏班的生活

1. 行

十年前戏班的出行主要依靠人货混装的货车,女演员坐在前面,男演员坐在后车厢道具上。为了省钱,他们只请手续不全的货车,因为怕被查,常常选择半夜上路通宵走高速。有一次遇见检查,眼见要罚款,演员们赶紧递上营业证,才侥幸过关。大家纷纷要求我跟上面说一声,遇到戏班的演出车辆,能不能不要查。2007 年国庆节我跟着戏班两次半夜乘车转场,夜间几乎无法睡觉,苦不堪言。

十年后的戏班出行队伍庞大了许多,人货开始分离,坐车环境改善了不少,也不用半夜启程躲避检查。除了一辆专门搬用道具行李的大型货车外,戏班还请了搭台车,专门搬用舞台所需的设备并搭建。另外入班专门接送演员的车辆有两部,一辆接送樟树方向的演员,一辆接送高安方向的演员。2018年宜春有演员加入戏班,戏班答应报销从宜春到高安来回的高铁票。戏班演员中自备小车的比例增加,演员留宿当地的数量正在减少。而十年前因为交通不便,演出点捆绑住演员所有的时间。

2018年戏班有了流动舞台车后,大货车基本退出,搭台车也只在流动舞台车进出不便的村落使用。

2. 吃

戏班的伙食分包餐和自己管理,依据写戏情况而言,从不固定。一般来说,拜寿戏因为酒席较多,也就不在乎多添戏班两三桌饭菜,基本选择包餐。在我采访期间,只有一家写拜寿戏时表示,如果戏班自己开伙两天,对方愿意多给戏班1 000元,拜寿当天跟着酒席吃两顿饭。不过包餐有个问题,剩菜会不厌其烦地端上桌,直到吃完为止。

十年的变化也体现在包餐的饭桌上,有一个特点却是多年不变,无论菜的品种多么丰富,猪肉依然在唱主角。

除此以外诸如庙会戏和祠堂戏,戏班自己开伙比例较大。相对而言,十年前戏班做饭非常节省。2007年正月初四戏班的数据显示,三天伙食一栏只有:187元,按照一天平均四顿,包括宵夜,平均每顿饭只有七毛八的标准。每人每顿只能吃看不见油星的饭菜。因为每个农民演员的背后,都有一份沉甸甸的养家责任和对收入不稳定的担忧,唯有口袋里不断增加的人民币,才是日后生活的切实保障。

十年后的今天,我重访戏班,戏班有了专业剧团的演员加入,管理伙食的是来自专业剧团的老生,他到戏班后最大的变化,就是把演员的伙食标准提高了一大截。老生提出,演员们每天演戏这么辛苦,完全不应该吃得太差,每人每天伙食费也就十四五元,赚钱的目的也是享受生活。早餐加一个蛋,保证蛋白质营养,价格也不贵。中餐和晚餐两到三个菜,肉食的分量大幅度上升,不再是零星一点。戏班偶尔也会奢侈一回,2015年过端午节,20个演员,两天花掉1200元,一顿吃了六只鸡。

3. 住

住宿是戏班改善最慢的一个方面。十年后,地铺现象依然存在。

戏班住宿,大多安排在废弃老屋,或者刚刚落成还没有装修的新屋,也有村民家中、庙里、村委、祠堂、戏台上等。拜寿戏,只要不是东家及其亲属接待,村民对戏班的态度也有大方的,但大抵比较小器,比如会关闭家中的卫生间设施以及热水淋浴等。

十年前的农民演员外出演戏,除了很少情况下对方会提供床铺外,大家都以打地铺为主,地面铺稻草,然后将被褥堆上去。有条件的,夫妻一间,或者两三人一间。条件恶劣的,男女通铺连在一起。有些偏僻乡村还有特殊要求,男女不能同宿,夫妻也不行,甚至男女不能同住一幢楼内。

十年后因为剧团专业演员加入,演员们对生活品质要求更高,有人买来折叠床。

由于几乎所有的物品都依靠自带,每个人就像携带一个流动的家,有被子、取暖器、热水壶、脸盆衣架等等。演员们常年备两套被褥在戏班,冬天一套,夏天一套,也不带回去,扔在戏班的道具安放点。

我在采访中还发现,乡村的变化确实非常快,有些村落别墅型住宅遍地开花,但卫生问题还是十分严重。2018年国庆节我跟戏班去一个两市交界的村子,该村落人口不少,但大多数都已经搬离村里。村里新建了祠堂,却没有卫生设施,村民还在使用上世纪七八十年代常见的公共厕所。与此同时,微信和支付宝却不可思议地在这些村镇得到普及。

关于住宿问题,戏班演员也曾经多次讨论过解决方法。2016年国庆节,戏班在樟树市邓村时又遭遇住宿的麻烦问题,来自专业剧团的演员建议,戏班每人可以稍稍少分点钱,让大家住招待所。附近乡镇一级的招待所,带卫生间的,也就五十元一个晚上,可以解决现在面临的各色困难。

这个建议显然不会通过,当然因为钱的问题。戏班现在的演员结构与十年前相比有了很大的变化,由先前几乎都是农民演员的阵容变成两大派:传统的农民演员和城里退休的演员,各占半壁江山。有退休金的演员来戏班唱戏,早已不为单纯养家糊口,不愁吃穿的他们,还愿意过戏班流动的生活,遭遇种种不便,用"情怀"两个字来解释恐怕更为合适。而农民演员却完全不同,这是他们谋生的生计,饭碗所在,多分钱最重要。哪有赚钱不吃苦的,他们不都这样过了十几甚至几十年?

果然,根保首先表示不同意,他的想法听起来也相当实际。除了住宿外,吃饭咋办,也到招待所吃?如果演出点吃饭,还牵涉到中午午休的问题。很多村子都离乡镇较远,来回的交通又该如何解决?一旁的凤梅也强烈反对,带来被褥的演员压根不会同意住招待所。

六、行将消失的民间职业戏班

　　戏班十年前后的采访,对比结果不言而喻。专业剧团退休演员大量加盟各个民间戏班,提高了整体演出水平,继而改变了部分生活方式;演出市场整体衰退,演员收入增长缓慢;演员年龄偏大,后继无人现象严重。即便如此,我在采访中依然能发现,高安的戏班最多,周边县市时有戏班冒出,究其原因如下:

　　一、市场的形成都是双向的。宜春市下属十个县市,只有高安的戏曲基础最好。市里乡间各类商演不断,市民自发组织的广场演出,观众多因此戏班也多。良好的基础也跟当地政府的导向有关,除了大力支持办专业剧团,鼓励培养新人,市文化馆每年还组织市里一批最有影响力的民间戏班进行广场展演,这些都极大地促进了戏曲市场的良性循环,观众和演员队伍也得到锻炼。事实证明,政府对民众有引导启发的职能,既保存区域文化特色,又留住了传统根脉。

　　二、打工潮也直接影响戏班的生成。戏班这十年来的演出,拜寿戏数量在激增,也是拉高戏金的主力,争执也最少。拜寿日期的选择,不是拜寿者本人生日那天,而是选择人能来得最齐最多的时候。宜春一带,至今仍是劳务输出地,人员大量外流至全国各地。长假导致回流人员密集,因而春节和国庆节的演出供不应求,尤其春节,各类班子应运而生。这块市场份额最大,也最吸引戏班。

三、送戏下乡导致。近年来政府部门加大对农民送戏下乡的力度,越来越多的民营剧团一起加入送戏下乡的队伍。"政府买单,农民看戏","盼戏如盼年,看戏在门前"。

四、庙会戏、祠堂戏的大量存在。近年来,乡村祠堂的修建随着经济的发展正形成一股热潮,尤其是在地处偏僻、以血缘为纽带建立的村落。社会经济的发展,人员向城市流动,祠堂成为维系家族纽带的非常重要的精神空间。修祠堂往往需要整个家族每个成员的经济支持,而且金额可观,修祠堂唱戏,一唱三年,有能力请职业戏班或者专业剧团。庙会戏是除拜寿戏以外,广泛存在于乡村的演出市场,也是众多戏班生存的最根本因素。但因为年年举办的特点,资金少,形成了最广泛的戏曲市场,戏金由低到高都有,低价偏多。

总之,谁拥有最多的文化资本、经济资本、社会资本,谁便领先;谁能熬过严寒,谁就书写了历史。但整体来说,随着生存空间的进一步逼仄,文中所述的以演戏作为主要收入的民间戏班已经到了面临传承危机的时刻。

身处中国最繁华的大都市,回望故乡,拨开过往的云雾,仿佛能见到从历史里走来的一群群民间艺人。他们从边缘之地出发,挑担推车,扶老携幼,走南闯北,冲州撞府,将这古老的身形,夸张的脸谱,粗犷的唱腔,播撒在一片片热土之上,缔造出一个个张扬他们生命的时空。戏班的命运也借此将在时代的波浪里继续翻转沉浮。

每个人都需要老有所依

蒋建梅[*]

离乡千里十八年,每次过年回家的四五天,故乡的各种信息,酸甜苦辣,悲喜交加,直扑过来。

故乡看着我长大的 30 后、40 后甚至 50 后前辈,都已老去,不少已离世。故乡的一部分,正渐行渐远。

去年年前回故乡零陵,最不愿意听到的消息,是村里的美湘伯伯和玉秀伯伯都在这年过世了,美湘伯伯享年 81 岁,玉秀伯伯享年 80 岁。

我们老家,80 年代解放思想,从我们 70 后这代人开始,叫自己父母的同辈人,比父母年长的,无论男女,都叫伯伯;比父母小的,无论男女,都叫满满;叫姐夫为哥哥,称嫂子为姐姐。从我侄女那辈 90 后开始,男女平等思想波及母系亲属称呼,他们称呼自己母亲的娘家兄弟姐妹和他们的配偶,无论男女,都叫舅舅。

我的美湘伯伯是男的,我的玉秀伯伯是女的。他们两个人的家

---

[*] 蒋建梅,70 后,湖南永州人,2006 年毕业于复旦大学中文系,现为南京财经大学新闻学院教师。

庭,是村里跟我家感情比较好的两户,他们两位,也属于我的故乡记忆里非亲属中最亲切的长辈。

1992年,我考上了大学,我的户口迁出了故乡——湖南省永州市零陵区珠山镇龙禾田村。2000年,我离开任教五年的永州市零陵区火湘桥中学,去湘潭大学读硕士研究生,而今,我已在江南寓居15年。平时教书养娃,一般过年才会回湖南老家。2008年,家里人搬至零陵城区居住,户籍都还留在村里。

住在城里的我家亲人,并非个别,至今,村里已有80%的人家在镇上建房或在零陵买房居住,原来村里的社交圈在平常日子的社交中不复存在,只有在婚丧嫁娶红白喜事等大事中,村里人才会聚集到村里某家,或镇上某家,或镇上、城里某家酒店,有共同生活经历和同一户籍行政村的老家人,互相交流村里锰矿开采的现状与未来、自己的身体状况,以及各家儿女孙辈的出息。

我所了解的故乡的消息,很多都是来自我的父母,他们跟故乡的联系,比家里的后辈更多些。那里曾有他们几十年的生活,那些跟他们生活了几十年的村里人,他们也更关心,更不用说跟我家感情好的玉秀伯伯和美湘伯伯家。

玉秀伯伯和蒋元伯伯

玉秀伯伯和蒋元伯伯是夫妻,蒋元伯伯的辈分比我父亲小,跟我同属村里的"元"字辈。我父母亲跟他们同一个生产队,感情好,血缘关系远,因为是新社会,所以跳开辈分,认了平辈的干亲。他们的大女儿乙娥,是60后,小时候认我的父母做了干爹干妈(我们老家是叫"亲爷""亲娘"),我们两家频繁走亲,直到我的乙娥姐姐出嫁几年后,才慢慢疏淡。

玉秀伯伯家对我家一直很好。我记得我妈曾多次跟我说,她生我的时候,腊月二十七,雪后冰冻,奶奶一则年纪大怕下冷水,二则看我妈生的是女孩,当天没有帮我妈洗那些生我时弄脏的衣裤。那时候,女人都是在家里生孩子,请接生婆来,还请产妇相熟或者有经验的村里女人来陪产。跟我家认了干亲的玉秀伯伯来给我妈陪过产,第二天又来我家看望我妈,还帮我妈洗了弄脏的衣裤。

这一点,我记在心里,对玉秀伯伯一直心怀别样的情感。大前年回乡,听我妈说,玉秀伯伯已经得了老年痴呆症,跟蒋元伯伯住在老家村里,跑出去就不知道回家。蒋元伯伯总是要到处寻她,有一次从下午找到天黑,才找到她,冬天了,她睡在村后的草地上,冷得很呀!蒋元伯伯实在没办法,只好在他出去有事时,把玉秀伯伯关在家里。玉秀伯伯年轻时特别能干,那时村里人家有了红白喜事,经常请她去做掌勺大厨,老了,却连家都找不到了。

玉秀伯伯有三个儿子,两个女儿。大儿子国仔五十多岁,生了一儿一女,都已成家,他三年前已添了孙女,一家老小,都在江苏常州打工,前些年已在常州市区买了一套小居室,两室一厅;二儿子峰仔依计划生育,只生了一个儿子,一家都住珠山镇上;三儿子顺民生了二女一男,几年前因肺癌去世,他妻子带了三个孩子,也住在镇上。玉秀伯伯的大女儿就是我的乙娥姐姐,一家也在常州打工。国仔和乙娥他们都在常州,是因为他们的妹妹满娥。

满娥是玉秀伯伯的小女儿,年轻时是村里的美人,但是读书少。那时,高考落榜四次、同行政村的棉花冲村青年叫元芳的,来她家追求她,两人谈起了恋爱。玉秀伯伯很是喜欢,元芳家兄弟姐妹八个,四男四女,个个标致,二哥是工农兵大学生,在区教育局工作,是村里最早的大学生,城里人。

元芳的父母生养多,福气好;我外婆年轻时生养不易,家里人丁单薄,跟元芳的父母认了亲家,让儿时的舅舅认他们做干爹干妈,好套些他们的福气。我母亲后来嫁给我父亲,据说是我奶奶请元芳父亲保的媒。那时我妈常到元芳父母家走亲戚,路过我们村的田峒,我奶奶在田峒里放鸭子,看见姑娘时期的我妈,觉得给自己唯一的儿子做媳妇,很好。

我妈嫁到我家后,按乡俗,也跟元芳的父母走亲。

元芳也是"元"字辈,年龄比我大四五岁,复读了几年,1992年跟我一同考上大学。考上之后,就跟只上过小学二年级的满娥分了手。玉秀伯伯和蒋元伯伯把元芳家来"下定"(订婚)的聘礼都悉数退了回去。其实,按照风俗,男方悔婚,女方可以不用退聘礼。

元芳的三哥元喜,跟他弟弟一样,都是跟我同一年考上大学。元喜也早就有了未婚妻,他一边做代课老师,一边复习参加高考。考上大学后,也很想跟未婚妻悔婚,那女孩是石岩头镇的,那里民风更强悍,听说她家有好几个哥哥,扬言元喜如敢甩掉他们的妹妹,就要揍死他。元喜在大学里心是花了,但怕死,也不敢造次。蒋元伯伯和玉秀伯伯也有三个高大壮实的儿子,却对元芳什么话也没有说。

1992年冬天,失恋的满娥经人介绍,远嫁常州城郊,离家千里。

大约是1995年,村里外出打工的人越来越多,玉秀伯伯的大儿子国仔,做锰矿石生意,收购老家附近的村子里村民自行开采的零散锰矿石,雇请大东风牌的货车运到广西的冶炼厂去。可能是当时市场不规范,加上他对锰矿石品质的化验也不懂行,赔了本,欠了好多债,其中就有欠我亲舅舅的锰矿石钱一万四千多元,当时是普通农村家庭一笔巨款,至今未还。

那时,天天有人来他家里追债。国仔就带着老婆孩子,到妹妹满娥的常州打工去了。过了几年,村里跟满娥要好,跟国仔娶的同村媳妇翠娥家沾亲带故的,又有好几家去了常州,包括我那嫁到邻镇的堂姐小玉家。因为在常州接触频繁,我堂姐小玉的大女儿平平,后来嫁给了玉秀伯伯的大孙子业石,也就是国仔的儿子。

现在,国仔一家三代都在常州。玉秀伯伯去世了,村里剩下蒋元伯伯一个老人,怎么养老?

玉秀伯伯的三儿子顺民早几年就不在了,他留下三个孩子要养,顺民两口子当年存了六十多万元,是在村里和老婆娘家挖锰洗锰砂赚的。他知道自己得了肺癌,没有再治,说一定要把钱留给他的儿子。

办完玉秀伯伯的葬礼,国仔和峰仔商量,老父亲由他们两家赡养。考虑到老父亲已经八十多岁,不能让一家独担风险,决定上半年由国仔赡养,下半年由峰仔赡养。过完年,国仔一家陪着老父亲去了常州。在这之前的八十多年,蒋元伯伯虽因在冷水滩区国营矿上挖过煤,差点成为工人阶级,最远,却只去过两三百里外的桂林。

我对在南京帮我带二宝的老妈说:"妈,蒋元伯伯这么大年纪了,还要跑这么远啊?"

我妈回答说:"那也没办法,国仔一家都在常州啊。"

我又说:"一人养半年,下半年蒋元伯伯又得回到零陵去。这么远!"

我妈接话说:"是呀!峰仔老婆还说,让蒋元伯伯一个人还是住到村子里去,不要住在她珠山镇上的房子里。我听了心里不忍,就说她:'乙凤仔,你这也太过分了!你老子这么大年纪了,你还要他自己一个人回去住,你房子有两层,又不是住不下,你将来也要老的罢!'"

对长辈尽孝道是对自己的未来负责,这是我小时就知道的道理。爷爷给我讲过一个故事:一家有个老爷爷,身体不好,光能吃,不能干活。一天,老爷爷的儿子把老爷爷扔到一个大竹箩筐里,叫老爷爷的孙子帮忙,两人合力把这老爷爷抬到山上。这个儿子放下箩筐,对老爷爷的孙子说:某儿,我们回家!孙子说:不行,阿爸,这箩筐,我要带回去,等你做不得事了,装你用。这家儿子听了,想了想,对孙子说:某儿,我们把你爷爷抬回去吧。

在儿女们各自成家后,玉秀伯伯和蒋元伯伯两个老人跟他们都分了家,快二十年里,互相照顾,只给儿孙帮忙,没添一点麻烦。现在蒋元伯伯这个年纪,国仔不忍心让他单过。在常州,蒋元伯伯有儿子儿媳孙子孙媳和重孙,还有女儿女婿和外甥,满满的天伦之乐。

据说,两千多年前的江苏徐州人刘邦,做了皇帝,把刘老太公他老人家接到长安皇宫里享福,刘老太公锦衣玉食,却高兴不起来。刘邦了解实情之后,就在长安仿照刘太公的丰邑一模一样地新建了一座城,把刘太公的老邻居们,包括那些狗啊猫啊全都一块儿迁过来,大伙一块儿干点农活,闲了就一起踢球、斗鸡、走狗,从此以后,刘太公就又高兴了起来。

刘邦是皇帝,要哄他老子高兴,很容易。作为寻常百姓的国仔,下半年还得把老父亲送回珠山镇。在小儿子峰仔家住,蒋元伯伯可能就会寂寞很多了吧。

美湘伯伯和翠妹伯伯

美湘伯伯是退伍军人,跟我父亲同属"美"字辈,是我们村里多年的老支书,也是我血缘关系较近的族伯父,他的妻子翠妹伯伯跟我同一天生日。也许是这个原因,自小我就感觉他俩对我格外亲切一些。

在 80 年代,我的童年和少年时代,美湘伯伯当村支书,是个充满人格魅力的长辈。

记得那时候,每逢村后的晒谷坪上放电影,就异常热闹。有时候是因为村里要发动群众封山育林;有时候是因为哪家老寿星过生日,老人福气好,家里后生日子过得特别好;或者是哪个特别殷实的人家生了儿子,都会放电影给村里人看。

每次放电影,村里都会有一个特别欢快的夜晚。我们小孩子早早搬了凳子和椅子,去给家里人占座;早早催大人炒好看电影时吃的黄豆、瓜子,或者花生等零食;三五成群,在人群中钻来钻去,在银幕边跑来跑去。放映场上灯火通明。每次电影开映前,美湘伯伯都是焦点人物。放映员虽然处于中心位置,但是我们都不认识他们,他们只负责放电影,一般不说话。只有美湘伯伯讲话,洪亮有力,抑扬顿挫,不管是讲封山育林的重要性,还是给请电影家的老寿星或新生儿的祝福,即便我们似懂非懂时,也觉得很有范。

上大学之前,我的梦想一直是做一个村长,也许是因为受美湘伯伯的影响吧。

美湘伯伯跟翠妹伯伯感情很好,我从来没有见过、也没听说他俩吵架打架。美湘伯伯无论去谁家吃饭,翠妹伯伯都会陪着去。翠妹伯伯最先嫁给我们村的炳福,成了军嫂,炳福后来留在株洲,他俩的儿子夭折了,炳福要跟翠妹伯伯离婚。翠妹伯伯跟炳福离了婚,就收拾好自己的东西只身回娘家。这一天,她挑着陪嫁的被褥,慢慢地走出村子,经过很多人挑水洗菜的水井,过了桥,经过沙洲,走到村子对面与邻村交界的高土台上。我家奶奶带着两个长辈女人,喊着:"翠妹仔,你等一下!我们有事跟你说。"她们一边喊着,一边从村口的水井边追过去,七嘴八舌,一顿劝说,把她留在了村里,说给了美湘伯伯做老婆。美湘伯伯刚复员回家,年纪不轻,家里没有父母,条件不好,当时尚未说亲。

翠妹伯伯特别勤劳,能吃苦,会持家,美湘伯伯后来做了村干部,家里的日子越过越红火,但没有绯闻。我听到的,他的唯一"绯闻",是在2000年之后,我在外求学后的一个寒假回家时,翠妹伯伯到我家,跟我奶奶聊天时说的,当时我陪着她俩。

那时美湘伯伯已经六十多岁,有时一个人回到村里住几天。翠妹伯伯跟我奶奶说:"天黑了,我还没开灯,听到'咪——咪——咪的,就知道是那女的来了。'这时,你侄儿美湘就说:老秀,你家猫不见了啊。你嫂子今天回来了啊……"

翠妹伯伯最喜欢到我家串门,跟我奶奶聊天,几十年如此。我奶奶身长肤白又丰满,年轻时估计有一米六八左右,她应该是村里奶奶和妈妈两辈人中最高的女人。在村里,她被其他同辈女人亲昵地称为"长婆"。奶奶自小生长于富农家庭。嫁到我家后,家里的柴米油盐日常用度比较从容。

爷爷年轻时强壮勤劳,村前梅溪河的分叉小河鱼虾很多,爷爷是村里唯一会拦堤捕鱼的。我们兄妹小时候,鱼吃得比别家孩子都多。爷爷什么事都让着奶奶,奶奶的日子过得比较殷实舒心,在家做做家务,不喜欢串门,尤其不喜欢传东家长西家短。

翠妹伯伯是村支书的妻子,很多人家都会接他们夫妻去吃饭。翠妹伯伯跟村里的女人们接触很多,知道很多她们家里的长短。记得我很小的时候,冬闲,她经常来我家,坐在火塘边,喝着奶奶泡的茶,跟奶奶说着家里长短。多是些婆媳矛盾,妯娌相争,偶尔也有儿女私情之类,每当这时,我奶奶就会把跟在身边烤火的我赶走,说:"老细,你走开,小女仔家家,张着耳朵听大人的事。到外面玩去!"

我便只好不舍又知趣地离开火塘,到外面找小伙伴玩去。

奶奶从来不去别人家串门,只是别的奶奶和伯母们到我家找她聊天。她会拿我母亲亲手做的茶叶烧茶(井水烧开后,把茶叶放进开水里熬煮,我们称为"烧茶"),放上一点白砂糖,拿出红薯干,炒好的豆子花生等零食招待她们。我的记忆里,奶奶只听他们说,偶尔评价几句,从来不把这次别人讲的话,讲给下次来的另外一个人听。现在想来,这才是奶奶最大的魅力。那些来我家聊天的奶奶伯母们,并不是为了喝我家的茶,吃我家的花生豆子,这些,她们家也有的。

就这样,翠妹伯伯跟我家感情一直很好,小时候,到了腊月后几天,遇到我,就跟我开玩笑说:"老同啊!(在我们老家,同年出生的人才互相叫"老同")我们快要过生日了,听说你家准备杀猪,我们一起在你家过生日吧。"

"杀七不杀八",腊月二十七是杀年猪的最后一天,父亲每次都哄我,说我是我们家生日最划算的孩子,我们家每次都要杀猪给我过生日。童年时我不知道父亲是哄我,大了才知道,晚点杀年猪,也许是为了让来我家买一二十斤肉过年的人,年过得更富余吧。翠妹伯伯家的日子过得殷实,自然不需要到我家沾我的光。我已经能理解她的玩笑,每次都笑着应道:"好啊!我家要杀猪的,伯伯你来吧。"

美湘伯伯对我家一直很照顾。1950年出生的父亲,高中时遇上"文革",在村里的生产队做过最年轻的队长,后来当了民办教师,再后来,又通过自己的努力考上师范,毕业后转为正式教师。父亲自身的能力和努力,可能也是美湘伯伯和翠妹伯伯善待我家的原因之一。

还记得大概是我六七岁的那个夏天,遇上持续暴雨,直到夜里还下着。父亲和爷爷不时着急地出门观察,说梅溪河里的水已经漫上田峒,可能要涨到位于村头、房子地势最低的我家。

就在我家惶惶不安中,美湘伯伯带着好几个附近的族里人来了,挑着箩筐,戴着斗篷披着蓑衣,他们都住在我家附近,房子地基比我家高好几米,没有水淹的担忧。

我家的稻谷和两头肥猪,被大家齐心安全转移到了美湘伯伯家。晚上,我好像也是在美湘伯伯家睡的觉。我当时还发烧,听我妈说,跟美湘伯伯共一座堂屋的元凤哥,冒雨打着手电去了村边浅池塘里,摸了一些螺蛳,锤烂了包在我的肚脐眼上,用土办法退热。我现在还清晰地记得第二天早晨,我在美湘伯伯和元凤哥家的堂屋里醒来,肚脐上包有一堆碎烂螺蛳。

我的元凤哥,当然喊他"哥"是依辈分,我们都属于"元"字辈。其实他年龄比我父亲还要大四五岁。元凤哥哥几年前中了风,生活不能自理,他和妻子玉淑住在老家村子里,他们的儿子儿媳和孙子孙女,都住在零陵城区。前年,元凤哥去世了。

近几年,我从父母口中了解到,在村里常住的,除了一些老人,已经没几户人家。我对我爸说了几次:"老爸,我看我们村要'倒闭'了。"

我爸听了,似乎不高兴,但也没反驳。

早几年,虽然住在零陵,每年过年,爸妈都要带领一大家子回珠山镇上的房子。腊月二十七回村里封岁,到我去世的爷爷奶奶坟前,还有2003年秋天因车祸英年早逝的我哥哥坟前,挂扫、杀鸡、放鞭炮。珠山镇街上,热闹得很;回到老家村里,我童年满村子跑时出入的那些青瓦房,大多已经破烂,包括我家正屋的瓦木结构。错落分布的混凝土红砖平房倒是不少,就是见不到几个人。

老家衰塌的瓦房,村里人每每回到家看了,也许大都不是滋味。去年村里的旧瓦房翻新了几座,换成红色的更耐风化腐蚀的长条瓦。一则看着景气,二则万一将来征收拆迁,也可能会有更多实惠。

我前年就想过,该把家里的旧瓦房正屋修一修,自己出生在这里,无论如何,不能眼看着它衰败。可是修好了,这么两座大房子,离零陵城里有八十多里路,离南京一千多里,我们大家都不会回去住,并且家里在镇上也还有一栋四层楼三百多平米的房子,一楼出租,其他都闲放在那里,都只是个感情上的安稳和慰藉。要是这些房子在零陵附近,或者南京附近,该多好呀!

美湘伯伯和翠妹伯伯,原来住在他们的大儿子荣甫家,跟我家镇上的房子,只隔着两三户街坊。我们两家来往密切。近几年,荣甫哥的家具生意做开了,把他在镇上的家具店开到了零陵城里,两位老人就都随着到了零陵,虽然都在零陵,我们两家却离得很远,父母只是听遇到的村里人说些两位老人的近况,没再见到。

二十年前,美湘伯伯和翠妹伯伯进入老年时,依照乡俗,他们的两个儿子,在舅舅和村里长辈的主持下,曾为赡养两位老人的事抓阄,美湘伯伯被分给了他们的大儿子荣甫,翠妹伯伯被分给了小儿子军甫。在这二十年里,两位老人都在一起生活,一直住在大儿子家里,曾帮他们照看孩子,做些能做的小事。现在美湘伯伯去世了,留下翠妹伯伯。荣甫的老婆,就下了逐客令,让翠妹伯伯去她小儿子家住去。

翠妹伯伯的小儿子军甫,已有五十二三岁,二十四五岁结的婚,因为不满妻子生了两个女儿,多年来,自认为有理由在外面浪荡不成器;前些年在外面跟一个女人混,生了一个小男孩。不想后来军甫生了腿病,那个女人想丢下小男孩,也不想要军甫。他就厚着脸皮,拖着烂腿,托自己的叔母去问他的前妻,能不能接受他带小男孩回去生活。他的前妻再三考虑,自己不能决定,娘家人也不好给她做主,她只好去广西问了"鬼婆娘娘"(民间自称可以附灵通灵的人,多为残疾人),"鬼婆娘娘"算了八字,说那小男孩克她,军甫的前妻就硬下心来,拒绝了他的要求,依然独自带着两个成年的女儿。她勤劳能吃苦,娘家弟弟也支持了一些钱,在零陵早买好了房子。军甫如今腿已经治好,那女人也没跑,只是在冷水滩区租了房生活,儿子才六七岁。对于母亲,他是没法管了。

翠妹伯伯还有一个女儿,我叫她军銮姐姐,80年代她嫁给了石坝仔水库一个管理人员,石坝仔水库容积达2 333万立方米,涉及大庆坪、水口山、石岩头、珠山等4个乡镇稻田的灌溉,灌溉面积达5.96万亩,是毛泽东时代零陵区举多乡民力耗时几年兴修的,能发电,能供水,如今已被本地网文传得神乎其神,说是楚威王派人在这里"断龙脉,泄王气"拦河修石坝而得名。跟着零陵区最大水库的管理人,军銮姐姐的小日子一直过得比较小康。

军銮姐姐五十来岁,有一儿一女,都已成家生儿育女,她是带孙子的奶奶了。嫂子要母亲离开大哥家,也不是没有道理,军銮姐姐到零陵大哥荣甫家,把母亲接去了一百多里路外的石坝仔水库。

很多年前,我的奶奶还在世,我家还住在珠山镇上。有一次我年前回家,奶奶跟我说:"军銮仔前些天来我们家,跟我讲:'庆娣奶奶,我妈太偏心了!我好气呀!你看,我每次来两个哥哥家走亲戚,我妈都希望我再多加些礼钱、多拿些礼品。可轮到我妈和他们去我家走亲时,我妈又舍不得让他们多拿一点点去。庆娣奶奶,你看,我妈就是觉得我是外头人,总想多抠点顾着她的两个儿子,我也是有个家的呀。'军銮仔说着还流泪了呢。"

20世纪30年代出生的翠妹伯伯,无论如何也没想到,等美湘伯伯走了,她还是要女儿给她养老的。

堂 兄 小 荣

堂兄小荣是1970年生的,从小就很有领导欲,记得我们学前时,经常在他家堂屋里,被他组织起来,开会、学习。

上初中时,他是班长、学生会干部,很受老师器重。我妈说,他像他爸爸、我的堂伯父国明,很能干又聪明。堂伯父80年代在水口山伐木时被木头砸死,我的堂伯母在家带着三个孩子,招了一个继伯父。堂兄跟继伯父感情不好,不服他管,在学校里感情丰富,跟女生谈恋爱,没考上高中,只好回家种田。

他是个聪明人,又很好强,一直想在村里有所作为。

今天,在百度百科上,我搜索到了故乡的资料:"龙禾田村,村委会驻龙禾田,辖棉花冲、龙禾田等5个村民组。总面积1.57平方千米,共100户、人口405人。"这个,应该是三四年前的资料。我的故乡由于常住人口缩减厉害,在大前年零陵区的行政村调整中,已经作为一个自然村,被并入了常住人口规模相对较大的邻村——寨子脚行政村。从此,也许她就不再有自己独立的行政村名字了。

因为山多有锰矿,我们村很多家庭都靠挖锰或者洗锰挣了钱,或者也因出外打工挣了钱。为了孩子的教育,或者也因为村里人相互影响,就在镇里或者零陵城里买了房住,有事才回村里。现在环保抓得紧,村里的田地,不少被围起来,改成洗锰矿用的废水坝,以免污水直接下河造成污染。曾鲜活灵动的梅溪河,从90年代末以来,已经被沿岸洗矿排的泥沙,污染得没有了水草鱼虾。

据说我们村"龙禾田"的得名,就是因为这田峒里有一龙状垅田,禾大壮实,是村里少数的良田沃土,被还在村里住的人耕种。前几年,住在村里的70后爱国仔曾对村干部说,要跟外来老板合作,承包我们村前田峒里连片的良田,不知何故,爱国仔的土地流转还没有办成。

据我妈说,曾有勘探组去过我老家村里,在我们村庄地层下,又钻出来了锰矿和锡矿。"锡矿,好亮眼睛的。"我妈说,"我那时,正好在老家,亲眼看到了的。"七八年前,有老板来我们村洽谈,一度有传言,说要花一个亿拆迁,后来又说没有谈拢。

2000年春天,我从火湘桥中学去湘潭大学参加研究生面试,在面试的作文里,提到我多年的理想,是想成为一个村长,我想在我们的村庄,山上种上毛竹,沿河两岸种上桃花,塘里种上荷花,把我们的村庄变成一个美丽富饶的地方。

我的堂兄小荣,初中毕业回村,在学校里谈的恋爱作了废。他毕竟人聪明上进,娶了棉花冲荣支书家唯一的女儿做妻子,生有一儿一女。荣支书是继美湘伯伯之后做村支书的。

因为父亲早逝,家境不好,自己也只上了初中,堂兄在村里仕途还是不顺。后来,他知道老岳父支持去村里做支书的,不是他,而是能力不如他的小舅子小明之后,个性强的堂兄,跟老岳父和大小舅子们的关系就不再亲密。他曾努力凭着自己的实力参加村支书的竞选,要不是他妻子和岳母说情,要他让着做了几届村支书的小舅子小明,他就会是村支书。

后来,堂兄进城了。他家随我家之后,2009年在零陵买了房,房子当时是 5 万元钱一套，他把家里承包的山林使用权卖给人家洗锰矿砂，得了 10 万元，买了两套房。

买房的原因与我有关，2008 年，他妹妹也就是我的堂姐小玉的丈夫，在常州一个纸箱厂里被机器把一条胳膊轧断了，当时用工还不是很规范，老板只管医药费，赔偿很有限。堂兄他们从老家去常州看望小玉的丈夫，然后到了南京，希望我家娃爸根据政策帮堂姐夫维权。娃爸就在网上查阅了相关的国家法规，打印好了，让他们带到常州去跟老板谈判，后来经过争取，除医药费之外，还获得了 18 余万元的赔偿。他们第二年到珠山镇上买了一套敞亮的三居室，还有不少余钱。尽管堂姐夫那只胳膊康复后疤痕累累，也不能干重活，但堂姐小玉一家很是感谢我们，弄得我心里惭愧。

那次堂兄来到南京我家时，我 2006 年买的房子价格已经翻倍。我告诉堂兄，有钱赶紧买房，别存着贬值。他回到零陵，就用那 10 万元买了房，是小产权房，8 层楼的 7 楼，没有电梯。他说："我买两套，卖矿山的钱有 5 万是金荣的，如果他将来不要这房子，我就以后还钱给他，这房子让青青和强强姐弟俩一人一套。"

青青是他的女儿，强强是他的儿子。堂兄小荣这样决定，爱女之心可见。金荣是堂兄的继父所生，虽然同母异父，但从来不见他家兄弟姐妹间有个血缘区分。我的继伯父寿运不佳，我在珠山教书时的一个春天，他患了胃穿孔，镇医院说治不了，家属紧急从镇医院转零陵的市医院，却在东湘桥 322 国道上逢乡里赶大集，救护车被密匝匝的人流货物堵着，一时过不去，就这样耽误了性命。

乡镇医疗水平的落后，是我们小家族移居的重要原因。2003 年秋天,我那开东风牌大卡车运锰矿石的亲哥哥出了车祸,颅脑受伤严重,因为住在镇上,被他的合伙人先送到就近的镇医院,耽误了抢救。家族里不止一次发生过这种令人无比心痛的事情,这也是我积极推动我家并建议堂兄家在城里买房的重要原因。

第二年,堂兄小荣兄弟俩装修好房子,就搬到零陵住。堂兄对村里还是有一颗热心,2015 年寒假,他对我说:"老细,我做了一个我们村的美丽乡村建设规划,我给你看看。你让倩倩(我亲侄女,其时在长沙上大学,她户口一直留在村里)回老家竞选村官。"我没有让堂兄给我看他的乡村规划,只是对他笑笑说:"现在的年轻人,心不在村子里,我叫不回来的。"

堂兄小荣的儿子强强,2015 年寒假我回乡见到他时,他的身高已经比他父亲还高,性格比较闷,内向,腼腆。听说,他跟我家侄儿说过:"我家里怎么这么穷啊!连电梯房都买不起,每天都爬 7 层楼!"我侄儿把这话告诉我父母,我妈对他说:"强强,你怎么觉得你家很穷呢,你家不穷呀。你不缺吃不缺穿,还在城里有房,别人家好多在城里买不起房的。"

堂嫂对强强很疼爱,强强早上不愿意下楼去买米粉吃,嫌家里楼难爬,她就打包带回家给他吃。

近些年,因为多种原因,堂兄嫂感情不好,时常在家争争吵吵。2016 年冬天,强强上初二了,不知何故,某个中午突然爬到家里的楼顶上,跳楼自杀。

每次想到这个,我心里就很难受。自我记事以来,只知道周边村里意外去世的男性,不外乎三个原因:锰矿塌方、溺水、车祸。我们村里从来没有出现过寻短见的男性。我只知道村里曾有三个感情出轨，在丈夫和情人之间无法自解的女人，吃农药或上吊自杀。

我曾反复思考他自杀的心理动机，可能是在城乡生活的巨大转换中，贫富反差增大，敏感脆弱的孩子，其实并没有足够的承受能力。强强的自杀，如同寒冰万仞在心，堂兄和堂嫂自此没有了争吵的劲头。2017年春天，堂兄随他妹妹小玉一家来常州打工，堂嫂随女儿青青在长沙打工。

堂兄小荣的女儿青青今年已25岁。读初中时谈恋爱，被我堂兄暴揍了一顿，后来便好好读书。高中毕业后，没考上大学，看当时家里没钱送她读书，就去长沙打工，自己攒了些钱，去读成教。现在找到了一个湖北男孩，家境很不错，说要在长沙买房结婚。两人约好，将来两家老人都要好好赡养，生了孩子，归两家要，一个随父姓，一个随母姓。

2018年，在常州工作一年的堂兄，能力得到了老板的认可，被派去重庆出一两个月的长差，还专门给他配了一个手机。堂兄跟我父母说起这些，有一点点自豪。

今年年初，堂兄和堂嫂一起来到常州，现在，他们一大家都在那里，他们的母亲，他弟弟一家四口，还有他的妹妹妹夫。听说，因为老板对他们很好，他们打算在常州一直工作下去，到60岁，可以拿到退休金。

在电脑上写下了故乡这些沧桑，又把有些细节向母亲确认。母亲告诉我，目前在老家村里住的，实际不超过50人，约两户60后，两户70后，其他的，基本是儿女、孙辈住在镇上或市里的，孙辈不再需要他们照看的30后、40后老人。他们有几对是老夫妻相伴,有几个是失伴,图自在不去镇上或儿子家里的独居老人家。

他们在儿子、女儿家的重要日子,才会离开村里。如果有一天他们病重,儿女孙辈们即便远在广东广西江苏浙江,必定会紧急赶回,陪伴他们的最后时光。老人去世后,后辈请得力的人协助,安排丧事。村里血缘较近的,感情好的,每家必须来一个人陪着孝子守夜,锣鼓鞭炮唢呐喧闹起来,三四天后,老人入土为安,后辈们就又离开村子。

村里跟着儿子住在镇里或市里的老人,如果去世了,在镇上有宽绰房子的,就在镇上办白喜事,请红白喜事一条龙的人上门,帮助办理除钱财出入、物资采买外的一切事宜。在镇上的村里人,还有街坊,则陪着孝子守夜。三天后,大家坐着车,随着红白喜事一条龙服务公司的灵车,一路锣鼓唢呐鞭炮,把老人送回村里安葬。

村里的40后老人中,有三个是孤寡老人,都是男性,从未结婚,有好几个侄儿侄女。按照乡俗,侄子们要给他们养老送终。现在,他们住在镇政府开办的养老院里,养老院是在一个依山靠河的废弃乡镇中学里,条件不错,有吃有喝,就是附近人少了些,也许有点寂寞,他们偶尔会回村里看看。

据母亲说,蒋圳伯伯,最耐得住寂寞,在养老院天天打牌,住得惯,基本上不会去老家村子里。美家伯伯,有时也会回村子里去看看。只有老荣伯伯,最想往村子里跑,他的堂侄子小明,也就是我堂兄的大舅子,十来年前一度暴发,卖掉承包的锰矿,突然有一百多万元,一下子不知东南西北,几年里去零陵挥霍一空,现在还没钱买房,住在村里。

　　老荣几年前帮他的侄子小明家洗锰,被洗矿机把半条腿铰掉了,后来,绑了一截毛竹筒做假腿。他有低保,他这个堂侄子也必定要给他养老。他最不喜欢住养老院,总喜欢拖着他那半截竹筒腿,不时回村里堂侄子家,还帮着他的堂侄子照看洗矿机。

戈壁递给我的三杯茶

李 娜[*]

戈壁上的每一棵草,至死都保持着一种生长的姿态。

这是 2018 年的盛夏时节,我再次走进这片生我养我的大戈壁,像一艘溯游而上的小船,回到自己的重生之地。

八月末,正是戈壁上最热的日子,连日来的大旱使得这片广袤而孤寂的土地显得焦灼不安。太阳的光刺破云层和山岗,毫无顾忌地爱抚了戈壁上的每一棵草、每一块戈壁石和每一粒砂砾。风很轻,云很淡,一切都该以一种淡淡的情感来宣泄描述。

一行三四人,走进水莲家的帐篷。帐篷周围是空旷的戈壁,极目远望,似乎方圆百里之内都看不到第二顶,因此水莲的帐篷像是突破了干旱和坚硬铸就的防线后从地底长出的一朵蘑菇,稳稳地扎在地上。水莲是个爽朗的蒙古族姑娘,长长的辫子背在身后,在一袭玫红

---

[*] 李娜,1994 年生于内蒙古,神舟文学院签约作家,中国作家在线签约作家,中国作家在线网驻站作家,西部散文学会会员,内蒙古电力职工文协理事。自 2017 年 1 月开始写作,至今已创作 70 万字,在《阿拉善日报》《北方新报》《湖州晚报》《中山日报》《瓦窑堡》《天马诗刊》《薪火》《秦川》等报纸杂志上发表文章 30 余万字,诗歌入选《内蒙古女子诗歌双年选 2017/2018 年卷》。

色的宽大蒙古袍上动了又动,脸颊上还留着高原季风的痕迹——两坨醒目的红。

初次见面,水莲用一海碗茶来招待我们,四个大碗,在小炕桌上依次排开,低头去看时,还能看到碗底沉淀的茶叶残渣,静悄悄的,像沉睡在水底的水草种子。想了想,水莲又端了一小罐白糖来,放在小炕桌中央,歉意地朝我们抬抬手掌,意思是随意取用。戈壁的热浪早让我有些难以忍耐,长途行车更是令人困顿不已,我不再扭捏,放两小勺白糖,端起海碗一饮而尽。随行的朋友看看我,依样画瓢。

我认得这茶,这是戈壁人家常喝的青砖茶,夏日解渴消暑,最是适宜。我想起小时候,爷爷行走戈壁,放牧牵羊,总要捎一壶刚刚出锅的青砖茶。清水烧到七八十度后,丢进几片青砖茶叶继续烧,清澈的井水会在三四分钟后变成十样锦色。

木柴火力小,需要很长一段时间才能把茶壶的屁股烧得滚烫,因此青砖茶被小火慢炖着,慢慢悠悠地分解出它沉淀的颜色来。从锈红到珈斐,再从烟色到绛紫,最后变成十样锦,这期间走过了一段极其漫长的旅程,煮茶的人默默守着,在茶水颜色恰到好处的时候灭掉柴火,将一整壶茶倒进白瓷盆里,丢进白糖去晾着,戈壁上的灼热和焦渴就靠它来缓解。

爷爷的马背上总拴着一个三斤装的塑料桶,桶里装着清甜的青砖茶,正午时分羊群在山坡下吃草的时候,爷爷就会靠着马坐下,拿出准备好的干粮,一边吃午饭一边喝茶。这碗青砖茶陪伴着爷爷走过了五十年的放牧生涯,看着羊群从一百只变成五百只,再到一千只,看着六个孩子们相继走出戈壁,成家立业,看着两个人变成一个家族,枝繁叶茂,生生不息。

还是这一碗青砖茶,送我一路走进城市,又在二十年后指引我回到戈壁,一饮再饮。多年前我第一次见它的时候,一定早已习惯了每天点火煮茶的生活,习惯了周围的气息被这股浓郁的茶香包围着,因此才能够义无反顾地接纳它,对它的重视程度等同于血液一样。

夏日午后的阳光透过帐篷顶上的小天窗照了进来,青砖茶的叶逐渐沉到了碗底,在微微晃动的水波间浮动,如同树叶间洒下流动的斑驳光点,我和它面面相觑,试图从对方脸上找到和旧识有关的喜色。

未放糖的茶水初入口有股苦涩的味道,舌苔和味蕾咀嚼着这股苦味,包裹着送往口腔的更深处,往后越喝越有一番滋味。苦涩被身经百战的味蕾过滤后,就剩下茶水最原始的味道,这里面包含着江南烟雨的气息,包含着来自地底几百米以下甘洌井水的味道,还有微微的柴火气,混合在一起,构成了戈壁深处难得的茶味,慰藉着失乡者九曲十八弯般回环往复的喉舌和情感。

在茶水的深处,我想象着,那些成熟的青叶在惊蛰前后被一双手两双手仔细挑拣,摘下后放在竹席上晾干,其间要不断翻整,直到青叶叶梗柔软、颜色幽深变成深青色为止。大抵所有太过年轻坚硬的事物都难以担当大任,一定要经过种种考验磨难后变得可柔可屈才堪堪抵得上一半次的用处。继而青叶会被揉搓成紧细条,叶子内流出的汁液被叶子自身包裹吸收后,日后才能泡出味道浓厚、回甘隽永的茶水,如此反复三次,毛茶才初具雏形。

此后还要经过握堆等十一道工序,经历六个省市十七个小时的颠簸起伏才能到达水莲家的炕桌,因此我面前的这一碗茶中,定格了浓郁的惊蛰气味,和我不曾领略过的南方城市的精致感。这一份精致和惊艳被一个青花瓷的海碗盛装着,一点点暑热的不适和难耐顺着海碗的缺口逃窜得无影无踪。我在广阔的戈壁里活过来,而青叶在一注热水里活过来,它安适自在得如同回到母体的胚胎,获得了重新被孕育被接纳的机会,于是更加自在地展现出了它所有被定格的部分,长成了一棵青春茶树的模样,并且学会了如何在旱地里扎根萌发,开出一片属于水乡的树荫,在四个人的眼睛里,悠然地浮动着。

这是戈壁递给我的第一碗茶,名叫青砖。

戈壁递给我的第二碗茶,叫做山野和隐语。

冬天的戈壁是空旷寂寥的,沙土因少有人涉足而凝成了完整的一块,视野里白茫茫一片,地平线被枯死的草茎高举着去了远方,风毫不遮掩地灌进鼻腔,以一种势如破竹的气势占领四肢百骸。在凝固的表面下,依然可见蓬勃向上的生命,甲虫、草根、顽石、移动的沙丘和山峰,这些都是戈壁活着的证据。

戈壁的夏天是繁忙而热闹的,所有肉眼可见的生命都背负着沉重的生存压力,在细细的黄沙间穿梭不止。小甲虫隐居在茂密的草根下,以更小的昆虫和爬虫为食,遇到生人进犯领地时,它们会在第一时间让出居所,远远地躲避开来,因此不与戈壁亲近的人总是难以发觉它们的存在。

蜣螂一年四季都热衷于滚粪球,牛羊马驴骆驼,所有能够在戈壁上见到的动物的粪便都靠它们分解消灭,它们将这项工作作为终生事业进行奋斗。戈壁就是战场,风霜雨雪等一切恶劣的极端天气都可看做是激起斗志的有利因素,它们抬起两只后腿,锲而不舍地举着比自己身体大两三倍的粪球,日复一日地将工作进行到底,至死方休。

小蜥蜴是戈壁上另一种常见的物种,行动迅捷,颜色与沙砾的颜色无异,因此善于隐藏和逃跑。它们隐居在岩石的缝隙和洞穴里,当薄暮和破晓时分的第一道光线照射进来时,小蜥蜴就开始了一整天的忙碌,四只短小的腿支撑着单薄的身体,将戈壁和太阳远远丢在身后。它们将戈壁上的其他生命和物件带到我的面前来,使我足不出户就拥有了一整片戈壁。

我慢慢地抬起脚,又慢慢地落下,使一颗心和一双脚的感官连接在一起,细细地感受来自底层生命的呐喊和震颤。那些梭梭、棉蓬、白刺、骆驼刺、红柳、沙棘、芨芨草,还有那些吸收日月精华的戈壁石,烟栗、妃红、浅桔、辰砂、织锦、沙青、春蓝,细碎的花朵一样渐迷人眼,这些美艳的名词甫一从唇齿间滚过,就带有了十分狂热的意味,为着坚强的生命狂热,也为着爱它的人狂热。

落日浑圆,顷刻间滚下山巅,最后一道光线迅速回到天空,月亮冉冉升起,西北戈壁上的月亮比城市里的更大更圆,衬得星群影影绰绰。戈壁黑夜的来临不是一个循序渐进的过程,而是猝不及防陡然降落,几乎只是一眨眼的工夫,天地万物就坠于黑暗中,陷于深深的沉默和静谧中。

行走在戈壁的黑夜中,从未觉得荒凉恐惧,脚下的砂石,手边的草木,呼吸中的夜风,乃至于任何石头上的每一朵云,都是一种存在,世界和我,同时存在着。于戈壁而言,我也许也只是一块其貌不扬的石头,和一株草、一粒沙没有任何区别,正因为如此,我才能毫无顾忌地成为戈壁的一分子。

某一日,我突然被戈壁石的内在品质所打动:隐忍和执着,这种内在的从容使得它们任何时候都宠辱不惊,价值三亿和一文不值的石头在品格上没有任何差距,都只是戈壁性格的继承者和见证者,它们将人们带出戈壁,又将戈壁送到人们眼前。鉴于此,我必须常常以另一个名义相约自己,不含悲喜地注视戈壁上的一切存在,平等地、毫无保留地与之交流,使生命展现本原的面目。

风来了,霎时间黄沙翻滚、狂风怒号,戈壁早有了预料,借一丛骆驼刺给我做屏障。不见天日的旷野里,荒无人烟,一生都走不了几步路的石头被搬运着去了别的地方,亟待破土的种子突然有了负担,短短的位移制造的压力,需要无数个向上的力来化解。风雨后的戈壁无遮无拦,一丛丛黄色的、黑色的、褐色的沙丘鼓起,草格外绿,是戈壁点缀了它们,是广阔的背景给予了它们恰到好处的"秀"和"美",因此它们绿得朴实无华,又让人心生敬畏。有这样一种美,它使我自卑。

我脚下的这片土地,仍蕴含着许多隐语,悲欢离合、人生八苦是微不足道的,我需要不断穿行在四季和低矮的植物间,用我微弱的歌喉来咏唱我所经历的一切,用我幼稚又浅薄的诗行歌颂这片广袤而伟大的土地。戈壁不似草原般郁郁葱葱,又不像不毛之地一样毫无生命气息,它比沙漠更有故事。作为戈壁的女儿,我该像石头一样,隐忍而执着地对待生命,以同样的面孔,不卑不亢、坦坦荡荡地做我自己。

我围着水莲送我的花纹艳丽的民族风围巾,谢绝了一匹骏马的邀约,大步踏出帐篷,向着戈壁更深处走去。

第三杯茶,是爱和醒悟。

戈壁行已进入尾声,一连三天的探索和前进使得大家疲惫不堪,每到一个驿站就迫不及待地休息,倒出鞋子里的沙砾,揪出扎在袜子上的草尖和骆驼刺,然后就着一海碗青砖茶吃提前备好的饼和榨菜。接近极限的时候,已无人顾及形象和仪容,只顾着在驿站窄小的空间里东倒西歪地睡去。第三天的傍晚,我们行至一处高地,这是此次戈壁行的最后一站。

众人纷纷甩掉负累,面对着光芒万丈的晚霞振臂疾呼。这一日是少有的无风无雨的天气,周围安静得如同虚空境界。太阳一寸一寸西斜,云霞变幻出无数种绚烂的色彩,山间蘸上一抹微云,开始了大开大合的艺术创作,短短三四分钟内,天空就从清朗白纸变成了意蕴深厚的泼墨画,远处的戈壁也换了无数种颜色,最终定格在一片昏暗不明的光影中,显出广阔幽暗的意味来。

众人面对瞬息万变的傍晚时刻,惊讶地说不出话。这是一行来自南方的朋友,见惯了小桥流水、楼台往复,对远方浩瀚的戈壁大漠有着无限的向往和景仰之情,三天的行路探索已使他们领略了西北戈壁的壮观和无垠,而此刻充满魔幻力量的晚霞则更使他们热血沸腾、心情激动。众人脱掉鞋子,爬上山顶,唱起了家乡的歌谣,一身的疲惫和仆仆的风尘被一场晚霞轻易地洗去,我静坐着,感受着这其中的奥妙,想起了许多与戈壁有关的人。

许棠,这个生卒年不详,生平资料寥寥的唐代诗人只做过两任小官,辞官后潦倒以终,一生并不如意。在他留下的一百五十多首诗中,曾有数十首是描写边塞风光的,其中就有"广漠杳无穷,孤城四面空。马行高碛上,日堕迥沙中"的诗句。许棠一定曾北上,也吃过戈壁的苦,但他是否也同我一样,深深爱着戈壁大漠?

玄奘曾入瓜州戈壁,一百多公里的路程困难重重,他从塔尔寺出发,经历九死一生后抵达白墩子烽火台,沿途是漫漫旷野,前无古人后无来者,他如此描述戈壁:上无飞鸟、下无走兽、复无水草,是时顾影唯一……从古到今,"穷荒绝漠鸟不飞,万碛千山梦犹懒"是戈壁的常态,但是戈壁上不止有沙子、石子,也有纯真和感动,玄奘也正是经过了瓜州戈壁的艰险探索后,更加坚定了西去求经的信念。

十七岁的叛逆男孩,和母亲的关系一度陷入冰点,但是经过了短短半个月的戈壁行后,面对黄沙大漠、粗砂砾石,以及漫漫没有尽头的征途,他突然能够理解母亲的良苦用心和往日的种种情境。他从戈壁获得了爱的力量,是大自然净化了他的内心和灵魂,因此生命才有力量复苏。这个稚嫩的男孩子站在夕阳点缀的广阔天空下,眼睛沉静如水,他看向远方,说出了那句令我浑身一震的话:面对戈壁才能找到自己,直面自己。

生活处处是戈壁,处处是险境,直面和化解才是唯一的真理。我曾见过山和大海,也在异乡的怀抱里流连忘返,但毕业后仍有一种力量牵引我回到戈壁。那些白刺,依旧是毛茸茸一团,和我离开的时候一模一样,它们每年的生长速度可用毫米来计算,遇上大旱的年份,甚至会濒临枯死。早春来临,城市里的鲜花竞相开放的时候,白刺们仍旧是灰突突的样子,靠近了仔细看才能找到一星半点的绿,但是没有一丛白刺曾任性地放弃生存的机会,仍旧将根系深深地,深深地扎到地底去,探听少得可怜的地下水。

做人即像做一丛长在戈壁的白刺,在艰苦的环境里野蛮生长,即使受伤潦倒,也要挣扎着获得生机,使受过的伤成为全身上下最坚硬的地方。戈壁上看似枯死的植物、气息奄奄的动物,会在不经意间重现生命时光,人类微小而无知,但也正因为微小,才能够看得到更加微小的生命,才能心怀敬畏地尊敬每一种生命。

我所追问的一切问题,都在戈壁找到了答案,细碎的石头和我,低矮的植物和我,忙忙碌碌的爬虫和我,都是这个世界的存在。

故事的最后,我告别了朋友,一个人站在戈壁的天空下,远望天际,崇敬感油然而生,这是一片拒绝胆小、拒绝腐烂的时间,在它的素描里,我正扮演着原始人类的角色。我赤身裸体地、从容安静地穿过给予我力量的土地,所有的挫折和不幸在这里都变成了不足挂齿的故事和过去。天空湛蓝悠远,我依然会端着戈壁递给我的三杯茶,再次出发,去往更远的远方。

团结与裂化：我的猪年黔鄂双村散记

姚华松*

猪年春节，我的行程略显匆忙，腊月二十四启程远赴孩子妈妈的老家贵州黔东南锦屏，待了九天；大年初二折回我的老家湖北黄冈浠水，陪爸妈八天。总体感觉紧凑而充实，可以短时间同时感受两地的年味，恰逢一处是极致的热闹欢腾，一处是极致的安详恬静，也算是幸事一件了。

用乡村体育凝聚人心

岳父家在干法村，位于崇山峻岭之巅，相对偏僻，距离县城尚需3.5小时车程，外部交通通达性较差。近年来随着"乡村振兴"战略的实施，村落内部的基础设施建设成绩显著，硬化一新的公路、广播站、太阳能路灯和极具苗族建筑特色的凉亭基本覆盖各自然村。

我一直认为，"地理"和"距离"是一把双刃剑，毗邻大都市、交通

---

* 姚华松，人文地理学博士，广州大学公共管理学院副教授，主要从事城乡发展与变迁领域的教学与研究。

便利一方面可以"近水楼台先得月",依托大城市实现率先致富,但难逃"全域现代化""全域都市化""全域物质化和功利化"的陷阱。

这里地处偏远,相对贫困,但现代化的速度相对慢一点,对传统习俗的传承和保留较好,对乡村和历史的敬畏感更强烈,可以满足乡愁的景观相对较多。"过年不好玩""过年就是打麻将、玩手机""过年无聊"在这里似乎消失殆尽,乡村性(Rurality)有效破解了都市现代性引致的乡村转型中频繁出现的"单调""乏味"和"无趣"。

这里至今保持着一个风俗:一家杀猪,全村寨的男女老少都过来捧场,都来吃"杀猪饭"。我待了九天,在孩子外公家只做了三顿饭,其他时候都在吃"百家饭"。其意义何在?乡亲们天天在一起吃吃喝喝,感情加深了,关系强化了,矛盾缓和了,问题解决了,大家的村落认同感和凝聚力不断增强,村落的社会建设能力更加坚实了,村民的精神文化生活愈加丰富多彩了。

近半年以来,这里最大的改变是新建了"干法文体广场",在一个自然村有一个标准化的篮球场,在我看来这是非常不简单和有意义的事,特别是对我这个篮球爱好者而言。

我会自然联想到一连串唯美的图景:男人们英姿飒爽打篮球,女人们扭动蛇腰翩翩曼舞,孩子们热火朝天打乒乓球,老人们伸伸腰压压腿活动筋骨,平日当然还可以晒花生和玉米,孩子们放学后做作业。

和大家一样,我起初也有个疑问:地从何而来?土地使用的合法性何来?

我打听到的情况是:文体广场的土地分属5户人家,全寨按家户出资200元,更多部分接受捐赠,从5户人家那里购置这块地的使用权,然后政府相关职能部门(主要是体育局、建设局)搞定硬化、器材和材料等,留守村民出劳力。

在这里,我们看到了土地高效利用的逻辑:村集体和相关农民协作商议,搞定土地的集体使用权;村集体与政府通力合作,一方出地和劳动力,一方出政策与资金。

腊月二十七晚上一次杀猪饭上,一位欧姓大哥提议举行"第一届干法文娱活动"(内容含篮球比赛、跳舞、唱歌、乒乓球和拔河),大家都为此踊跃捐款,第二天一大早,我就在村口看到写有捐款信息的红榜了(合计1.6万余元,且在不断更新中)。

这是个非常简单的议程,但全村男女老少每个人都用心参与其中,每个人都自发卷入其中。三天的活动准备时间,几乎是从早到晚,村里的骨干青年们都在积极筹备,男人们认真练习篮球,女人们认真练舞,孩子们认真练习乒乓球。

再看看活动详细安排,总负责、接待、治安、主持、音响、裁判、洗菜、做饭、摆桌、收碗、洗碗等,一应俱全,分工细致到"令人发指",我着实惊诧于村民们如此高效和科学的办事能力。这是第一届村落文娱活动,我坚信以后会持续,因为这里有一群热爱生活、凝聚力和执行力强的村民。

其中,几个细节让我印象深刻:两位年逾古稀的老人甘当卫生员,一直在村落周边的道路上巡查,让道路保持干净整洁;几个青壮年搭梯子,小孩子吹气球,在村落主要干道悬挂彩球,增添节日气氛;隔壁村造访本寨打球,特意带来烟花炮竹拜年,本寨人也以烟花炮竹相迎，互道新年吉祥，以礼相待，和睦乡里。

毫无疑问，这样的自发性组织及相关的组织活动至关重要，其中以体育为核心纽带。在这里，篮球专业人才济济，随便一个打篮球的都可以当篮球裁判，村落篮球部落的老中青队伍衔接极好。

这或许就是乡村体育的魅力之所在：强身健体，把专业与科学（组织、管理与运作）带进乡村，凝聚人心，强化村落认同感，催发集体动员的力量、高效的协作精神和自组织性。我认为，这是新时代乡村振兴与乡村治理的内核所在。

乡村教育形势严峻

大年初二，我乘坐高铁跨越黔、湘、鄂三省，晚七时许回到我的老家。这里是平原地区，靠近武汉（走高速仅一小时车程），恰逢天公不作美，持续阴雨天，省去了往年根本停不住的各种名目的赴宴和同学聚会，我可以安安静静地串串门、烤烤火、聊聊天，倒也舒适自在。

过去一年，村里的"新闻"有两条：一是大伙集资修路，一是两户人口离婚（或即将离婚），第二条似乎挺隐私，但在当下的农村并非个案反而有成为潮流的趋势。"村村通"工程虽然实施和推进多年，但在一些偏远与落后地区，囿于各种客观与主观因素，自然村实现硬化公路的目标达成依然"可望不可即"，切实可行的途径是村民集资修路：那些有优质资源的村落大多倚靠那些外面发展得不错的手头有资源的"新乡绅"（重要部门的公务员或大老板）拉关系、拢资源，落实修路资金；没有资源的村落只能是村民协商、共同筹资修路。

像我们村,没有什么好的资源,协商的结果是各家各户按人头600元的标准收取集资款,但具体筹款过程中困难重重。究其原因,乡村转型中村民复杂与多元的观念、认识等意识形态的嬗变与异化,不少人成为名副其实的"精致的利己主义者","算计""利己""公地悲剧"和"冗长的商议妥协与拖欠"等现象屡屡发生。

相比于贵州少数民族(苗族)地区淳朴忠厚和集体意识强烈的村民,我明显感觉我老家的人在都市化、现代化过程中分化、裂化的程度更高,乡村公共性建设任重道远。

关于家庭建设,我想表达两点看法:

其一,离婚不只是两个人的事情,还与子女抚养和教育、两个人的性格习性和情感表达习惯、长辈的指手画脚和歪曲事实、村落众口铄金的舆论环境、旧的婚姻观念的渐行渐远等息息相关,一定是系统中几个环节同时出了问题,才导致婚姻破裂。

其二,我村离婚的情况恰恰都是女方提出分手,某种意义上,这是女性对自身追求更加自由幸福与快乐生活的权利的合理表现,越来越多的女性选择了不苟活、不将就、不屈从,这是新时代下个体生活解放的重要表征。除了尊重当事人的选择、祝福下一站走好走稳外,外人的言说都显得多余。

作为老师的职业习惯,我关心和关注乡村教育问题。每次回家我都尽力抽空检查孩子们的寒假作业,敲打敲打他们的思想。今年我重点和一个高一的学生、两个小学五年级的学生、三位家长进行了交流,对于乡村基础教育有了更深的认识,形势可谓非常严峻。

总体感觉是,基础教育的精英主义思想及由此导致的"金字塔"

模式大行其道,很多地方只看中好学校,只管好学校独善其身。以县为例,县一中及全县好的初中聚集好老师和好生源,管理严苛(大年初六就开始培优),以保证较好的升学率;普高及一般的学校则非常艰难,问题多多。

比如,某镇中心学校1 500人每年仅约15人进县一中,某普高10个班每班60余人可以考一本高校的屈指可数,甚至经常出现"鸭蛋"。究其原因,是歪风邪气弥散整个学校,背离基本的治校原则与教育规律。课堂基本失控,玩手机的、睡觉的(推测应该是夜里玩手机的)占绝大多数,真正听课的寥寥无几。课余恋爱成风、游戏成风,学生对抗老师更是家常便饭,你敢打我我就敢还手,一旦施压学生就扬言跳楼、出走(且有先例),女生一旦被搜手机则去报告校长"某某老师想非礼我"。

普通学校的孩子们普遍缺乏进取心,学习环境与氛围不良。"有的人适合读书,就去县一中,我就天生不适合,不是那块料,就来普高混日子",这是很多学生的真实心态。他们就想着熬完了高中三年,就去一所大学,多数学生甚至部分老师持有这种"宿命论"。

在这种观点影响下,上述那些歪风邪气和诸种颠覆我们"三观"的行径也就不难理解了。认识到这一点的家长们,当然从一开始就不想让孩子接近"淤泥"(谁能担保孩子"不染"),就想方设法让孩子避免"跳火坑"(基本处于"散养"和"放羊"式教育的普高和一般性初中),就去县城或市里、省城为孩子谋求教学质量更好的求学环境。

长此以往,乡村基于子女教育和成长的分异与阶层分化就显现了:有钱有见识的家庭的孩子在城里上学,在城里买房,父母在城里陪读,孩子日后上重点大学,找到体面的工作,有美好的未来;家境不好的和缺乏远见的家庭的孩子的可以预见的道路无非是:按部就班的普通初中、普通高中、普通大学和一般打工仔。

"寒门再难出贵子",这成为残酷的现实。

我真心希望"百年大计、教育为本""教育均等化""乡村振兴"等顶层设计制定者、教育工作者和相关研究者能够脚踏实地深入调查研究当下乡村教育的发展情况,从乡村振兴、城乡统筹、家庭发展和国民素质整体提升的系统与全局角度为乡村教育把脉问诊。

对于广大孩子和家长们,我只能有气无力地告诫你们:在没有办法和能力改变现行制度的前提下,只能尽量提高自身免疫力,能吃苦,努力拼搏,尽量做到"出淤泥而不染",才有机会跳脱"路径依赖"和超越你们父辈的辛苦人生,才有机会缔造属于你们自己的精彩。

2019 沙井村春节期间见闻

史庆芬[*]

一、新年俗折射时代变迁

1. 年夜饭

近几年的年夜饭,悄然发生着改变。为了减少老人劳作的辛苦,我家大女儿和女婿在春节之前一个多月开始预订过年午饭,真的没想到,辗转几家的饭店单间包间均已爆满,随后在一家饭店预定了大厅一桌,可谓费了不少周折。生活水平的提高,农村人的生活方式在发生很大变化。作为北京郊区城乡接合部的农村人,74年以来我还是第一次过年午饭在外过节。席间,偶遇本村家庭和邻村家庭聚会,年轻人高喊"过年好!""大家快乐!"的口号声彼此起伏,邻桌也高举酒杯呼应起来,顿时气氛高扬,真的感到比在家里过节气氛浓重。当然,年夜饭在饭店定桌的也不在少数,"包饺子"成了"吃饺子"。据饭店工作人员介绍:"我们哪里有时间回家团聚啊!订年夜饭的人数逐

---

[*] 史庆芬,北京顺义人,《沙井村纪事》作者,自1968—2007年一直在村委会工作,退休后开始写作村史。

年增加，老板真的很着急的，就怕服务生请假回家过年。好在我们大家理解老板的苦衷，齐心协力办好饭店生意，为的是让百姓过好猪年。"看来北京人过年要感谢来京打工的所有劳动者。

家庭订购外卖已经成为一种趋势，被我们老年人逐步接受，取代了自己家庭制作膳食的传统模式。现在的老年人在家里制作的饭菜已经无法满足年轻人的口味，年轻人平时在外用餐较多，老年人的传统工艺不新鲜了，所以饭菜点餐，"美团外卖"及时送到家中，这是我今年看到的变化。

2. 压岁钱

一个重要的传统——孩子们过年时收到的压岁钱，不仅是红包了。按照传统，红包是在年三十儿晚上晚辈给长辈拜年时，长辈发给晚辈孩子们的压岁钱。如今，世道真的变啦，我的两个外甥女年三十不能来家里拜年，反过来给我——她们的舅妈，发来了祝福的微信红包，着实让我感动。后来在村里本家及邻居走访发现，今年使用微信发红包已经成为一种时尚。我们在聊天中发现，数字红包支付，是一种新的时尚，红包习俗已经跟上了时代发展的变化。本来，年轻人不带现金的情况非常普遍，现在利用二维码在任何地方都能使用。手机微信和支付宝支付无处不在。在农村，无现金交易时代已经到来，红包习俗已经跟上了这种变化。

3. 老传统

老传统洋溢着浓浓的年味儿，春节的到来，大红灯笼高高挂起，点缀大街小巷张灯结彩，象征着福气的大红"福"字、装饰画最为常见。还有猪年的"猪"字，也是最普遍的象征吉祥好运的图案。走在干净整洁的大街上,发现两侧的不少店铺已经停止营业,显然老板和店员已经放假。由于北京首都机场坐落在顺义区,顺义在节日期间显出难得的清静和空荡。特别是年三十晚上,以及春节前后,我们感到出奇的"静",彰显百姓理解和支持禁放鞭炮的规定,没有一家或一个人放鞭炮或烟花,我真佩服政府部门对禁放工作的宣传,佩服百姓的全面理解和配合。鞭炮声,我们只能从外地的朋友通过手机视频传来的画面来欣赏。

4. 串门拜年

串门拜年的习俗,在今天依然发扬光大。沙井村通过旧村改造回迁居住,永远与购置商品房的人居住的情结不一样。共同生活在一个村子的百姓,感情极其深厚。虽然居住环境变了,但感情未变、亲情未变、传统未变。大年初一走街串户,见了面的老街坊,"过年好"是第一句礼节。年三十的晚上,吃过饺子,我们杜家的光荣传统就是晚辈给长辈依次逐户拜年。其乐融融的气氛,和谐向上的氛围,让杜氏家族的所有人兴奋不已。近几年,还兴起使用手机发微信抢红包,我也出现在抢红包之列。年老了,本应发 15 元的红包,点大了,发出 150 元。晚辈们那高兴的劲头就别提了!"谢谢大红包"的表情占满了手机页面。红包不在于钱数多少,而在于营造的热烈氛围,足以证明杜氏家族的和睦,是团结向上的大家族。在乐呵之余,学子们交流在学校生活和体会,畅谈国家大事,发表自己的见解和认识。家庭是社会的细胞,不论时代发生多大变化,不论生活格局发生多大变化,家庭永远是人生的第一所学校。

在家族串门之时,我来到本家杜贵家里,他今年已经 81 岁了,我的老伴管他叫哥。从小由于家庭贫困,他没念过几天书。闲聊之余,大哥杜贵回到卧室,拿出了自己书写的沙井村土地的所有名称,包括解放前后的地名,真的让我感动。是啊,这就是乡愁在百姓心中的情结。虽然书写的文字不太工整,有些字还写错了,用的是谐音,但是这种精神深深感染了我。他知道我在书写沙井村的过去,是在给我提供素材啊。我拿出手机,马上拍照留存。沙井村的土地名称杜贵总结了48个,有些我从来没听说过,其中包括在1958年"大跃进"以前以及解放前的地块。沙井村的过去贫穷,沙子多,看看地名,就清楚为啥穷了。我举几个地名的例子:流黄水、蛤蟆窝、狼窝、东王八盖子、棺材板、小河地、大水缸、苇坑地、草场地、旱坡地、沙窝地、土王八地、树行地,等等。我们聊到了过去和现在,聊到了国家的巨大变化,聊到了当前和将来,很是开心。吃饭的时间到了,哥嫂留住我们一同吃大年初一的午餐。在地质大学读硕士研究生的孙子,在旁边听着很受鼓舞,他说:"还是过年把我们聚在一起,讲我从来不知道的知识空白,听我从来没听过的沙井村的过去。"

5. 大家庭的春节联欢

今年我们大家庭的春节联欢会,开启了沙井村文化过节的先例。

我与哥哥有十个孩子,我们两个,哥哥有八个。哥哥有七个女儿、一个儿子。我的大侄女小我四岁,二侄女小我六岁,依次类推。春节前,侄女们都想办一个家庭联欢会,我想到每年侄女、侄子及他们的子女都来拜年,不仅是拜年,还带来好多油、酒、米面等,我们老两口真的吃不完,面对一堆食品,我发愁了。所以我提倡孩子们不送年礼,送文化,开启新农村百姓家庭文艺聚会的新时代。

在离春节前仅一个月,说干就干,侄女们提议我们聚会的聚餐实行 AA 制,并由我们主办。我与老伴儿商量,我们的大家族一共 53 口人,一年一次的大团聚我们是长辈,没有必要 AA 制,我们在大家庭的微信群里公布:本年家庭大聚会"福满京城春贺神州"即"爱故乡庆新春家庭联欢会",由我们老两口主办,费用全部承包,定于 2 月 10 日(正月初六)上午九点在石门地铁站旁的"红菜坊"饭店举行。每个家庭都要准备健康向上的文艺节目,在手机微信群里声明并上报后积极排练。联欢会形式上要庄重、喜庆、热闹,服装整洁、色彩鲜艳。主持人和录像师以及后期制作,两位大学生韩雨和宋淼自告奋勇担当。今年过年不收礼,要收就收"文艺节目和文化展品"。

当我公布的内容大家看到以后,一个接一个地点赞。为了这个家庭的团聚,大侄女的爱人克服寒冷的天气,从顺义的最北部来到城区购买拉二胡用的松香,进行排练。他说:"很长时间没拉二胡了,手指僵硬了。但是为了过一个欢乐的新春佳节,每天都要拉上几首才罢休。唢呐也是自己喜爱的乐器,拉过二胡吹唢呐,这种乐器很费力,不但要掌握乐谱,还要特别熟悉乐谱,吹奏过程中不得间断,手指还要灵活掌握,不能吹错音调。自己确实下了很大功夫。"二侄女的爱人叫张尚金,从没在众人面前唱歌的他,毅然报名参加。正月初六本是他的生日,他为了大家庭,放弃当天过自己的生日。大侄女的儿媳冯小博,放弃去自己娘家团聚,积极参加这第一次组织的家庭联欢会。

爱故乡是我们活动的主题,我们老少姑奶奶总共 10 人,怀着对家乡的怀念,对亲人的祝福,拿起手中的笔,书写故乡,回忆家乡点滴的变化和美好的祝愿。教育年轻一代的文章,在联欢会现场表达和咏颂。二侄女丽荣书写的散文《一桌特殊的年夜饭》,教育孙子张伯华在当今时代不忘本,努力学习文化知识,将来奉献社会。大侄女丽华自己书写"家"的诗歌,其他人也是积极策划准备,把联欢会当成一件大事来对待。

大家期盼的春节大聚会终于到来了。初六的一大早,居住在四面八方的亲人们,带着喜庆的心情,匆匆赶来参加第一届属于我们的"春晚"。饭店老板一路绿灯,协助我们搞好这次活动,搭建好舞台、灯光、音响等,很早开门接待我们。并留出四个大圆桌,供我们午餐时使用。

主持人韩雨提早设计了节目单,按照顺序依次演出,开场的歌曲《好日子》,六侄女丽萍一展风采,四侄女丽娟的"拜新年"乐曲欢快,赢得掌声不断,吸引饭店服务员驻足观看。整台节目有19个,后来主动报名想登台的亲人们,由于时间关系,留下遗憾。大家意犹未尽,一致表示:明年的第二届相约再会!是啊,在农村搞这种形式的联欢会,在顺义还是少见,引起仁和镇的高度重视,并在网站上做了宣传。在生活水平日益提高的今天,我们应带头破旧习、立新俗,过一个有意义的新春佳节。文化过节,大家喜欢。六侄女史丽萍,心灵手巧,在春节前送给我们老两口手工剪纸《百福图》,我当即决定:必须要装裱收藏,这个比任何礼品都珍贵。

6. 农村百姓的精神生活

我的邻居刘淑兰,春节前后可忙了。她参加了顺义区的老年大学,学习画画、学习书法、学习烫葫芦。在家里还要照顾孙女,做饭、洗衣。她对我说："人活着，就要有精气神，每天忙忙碌碌，在愉悦中度过，才有意义。"农村的家庭妇女，思想境界提高了，心就放宽了，眼界开阔了，身体就好了。和刘淑兰一样的人不在少数，顺义区的老年大学，各个社区的书法班、舞蹈班、合唱班、跆拳道班等，也在春节期间各展风采，为居民送上一道道精神大餐。

像刘淑兰这样的村民，把学习放在首位的不在少数。特别是最近的"学习强国"网站上，沙井村党支部号召大家要努力学习，把党的方针政策和新闻大事每天都要浏览学习一遍，咱们学习不在乎自己的积分是多少，而是要关心国家大事，扩大知识面，我们的岁月与祖国同步，同呼吸，共命运。有的村民不会使用手机上网，在家里向晚辈请教，像我这样年龄的人进群学习的人数大大增加。特别是党员，对自己要求严格了，学习热情极大提高，积分一再增长，精神生活悄然发生很大变化。

7. 沙井村的标记

自2006年，沙井村的村民回迁已经13年了。作为祖祖辈辈生活在小村的村民们，无论是在梦中、回忆中、谈天说地中总是离不开小村的过去，仿佛置身于小村的记忆中。春节到了，游子们回来啦！在外打工的、出国学习的都要回家团聚过年了。在外读书的孙子——杜洋，是我们的本家，这次回来，他问我一个问题："大奶奶，咱沙井村还有明显的标志吗？""有啊！要不我带你出去走走。"我们边走边聊。首先进入眼帘的标志是一棵曾经亲手栽种的柏树，现在已经长大了，每次我走到那里，心头就会涌起一阵热浪，不自觉地停下来驻足观看。那里是小村未拆迁时村委会所在地。那是1994年由集体出资购买的具有纪念意义的树木。如今在小区内,依然翠绿挺拔,它永远是沙井村的标志。

紧接着,我们来到一棵槐树旁边,我告诉杜洋:过去咱村的槐树,家家都有,到了4、5月份,槐花清香阵阵,沁人心脾。花朵十分稠密,洁白淡雅,清香馥郁,令人陶醉。特别是在晚风的吹拂下,香气弥漫于空气中,飘得很远。早晨起来,全村满树的白色槐花一串串,整个沙井村弥散着花香。这个特点与邻村相比绝对具有标志性的优势。现在,小区内还有一棵令村民骄傲的槐树,它依然是沙井村永远的标志。孙子杜洋今年24岁了,对这些印象模糊,记忆不深。因为拆迁是2003年,那时杜洋仅仅8岁。他听了我的介绍后,表示回家要把这些记录下来,一代代往下传,永远牢记沙井村的标志。

那标志的岁月,那标志的过往,让我们怎能不去怀念、不去恋想?如今,我把太多的记忆珍藏——冬天的早上,婆婆和我,灶火燃出农家饭菜香,浓烟滚滚向天空扩散,团团热气涌向门窗。大队的扩音器传出动人的音乐,出工的号角召唤我们在田野里奔忙。夏日的晚上,我和婆婆在油灯下缝补着岁月的沧桑,一针一线都满怀着期冀和希望。生产队种园田的日子里,小葱翠绿、韭菜花香、大白菜丰收、菜花白里透着黄、火红的西红柿诱人的芳香、豆角在架上疯长——这一切,都是我们百姓的故事,一串串、一行行,都是沙井村的标志,值得我们去珍藏。这不算是乡愁,是沙井村人在血液里流淌的故乡!在这个春节,我们一起怀念过往,也算是有意义的新篇章。

二、春节期间要闻

2007年6月,沙井村来了第一位大学生村干部李斌,三年期满后,并未续签"村官"职业,转而成为地铁15号线司机。2010年,来了第二位大学生村干部,李岚,届满后到仁和镇文明办公室担任主任。

2015年6月,第三任大学生村干部史哲走马上任了。史哲毕业于北京地质大学,自愿来到顺义基层农村一线,熟悉并体验农村生活。大家知道,农村基层工作繁杂,工作人员较少。沙井村现有的工作人员总计12人,其中包括两委班子成员5人、会计1人、物业工作人员3人、司机1人、值班人员2人。面对仁和镇政府各个科室的任务,例如人口普查、经济普查等。大家要齐心协力完成,所以在平时工作中,每一个人都要练就一身本领,应对错综复杂的工作。史哲的到来,无疑给工作带来了很大帮助,释放了压力,给沙井村的发展带来了活力,大家拍手称快。据村委会工作人员介绍,近三年来,沙井村的各项工作取得优异的成绩,其中有史哲的一份功劳。大量的信息工作,都是由她上报给各个部门。不在农村工作的人,有可能不知道他们的繁重任务,每天要面对百姓的需求,听取群众的各方面意见及建议。还要参加上级各部门的会议并完成布置的任务。在春节走访中,村干部杜江同志如数家珍给我列出仁和镇政府机关的三十几个部门:仁和镇的党务办公室、镇政府办公室、信息科、社会治安综合治理办公室、武装部办公室、精神文明办公室、计划生育办公室、妇联办公室、信访办公室、民政办公室、劳动就业和社会保障事务所办公室、村镇建设办公室、农林水利办公室、司法交通办公室、审计科办公室、团委办公室、商务信息中心办公室、文体科办公室、招商办公室、经管站、财务服务中心办公室、资产管理办公室、农业林业畜牧水产农机蔬菜科技种养业水管站林业办公室、村镇建设科、合作医疗办公室、税务办公室、司法所办公室、法律服务所办公室、统计科、安全生产科、交通科、保险科、城管、卫生科、财政所、建筑公司科、工会等,想的起来的就有37个部门,大量的工作需要村委会完成。俗话说:上面千根针,下面万条线。村里就这两委班子5个人,很多都是兼职,不能明确哪个是自己独立的工作,哪些需要整体配合来完成。说到这里,不得不想起为沙井村做出贡献的、已经走向新的岗位的大学生村干部——史哲同志。

她作为村干部,很是幸运,因为是最后一批大学生村干部,从2018年8月,开始招收社区志愿者。大学生村干部就此收官了。小史于小年前夕来"娘家"看望,村委会全体工作人员向她表示热烈的欢迎!大家怎能忘记同在一起拼搏奋斗的三年路程呢?

她与母校中国地质大学某学生党支部联系,与村里联手共建文体活动,促进农村文体活动进一步活跃和发展。三年来,沙井村与中国地质大学定期组织乒乓球友谊赛,挥洒的汗水令村民们和大学生难忘,乒乓球赛,赛出了感情、赛出了友谊、赛出了水平、赛出了硕果。一位来参加友谊赛的大学生说:"我来此参赛一是为了锻炼身体,并亲眼见证北京郊区农民的业余文化生活;二是我们党支部一次重要的携手共建活动,意义很大,终生难忘。"

三年的村官生涯,史哲确实给村干部和百姓留下难忘的印象,三年来,凡是村里的文体活动,她都积极参加,并担任节目主持人、策划人;凡是村里应该提交发表的文字资料,她都是一马当先,积极提前完成。有时镇里借调她,村里不同意,但是史哲一如既往,热情工作。凭借自己的努力,2018年,她考取了公务员。随着村干部生涯的结束,她被分配到北京市丰台监察大队工作。

三、为百姓办实事的仁和镇政府官员

实实在在的惠民政策,百姓高兴极了!

笔者在春节前夕走访沙井村党支部书记崇春江及村委会副主任杜江两位村子里的领导,也是我在职时的同事,我们共事近40年,成了无话不说的知己。我想知道目前村子里的发展状况以及仁和镇政府对农村有哪些优惠政策等。他俩一下子打开了话匣,崇春江书记说:"2018年,仁和镇出台惠民政策汇编,这里讲的都是为镇域内百姓提出的利民政策","2018年,全镇拿出800万元,用于村级惠民专项资金补贴,给了沙井村30万元。凡是考学的大学生,全镇每人都有补贴,本科的5 000元,专科的3 000元。这种优惠政策开启了仁和镇的先例。还有很多对老年人、复员军人、计划生育独生子女家庭、伤残家庭、独居家庭、低收入家庭的一系列救助及补助政策。在党委书记刘洋的带领下,党的十八大以来,我们见证了仁和镇前行的许多精彩瞬间,全镇经济实现跨越发展,城市建设增速提质。"

刘洋书记,是历届镇党委书记的楷模。我们石景苑小区,由于居住繁杂,开发商留有弊端,致使十几年的遗留问题几任党委领导都未能解决。刘书记敢于啃硬骨头,亲自来我们小区现场办公,制定环境整改计划,并组织建筑队抓紧实施。我们村属于旧村改造,开发商遗留的问题,致使楼房产权证从回迁入住到现在,百姓始终没有拿到手。崇春江书记说,刘洋书记几次召开协调会,召集包括开发商、顺义区的有关部门及领导一起研究解决办法,使我们村百姓终于见到了曙光。

临河村的棚改项目,刘洋书记推出"党建六步法",创造的棚改"临河速度"和"临河模式"在北京市推广。

2017年9月14日,1 200余宗拆迁院落、1 800余户、5 000余口人的棚改项目,100%完成民宅签约,无一"钉子户",无一上访,原本计划40天的签约提前16天全部完成。拆迁前夕,刘洋书记在临河村成立三个临时党支部,并成立了临时指挥部,刘洋书记亲自挂帅,现场指挥,"让党旗在棚改中飘扬,让党徽在拆迁中闪光",推出"组织覆盖、党课凝心、党员引领、队伍聚力、挂图指挥、制度护航"的"党建六步法"。刘洋书记日夜泡在指挥部,翻遍了村里的资料档案,坚持一把尺子量到底,一个标准执行到底。今年年初,临河村回迁和北京市东城区10 000套定向安置房全面开工,三年后,这里将矗立起一片现代化新社区。

社会治理成效显著,先后获得"北京市充分就业示范镇""全国扫黄打非基层示范点""2017北京市安全社区"等荣誉。民之所望,政之所向,这些关系到民生的大大小小的事情,我听到以后,心里暖暖的,从心里佩服这样的地方官。

沙井村村委会副主任杜江同志说:"仁和地区党委、政府,历来重视民生工作,始终以带领人民创造美好生活为发展目标,加速推进农民市民化进程,使群众在发展中获得更多幸福感,从民富向民乐阶段转变。"杜江还告诉我:"在一次协调会上,一位现任区领导,是仁和镇原任党委书记,他感慨道,十几年前我们的工作是与群众博弈,与百姓争夺利益,现在是为百姓办实事。"

仁和镇2008年拆迁改造的太平村和前进村,由于多种因素,这两个村子的回迁房至今未能施工,十年啦,这两个村的百姓望眼欲穿。初六刚过,顺义人网发出了北京市规划和资源委员会官方获悉的消息,这两个村的定向安置房项目回迁房效果图已进行公示。这个喜讯使百姓看到了希望。

我当即想到:现在的基层干部工作作风转变了,思想转变了。百姓真的获得了实惠。心宽了,路就宽;"惠民政策经"念正了,路就正;人直了,路就直。有仁和镇刘洋书记这样的党的基层干部,我们百姓拍手称快!

2019年3月1日

我们

杨晓霞[*]

十年间,我的爷爷奶奶生了八个孩子,且都抚养成人,结婚生子,每家至少两个孩子,最多的达到五个,直至今年春节,已有了 14 个重孙。如果有机会拍上一家四世同堂的完整全家福,镜头里会有 56 人。这一记录,遥遥领先于同村里的其他所有人家。

我的父亲排行老三,上面有两个哥哥,紧接着是两个妹妹,再是两个弟弟,和一个最小的妹妹。家族的人,除了我们家、四姑家在深圳,二伯家在东莞安居立业了,其余的都留在了老家。或在村里做小买卖,开店铺,如六叔家;或在镇上经营快餐生意,如七叔家;或偶尔漂泊到广州、深圳、佛山、肇庆、惠州等地工厂做上一阵子,经济不景气时就回老家歇着,如八姑家;或继续务农,打理水果园和鱼塘,谋一餐温饱,如大伯家和五姑家。到我这辈,那歇脚的地方更多了,从事的行业也更广泛了。

---

[*] 杨晓霞,生于 1993 年,祖籍广东高州,现居深圳。曾获 2014 年深圳福田睦邻文学奖、2016 年第三届"龙华草根文学奖"二等奖,作品发表于《南方法治报》《深圳青年》《宝安日报》等。

往年春节，兄弟五人都会聚在奶奶家。说是奶奶家，其实就是90年代末兄弟五人合伙盖的三层楼，共六套房，每个兄弟分一套，柴房厨房天井公用。后来六叔为照顾生意，另盖起了自家两层小楼，大伯因鱼塘利益纠纷，与奶奶和七叔有了嫌隙，也搬离出去。所以，屋子日常就七叔家住，爷爷奶奶也在一起，逢年过节，我们家回去有个落脚，或姑姑们回来探亲，腾个卧室。

大家庭的温情肯定是有的。除了我和弟弟从小跟随父母在深圳生活，其余的堂哥堂姐堂弟堂妹，几乎都是被奶奶照顾大的，也可以说是彼此照顾。孩子还是很容易闹到一块的，即便一年只有春节大概十天的相处日子，关系也不见生疏。

但大多时候也人多事杂。和所有乡村大家庭一样，上一辈的矛盾，常常不外乎这几个方面：婆媳关系、生意利益和地皮分配。这里的故事可以讲上一千零一夜，很多事情我也只是道听途说，来龙去脉都没整理明白，更不好评判，何况，这事儿本也就没有评判标准。所以，我的关注点更在于同龄人，我们的生活，我们的选择，和我们的下一代。

与我同一辈的，共有24人。

其中，最大的堂哥阿玉哥是四姑的大儿子，已经35岁了，是三个女孩一个男孩的父亲，也是我们同辈里的"人生赢家"。阿玉哥从小脑子机灵，数学好，被当兵的四姑丈管教得非常自律。一年级时，我曾因躲避超生罚款，在四姑家里生活过一段时间。那时候，他10岁，已经能按时按点，起床做家务，自己规定学习任务，自己测评。我至今还留有一本他赠我的奥数书，扉页上写道："如果假期漫无止境，假期也就没有意义。"

大家都以为,他会是家族里第一个高学历,大学生,毕业后有一份农村人需要的光宗耀祖的体制内工作。谁知道,19岁那年,他初中没能顺利毕业,具体原因至今是个谜。此后,便跟随家里做猪肉生意。我再次见他时,在四姑的档口上,他光着膀子搭着围裙,头顶的风扇呼呼转,吹不动油腻成条的头发。一刀砍下,噔噔几声,排好装袋,好不利索。没过几年,娶了嫂子,夫妻单干,没多久,就听说他在深圳买了两百平方米的房子。后来孩子出生,四姑丈在家帮忙带孩子,四姑帮着打理档口。我的四姑也是个传奇的女人,不到20岁未婚先孕,四姑丈胆怯想反悔,她拖着大肚子漫山遍野地揪他出来。姑丈退伍后懒做好逸,四姑独身闯深圳,没有证件,就躲在山里养猪、贩猪,后来瞅准机会,盘下一个档口,生意渐成规模,听说一天收入二三万元。

说回阿玉哥。做了父亲后,他沉默了很多,烟瘾也大了很多。过年吃饭,饭桌上还在大口猛抽。似乎经济实力是一切的底气,没有人敢表示不满。他的脾气也愈发暴躁,孩子的一点打闹都让他骂骂咧咧,尤其是在他睡觉的时候,世界必须保持绝对安静。去年,他深受失眠困扰,熬得两眼通红。他心高,不肯看医生,不肯吃药,坚信自己能够战胜。

我的心里隐隐有些明白缘由。一个自小活在众人期待目光里的阿玉哥,有着比任何人都需要证明自己的理由和想法,卯着一股劲,只为了多续一份神气。不接受惋惜和可怜,一定要做最杰出的,是一种虚荣,也是一种满足,更是一种累和苦,他又怎么体会不到,不这样发泄,又如何继续?

阿玉哥的光芒,对旁人也是一种压力,在无处不在的比较目光和评论意识里,他的弟弟海泉,四姑的二儿子,无疑常是"炮灰"。他通常不会是人们谈论或八卦的重点,作为常被遗忘的那一个,他结婚没有摆酒,生子没有庆祝——这两件在农村人眼里的人生幸事,就像未曾发生过一样。

而今年春节,海泉哥成为了舆论漩涡的中心。大家最好奇的是,消失的他,现在到底躲在哪里。大半年前,他向长辈和我们中参与工作的人都借了数额不等的钱,说最近餐厅资金紧缺,他们夫妻俩在深圳打理一个餐馆,这是四姑为了安顿无一技之长的二儿子,特要求长子阿玉先出资垫付买下,交由海泉经营的。不久后,大家陆续收到了威胁意味的短消息,内容大致相同:"你是杜海泉的亲戚吧,请警告他,钱再不还,有他好看。"这时候,大家才发现,海泉哥人间蒸发了似的,打电话给他的妻子小杨,对方显然被骚扰得接近崩溃:"我早和他离婚了!别来烦我!有本事去找那个赌鬼啊!"大家又去找四姑了解情况,她支支吾吾。原来,这个小子沉迷六合彩,本金全折了,没有一夜暴富,却走上了信用卡套现、借高利贷的不归路,现在还欠下几千万元,被地下钱庄追债的给盯住了,誓要剁了他。

大家听了人心惶惶,相比起有去无回的钱,更担心自己的生命安全。不过,对方还是理智的,债有主,不涉无辜。悬着的心放下来后,大家又开始思考怎么要回自己的损失了。于是对四姑和阿玉哥旁敲侧击,打听海泉哥的藏身地点是假,点醒该由他俩承担这笔亲情债务的归还责任是真。一开始他们答应得好好的,并也先还了一点零头,但催到后来,阿玉哥脸拉得老长,"催命啊! 再催,话说到底了,谁借谁还!"大家都不敢吱声了。四姑在一旁尴尬,阿玉嫂冷笑一声。

海泉哥离婚后,妻子小杨连一岁的儿子都不要了,自己出走惠州。四姑丈骂:狠心的狐狸精,看到钱就扑,没钱就弃。摇篮里的孩子眨巴着大眼睛,还是照旧流口水傻笑。

大家暗暗都教育孩子,记住海泉哥的下场,以此为戒。其实,海泉哥沉迷六合彩,也有缘由。在这个大家族里,没有哪一户避开了这暴富的白日梦侵蚀。21世纪初,无论是留在家乡的,还是前往城市打拼的,都染上了这种瘾。最严重时,我记得房间都堆满了一沓沓刊载预测消息的报纸,家里聚集一堆人在讨论,这幅画什么意思,那朵花有几片花瓣,认真严谨得堪比学术研究。爸妈生意也不管了,饭也不烧了,晚上梦到了谁就买那个人的生肖,白天有人来做客就买他的年龄数字……其余人都输得精光,只有一个人是有这赌运的,就是四姑,她发了一笔横财,大家想随她下注,但她每回都保密得严严实实的,一点风声也不透。这也就是现在大家看热闹不嫌事大的心理来源。有人暗地里说:"罪有应得,都是要还回去的。"

至此,原本贴着"幸福""美满""和谐"等美好形容词的四姑家,光芒渐渐消散。

同辈中,也有很多脚踏实地的,比如二伯的大儿子大力哥。这个名字时常会给人一种误解,见过他的,才知道是个柴瘦的高小伙,力气不大,小时候掰手腕常被虐得求饶。他实际年龄比阿玉哥小几个月,容貌却相差十岁似的,皮肤怎么也晒不黑,眸子里的光怎么也遮不住,常藏有一点好奇、一点兴奋,又有一点淡然。

我的二伯父常年卧病在床,据说是我出生那年,在工地上出了事故,腿全折了,好歹捡回了一条命。只是辛苦了二伯母,一个任劳任怨的农妇,既要赚钱养儿,又要服侍病人。

我的父亲小名"阿文",取自斯斯文文好读书的意思,他是家里唯一上了高中的孩子。当时,全家人都反对再供他上高中,只有二伯坚持让弟弟上学,主动多承担一份劳动。后来父亲高考失利,想不开,犯浑,跳塘,二伯挣扎着救他上来,村里人都说是奇迹,因为那时候两个人都不会游泳。农村人信命,信缘,大家认为二伯父对父亲的好,使我的生命带来的福气,让二伯父挨过鬼门关,再加上俩兄弟从小的深厚感情,我们两家走得非常亲。

受我父亲影响,大力哥学习很刻苦认真,成绩在镇上也一直名列前茅。但是,在1998年,大力哥14岁时,自己辍学。卧床五年的二伯父挥着拳头闹着要起身打他,操劳憔悴的二伯母默默垂泪,父亲在深圳听说后,特地赶回了老家。大家明白大力哥的一片孝心,见劝不回头,父亲就将他接来深圳找工作。

他先是在工厂干流水线。这是一个机灵能干的人,没过一年,已经升到了拉长(管理一条流水线的负责人)位置。大力哥对城市的生活充满了好奇,下班厂里的小伙都去K歌或者泡网吧,他自己经常去一些商圈逛,也不乱花钱——他的钱或给我买书买糖,给我的父母买日用品,其余的都寄回老家,他就一年四季穿着一条土黄色的卡其裤,在周围晃荡。

突然有一天,大力哥对我的父亲说,想学做生意。那时候,我们家还开菜馆,于是,他就开始先学采购,后厨做菜,后来学记账,到最后能独自撑起菜馆了。23 岁那年,大力哥娶了店里的一个小妹,两人决定去东莞发展,在一条美食街里开了一间小吃店。后来陆续把老家的二伯、二伯母和弟弟妹妹都接到东莞,一起生活。

大力哥对我父亲的感恩之心,让我这个做女儿的都相形见绌。2010 年,他的女儿出生了。满月的时候,我们去东莞陪他庆祝。临别时,他塞给我们一个文件袋,里面有好几份保险单,分别对应我们家每一位成员。他笑称给女儿办保险的时候,多几个人买便宜划算。那是我第一次看到父亲热泪盈眶。至今,他还每年为我们缴费,任谁也劝说不住。

大力哥出来谋生时,弟弟大成哥(二伯父的二儿子)才 11 岁,妹妹小敏姐(二伯父的小女儿)才 9 岁。因从小缺少管教,脾性自然是野了些,又受到村里其他孩子的奚落和欺负,性情不免叛逆不羁。没能尽到保护弟弟妹妹的责任,这是大力哥内心的憾事。等到一家在东莞团聚的时候,弟弟妹妹更是难以管束了。大成哥心地善良,但太单纯了,时常被人当枪使,经常成为道上小混混的替罪羊。小敏姐自小没得到足够的关爱,缺乏安全感,进厂打工,被人骗了感情,对方始乱终弃,她每天以泪洗面。大力哥只能打点各方,为弟弟妹妹出头,又苦撑着,养活一大家子,幸好嫂子贤惠明理,也很孝顺,日子也还觉得幸福。大力哥曾说过,只要完整,不少一个,就是家。

除夕祭祖许愿,大力哥嘴里念叨的,都是关于弟弟妹妹的,愿他们早日生性懂事。

之所以愿意花这么长的篇幅,絮叨大力哥的生活,因为太清楚了,因为太可贵了。这种兄弟情义的传递和维系,是备受时间、岁月、经济、社会、精力等综合考验的,是一种很大的压力和负担,放弃一位成员很简单,但不离不弃是谓之家。

一个美好和谐的家,从来不缺爱的表达,有的人是行动派,有的人是蜜糖派。中国的传统家庭中爱的表达,是含蓄的、内敛的,甚至是沉默的。我们太熟悉了默默地付出,默默地爱,心里都明白,嘴上都不说。

如果不是因为两年前的一场车祸,我们对爱,还继续缄默。2017年,七叔11岁的儿子阿武暑假里骑摩托车打滑,与一辆小轿车发生正面相撞,伤重住院,经及时抢救脱离了生命危险但仍处于昏迷。医生叮嘱家属多做唤醒,和孩子讲讲话,回忆一下以前的事情。七婶还沉浸在悲伤中,不能自已,重担就落到了不善言辞的七叔身上。

我们回去看望过几回。有一回,看到七叔坐在床前,他很胖,塞得椅子像长在肉里一样,他将头埋进了双手里,用力上下搓动,大口大口吞咽口水,好几次话到嘴边,又噎回去。看到我们在场,就更不好意思了。最后,还是阿武的二姐小丽来讲。七叔一直握紧儿子的手,一旁听着,有时候也忍不住补充几句。慢慢带动在场的人都一起回忆,唧唧喳喳说起来。大家最后讲着讲着,一把眼泪一把鼻涕,又是哭又是笑。那天我们要离开了,七叔打算送我们到医院门口,最后一个动作,他抱了抱小武,说了声:"阿爸好挂住你(方言,想你),快回来,鸡腿留给你。"七叔有五个孩子,小武力气小,总抢不到鸡腿吃。说完后,七叔泣不成声。

幸好最后结果圆满,那个活蹦乱跳的堂弟康复了,随之康复的,还有七叔一家爱的表达。七叔在镇上做生意,但晚上是要回村里休息的,开车的路程也要一个多钟头。无论多晚,五个小孩都挨到见到父母,然后齐声说:"辛苦撒,爸爸妈妈。"这种仪式感,没有人规定,完全是自发的。一开始七叔还没适应,佯装生气:"这么夜(方言,这么晚),不睡觉,还闹!"严肃挂在脸上。堂妹小丽是机灵鬼,点子多,也大胆,就跑过来抱住七叔的腰,还嚷:"爸爸太肥啦,我一个人抱不住!"兄弟姐妹听了,纷纷跑过来,搂住。最后,五个小孩手牵手围成一个圈,七叔七婶站在中间。

当小丽向我描述这个画面的时候,还反复强调:"我们真的很爱爸爸妈妈。"坐在对面塑料凳上叉开腿抽着水烟的七叔停下动作,父女两人对眨眼,"我们也爱你"。

近些年,因为一些热门影视剧的传播,或者重大事件的影响,时不时引爆关于"原生家庭"的讨论,对"家庭关系"的分析是其中一个重要内容。我没有深入研究过,外向型爱的表达,并非就一定优于内修式的爱的付出,每一家庭也应该有自己的相处方式,只是,当已经脱离了关注生存的年代,西方文化的渗入与个体情感的表达意愿空前强烈,我们这一辈可以用更好的行为和言语去传递我们的爱,因为话不说出来,行为是需要揣摩的,但人心是如此难以捉摸和揣测。

爱的表达,原则上的确不和物质相挂钩,而当今的农村,愈多两地分离式家庭,孩子大多和爷爷奶奶相处,有的父母虽然也住在家里,但忙于生计,互相见面的时间却少得可怜。同时,在这片知根知底的熟人圈子里,最安全的,是保守地活着,循规蹈矩,鲜有人做一些尝试。先破后立,这不为老观念理解,徒留"花样多""不知耻""不分轻重"的闲话。我知道的,七叔家就遭到了一些冷嘲热讽,有人骂小丽是"骚货",小武"娘娘腔"。但他们总没有因旁人的指指点点而改变,令人可喜。

成见很难消除,一如外界对"小镇青年"的标签化。

严格意义上,我们算不上"小镇青年"。我的老家在茂名高州市南塘镇一个偏僻山村里,泥路的尽头,高耸的无名山脚下。中国改革开放的成果,除了智能手机的风靡,其余在这里几乎不见踪迹,没有大型超市,没有连锁影院,网吧却遍地都是。我曾随着小斌(小武的哥哥)进去过,不需要什么身份证明,平时一个小时2元,过节涨至5元,可手机支付,有方便面、饮料、糖果等食品出售。所有窗户都用一块黑幕遮住,里面没开灯,电脑屏幕照得房间彩色亮堂。我在里面坚持不到半小时,就要到门口透气,而堂弟明浩(六叔的大儿子)和伟豪(八姑的二儿子)在网吧最长的纪录是15个钟头。"还可以更耐(方言,时间久)的,被我爸拉走了。"明浩不服。

爱玩游戏,满脸稚气,你完全看不出18岁的他已经是个爸爸了。两年前,他通过QQ搜索"附近的人"认识了现在的妻子玟玟,当年只有15岁。两家距离只有15分钟的摩托车路程,那间常去的网吧是他们的中间点,后来成为约会的地方。闪孕闪婚,婚礼上,锣鼓喧天里,还是一对稚嫩的面庞,有点羞涩,有点幸福,有点憧憬。

这在村子里是常态。和城里大龄剩男剩女每逢佳节被催婚、被相亲不同,互联网下的农村社会,年轻人的相识相恋已经突破想象,不再限于传统熟人的牵线搭桥,大都自主转战线上。手机是他们寻找可能的唯一途径,社交媒体的"摇一摇""附近的人",让结合的成本降低了许多。可以说为他们减轻了负担,因为没有媒人介绍的一些物质性门槛要求，比如说嫁妆、礼金的数额，这对于贫困家庭，可以"钓"到对象。但也因为信息不对称，无法做到知根知底，孩子的冲动行为又时常是"先斩后奏"的，这为日后家庭关系产生矛盾埋下了炸雷。

玟玟和明浩一样，都是念完初中就出来工作了。先是到镇上，和她的妈妈一起在皮具厂做流水线，没一个月，受不住枯燥和两班倒，家人就托关系让她去了高州市区一餐馆做服务员，但也不在心思，屡次犯错，坚持了三个月后辞职了。结婚后，孩子出生，她还是每天抱着手机，偶尔给孩子拍拍照，记录一下成长的瞬间，放到网上。孩子的喂食、洗澡等日常而琐碎的照料，几乎都是我的六婶在打理——她还要做家务，照顾自己15岁的小儿子，"真是又养儿又养孙的"。婆媳经常闹矛盾，玟玟就更不管不顾了，经常不着家。

过年串门，玟玟主动几番跑来。有一次，她神神秘秘拉我到一边，询问我深圳有什么地方可以打工，最好活轻钱多。

"你去还是明浩去？"

"一起去啊。"

"那爆米花（宝宝的名字）喏？"

"放在家啊。她带。"这里的"她"，我知道是六婶。

我听了有点无奈，"但你是妈妈啊"。

她没犹豫："她是阿婆啊。我不一样也是阿婆带大了乜。"

我打算先不表态，换个话题："六叔六婶知道吗？你以前去过深圳吗？"

"浩哥去过，我矛（方言，没有）。"她顿了顿，低下头，"就想着去看一看,矛得一世在这。"

我有点心软,继续问:"他们知道吗?你们要去深圳。"

"浩哥识(方言,会)说嘚。"

我答应帮她留意。她高兴得活蹦乱跳,像个孩子。她本也还是个孩子。我要回深圳前夜,她还早早起床在家里煎好艾(家乡的一种特产小吃,类似饺子,糯米粉团做的皮,里面可以包各种馅料),装好送过来。这份感动,让我原本只是敷衍的应承,化作真的承诺,尽管我后来发送的好多招聘信息,不是她看不上眼,就是能力匹配不上,但我真心希望,能帮助到她一点点。或许,她现在还不是一个好妈妈,但未来可以变成一个好妈妈,不管外出工作是不是逃离和躲避,既然选择要去经历,都希望结果是美好的。

农村几乎家家户户都憧憬着外面的世界,通过好好读书,升学就业是默认的康庄大道。经常听到很多声音讨论社会的阶层固化,批判应试教育,叫嚣互联网时代世界是平的,大家接触的信息都是一样的……实际情况呢?当然,永远不是单个因素在决定整体,但相对公平的选拔是近乎唯一的希望。

我的大伯没上过一天的学,但是非常认这个理,于是,他家的三个孩子,从小不需要干农活,就是读书学习。但是,希望都落空了,大伯一家都蔫了,像地里瘪了的蕉,烂稀泥。不服气啊!大伯让最有希望、只差3分的二儿子金龙哥复读再考,又落空了……连续反复考了七八次,一次不如一次,最后终于认了,"命该如此",金龙哥也熬成了近三十岁的人。

金龙哥开始找工作。没能跃过龙门,意味着将重复父辈们的生活轨迹,而这种重复,在大伯看来,是羞耻和失败的人生。于是,搭上所有的积蓄、途径和手段,金龙哥回到了之前的初中,成为一名数学老师。金龙哥非常珍惜来之不易的机会,工作勤勤恳恳。只是常规教职工资不高,唯有课外办辅导班才能提高收入。按相关规定,在职教师是不能在校外办辅导班的,只是家长和学生的需求大,学校也知道,就彼此心照不宣。金龙哥也"两条腿走路",与学生合得来,又有自己的方法,收入还挺满意的。只是,从某一学期开始,学生越来越少了,最后只剩下三五个,一打听,原来是同校老师为了抢生意,大肆宣扬他多次高考失败的负面消息,家长为了保险起见,纷纷改易师门。大伯气得要提刀子上门干架,好不容易才劝下来。

金龙哥表面上倒没受到影响似的,愈发努力,后来学校看他人品和资质都可靠,同时赶上培养年轻人的风潮,一时间还成为了数学科副科组长。大伯高兴得要宴请乡村邻里,庆贺一番,金龙哥吓他说奢靡浪费会被革职的,大伯才不做声了,悄悄宰了家里成群的走地鸡,给亲戚都送了个遍。

我看过不少分析文章,有意无意地会将"小镇青年"形容得每日无所事事,生活困苦却不努力,没有审美却很做作,很杀马特,很没有未来。但我看到的他们,或背井离乡,或囿于故土,也都是很努力地活着,与其改变环境,不如让自己去适应环境,因为摆在他们面前的选择,的确是少之又少,只有牢牢抓住每一次转身的机会。

我们的下一辈,有的尚在襁褓,有的无忧无虑调皮捣蛋,最大的即将上初中了。大家都增强了教育观念,有经济能力的大都选择将孩子带在自己身边。村里的儿童大部分也早早就上了幼儿园,点读机成为最期待的礼物。

  不可避免的是,农村的年轻人越来越少了。没过完元宵,村里的热闹劲如烟花,绚烂但易逝。在村里待久了,老人还催促:"后生仔(方言,年轻人),就是要去外面的,在这里,怎么揾钱(方言,赚钱)。"看载客的摩托车开远了,转过树林第六个弯道了,黑点消失在黄泥路尽头,拭拭眼角,像要揉平堆在那里的褶皱。回屋,养猪喂鸡,继续等待哪天柴门前再响起"滴滴滴"的车喇叭声,宰鸡炖肉,一家人又团团圆圆了,自己真争气,老骨头又多陪了他们一年啊。

大 礼 堂

黄亚洲[*]

在外打工几年之后,手头有了一些积蓄,我就将房子盖在小镇旁边,离老家堰头湾有七八里路远。这儿新盖了不少房子,房子的主人也都是各个乡、各个村聚集而来。

住在我右边隔壁的女主人,是我们乡三村的。因为这种关系,我们有了一种天然的亲近感,经常会在一块聊一聊。

女人比我大几岁,真不愧姓高,身材真的很高,瘦瘦的,走路带风。她为人热情,乐于助人,干活爽快麻利,一些老规矩也懂得多。附近这一片,但凡谁家有个婚丧嫁娶,总是少不了她忙碌的身影。

她的嗓门特别大,尖尖的,经常隔着好几个田埂,她的声音还一个劲儿地往人们耳朵里钻。人们称她为"高大炮"。

忽一日,她端着饭碗,倚在我家门口旁。

"XX,你过来一下,问你个事,你们村的大礼堂还在不在?"

"哟嗬,你还记得我们村的大礼堂?"

---

[*] 黄亚洲,空调维修工,笔名"别山举水"。"美篇"签约作者,湖北省作协会员,中国散文学会会员。曾出版散文集《人生处处,总有相思凋碧树》《总是纸短情长,无非他乡故乡》。

"当然啦,小时候我们没少去过。"

"大礼堂早倒了,已经被推土机铲平,要种山茶呢。"

高大炮一口饭含在嘴里,半天吞不下去。

她小时候经常到我们大礼堂来,那肯定不是看戏,就是看电影。我们小时候也经常在那儿玩呢。大礼堂是我们村的地标性建筑,承载了我太多的青春回忆,尤其是在 80 年代。

我们湾在我们乡最大,依着地势分南北两头。北头以矮岗为地标,小孩子都在那边玩。我们属于南头,大礼堂就是我们的地标,我们就一直在这边玩。平时南北很少来往,除了在村里放电影、会唱戏的时候。

那时的大礼堂,立在山岗上,差不多有足球场大小,白墙黑瓦,巍峨高耸,像一位大将军,非常有气势,是我们村唯一的二层建筑。

它的前面有四人合抱的水泥柱子,光溜得可以照出人的影子,它们牢牢地支撑着二楼。二楼左右两旁有一间房,前面的大窗口上架着一个扩音喇叭,每每有什么通知,喇叭里便传出洪亮的声音,久久地在湾子上空回荡。四周的白墙上都刷着红色的标语,如"×××办事,×××放心,全党全军全国人民放心""坚决拥护×××的领导",等等。

彼时,大队安排一个孤寡老人照看大礼堂,防止小孩子用弹弓打玻璃窗,防止村民偷里面的桌椅板凳,注意屋顶是否漏水,再就是若有干部来开会,顺便烧烧饭。

老人应该六十多岁,腰躬得几乎与地面平行。他的牙齿掉了许多,嘴巴瘪瘪的,说话有些变调。他长期戴着一顶灰黑的窄檐帽,拄着一根拐棍。

不知他有没有名字,反正全村的人,不管年龄大小,都叫他老家婆。

有时,我们在礼堂岗上打鸟,石头子掉在屋顶上骨碌碌地响,老家婆会突然从侧门出来,拄着拐杖,迈着细碎的步子朝我们撵来,边撵边发出含混不清的叫骂。有的伙伴被他撵得兴奋起来,故意捉弄他,又用弹弓将喇叭打得呼呼响。老家婆气得捶胸顿足,甚至拼着力气将拐杖扔出去,当然,也只是扔出去几米远,吓吓我们而已。

平时,若不招惹他,老家婆倒真像个家婆,慈眉善目,笑意盈盈。有时,他去供销社买日用品,经过我们身边时,会掏出几块红红绿绿的糖。

平时没有事,大礼堂一般是静寂的。有时一整天都看不到老家婆的身影,不知他在里面干什么。有的人好奇,便故意踢门敲窗,只一会儿,老家婆就探着头骂骂咧咧地出来了。

我不知道老家婆从哪儿来,也不关心他从哪儿来。反正一年到头,没看到任何人来看他,也没看到他去任何地方。他像一个被人遗忘的人,只在大礼堂孤独地进进出出。

礼堂前面是一片平坦的草坪,草坪边缘是一道缓坡,底下有供销社、轧棉厂,全都属于公家的单位。那个时候,我们被老家婆撵跑了,又会到这儿来捉迷藏,或者钻到轧棉厂的地道里,捡那些丢落的棉花籽,拿到家里炒得喷喷香。又或者将那些碎碎的棉絮收集起来,装在尼龙袋里,交给大人换来一分两分的硬币,攥着硬币再跑到供销社,买来几颗小糖，躺在那一片柔软的草坪上，剥下糖纸，你舔一下，我舔一下。

我的老屋也在大礼堂底下，与供销社和轧棉厂并排，只有二三十步的距离，每次高音喇叭响起时，我家的屋顶总是嗡嗡响。许多时候，就是因为这个，我想用弹弓灭掉它们，才惹得老家婆总是朝我扔拐杖。

围着大礼堂四周，全都栽着一人抱的大刺槐，像一柄柄大伞矗立着。它们陪着大礼堂一起经风历雨，一起看着朝阳升起，一起看着举水向南流去。大人们晚上喜欢在这儿纳凉，聊着收成，谈古论今。姑娘嫂子喜欢在这儿绣鞋垫，说着心事。老家婆喜欢坐在这儿拉二胡，如泣如诉，惹得无数人倾听。

我和小伙伴喜欢爬上刺槐树，在上面掏喜鹊窝，或者摘那白洋洋的刺槐花，一篮子一篮子地聚起来，再丢进猪圈里喂猪。往往上一次树，身上不是被刺扎了，就是爬上很多蚂蚁，时不时在某处咬一下，皮肤便出现红点。

记得有一次，我们无事爬上刺槐玩耍，黑皮站在一个枝子上，踮脚够着想要采摘头顶的一串刺槐花。不料，他低估了他的重量，用劲一抵，脚下的枝子一下断掉，他整个身子沿着树干向下滑去。幸亏他灵光，有点劲，及时抓紧了树干，才不至于一跌到底。

等他下来时，嗷嗷叫着，指着下身。我们扒掉他的裤子，发现他下身扒拉掉了好大一块皮，红赤赤的有血渗出来。他痛得火烧火燎，满头大汗。正巧，老家婆路过，看到情况后，扔下拐杖，赶紧从兜里拿出火柴盒，撕掉两侧的黑砂皮，沾点口水，贴在上面，再用两根丝茅草将它缠紧。

黑皮痛得杀猪般嚎叫起来。我们让他躺到草坪上,才发现他的下巴早已磕得出了许多血,而他根本就没感觉到痛。

那天,黑皮不敢回家,怕父亲发现伤口揍他。他随着老家婆进了大礼堂的厨房,吃了一顿他"此生最有味道的面"。我们都很羡慕他,巴不得受伤的是自己。可是,不要说吃面条,一直以来,我们连大礼堂的厨房门都没进过。

直到它多年以后倒掉时,黑皮站在那堆废墟上,还得意洋洋地指点着,"这儿就是土灶的位置,上面有两口大锅。喏,这儿还摆着一张桌子,我坐这边,老家婆坐那边。我连着吃了三碗,老家婆一碗都没吃完"。

不光黑皮记得那顿面,我们也记着他的伤。有时我们聚在一块,几个当年的伙伴会突然扒掉他的裤子,看着他伤处那一条浅浅的白印痕,笑着说,他当时只顾小头,不顾大头。还会一本正经地问他:"现在,你幸福吗?"

黑皮依旧会嗷嗷叫着,完全没有吃面时那幸福的样子。

当然,大礼堂最热闹的时候,自然是放电影了。

只要有电影,我们总会提前知道。大礼堂里面,面积很大,由前到后,逐渐倾斜低矮,形成一个无法觉察的坡。尽头是一个半人高的戏台子,两边有台阶上去,上面可以挂电影的幕布。礼堂中间摆了十多排松木长靠背椅,是给听会的人准备的。后面是一个两层的看台,顺着两边耳洞旋着的楼梯上去,就可以走到木楼板那儿。人走在上面,会咚咚作响。

整个礼堂或坐或站,应该可以容纳几百上千人,在当时的确算是一个庞大的建筑。

一有了电影,我们总能马上知道,上课就没有心思了,会互相嘀嘀咕咕地讨论,你准备占哪排椅子,我想占哪排椅子,我家会有谁谁来,你怎么不给你姨妈送信等。迫不及待地等到放了学,书包都不舍得放到家里,我们赶紧爬上坡,奔往大礼堂。

此时,老家婆早已将礼堂的各处大门打开,由着我们跑到里面挑最好的位置。很快,那些长条椅的正面、背面、侧面、靠背处、长腿处,被我们用粉笔、火炭或者麻骨石,密密麻麻地写上了自己的名字。

实在占不到椅子的,就会三步并作两步跑上二层木楼,到处画圆圈,再标上各自的名字,还会着重标注"谁抹了我的名字,全家死光光"。

这个时候,南北两头的孩子,经常会因为争座位而推推搡搡,开口骂娘,甚至大打出手。但不管白天有多大的矛盾,到电影开始放映,一湾人还是一湾人,如果有别的村的人在这儿大声喧哗或者闹事,南北两头又会空前地团结起来,一致对外。

我们村子大,全部同姓,人多,势就众,民风自然彪悍。大家闲得无聊,电影场就成了找乐子的好地方。其实占的那些地方,等电影放起来,会发现大多是老人和小孩坐着了。年轻人根本坐不住,只在满电影场游荡,哪儿闹腾往哪儿凑。

碰见别村的男孩子,穿着什么流行一点的衣服,或者做了一个什么张扬的发型,又或者遇见别村长得漂亮的女孩子,总会有人去惹一惹。惹着惹着,那边的人有了血性,就会起口角,开始打斗起来。俗

大 礼 堂

话说强龙压不了地头蛇,何况我们这条地头蛇是一条很壮实的地头蛇。

于是,我们经常将别的村子的男孩子,打得屁滚尿流,女孩子则吓得花容失色,叫得像刺槐树上的喜鹊,往往电影没看完,就赶紧跑路。

我二哥就特别喜欢打架。虽然我们是亲兄弟,但他有一米八的个子,脸上长着会蠕动的横肉,颈子底下还长着一撮毛,张扬到下巴的前面。一年四季,他喜欢穿着一双旧得发白的长筒靴,手腕上戴着一副不知从哪儿捡来的护腕,酷得让人不敢直视。

他的名声就是从大礼堂传出去的。

只要电影一开始,他的屁股就扎了刺,坐不住了,用别人的话说,他就是"手痒了"。他像老母鸡旋窝,四处溜达,而且听觉非常灵敏,耳朵时时竖着,好像专门是为打架而生。即使银幕上枪炮齐鸣,喊杀阵阵,他都充耳不闻。但不管在哪个角落,只要有一点争吵声,哪怕压抑得很细微,他也能够准确地捕捉到,并定位目标迅速地窜过去。

自然而然,我们村的人看到他来了,胆子就肥起来。本来只是争吵两句,现在开始抽耳光,砸拳头了。

很多外村的人都知道他的名头,"堰头湾的一撮毛",见到他来了,再有理也噤若寒蝉。但有时也会遇到一些不识相的蛮横角色,对方也是一群人,同样人高马大。这个时候双方不服气,往往就会发生混战。

记得有一次,在混战中,哥哥以一敌二,从礼堂里打到广场前的坡地上。刚好我从家里喝水回来,看到哥哥一拳头将一个人砸得摇摇晃晃,我仗着饱肚子上前补了一脚,那人顺着坡就向前滚去。

哥哥一看是我,一把提起我的衣领,将我往旁边一拧,"过去过去,这儿没你的事儿"。

那些年,方圆十里左右的村庄,都知道堰头湾有一个外号叫"一撮毛"的黄某某。那些年,我走到哪儿,只要一说是"一撮毛"黄某某的弟弟,总有些人将我的肩膀一拍,巴结着将烟往我嘴里塞。

每放完一场电影,残局就由老家婆收拾了。摆正乱七八糟的椅子,清扫满地的纸巾和瓜子壳花生壳。尘烟滚滚中,一个黑色的身影伛偻着,咳嗽声四处回荡。等到我再去礼堂玩时,老家婆会掏出一些零钱或小玩意给我,说是扫地捡到的。

后来,每放完一场电影,我总是起得很早,跟着老家婆一起扫地,尽管灰尘很重,眼睛却一直瞪得圆圆的。时不时地,就能在里面捡到别人丢掉的一些硬币,偶尔还有一把小刀。

历史的车轮永远向前,谁也阻挡不了。随着改革开放的逐渐深入,人们的生活水平提升得很快,娱乐节目越来越多,有些人家买了电视。曾经被农村人狂热追捧的露天电影,逐渐被人冷淡。乡里也慢慢减少了放映的次数,只偶尔放一些科教电影。有些人家家里有喜事,会有亲戚朋友凑份子送电影,但热闹只是停留在家里,电影场上的观者屈指可数。

大礼堂的电影一年放几场,什么时候放,没有人在乎了。大队也准备要改成村了,干部越来越少,村里的事也越来越少,窗口上的大喇叭再也难以响起。人们进大礼堂的次数也就越来越少,大礼堂变得冷冷清清,寂寞无比。

但有一年,沉寂的大礼堂却一下热闹了,吸引了无数人的注意力,成了人们茶余饭后的谈资。那一幢已然衰败的建筑,还上了县城的电视。

那一次例行开什么村部会议,干部们不咸不淡地扯了大半天的皮,总算挨到了饭点。本来午饭派在张金家,结果好像是罚谁家超生,正好弄到一笔款子。书记和大队长都挺高兴,大腿一拍找来一个厨子,让老家婆去买了不少鱼肉,就在大礼堂的大厨房操办起来一桌丰盛的酒席。

张金很积极,因为被派饭,总会有些好处的。他已经让他小孩打来了酒,可他滴酒不沾,大队不在他家吃,酒就只能压着。他就要大队部将酒买了去,这酒是用瓶子散装的,在那时,也挺金贵的。

好菜好酒,大家放开喉咙吃,敞开喉咙喝。可没料到,气氛正热烈时,却有几个人头一歪,伏到桌上,脸部扭曲着,口吐白沫。清醒的人赶紧喊人开来拖拉机,手忙脚乱地将他们送到镇医院。一检查,居然是农药中毒,那时的农药可都是剧毒农药呢。

原来,小孩灌酒的瓶子是只酒瓶,只是曾经装过农药,张金完全忘了这茬事。好在经过一番洗肠浣肠的紧急抢救之后,会计、书记、大队长都平安无事,只可惜武装部长命薄了些,还是回天乏力。

这武装部长长得五大三粗,见酒如命,终于因为酒,将命搭进去了。

很多年以来,人们一提到堰头湾,就会说起大礼堂,一说起大礼堂,就会提起那场酒席。大礼堂成了一个反面的事例,到处传扬。

自此以后,大礼堂里再也没有开过伙。偶尔有电影转到村里,也只是在打谷场上临时树两根竹竿,挂上幕布,任那些影像在风里飘来荡去。人们嫌大礼堂晦气。那儿再也没有人纳凉，没有人做女红，老家婆也不在外面拉二胡了。

大礼堂内倒是经常传来二胡声，缓慢低沉，像有人在哭，人们越发不敢靠近。

偌大的大礼堂，除了老家婆，几乎没人去了。四周的刺槐树上，依旧有喜鹊和斑鸠孤独地鸣叫，那刺槐花依旧年年开得繁盛，却再也没有人采摘。一阵风过去，便会纷纷扬扬，飘落一地，像雪。

人们说，它的气数要尽了，要被时代抛弃了。

大队改成村后，供销社随即解散，轧棉厂也无人承包，那儿的房子就空了。父亲瞅准了这块地，看它挨着大礼堂，南北通透，地势很高，在许多人之上，是一块好地。他一生要强，一直认为，要给每个儿子建一栋房子，帮每一个儿子将媳妇娶进来，他的任务才算完成。

当时，父亲正好是多年的老队长，就靠着关系买下了这一块地，准备给我们盖房子。

那个时候，我才读初中，根本没有成家的概念。父亲将我的一栋房子也算计在内。有了目标之后，他做得更卖力了，将牛架着，在山上开了很多自留地，每天天不亮就出门，天黑透才回家。到吃饭的时候，母亲总是叫我端着碗，从礼堂岗后边，到山地里去喊。

父亲黑瘦黑瘦的，个子很高，长期的劳累，让他像一棵快枯死的树。经过两年的勤扒苦做，省吃俭用，我的房子盖起来了。房子前面是小红砖，矗立在大礼堂的前面，非常漂亮。

那时，我才刚刚进入高中，一点都不快乐。

此后的父亲，像秋风中的落叶，身子一天比一天干枯、衰败。他经常捂着疼痛的胸口,流着冷汗,一声不吭,从我的新房旁经过,再围着大礼堂一遍一遍地转圈。

终于,在我高考的那一年,父亲撑不住,还是倒下了,终日躺在堂屋的竹床上,压抑着呻吟,再也没有站起来。一年之后,他就找到了他的归宿,大礼堂后的一块坡地,而那里,正是他开荒并只收了三季的麦子地。

那年高考,我完全不在状态,最终因为几分之差而落榜。此时,家运颓废,没钱复读,我永远错失了进大学的机会。

我二十岁了,虽说生在农家,除了识得几个字,对农事却一窍不通,在家撑天短,焖火长,百无是处。开年之后,为了不继续堕落,我随着发小,涉过举水河,抄近路上国道,去武汉打工。

六十岁的母亲一直站在礼堂岗上,跟老家婆指点着我的背影,看着我背着蛇皮袋,里面装着她打的棉絮和炒的花生,一点点消失。

我虽然高中毕业,但一到外面,人生地不熟,啥也不懂,身份证和毕业证都被别人偷去,英雄无用武之地。有很多机会,我只能眼巴巴地看着它们溜走,无能为力。我随着朋友四处奔走,挖过土方,扎过钢筋,进过砖厂,整天弄得人不人鬼不鬼的。

母亲经常让人捎来口信,大礼堂里放了什么电影,又唱了什么戏,只是看的人越来越少了,椅子都空着。或者是刺槐花又开了,白洋洋一片,哪个小孩在树底下走,被蜜蜂蜇了一下,嘴巴肿得像猪拱了。

或者说老家婆每次经过我家门前,总要问一声我什么时候回来,"他可老得不成样子了"。

当然,最后才是重点,母亲会问一句,我什么时候能带个女朋友回来,三婶的侄女年纪跟我差不多呢。我的屋子她时不时会去敲开门看看,"一点都没旧,就是等着人住"。

我每次都在心里说,等我挣了多少多少钱,或者找个媳妇,马上就回来。但是,不知母亲上了多少次礼堂岗,眺望过多少次举水,我却最走越远,一直到了广东。毕竟念了些书,在老乡的帮助下,我进了一家电子厂,工作轻松起来,工资也涨了许多,而且,也有女孩凑过来找我谈恋爱。

母亲的口信却越来越稀了,听二哥说,她中了风,需要挂着拐杖,腰一直弯着,一小步一小步地挪,才能上礼堂岗。

我的母亲,跟老家婆一样了。

1998年底,我本想带女朋友回去给母亲看看,我四处托人,却怎么也买不到春运的车票。那年的腊月二十二,母亲走了,我不在她身边,没有送她上山。

开了年,到元宵的时候,我准备回家,此时厂里正赶货,女朋友请不到假。她买了很多路上吃的给我,让我替她在父母坟前磕个头。

我一个人孤零零地回来,包里还装着年前给母亲买的营养品。蹚过举水,走近礼堂岗,虽是春天,天却冷得人伸不出手。大礼堂周围一个人都没有,草坪的草枯得紧贴着地皮,刺槐枝光秃秃地在冷风中摇晃,碰撞出一些让人心悸的声音。

大礼堂灰白的墙皮剥落得疙疙瘩瘩,一扇未关严的窗户被风吹得嗞嗞叫,如同一个喘不上气来的老人。

父亲的墓地就在礼堂岗后的山洼里,母亲的墓地也在那儿,一起并排着。我没有走回老屋,直接去了山洼。两座坟一座枯草萋萋,一座全是黄泥,朝向大礼堂。我在两座坟前各磕了两个响头,用手刨出一个坑,将滋补品埋了进去。

之后,我在老屋住了两天,满目破败凄凉,非常压抑。而我的屋子里,地面扫得干干净净,梁上也没有蜘蛛网,宽敞却透着深深的冷清。

几天后,我回到了广东,女朋友不见了踪影。听工友们说,她的姐姐找到了她,不让她谈外地的男友,硬是让她转了厂。"那天,她的眼睛又红又肿。"

我没有难过,也不知道难过,只是冲动地离了厂,又像一叶浮萍,四处飘荡着,却再也没有人捎来口信。只是每年元宵,无论我在哪儿,我都尽量回去,穿过那越来越破败的大礼堂,到山洼那儿挂纸钱,上香,再静静地坐一会儿。

在我回广东一个月后,二哥打来电话,说老家婆死在大礼堂里面,好几天后,才被人发现。由村里出面,他就那样静悄悄地被抬到大礼堂后面,掘了一个坑,埋了,除了几个村民,没见他有任何亲属。

大礼堂也越来越失去存在的价值,村里再也没安排人照看。它的玻璃被人打碎,门板被人踢坏,墙皮大片大片地脱落。一些改建房子的村民从偷砖块开始,发展到偷椅子,偷门,偷楼板。只一两年的工夫,大礼堂完全就成了一副空架子,萧瑟着,仿佛随时都会倒下来。

那一排排的刺槐树也难逃厄运。只要有人开了头,树也逐渐被村民偷锯掉,当柴火烧了。门前的草坪,也划出沟沟坎坎,好像楼板上画出的圈圈。有人犁出一小块一小块的地,种上了花生和菊花。

在某一个夜晚，没有起风，也没有下雨，大礼堂像一个久病缠身、无人看顾的老人颓然倒地。许多村民都听到了，但没有一个人起来看，似乎都觉得在意料之中。倒覆的碎砖块压住了老家婆的坟头，很久都没有人清理。

曾经热闹一时的大礼堂，就这样化作一堆尘埃，逐渐消散，逐渐被掩埋在历史的洪流中，宣告一个时代的结束。

很快，村里拨出款项，重新建了村部。新的村部在村子中央，平坦广阔，恢宏大气，靠近学校，有人24小时照看。现在，村里又搭建了乡村大舞台，经常唱戏、跳广场舞，那儿人来人往，热闹非凡。

大礼堂真的被人们遗忘了。

我偶尔跟孩子们提起大礼堂，他们一脸懵懂，只顾着低头玩游戏。

我也搬到镇上住了，堰头湾已经没有我落脚的地方。

大礼堂倒掉的第二年，我的房子也倒了。原来的大礼堂到供销社之间有一个五六米的缓坡。如今再到那儿，它们已经连成一整块平整的土地，分不清哪儿是哪儿了。

世易时移，一切都已改变，我们已经长大，慢慢老去，我们拥有了一切，也正在逐渐失去一切。

但大礼堂于我，一直存活在我的生命中。

小时候的欢乐，我与它分享过；小时候的痛苦，我向它倾诉过。那年入团的时候，小小的我曾在前面的台子上宣过誓，接受许多羡慕眼光的注视。我曾跟着父亲，吃着买给大队干部的西瓜，也曾在那儿被伙计误打，痛得哭天抢地。

如今一切都没了，只剩下回忆。只是现在，走在那儿，如同走在任何一块平常的土地上。而这些回忆，我有，我二哥有，我的那些发小有，高大炮也有。

黑皮早已定居武汉，长年不回来。我跟他说大礼堂成了一块平地，他死也不相信。想必他每一次过幸福生活时，一定会想起那些刺槐树吧。

这么些年，二哥一直在外打工，早已没有了当初的锐气。到了外边，都是游子，见着老乡就分外亲切。他们搞建筑的，也需要老乡互相扶持。于是，很多曾经在家乡拼过命的伙计，在外面又成了很要好的兄弟。

二哥曾经在电影场扬言要撕了的人，现在好几个都成了他的铁杆兄弟，互相介绍活干，互相对付狡猾的工头，逢年过节总要聚在一起，喝个酣畅淋漓。

我们最早的老屋，父亲把它分给了二哥。就在前年，早已千疮百孔的老屋也被推平了。一些长着苔藓的瓦片，一些爬满黑色油烟的檩子，一些黑黄的土坯砖，横七竖八，散落一地。那儿很快被碾平，再也看不出曾经的样子。

二哥现在住在堰头湾的前排，门口是大畈，视野开阔。他长年打工，一双儿女也很成器。他唯一不满意的是村部建得离家太近，"整天吵得心慌"。

二哥的背微微有些躬了，头发也开始掉，但只要一站起来，走起路依旧虎虎生风。没事的时候，他经常会坐在屋檐下晒太阳，偶尔也会跟我提起曾经在大礼堂的事儿，然后不紧不慢地呷一口茶。

高大炮听说大礼堂倒了,显得有些伤感。她忙着又去盛了一碗饭,开始有一搭没一搭地聊起与大礼堂有关的事。

原来,高大炮就是在大礼堂看电影才认识现在的老公的。那时,他们经常在大礼堂的黑暗角落卿卿我我。有一次正忘形时,被我们村的一个男孩发现了,那人一把揪过高大炮,朝她老公抽了一嘴巴子。她老公在女朋友面前当然不肯示弱,与那人对打起来。

很快,吵闹声吸引了我们村更多的男孩,大家围过来,朝她老公拳打脚踢。"可真是使出吃奶的力气打呀。其中有一个穿高筒靴的尤其狠,我护老公时,将我的腿肚子都踢紫了。"高大炮抬起腿,大声八炸地叫。

"不过,还真要感谢你们的大礼堂呢。"高大炮匆忙扒了一口饭,又笑起来了。

本来,他们俩有时还闹些小矛盾,经过这一架,感情一下子深厚了,父母再也不反对,于是他们很快就结了婚。她的老公稳重勤快又聪明,可那个年代,再勤快,日子也过得紧巴巴的。特别是在她们有了一个孩子后,"整年,肉沫子都捞不到一星半点"。

她老公随着大势,出去打工了。高大炮往我面前凑近了点,"总说你们村的人不好共伙,爱打架,我看,也不一定呢"。

她老公在武汉搞建筑,包工头是我们村的,就是在那儿,他学到了粉刷这门手艺。"他师傅是你们湾的,近一米八的个子,浓眉大眼,蛮英俊的,硬柴好劈,人特别直爽。但听说他从前狠得很,死打架呢,好像被人称作一撮毛。在外面,他特仗义,经常罩着我老公。"

二哥的形象一下浮现我眼前,但也只是从前的形象,我没动声色。

正是有了这门手艺,她老公从小工做到师傅,工价也越来越高,挣的钱多了,日子滋润起来。

"那年过年,老公回来,我们还去大礼堂看电影呢。好多人认识我老公,给瓜子递烟送茶,热情着呢。"高大炮扒完最后一口饭,忽然叹了口气,"只是,大礼堂又破又旧,像随时要倒似的。唉,想不到,后来真倒了,若不是你说,还不知道呢。我还经常跟老公和儿子说起大礼堂,甜蜜得很。"

高大炮一碗饭又完了,空碗垂在手上,一直不晓得去添。

如今,真的一切都没有了,除了回忆,而且,这回忆又能保存到何时呢?

我和高大炮立在院墙边,盯着斜拉着的影子,半晌发不出声。

这时,马路外边传来呼喊,"哎,高大炮,走呀,去堰头湾新村部的乡村大舞台看戏呀,听说是省剧团的呢。哎,XX,你还不快去,那可是你老家呢。"

一群人说笑着,兴奋地朝堰头湾的方向而去。

故乡·童年·四季

曹 瑾[*]

故乡，总是要在游子离开越来越远、越来越久以后，才能在一次一次的记忆翻卷中，愈加鲜明，愈加美好，愈加深情。

我的老家在鲁西南的一个小村庄里。有多小呢？一条乡路像是糖葫芦签儿，笔直地东西延伸开来，中间串起一排红砖黛瓦的房子，间或夹杂几座黄扑扑的土坯房，总共二十来户人家，就是我们庄上了。庄子说起来只有三户人家，老刘家，老朱家，老贾家。鉴于老刘家宗族最大，庄子就叫刘庄。

像所有华北平原上的庄子，它的外围，是一马平川的田野。田野里种麦子、大豆、蒜、玉米、棉花，一片一片青黄油绿，层次分明，如同拼接起来的巨大锦缎，把村庄包围在其中。站在田野里看村庄，绿树茂密，树冠蓬大，红墙黛瓦掩映其中，绕村而过的河塘波光粼粼，日光闪烁，间或有炊烟袅袅，鸟鸣悠悠。说一声红尘烟火里的桃花源，不为过，让人看着看着就生出无限的缱绻与眷恋来。

---

[*] 曹瑾，教师。1992年出生，山东济宁人，曾先后就读于安徽师范大学与重庆师范大学中文系，文学硕士。

毛毛蛾子香椿芽

我一直欣赏不来香椿。

我理解人们为何吃荠菜、鱼圈菜、灰灰菜等一堆稀奇古怪的野菜,就是接受不了香椿。倒不是嫌弃它味儿冲,而是在我的记忆里,这是毛毛蛾子最喜欢的吃食。

毛毛蛾子是一种嫩绿色的胖嘟嘟的虫子,颇肥美,有成人大拇指粗细,身上点缀着红点点,还能看见眼睛,像动漫人物的眼睛一样贴在头上,略有喜感。大抵有毛无毛的小东西一胖起来都很有萌感,总之,孩子们很喜欢。毛毛蛾子是大人说的,具体学名叫啥,我们也不知道。

每当春来,院里有一棵粗壮的椿树,发芽,抽叶,渐渐变得茂密,这种毛毛蛾子就多起来。从树下经过,不经意会发现一枝椿树叶掉了下来,排布均匀的叶片豁豁丫丫,上面毛嘟嘟缀着一只豆青色的虫子,或两只。不得了,我们发现了新大陆。于是四处找来酱罐子,洗刷干净,铺了一层又一层椿树叶,养蚕子般养起了毛毛蛾子。大人们说,这就是虫子,还是害虫,留着干嘛。不行,也许它会变成蝴蝶呢?也许变成蛾子呢?你看那颜色如此好看,那一定是只极美丽的蝴蝶或蛾子。

当然没有看到蝴蝶或蛾子。孩子好奇心重,忘性也大。父母总不会真把蛾子当蚕喂。久而久之,玻璃罐子就不见了。

椿树却已经开花了。黄黄的一串一串点缀在叶片间,似花不似花,倒是不太引人注意,但总有股迷之味道弥散在空气中,提醒着人们抬头看一看,夏天要来了。

有一年冬天,乡里来了两个买木材的人。家里人说,这椿树长得太大,还在长,树根要把房屋地基撬裂了。转年春天,院子里再也没有满地椿叶和毛毛蛾子了。

后来在南方城里的超市,我看到一把把整整齐齐包装精细的椿芽摆在蔬菜区,人们争相抢购,又是腌制又是拿来炒鸡蛋,大感惊奇——这还能吃?城里人太能耐了,毛毛蛾子吃啥他吃啥。

于是又想起家里的那棵大椿树,要是还在,得有多少椿芽呀!打电话给奶奶,把这事儿当新闻说,说起那棵椿树,不禁感叹:

"奶奶,椿芽那么好,咱们为什么从来不吃家里那棵椿树的芽?"

奶奶的笑意就沿着电话光纤爬进了我的耳朵:

"那棵椿树?——那是臭椿呀孩子!"

爬猴和蒲公英

爬猴,蝉的幼虫的俗称,鲁西南地区又叫"知了猴"。

摸知了猴是夏夜村里最热闹的活动。

吃过晚饭,大人小孩,人手一只手电筒,浩浩荡荡地出发了。不一会儿,整个村庄投射出手电的光影,交相辉映。村里天天摸,知了猴自然少一些。村民又三五成群,去了河堤上。河堤上广布白杨树、杏树、花椒树、链子树、槐树……河堤原是村里防风固水的水坝长堤,自然杂树丛生,知了猴遍布。

河堤上可真是不寂寞。难以计数的青蛙崽和蛤蟆崽在叫唤,唧呱唧呱响成一片,在河堤两岸回响,似浪潮卷来卷去,伴着吹过树叶的沙沙沙的风声,是独属于大自然的仲夏夜的歌唱。

劳动两个小时,就有不少收获。孩子们一聚头,手里的玻璃罐满满当当都是爬猴。回去拿清水洗干净,放进温盐水里浸泡一两天,再拿油炸一遍,鲜香的炸知了猴就出锅了。这可是童年里一道难忘的美味。

早起的鸟儿有虫吃,早起的虫儿被鸟吃。后半夜大家自然都歇息了,不勤快的知了猴慢慢爬出土洞,捡回了一条命。第二天树上留下了一个完整的蝉蜕。这是一种中药材,据说中药店是高价收购的。可它实在太轻了,虽然院里时常会见到,可真要收集个一两斤,怕是要跑遍十里八庄,所以我并没有真正见过卖知了猴皮的。

那时候,据说中药店还收干蚂蟥、干蒲公英。

有一年,我们就动了挖蒲公英卖钱的心思,虽然没有哪个小伙伴真卖过药材得钱,却不妨碍我们的热情。

也是堤坝上,春种过后,水位回落,田野间遍布的沟沟渠渠基本都干涸了,蒲公英就开满了河堤沟渠上下,黄色的花朵星星点点,璀璨得如银河一般迤逦开去。

一帮小屁孩,拿着挖蒜的铲子,拎着小袋子,就挖开了。蒲公英的根系比较表浅,很好挖,沿着河堤一路挖过去,不一会儿袋子就满了。记不得劳动了几日,回家交给奶奶清理干净,晒在院子里,铺了一大片,看着就有满满的成就感,想着那是好多好多钱,梦里就有好多好多颜色鲜亮的糖果出现。候了一个多月,日日盼望大太阳,真晒干了却只有一小堆,才几两重。心里耐不住,催着奶奶去换钱。果然就吃上了水果糖,还有了几个零钱,心里好不自豪,琢磨着明年还挖。

记得那之后很长一段时间,奶奶偶尔会用大茶壶给大家伙儿泡一种茶喝。金灿灿的颜色,味道还不错。

晒麦子和捉蝴蝶

秋天,是收获的季节。

麦子脱粒后晒在马路上,厚厚的麦秸杆儿也堆在马路上,让来往的车辆轧扁来做引火柴火。看晒麦是麦收后期主要的活儿,防人吗?并不是。大家伙儿的麦子都铺在马路上,一家一户一段路,不得闲的还可以托相熟的人家帮忙照看。要看的是麻雀儿、臭咕咕和假啄木鸟儿,稍不注意,它们就成群结队地光顾你家摊位,吃上三四斤霸王餐。十多天下来,可就是三分地几十斤麦子,摊主都要被吃穷了。

午后天响晴,阳光炽热白亮,照得白杨树荫一片一片,晃人眼,麦谷的馨香弥漫在空气中,整个村庄都昏昏然犯瞌睡。父亲找了一块树荫,把席子铺开,姐姐、堂姐、我和堂弟,齐刷刷躺倒,在满地麦谷香中酣然入眠。有凉爽的风吹来,是父亲的蒲扇;有车子经过,麦秸杆儿发出哔哔剥剥的声音。还有看麦人的脚步声、话语声,远远近近,飘飘忽忽。

"吃啦?"

"吃啦!"

"没吃?"

"回去吃!"

"呦!这一溜睡挺熟啊!"

……

秋天,遍地绽开一种紫色的像毛球一样的野花,远远望去,也颇有点儿云蒸霞蔚的意思。蝴蝶最喜欢这种花,这霞上面就又染了黄,点了白——田野里最常见的黄色和白色的菜粉蝶。小孩子有无限的精力,尤其睡饱了以后,于是呼朋引伴争相捉起蝴蝶来,比比谁捉的多。可情形大似"儿童急走追黄蝶,飞入菜花无处寻",父亲看见了,就招呼众猢狲过来,说:"你们这样逮蝴蝶不行,我拿大笤帚扑,你们跟在后面捏。"半下午的时光,前后庄子上的看麦人们就看见一个大猴子扛着个大笤帚沿着阡陌一路辣手摧花,屁股后面串着一溜小毛猴,喊喊喳喳,欢呼雀跃,堪为奇景。更奇的在后面,这一走,上坡下堤,走过了十多里地,早出了庄子。玩了半下午,饿了,父亲就带着一溜小屁孩走到了镇上,一人混上两个大圆烧饼垫肚子。

月上中天,繁星四起。父亲和大笤帚,我们和烧饼,月亮和星星,一起悠哉悠哉走回家。

冬 无 事

冬无事。

所以有很多事情可以忙。

天寒地冻,北风猎猎。男人们聚在一起打扑克,女人们聚在一起做绣活,小孩子围着被子看动画,老人们围着炉子唠闲嗑。谁在炉子烤箱里放了块红薯,香味儿飘满了一屋子。

兴趣起来,就去堆雪人,打雪仗,手脚脸蛋冻得僵僵木木,再围着炉子烤火。河塘里的冰冻得严实,在上面滑来滑去,屁股墩儿摔了一次又一次。

大雪三千里,游子归乡,年就近了。

老刘家有一口塘,塘里养了鱼。抽水机架起来,庄上的男劳力,数得上来的,都来帮忙抽水捕鱼。大鲤鱼有二十斤,一米长,伙头鱼也不小,滑不溜手,白鲢、花鲢、草鱼、川条儿……活蹦乱跳着塞满了整整一辆大三轮车。腊月二十三、二十六、二十九的集会,这些鱼就到了十里八乡人们的手中。再给本家亲戚和帮忙的人家一家送一条,实实在在的年年有鱼。转年又是一塘春水,千尾鱼苗,四季期待。

老朱家架起了锅,圈里养的那头大肥猪,足有三百斤重。请来了村里的杀猪匠,还是那群男劳力,把猪五花大绑,架到案板上,猪脖子下面放个大面盆,放出的猪血有大半盆。东家要截子五花肉,西家砍个猪后腿,不消半下午,整只猪就被村里分着买完了。二大娘专门打招呼给留几节猪大肠,回去细细洗干净了,泡在清水里。儿子明天回来,最喜欢吃青椒爆炒猪大肠。

老贾家人丁也不少,不过都在镇上和城里,平时只有老人在。这一会儿,家里人也多了,十分热闹。贾家老奶奶已经95岁了,一头花白头发,身体硬朗,头脑清晰。平时常常坐在村东头的大树下,看前后村的人和车,来来往往,一只哈巴狗儿,默默地趴在她的身旁。一棵树,一个人,一只狗,一幅画,一辈子。年轻的游子们常年不在家,变化都大,老人们见了往往也不敢认,认了也没话说。唯独贾老奶奶

十年如一日的热情,每次见到我,都要拉着我的手聊天,问一句:

"有对象啦?"

童年已远,求学离乡亦已有十五载。

漂泊多年,乡音变化极大,再说不了地道的家乡话,颇为遗憾。求学过程中,亦辗转多地,到过不少城市,看过不少风景,走得越远越繁华,却越眷恋和思念小小的村庄,村庄里的人和事,还有那远去的村庄里的童年。

天地阔大,唯有故乡,永远在心上。

我的故乡，没了

李广旭[*]

我的故乡，没了。

是真的没了。

不是心理上的，而是物理上的。

依在十楼的窗边眺望，十来栋二十六层的标准化住宅楼立在枯黄的草坪间，如果不是不远处竖着几根冒着浓烟的大烟囱，乍一看与大城市里的无异了。但这里不是大城市，而是河北省县级市 W 市的一处棚户区改造工程下的小区。开发商是国内最大的独立地下黑色冶金矿山企业，从 2012 年 5 月动工到 2014 年 9 月交房，一处被寄予期望的住宅区在 W 市西郊拔地而起，它还缀有一个好听的名字——"佳苑"。

但小区的住户们对这个名字持有不同的态度，这是一个令人玩味的差异。在聊天的过程中，年轻人更喜欢说"佳苑"，特别是面对来

---

[*] 李广旭，上海大学文学博士，温州大学讲师，上海市优秀阅读推广人。文章散见于《戏剧文学》《时代文学》《编辑之友》《中国研究生》《中国青年报》等，著有随笔集《言屿上的愿景》。

自大城市的我时。"肯定不能跟你家那样的高档小区比,但也是相当不错了,该有的都不缺",言语里流露着对现状的知足与对自我身份的认同。在福利分房的年代,住宅区都是以单位为中心建立的,"等国家建房,靠组织分房,要单位给房"是那个时期的典型特征。人们往往以单位名直接置换为住宅区的名字,譬如炼油厂、供应处、作业大队等这些具有单位特色的名称,最多加上"小区"两字。自报家门的时候,一说自己来自哪个小区,听者也就对你家情况知晓一二了。而今,商品房的蓬勃兴起让住宅区的名字出现了更多的花样,一个温馨且别致的名字能让住宅区听起来更上档次,也更能捕获购房者的心。于是乎,"花园""水岸""花都""公馆""雅居""国际""东方城"等名称在一夜间成为开发商的命名指南。这些高大上的名字其实模糊了很多东西,如城乡差别、贫富差异等,看似异质化的名字实则是同质化的结果。

老一辈们则更习惯直呼"棚户区",以至于我初入这个小区时,在很长一段时间里都错以为这个小区的名字就叫棚户区。这个小区自然不是头脑中如贫民窟般的棚户区模样,老辈人之所以会这样喊,一方面这里的确是棚户区改造工程的产物,另一方面也是一种对过去的缅怀。"佳苑"的住户都是 2014 年后集体搬迁来的,一下子成了 W 市的新人。2015 年 3 月 20 日,爷爷正式入住,尽管与从前相比,"佳苑"有着更便利的电梯、更敞亮的屋子,但家居突然间的"城市化"所带来的陌生感仍然让他们对这里始终保持着情感上的距离。在"佳苑"住了四年,仍未能住出感情。"棚户区"更像是一种无奈的自嘲——被故乡抛弃,犹如无根之人在湮没情感的棚户里生活。"佳苑"是他们的新家,却不是他们的故乡,也不是我童年的故乡。我所谓"没了的故乡",是距 W 市 18 公里外的 X 矿山村。

　　X 矿山村,说是村子,但规模更像一个小镇,几排五层单元楼为太行山所环绕,与外界由一条不起眼的小路连接。每次回去,都觉得车辆是突然从大路上拐进去的,每一次转弯,都觉得陌生,仿佛从未来过。回去的路反复修过多次,但因为运矿石的大车太多,所以路总是被压坏,修好后根本坚持不了多久,反复修、反复坏,总也没个尽头。车辆在满是裂痕的路上颠簸,沿着歪七扭八的小路往山坳坳里走,路的一侧是座秃山,叫东山,一块块巨大的石头裸露在山脊上,偶尔能看到一株懒洋洋的矮树躲在石头后面。山下有一条干涸的河床,听父亲说,他们管它叫马河(后查证为马会河),在他小时候还是有水的,前面有一个小水坝,他儿时经常与小伙伴在这里戏水。慢慢地,只留下了一条积着泥痕的河床,还能看见曾经被流水擦拭圆滑的石子,不过上面蒙着厚厚的黄尘。

　　吃水问题始终困扰着 X 矿山村,每天早、中、晚供水三次,每次一个半小时。供水时,人们拿出家里的盆盆桶桶,尽可能地接满,洗衣、做饭、冲马桶的水全都指望着那一个半小时。因为缺水,每次解大手都比较尴尬。一般选择供水的时候方便,但总有意外,所以我总是努力瞄准坑洞,争取不用到珍贵的水来冲,"嗵——"的一声,干脆利落地解决问题。后来因为奶奶腿脚不便,父亲将马桶由原来的蹲式换成坐式。没有了那个黑黢黢的坑洞,上厕所反而更不方便了,憋不住的时候,就索性跑去无人的山脚。我小姑笑着说:"现在用水省心了,想啥时候用就啥时候用。有时候会想到过去,快到点儿的时候,大家伙儿打招呼的话就不再是'你吃了吗',而是'接水去啊',相互提醒着,赶紧回家把家伙什搬出来,能接多少接多少。要是谁在矿上没着家,还得厚着脸皮,敲邻居的门借水。不好意思多要,半盆,应付一时够了。哪会睡懒觉啊,在被窝里舒服一时,嘴巴干半天,谁受得了?"

我的幼年是在 X 矿山村度过的,年幼的我被父母寄送到爷爷奶奶家。那几排楼建在山下的坡上,开车需要爬上一条近百米长的大斜坡,每次开车上去的时候,我都会担心车子从上面滑下来。楼与楼的间隙不大,车子都是尽可能靠边,留出过车过人的道儿。过去人们没钱买车,也不需要买车,单位离家近,走几步就到。无论是去附近的 H 市,还是 W 市,都有公交。再者,人们也懒得把车费劲巴力地开上大斜坡。"万一掉下去了呢?太危险,可使不得。"小姑如是说,"你家每次回,我都得出去盯着,上下坡的时候,心一直揪着。"等搬到"佳苑"的时候,人们手头也富裕了,好多人家还在临近的 H 市买了房,私家车几乎成了各家标配。近十年来,中国的人均拥有车辆数有了爆炸式的飙升,在大城市,很多老小区没有足够的车位,于是时常能看到停车乱象。"佳苑"的开发商显然在设计之初便意识到这一问题,既有地上免费的停车位,也有地下车库。单从车位数上看,似乎绰绰有余。但令开发商意想不到的是,"佳苑"依然存在严重的停车乱象。因为几乎没人把私家车停在地下车库,而是都抢占地面的临时车位,平时还好,一到过年,问题就显露出来了。小区的人行道被车辆挤得水泄不通,一不小心就容易发生刮蹭。"为什么不把车停到地下?既安全又有空。"我带着疑惑问道。

"万一下暴雨就淹了,这儿排水不好,我看过新闻,北京那种大暴雨,地下车库全乱套了。"

"平时没人打理,就那么空着,很多人把垃圾丢在里头,还有些小孩子跑里面拉屎拉尿,一到夏天里面就臭哄哄的,可停不得。"

"我一到地下就懵了,根本找不到家在哪儿,总是上错楼。下来后又找不到车停哪儿了。"

"下面太黑了,害怕,万一有个啥呢,多不安全啊!"

"……"

人们七嘴八舌地回应着,然后陷入沉默。许久,小姑带着几分自嘲的口吻讪讪地说:"其实吧,都是借口。说到底,还是穷闹的。生活比以前富裕了,但富得有限,人们还是紧巴巴地过日子。地下停车场是不错,但要花钱买。一个车位上万块,差不多矿上职工小半年的工资,搁谁谁都舍不得。于是大家全都挤在地上,毕竟地上车位不要钱嘛!"小姑顿了顿,又补了一句,"大家的车都不咋地,大多几万块买的,有点儿小刮碰并不心疼。你看,车位价都快赶上车价了,谁受得了?"虽说是棚户区改造工程,但住户们还是要交钱的,89平米交18万元,75平米交12万元,60平米交8万元,加上2万元的地下室。看起来没多少,但"佳苑"的住户大多是矿上的工人,拼死累活地干一天,挣得并不多,刨去衣食住行这些日常开销,剩下的钱还要攒着供孩子上学、给老人看病。既然有免费的地方停车,何乐不为呢,能省则省。

我将目光移回窗外,依稀能望到山的影子,模模糊糊在天边勾勒出起伏的线条,若是雾霾天,就啥也望不见了。小时候最喜欢的事情就是跟爷爷去爬山,从家里出来走个几百米就到了西山脚下,山不算高,沿着山脊一路向上,间或能经过几处无名坟堆。尽管周遭的山都是荒的,并没有什么风景,但我依然乐此不疲。站在山顶朝对面高喊,听着自己的回声,心里头别提多爽了。前文提到的东山,我只上去过一次,比较陡峭,碎石较多,不小心踩空了,会滚落不少小石粒,背脊惊出阵阵冷汗。每次回去,爷爷都会逗我:"想爬山不?"我捣蒜般地点着头。再后来,听说采矿把山挖空了,发生了山体塌陷,出了事故,加上爷爷渐渐上了岁数,无法陪我了。于是初中之后,我便只能坐在村口遥遥地望着,夕阳西下,山的方向一片漆黑。山远了,童年也远了;山更远了,童年就没了。

我在 X 矿山村长到学前,之后便被爸妈接回城里,过年时候才会回去。我每年都眼巴巴地盼着回 X 矿山村,确切地说,是盼着回去放炮。城里不允许放,总觉缺了点年味儿,但 X 矿山村无妨。燃上香,往大地红、窜天猴的捻儿上一送,再撒丫子跑开,听背后噼啪作响,这是城里头没有的乐趣。老叔每次都会怂恿我点二踢脚,但我不敢,总是远远地躲在墙脚,将耳朵捂得严实。零点的时候,大人们会惯例在单元门口放一挂,意为"除夕",腾起的硝烟味沿着楼道从一楼爬到顶楼,呛得人直掉泪。"现在没法儿放炮了,怕污染。你回来,恐怕也听不到炮响了。门口贴了公告,说春节期间放炮,被抓着了,不仅罚款,还拘留。谁都不想在号子里吃年夜饭呀,不过我估摸着还是有胆大的偷偷放。"小姑说这话的时候,无奈地耸耸肩。

空气污染,这是北方冬天无法回避的问题。打我记事起,X 矿山村的天空就是灰的。这里一直是我国空气污染的重灾区,冬天一到,

PM2.5 就爆表了。尤其前些年，整片地区上空都被雾霾所笼罩，空气里夹杂着刺鼻的味道，吸一口气，就觉得鼻腔辣得很，忍不住咳嗽。口罩换得很勤，出门晃两圈就黑了。放炮自然是空气污染的原因，但不是主因，汽车尾气也是如此。造成雾霾不散的主因应是工厂排污，W 市是我国重要的重工业城市，每年需要消耗大量的煤炭矿石，无论是开采环节、运输环节，还是加工环节，都会对空气造成污染，这从"佳苑"旁边的大烟囱就可见一斑，工厂与住宅区距离如此之近，这在大城市是很难想象的。加上被太行山包围，雾霾难以轻易散去，医院里的呼吸科一到冬天就人满为患。直到今年这次回去，情况才有所好转，政府加强了管治，大量的工厂被停工，W 市的冬天重现了久违的蓝天白云。

这是重工业发展所带来的阵痛。爷爷年轻时在井下工作，父亲回忆说，每次爷爷从矿上回来，浑身上下都是黑黢黢的，袜子里都夹着煤渣，衣服洗上好几遍，水都还是黑的，甚至往地上吐口痰，痰都是黑的。常年的井下工作，与很多工友们一样，爷爷患上了职业病——矽肺。爷爷年轻时身体强健，并不多在意，如今年事已高，偶尔会觉得胸闷气短，每到这时，他便会慢悠悠地踱着步子回到里屋，打开制氧机吸上一阵儿。他们是第一批来此开矿的老工人，肩负着国家的使命与期许。退休后，国家颁布了相应的福利政策以感谢这些拓荒者。爷爷在矿山医院看病不仅不花钱，住院还享有一定的政府补贴，多少算是安慰。

我很好奇 X 矿山村矿一代的经历。由于很多老一辈工人已驾鹤而去，耄耋之年的爷爷一时半会讲不清楚来龙去脉，只知道他是 1970

年 5 月从山西垣曲县的工厂调过去的,更具体的,就说不出来了。所以我只好自行查阅相关资料,寄望能从中管窥一二。

2014 年是一次集体性搬迁,绝大多数的 X 矿山村人都离开了。对老一辈的 X 矿山村人而言,X 矿山村是他们全部的青春,是曾让他们热血沸腾过的地方。如今很多房屋都已经拆除,仅留下几栋孤零零地立在断壁颓垣中,供一些因故无法搬迁的人暂住。或许再过几年,X 矿山村将全部拆除;又再过几年,可能就没人记得那里了。于是一些念旧的老人会回到旧址,站在瓦砾间追忆往昔,甚至会留下只言片语以拾起遗落的旧时光。让我们将时针拨回到五十年前,那是 X 矿山村初建的时候。在一篇名为《X 的回忆》的文章中,我读到了这样一段文字:

"1970 年 8 月 25 日下午,随着那老火车的一声长鸣,就在火车启动的那一瞬间,天津站瞬时一片哭的海洋,牵动着成千上万人的心,那就是我们天津七〇届学生第一批被分配到 6985 前往祖国三线——H 市的场面。"

矿山村车站就在 X 矿山村的不远处,黄砖垒起来的小平房,大门就那样敞着,玻璃没有几块是完整的了。荒弃了很久,停用的铁轨静静地躺在那里,枕木间的石砾里长满了杂草。谁能想到五十年前,这座车站曾迎来过一群十六七岁的花季少年。他们凭着对祖国的赤诚,积极响应"三线建设要抓紧,备战备荒为人民"的号召,毅然决然地离开了舒适的大城市,奔赴这片陌生的大山深处。

在另一篇题为《天铁6985回顾》的文章中，作者吴毅夫表示，铁厂筹建于1969年，时年3月发生了苏联侵占我国领土珍宝岛的事件。毛主席发出了"准备打仗"的号召，为了支持前线，各地区纷纷建设"小三线"，将一些军事工业、重工业搬迁建设在"小三线"的后方基地，要求"靠山、隐蔽、分散"，即"山、散、洞"。作为老工业基地的天津，当时有钢的生产，但缺铁，而且又是沿海大城市，受制较多，不利于战略建设。国家决定由河北省和天津市共同在太行山里建厂，以达到战略部署及解决缺铁问题。1969年8月5日，河北与天津两地的负责人在石家庄召开了会议，并以开会日期作为厂名，即八五钢铁厂。之后积极筹备，曰6985工程。

"为支援这一重点工程，天津市组织动员抽调各方面力量，以及施工力量，将天津建工局所属的第五建筑公司整建制调归6985工程指挥部。第六建筑公司全部去承担工程；电力公司、自来水公司、交通部门、商业部门、物资部门以及其他服务部门都承担任务。把这一工程当成第一任务积极参加了建设服务。天津市第三医院是天津市市属的主要医院，医院水平在天津市名列前茅。决定成建制地完整地调归6985工程指挥部领导，全部人员设备搬迁到S县G镇现场。其他还有很多各个方面部门的支持，都是市里令下马上承担服务。为了加强施工力量，请解放军支援，由北京军区及天津驻军，抽调了2000余人的转业军人到6985工程，组建了6985工程第一团；又将天津市六九届、七〇届的中学毕业生3000余人组建为6985工程第二团，全建制归属6985工程。国家冶金部对这一工程也非常重视,调了设计人员到现场负责设计、安排,全国钢铁企业负责生产制造6985工程所需的设备,天津工业及有关省市、有关工厂生产了工程所需要的各种设备。包头钢铁公司、鞍山钢铁公司及其他冶金部所属企业抽调大量技术人员以及很多技术工人、骨干调到6985工程。特别是冶金部所属的第二冶金建设公司大部分人员参加了建厂施工……"

被调动起来的人员充分发挥了人海战术,在山坳坳里建起了一座具有历史意义的铁厂,对国家作出了重要的贡献。建厂初期,发生了很多事故,不少职工殉职。可以说,老一辈创业者们用他们的鲜血和汗水,铸就了往日的辉煌。

"那一代人真的是爱厂如家,心无旁骛,把自己的全部都投进厂里了。哪像现在,诱惑多了,矿二代没准儿还有秉承父志的想法,但更年轻的矿三代就不好说了。上班只是上班,工作而已,没啥使命感,混口饭吃嘛,没太大志向,也没那么多抱负。有出息的,像你爸这样的,早就离开了,留下来的,都是没办法的。外面的世界很美,谁都知道,但外面不是谁都能出去的。还不如老老实实在矿上,图个安心。"类似的话,小姑说过,老叔也讲过。每年拜年的时候,都会有很多叔叔阿姨看着我感慨,说羡慕我,打小就在外面,不像他们和他们的子女那样,一辈子守着矿山,"地下的资源是有限的,挖完就没了。我们这代够吃了,我孩子他们,够呛"。一个叔叔叹了口气,他是我父亲的中学同学。

父亲很幸运,赶上了 1977 年恢复高考,并在 1979 年高考中上榜,成了班上唯一考出去的学生。"当年大喇叭广播,全矿都能听见,说我被录取了。走的时候,好多同学都来车站送我,那个场景我真的忘不了。"父亲经常与我提及那段往昔,"我特别感谢你爷爷。当年初中毕业升高中的时候,我面临两个选择,要么继续念高中,但高考没恢复,谁都不知道读下去会怎样,要么上山下乡。我现在都还记得,就在 X 矿山村的老屋里,你爷爷问我是怎么考虑的。我说,从咱家经济条件上讲,作为老大,我应该上山下乡,减轻负担,但从我个人意愿上说,我希望继续念书。老爷子想了想,就落下一句话,起身就走了,'那就读'。那个刹那,我的命运就这么改变了。如果没有那两年高中,就不会在后来幸运地赶上高考的恢复,也自然不会遇见你妈妈,更不会有你。我至今都感谢你爷爷!"爷爷干了一辈子矿工,自认为是吃了没文化的亏,所以对子女的教育很上心,一直鼓励能读就继续读,书中有大天地。在 X 矿山村,爷爷算是为数不多开明与有眼界的了。

　　父亲无疑是幸运的,但更多的矿二代们,像父亲的其他同学那样,考试落榜或早早工作,没有迈出过矿山。父亲回忆说:"在高考恢复前,很多人都觉得读书无用。即便书读得不好,将来也是子承父业,进矿上工作,所以念书用功的并不多。"父亲的许多同学也跟我讲过类似的话:"我当年没好好学,天天闹,不像你爸,刻苦,也没你爸聪明。""你爸当年贼得很,说好一起去看电影,他还带本书,电影看到一半就溜出去做题去了。""你爸每天天一亮就跑到西山叽里呱啦背英语。我那会儿哪觉得英语有用啊,上课根本不听讲的。我现在也只会说个 Hello、Goodbye，全忘光了。""那会儿年代特殊，老师都怕我们，纵着我们胡闹，上大字报可是了不得的。"我不由想起美国学者保罗·威利斯在《学做工》一书里的着墨，工人阶级子弟在反叛学校权威的过程中，最终让自己走上了从事工人阶级工作的道路。父亲的同学们像极了书中描述的"家伙们"，而他们的子女大多在性格和工作上双重地"子承父业"。

来家串门的很多叔叔阿姨，我都只在初一这天早上见过。尽管有了手机、电话等通信设备，但他们仍然保持着初一清晨挨家挨户拜年的习俗。一个叔叔感叹道："我刚走错门了，敲成隔壁的了。住进棚户区后，特别不适应，根本不知道谁家是谁家，每次都得提前打电话确认一下。我现在有时候会想念 X 矿山村，那几栋楼，真的太熟悉了。几个老同学家都在哪哪哪，我闭着眼睛就能找到。"另一个叔叔附和着："可不，现在楼高了，这一高可不要紧，高得快没人情味儿了。以前一个单元就五层，从下到上都认得。现在好家伙，十几二十层，我连楼下住的谁都不知道。住了四五年了，但梦里头的家还是 X 矿山村的破房子。破房子有时候泛霉味，但霉得亲切。"

父亲的老同学大多已经退休，开始在家照顾起矿四代。根据《国务院关于工人退休、离任的暂行办法》，从事井下、高温、高空、特别笨重体力劳动或其他有害身体健康工作的，退休年纪为男年满 55 岁，女年满 45 岁。"退休金一个月能拿多少？够用不？"父亲问道。"还行，一个月四五千，在小地方，能活得很滋润了。平时也没啥事，带带孙子，看看老人，一天就这么过去了。"一个老同学回复说。我的父亲则需要等到 60 岁才能退休，在此之前，他仍有大量的工作忙碌，与父亲同龄的母亲也在医院里日夜操劳着。当我的大姑小姑在45岁先后退休享受清闲的时候，母亲却在45岁那年选择继续读书，去大学进修，以此来充实自己，应对工作上的新挑战。父亲时常对我说，每次回家，都觉得思维退后了十年，甚至更多。这里的人们每年都重复着车轱辘话，没有更多新意，也拒绝着新意。这样的质朴既让人感动，也让人感伤。时间在大城市是动态的，但在小地方是静态的。时间在X矿山村变得很慢，几近凝固，原以为搬进"佳苑"能好一些，但如今看来，空间上的改变并没有推动时间，人们仍抱着上世纪末的想法生活。现世安稳，不求改变，是他们最朴实的追求。就像新居里的家具，大多是从老屋直接搬过去的旧物，舍不得更换，与新居有几分违和。城乡间的沟壑，不是地理上的，而是思想上的，这是钢筋水泥们解决不了的，更是抖音们解决不了的。

搬进"佳苑"后，年夜饭显得有些许冷清。每年只有我们一家三口、爷爷、小姑和老叔六人围在桌前，记得在X矿山村的时候，老屋最多能挤下近二十口老少，我们几个晚辈只能蹲在小茶几边上吃。盛况不再是有缘由的，本世纪以来，大量的个体小矿厂如雨后春笋般出现，纷纷加入了与国企的资源争夺战。这是一把双刃剑，一方面为当地解决了一部分就业问题，带来了一定的财富，但另一方面，因为一些管束不严的小厂大肆开山采矿，造成很多山都被挖空了，也给环境带来了严重的污染。面对越来越差的经济效益和越来越少的矿产资源，这个在上世纪90年代初曾创造"H钢经验"老矿厂不得不改变策略，另谋生路——与外地合作，共同建厂开发。

在尊重个人意愿的前提下，相当多的员工被委派到安徽省的H

县建厂,这是一次整体性的搬迁。大姑和大姑父是最早搬去的一批,他们是2006年4月25日过去的,一待就是十几年。小姑说:"很多人都觉得这是一个机遇,走出W市和X矿山的机遇,重新洗牌人生嘛。你两个姐姐和弟弟后来都选择去安徽,还有你小姑父。不过你小姑父去得晚,还是因为事故。"小姑口中的事故是指2017年11月6日的一起井下有害气体中毒事故,造成了9人中毒,其中1人获救,8人经抢救无效后去世。河北省安监局对事故相关单位及责任人进行了严肃的批评与处理,开展了整顿。小姑父也因此下定决心离开。大姐这时插话道:"这不是春运嘛,矿上派了好几辆大巴车,浩浩荡荡地从安徽把我们接回来,还挺威风。待遇吧,就那回事儿,糊口够了,咱也不求大富大贵,过好安生日子就成。说实话,安徽那边冬天有点冷,没暖气,但别的都不赖,空气也好,所以我还挺满意的。就是离爷爷有点儿远,会想。"

又是一次工厂新建,又是一次集体迁徙,但跨度近五十年的两次运动却有那么多的不同。前者是带着保家卫国的历史使命感去开疆拓荒,后者是基于现实无奈的一次生计选择。老牌国企重工业的阵痛在这辈人身上显得尤为明显。酒过三巡,小姑打开微信视频,远端是仍在安徽的大姑父和小姑父。今晚的年夜饭,他们两个人将小酒盅斟满,对着镜头遥遥地向我们举杯:"爸,今年回不去了,祝您新年快乐,您一定要健健康康,长命百岁。我们在这边挺好的……"他们面前的锅里炖着从当地池塘钓上来的鱼,咕噜咕噜地冒着泡,仿佛说着"孤独"。如果"佳苑"对年长的一辈来说都算异乡的话,安徽H县就更是了,"每逢佳节倍思亲"的寂寥感隔着屏幕都能感受得到。两个嫁人的姐姐虽然从安徽回来了,但需要去公婆家过年。而我的弟弟,除夕夜得在一线值班,连口热乎的年夜饭都没顾上吃。想来,自打弟弟去安徽后,我就再没见过他了。

不在饭桌上的,还有二叔。基于工作和家庭的双重考量,二叔一家选择留在 X 矿山村,住进了爷爷的老屋(大部分房屋都拆毁了,但爷爷家还在),成为 X 矿山村为数不多的留守者。这批留守者约有 400 人,他们需要看厂,虽然矿不事生产了,但井下还得有人上班,抽水供电,做好最后的收尾工作。或许再过几年,这些最后的留守者们也将步先行者们的后尘离开,X 矿山村将被夷为平地,然后在地图上被彻底抹去。也许到那时,我的故乡就彻底不复存在了。犹如业已干涸的马河,无声无息地躺在无人问津的荒山里,任由岁月蒙尘。

我对老屋最后的记忆一直定格在 2011 年 12 月 19 日。我的奶奶走了,是在 X 矿山村的老屋里静静地睡去的。那天中午,我喂了老人家最后一口粥。我是看着老人家合眼的,安详得有些不真实。我时常问自己,那就是死亡吗?只是微笑着闭上眼,就再不睁开罢了。我总觉得老屋里仍残留着奶奶的味道,似乎一个转身就能听到她唤我乳名的声音,恐怕这也是我记挂 X 矿山村最重要的原因吧。爷爷偶尔会发怔,我知道他是想念奶奶了,"搬了新家,也不知道你奶奶还能不能找到。隔了三十六里地呢!你奶奶腿脚不好,走过来得好久……"爷爷喃喃自语着。奶奶在老屋度过了一生。在液化气灶兴起前,奶奶总是步履蹒跚地从屋后小房里取几枚蜂窝煤来烧,火膛里冒出的烟将厨房的四壁都熏黑了。再后来奶奶腿脚不灵光了,需要搀着助行架。于是爷爷接过了操持灶台的活儿,同样是步履蹒跚着从屋后小房里取几枚蜂窝煤来烧,继续熏黑着四壁。燃尽的蜂窝煤呈现出白、粉、橙交杂的颜色,一碰就碎了。X矿山村,在燃尽最后的火光后,也一碰就碎了。

所幸,物的消散不会消解记忆之情,X矿山村以远去风景的形式留在了脑海里。作为时代变迁的目击者,我试图用文字刻录下对故乡的怀念,也试图刻录下变迁中的纠葛。

我的故乡,没了。

是真的没了。

只是物理上的,而不是心理上的。

回眸家乡

马大勇*

这一段时间,妈妈又买了一堆玉米粉、番薯、金瓜(南瓜)回家。玉米粉可以掺在大米粥里,煮成金灿灿的玉米粥,早餐时吃。金瓜、番薯都是晚上的夜宵,切成块煮糖水吃。我不禁笑道:"哎,看到这些吃的,好像回到以前米不够吃的时候了。"

那是很久以前了。家家大人都成年累月在田地里耕作,但是稻米还是不够吃,只好煮一大锅玉米稀粥,从早吃到晚。肚饥了,在酸梅子瓮里夹起两只酸梅子,灌下几大碗,又解渴又顶饿。还经常吃金瓜、番薯、芋头、木藕……

妈妈也笑了:"你也不打开窗看出去,看看现在是什么时候?现在报纸、电视上,都在宣传经常吃粗粮对身体有好处,不会得很多种病。"

是的,我家住楼上,打开窗户往外看,蓝天下就是一幢幢高低楼房,鳞次栉比,看不到尽头。我的家乡,我从小到大在这里生活的一

---

* 马大勇,生于1976年,广西南宁宾阳人,从事插花等传统文化普及类工作,皮村文学小组成员。曾发表散文、诗歌等。

座小镇,仿佛一夜之间就变样了。

白墙黑瓦的小街巷组成的小镇,环绕着大片碧绿稻田、甘蔗田、菜地、鱼塘、莲塘、竹林、果树林,小河水淙淙流淌。白天,牵着牛下地、担着菜筐上街卖菜的农人匆匆而过。晚上入睡的时候,耳边萦绕着蟋蟀声、蛙声、蝉鸣声,还有时而飘来的山歌声、戏曲锣鼓声。小镇是三日一墟,每到墟日,街上很热闹,到处摆着土产的瓷器、竹器、木器、果子、青菜、米、豆,四周乡村民众都集中来赶墟,做买卖。

不知什么时候起,小镇的街上不再分墟日,商品越来越多,种类越来越丰富,土产换成了电器,塑料制的碗、盆等。镇上通往城乡的公路修得很宽敞,四通八达。四周的小工厂也渐渐密集起来,楼房也跟着越修越多了,一处处居民小区建起来,整齐、清洁、绿化很好,景色和城市里的市民小区相比也不差。小镇变成了小城,周围的田野不断缩小,河水变细、变浑浊了,蟋蟀声、蛙声、蝉鸣声消失了……

当然,小镇既然变成小城,居民的餐桌也就随之不断发生变化。很久以前,整日发愁的是孩子们吃不到米面、鱼肉,如今大米白面、鸡鸭鱼肉却都吃得够了。而且现在的用饲料养大的鸡鸭鱼肉都不如以前的好吃、有香味,只能尽量买一些农家养的土鸡、土鸡蛋、肉,滋味更好,更有营养。还要买玉米粉等粗粮来吃,这些可是保健食品了。

菜市场上还有很多不能吃的,比如以前出现过毒豆芽,看上去又粗又长,没有根须,颜色鲜亮,却是用很多种违法的添加剂培育出来的。我妈妈听说了吓得不轻,于是几年来我家餐桌上从没有出现过豆芽。

此外,田地里难以分解的蛇皮袋、塑料袋等随处乱丢,小工厂排出的废水、农田里施的农药等量很大,河水、古井水里的水源都被污染,种出的菜、养的鸡鸭只怕也不保险。我不禁感叹:"现在还有吃的,以后不知道还有什么能吃的?"

"不要紧,政府现在也在出政策治理污染。我们这里也会变得越来越好的,和城市里相比也不会差。"妈妈比我还有信心。

天冷了,从宿舍楼顶往四周看,县城四周的田野上空荡荡的,二春禾都收完了,已经进入冬闲时节。

"现在这季节,正是以前劗(方言,宰杀)猪吃肉的时候。"我说。妈妈哈哈笑道:"以前,你说的是几十年前吧?现在那家还稀罕吃肉啊?想吃就去买吧!"

我也笑了:"是啊,几十年啦!"

几十年前,养猪、劗猪吃肉可是一件大事。公社生产队集体要养猪,社员个人也要养猪;分田到户的时候,更要养猪。由国家统一收购,算是交任务。几乎家家院里都砌有一个小猪栏,摆一只石头打的猪食槽,开春后买两只小猪养起来。

那时候,田里收的米经常不够吃,家家要吃红薯、玉米,于是养的猪也很少能吃到什么好的。没办法,只能天天出去打猪草、扯红薯藤,剁碎了,混着田里收剩下的鸡蛋大的红薯、谷糠,洗米潲水,煮一大锅来喂。高级点的还加一点玉米、豆饼之类。这是农村半大孩子、主妇天天要干的辛苦工,但再苦也没人抱怨。猪全身都是宝,猪栏里每天都有最好的农家肥,清扫出来,积起来,伴着草木灰给庄稼施肥,可以多收粮食。连那猪皮、猪鬃毛都能换钱,猪骨也可以肥田。"人养猪,猪养人!"这是老人们常唠叨的话。

猪儿天天吃食,长得也快。从开春养到冬闲时,虽然没什么粮食吃,但猪至少都有一百几十斤,最大的二百斤,把它赶到猪笼里扛去卖,到手差不多有一百元。那时候是相当于一个普通工人两个月工资啊,买盐、给家里人买布做新衣服、买新鞋子、零碎使用,都有了。

收来的生猪,用大卡车成批运到城里去。要不然,城里人连肉都吃不上。

一般说,家家都要留一头猪,自己劏自己吃。农村人忙一年了。水稻一年要种两季,春天时叫做头春禾,夏天忙着割禾收谷,把二春禾种下去,秋天又忙着收谷。还有甘蔗、花生、红薯、玉米、莲藕,以及养蚕、养鱼等副业。一年到头,日日忙得汗流浃背。餐餐吃的菜却都是自留地里的一点油菜、卷心菜、辣椒、南瓜苗,还有腌酸菜、酸梅子、酸辣椒。冬闲时节,总要好好犒劳一下自己。

要劏猪了,在院子里,用碎砖头搭个大火灶,借来一口大铁铛,烧满满的一大铛滚水,再请来劏猪匠。这也是劏猪匠一年里最忙的时候,每劏一只猪,猪下水归他,天天都有酒吃。左邻右舍,有闲空的也都来帮忙,帮着切肉、炒菜,也帮着吃。

在村里讲话有分量的支书、会计、民办教师、赤脚医生,都请来了。一年里也各忙各的、难得见几次面的三亲四戚,同年哥、同年弟、老表,都高高兴兴赶来了。姑爷、姑娘也带着孩子赶着回了娘家。屋里屋外聚满了人,在欢声笑语中围着好几张木台坐下,每一张台上都摆满了大盆菜。

猪板油要留起来煮菜。半瘦肥的肉要留起来,搭上盐挂着做腊肉,或切成长条,放盐腌起来,准备包年粽。其余的都拿来煮着吃。

猪肉可以做粉蒸肉、扣肉、叉烧肉、波肉等，但那都是城里高级酒席才吃的，农村人一般不会弄。台上热气香喷喷的，摆的都是大片的瘦肉、猪头肉，加酱油焖；有点肥的肉，炒酸菜；还有大块的炒排骨和大钵的猪脚煲藕汤。男人们谈论着多拿工分的门路，发发牢骚，然后忙着猜马、划拳，拿个小碗大口喝着米酒，啃着肉。老人、妇女说着家常话，兴致高了也要取个小酒盅饮上几口。小孩子最爱吃的是胀鼓鼓的猪红，把糯米、猪血填进大肠里去，再煮熟，吃时切成一段段的，糯软香甜。

一转眼几十年过去了。如今农村里要餐餐吃肉也容易，上街去买就是。村里即使有养猪的专业户，也懒得这么费事劏猪了。那种欢聚在一起吃肉的大场面，只是一个记忆了。也许，这也是时代的进步。

咱老百姓今儿真高兴

王成秀[*]

在北京待了十来年,好像没有察觉到有太阳、月亮与星星,我和一个认识的人说起,她倒是很直抒己见地来了句:"太阳、月亮、星星,天天都在天上挂着,你自己不注意……就是了。"是的,不是北京天空没有太阳、月亮、星星,而是没有时间和心情去享受。好像对于现在的贫穷者来说,享受这些是可笑之事,是一种奢侈。即使走在太阳、月亮、星星之下,也没有感觉它们的温暖与明亮,因为忙忙碌碌地在人家家里干活。即使出来也是带着孩子,心系在孩子身上,或者是买完东西匆匆回去。

这段时间回家养病,在家感到了阳光灿烂,空气新鲜,星星闪烁,月光明亮温柔。在家闲着什么都想起来了,想起了亲人朋友。正好快过端午节了,我想给我姐姐打个电话问候一下,聊一聊。打了一天,没人接,到了晚上终于打通了。我问姐姐怎么不接电话,姐姐说:"陪姐夫看病去,手机落在家里了。""姐夫怎么了?"她说:"长期在工

---

[*] 王成秀,1970年农历十一月出生,河南商城县观庙乡姚榜村人。现在北京做保姆,皮村文学小组成员。

地打工,吃外面饭菜吃出毛病来了。"我劝说姐姐:"别再让姐夫出去了,前两年累得腰间盘突出做了手术。这胃又不好!都五十岁了,让他在家好好养一段时间。""你姐夫把这十五副中药吃完就要走,不走怎么办!家里第二个孩子上学,哪有钱?家里种田就不剩钱,田地也少,粮食又贱,种的水稻才卖八毛多钱一斤……"一气哀怨苦诉!我再也不知道用什么语言安慰,顿时消灭了我难得美好休闲的心情,只好默默地挂了电话。过了两天我的朋友小凡又给我来电话说:"我现在两难,在北京做小时工没法做了,租的房子房东要涨价,干了三家小时工,一月能挣五千元钱,去掉原来每月一千二的房租,加每天的早餐,剩不到四千元钱,再涨房租,就不剩钱!真想回老家在孩子跟前,可是老家没法生存。三个孩子上学,没有钱花,种地也不剩钱。老家也没啥人了,村里全剩老人和孩子。现在我做钟点工得了职业病,东有一家五六口人的衣服,每天都让我用手洗,现在手指头一见冷水就感觉疼痛。没办法,暂时找不到别的工作就坚持干着。"又是一通唉声长叹的倾诉。

听完之后不由自主地想起《咱老百姓,今儿真高兴》这首歌。在1995年那个夏天,我在北京打工,农忙时也回家了,在家割完了麦子把田里的秧苗插上。村里人都开始在谷场上打麦子晒麦子。家里人个个都全心尽力把麦子晒挑得干干净净,然后把晒干挑净的麦子,送到粮站交公粮去。村里人都深知以往交公粮的艰难,这一天早晨,晴空万里的天气,还有几家最后打完的麦子,忙在谷场上晒,心想今天这么好的天气,再晒一天就能到乡镇粮站把麦子交上。不料中午起了乌云,人们赶紧把麦子收起来,扛的扛挑的挑,忙得上气不接下气地往家搬。王寿哥是村里的医生，出诊在外回来得晚，眼看乌云盖黑了天，也急忙抢收着他家的麦子。那几家早收完了的，也帮他家往回挑。挑到还有最后一袋麦子，他自己扛在肩膀上紧往回赶，刹那间，豆大的雨点噼里啪啦的打了下来。谷场回村口必经一条梯形田埂。这条田埂不到二尺宽，无论下雨还是晴天走在上面都要迈着走梯子的步法。这是村里三十来户人牛必经之路。二尺宽的田埂在下雨后，牛蹄踩下了深深的泥坑。人的脚轻，踩过都是平的，所以走在这条田埂上，牛总是按牛的脚印走，人总是按人的脚印走。不一会儿雨下得田埂像抹油似的，王寿哥扛着一袋麦子，雨点啪啪的打在他身上，他生怕雨水浇透了麦袋子，光着脚丫子脚趾头用力抠着田埂上的步法拼命往家赶。不料脚趾没能抠住，"哧溜"一滑，一下连人带麦袋摔在下面的秧田里，他忙爬起奋力把麦子抱起放在田埂上，袋子里的麦子已湿了一半，黑泥裹着。他头发和身上湿透，全身满脸稀泥就露一口白牙，村里人把他从底下秧田拉了上来。雨渐渐得小了些，他还想扛起麦子，怎么也扛不起来。因为麦子随着刚才的雨水已湿透了。王寿哥用手抹了一下脸上的泥巴，哭笑不得地骂了句："年年交公粮这遭罪！电视台上还总唱《咱老百姓，今儿真高兴》，该让他们下基层来看看，老百姓是真高兴，还是真受罪！那小伙在上面抖抖索索地蹦跳一身轻松。"其实这首歌是解晓东在那年春晚上唱的。歌词意思主要的几句：

咱老百姓们今儿晚上真呀真高兴
大年三十讲究是辞旧迎新
团年饭七碟八碗围成一火锅……

也就是表达大年三十,家人团圆在一起,今晚上要高兴的意思。那段时间农村电视录音机总放这首歌,他们不去细品歌词,只是含糊地理解。

一会儿,他家嫂子打个伞又拿个袋子来,把麦子分成两份,才慢慢地背了回去。

嫂子安慰他说:"这不比前些年交公粮好交多了!给麦子晒干搞净不管怎么,去的当天都能交上。"

说到那些年交公粮,让我想起我第一次交公粮,记忆犹新。那是在1985年那个烈日炎炎的夏日,整个六月通往我们观庙乡粮站六里地长的崎岖山路上,挑担的、赶马车的,人来人往去送公粮。在六月中旬一天,吃过早饭,我和姐姐也挑担送公粮去了。

明媚灿烂的阳光普照着王老湾村口这片绿油油的梯田,和对着村口的一条窄窄平形梯田埂。天上朵朵白云闲散地漫游,西边两座山峰翠绿耸立,一看简直是一幅极美的画卷。要是画家去我们家乡一定会感到美不胜收,准保欢喜。我挑着不到六十斤的两半袋麦子,走在这条美丽的梯形田埂上。我姐姐比我大两岁,刚刚十七岁,她挑的麦子有七十多斤,加两个箩筐的重量将近八十斤。在田埂上每迈一步,我的两半袋麦子晃晃悠悠,心也跟着晃悠,生怕自己晃悠到下面水田里湿了麦子。走完这截田埂吓出了我一身冷汗!再走过一百多米的大上坡,才到了山坡顶上的大马路。那时的马路是铺满了沙子上面能跑汽车的土路,在烈日的光芒照射下,这截截马路像是条条白色的哈达重叠铺在这青山绿水之间。歇了一会儿,我和姐姐挑起麦子准备再下坡。走到杨核洼村后,有一段路出现半里长的大慢坡,在这一截我歇了两次,我姐比我早挑担两年,也许是磨炼出来了,她一股劲挑到山坡上,在那等我。等我气喘吁吁地走到坡上歇了不到五分钟,我姐姐就又挑起箩筐要走,我气得说:"我还没歇过来,你又要走!"姐姐说:"不紧赶着点,到了粮站人那么多,排队得排到老后面。今天要交不上,怎么办?"听完姐姐的话,我无奈地挑起担来紧跟着走。走到了三调湾村的一个大下坡,我姐挑着担在前面,腿不停地抖动着下坡,我跟在后面,腿抖得像农用车发动机似的。后面呼啦呼啦下来了其他村庄的一辆马车,装的是满满的一车粮。一头驴脖子上套着绳走在最前面,在下坡时看样子驴走得挺轻松。驴后面一个中年男子可没那么轻松了,走在马车中间两手臂用力夹着两边车把,身体往后倾着。后面四个人有两个用力压着麦袋,有两个用力压着车脚板。所以车脚板呼啦呼啦地响,走过后还尘土飞扬。他们个个大汗淋漓,唯恐粮车倾翻。

下完了坡走了有三十来米平路,又是一个大上坡,我们歇了下来,和姐姐在旁边的清水塘里捧了几捧水洗个脸,然后再捧上几口水咕咚咕咚地喝下。那时家里没有能装水的东西,我们在那个时候,不吃酱油不吃醋,就是村里人家有事喝点酒也都只有一个塑料壶来回用。我和姐姐在水塘喝完水之后,一刹那觉得全身凉爽。我们坐在麦袋上歇了一会儿。那马车没停歇地继续在上坡,驴也没有在下坡时那么轻松了,在前面用力拉着。驴后那中年男子一肩挎着粗麻绳,看样子比驴更用力,两手拽着车把,伸着脖子往上拉。后面四人,两边各一个,最后面两个都垫着脚尖卧趴着,用尽全力一步一步艰难地往前推着。

我也许是第一次挑担走这么远的路,觉得肚子饿了。走到姐那里伸手想打开箩筐里的布袋子,我姐伸手一把按住说:"现在不能吃!一共四个馍,一人两个。还不到粮站,还没走到一半路,等到了粮站十二点再吃。吃完了到那里饿了我们也没有钱买东西吃。"我只好又回到麦袋上坐着。因为那时候交公粮都是低价,而且还拿不到钱,交到粮站以后粮站里给开一个票据,拿着这票据等秋后去村支部算账。村支部扣掉提成和村上工日钱,好多家都不够,还得从家里拿钱补交上,几乎一大半人家都不剩钱。一个村庄一个湾子只有那十来户人家,能拿到三十五十的,也有那么三五户人家能拿到一百多元钱。那也就算是村里富裕户了。我家年年交公粮一分钱拿不着,还欠村上的。那时村部里做工日都要十六周岁才能去,村里清水渠、架电线、挖沙坑等都得十六周岁的。我姐在我们一起交公粮的头一年才满十六周岁。我哥在上学,我娘身体不好,听说在我还不太会走路时,我父亲就去世了,在我心里不知父亲的模样。所以我家从1981年分田到户时,就欠村支部钱,家里没有钱补交。这年滚那年,加起来欠了五百多。

我和姐姐歇够了挑起了麦子准备上坡,姐姐走在前面,好像也没有开始那么有劲了。我在后面走了几步,觉得肩膀疼得厉害,两手举托着扁担来回在两个肩膀上磨换。这个上坡上到了一半我又歇下了,把衣领揭开一看两个肩膀磨得鲜红鲜红的。看见姐姐快到了坡上,我又赶紧挑了起来。就这样我们挑着担上下小坡好多个,又歇了好几回。最后走过草庙最长最大的一个大下坡,又一次心惊胆战地抖着腿下坡。走完这个下坡,我们又歇一阵,再走不到一里路终于到了粮站。不到六里地的山路,我和姐姐差不多走了一上午,到了粮站差不多快到十二点了。粮站广场边上一圈晒满了麦子,中间五六个队都排得好长。我和姐找个队排着。姐姐说她先去粮站自来水管那捧点水喝,让我看着点麦子。我答应着让她去,立马在她那箩筐布袋里拿出一个馍来,放到嘴里吃了几口,嗓子干得咽不下去。等我姐姐回来之后,我也去喝水,喝完之后我和姐都吃着馍在那排着队。忽然,我们王老湾村里的王军哥过来了,我姐姐赶忙问道:"王军哥,你家的公粮交上了吗?是今天到这里的吗?"王军哥一脸忧愁地说:"我都来三四天了,在这广场睡三夜了,都没交上!今天到下午我再把麦子收起去验,验收员再不收我就挑回去,过十天再说。可怜啊!我的麦子,现在抓一把放手里一攥,几乎都能攥出面粉来。他再不收,我也没办法。"他无奈地说着。我姐让王军哥看了一下我家的麦子,他抓了一些放了两粒在嘴里用门牙一咬,两瓣麦子崩出了好远,两瓣留在嘴里。他又一连尝了好几次,然后手伸进姐那箩筐里面掏出了几把,好像他是粮站验收员似的。我和姐姐焦急地等待着他的评判,他来了句,"看那帮王八蛋的心情了!我第一天挑来那麦子就和你这麦子差不多,他找出一个芝麻大的沙粒出来,就说不干净。这几天我一挑过去,他们连看都不看,就说晒去、筛去。这粮站好多交粮的都搞好几天!"正说着,我们湾子里的疯三拿着一根扁担,上面捆着两个空袋子,朝这里走来。"疯三"是我们湾子里的长辈人给她起的外号,因为她从小不爱梳头,又爱和湾里的大孩子疯闹玩笑,在家又是排行老三,所以长辈们就给她起了"疯三"这个外号。王军哥看见后惊讶客气地问道:"三姑娘你的麦子都交上了吗?"疯三笑着回了句:"我家麦子好得很。"我姐姐也赶忙叫着她的学名问她:"看看我家麦子赶上你家的吗,王霞?"她抓了一把看了看,挺实在地说了句:"比我家麦子好!"王军哥看着疯三说:"比你家那麦子好十倍,你家那麦子又湿又脏,还有麦芒皮和土块呢!你上午挑来我都看见了。""他们是怎么验收你的呢?"王军哥和我姐同时问她。她笑着和我姐说:"我知道这半个月是我三舅在那磅秤,我才挑来的。到快验我的了,我和三舅说句话,我三舅和那验收员说了声,验收员看了一下我的麦子说可以,我就交上了。这半个月都是我三舅的班。"王军哥赶忙央求说:"三姑娘,和你三舅说一声给我这点麦子也收了吧,以后哪一天我有钱了请你下馆子吃油条。"我姐姐也说:"就我们两家,你去帮忙说个情。"疯三看我们都要她帮说情,快步离开说:"我才不去给你们说呢!去了我三舅不骂我才怪呢!以往我都干过这事,说完我明天再来也交不上了!"王军哥气恨地骂了一句:"死疯三,你一点人情都不帮!"疯三笑嘻嘻的跑远了。

　　王军哥对我和我姐说:"大妹小妹回去告诉你哥好好上学,将来考上大学毕业就回我们观庙镇,最好在粮站或医院上班。你看平民老百姓办事没人,多难啊!"正说着,王寿哥在前面挑着麦子往后走,我姐和王军哥赶忙迎了过去。因为王寿哥是村上的医生,我们姚榜村里好多人都认识他,都围了过去。都在查看品尝他的麦子,都说麦子挺干,还干净。王军哥又说:"我的麦子那天挑来时也和你的一样,他就说不行。"王寿哥气愤地说:"鸡蛋里挑骨头,在箩筐里面看见了一个带麦壳的麦子就说不行,让我过个筛再晒几天。我哪有工夫在这守晒,下午有几个病人约好了来看病。我挑回去等最后几天再交。"说完他挑起那满满两箩筐麦子,准备返回那崎岖的山路,我在一边听着心里都有些惧怕。有个人在王寿哥背后喊道:"王医生,你要是观庙乡镇医院的医生就好了,啥样麦子都能轻飘地交上。"

我姐姐看完王寿哥的麦子,又回到队伍后面,我和我姐都有点心慌地期待着,我们的队又往前进了一点,我姐用手一遍又一遍地把手伸到箩筐里掏麦子看和尝。吓得我也到另一个箩筐里抓起麦子看,我看了几把,对我姐说:"我家麦子肯定交得上,我抓了这么多把一点杂物也没看见。"我的这句话让我姐顿时得到莫大安慰与自信,她兴奋地说:"你可知道在谷场上晒麦子那些天,俺娘挨个筛捡。"站在我们后面的那个陌生中年大叔,看着我和姐姐的对话,说了一句安慰的话,"孩子没事,验到我们时,下午三四点快下班了,他们工作人员心情好些,都能交上。"我们看着队伍前面总有人的麦子没有被验收,人们背着、挑着,到粮站广场边上去晒。我跟姐姐又替换着去自来水管那捧点水喝,直到下午太阳又红又大的快往西沉时,终于也快排到我们了。站在这队前面还有四五人,验收员是一个二三十岁的小伙子。他手里拿着铁锥朝两袋子麦子中的一袋子底部捅了进去,倒在手上连尝几粒麦子,看了看,然后又往另一个袋子捅了一锥子,也是那样尝了麦子后看了看说:"不行,晒两天。"那两袋麦的主人是二十多岁的一米八几的青年小伙,听完之后,他深深地一声叹息。他的一声叹息,好像一米八几的小伙低到尘埃里!他缓慢地搬走了麦袋子。接着又验那中年妇女的两箩筐麦子,也同样地用铁锥朝箩筐口里捅出麦子来品尝,这时站在我后面的大叔大声喊了句:"太阳都要落下了,晚上回去得黑天啦!"那验收员就尝了一锥子麦子说:"磅秤去。"前面两份没再下铁锥,只是抓一把看了看就顺利通过,这时我和姐姐紧绷着的神经也松了些。后面大叔对着我耳朵轻声得意地说了句:"孩子,你看到时我们这都能验收"。到了我家的麦子,验收员看着我姐箩筐里的麦子也没有用锥子捅,只是用手在上面抓了一把看了看,也没用嘴尝就说:"行,磅秤去。"

我姐又告诉验收员:"后面是我妹,我们是一家的。"他也没看我的麦子就走到后面去了。我和姐姐把麦子都抬到磅秤上了,开完票据,拿在手里,觉得一身轻松。

一看月亮都快出来了,我和我姐兴高采烈地急忙往回赶。

其实现在农民倒是不用交公粮和村上提成了,种田听说都还给补贴,粮食太贱,去掉种子肥料,老百姓所剩无几。加上土地也不多,老百姓在家还是无法生存,只好离乡打工。前年的国庆我回了一次老家,村里马路倒是修到了湾子口。一进湾子看到的景象是:

孩哭老人愁,冷月照空楼。
门前荒草盛,天涯苦思忧。

有的人家楼房盖起来了,全家都在外地打工,门口荒草萋萋,有的人家只留下六十多岁的老人和年幼的孩子在家。孩子哭闹,老人无奈地吼着孩子。远在千里之外的年轻人,除了打工的劳苦之外,怎么可能不时时刻刻担忧和挂念家中的老人与孩子呢!

在我看到皮村文学小组直播讲课中慧瑜老师讲非虚构写作时,谈到国家提倡建设新农村,提到他们在调研中去的山西平顺西沟乡及陕西的袁家村,讲那里的新农村建设与那里带头人的智慧,无不令人仰慕。讲到国家注重发展新农村和脱贫,多培养出建设新农村的带头人来,如能落实,建设出西沟乡与袁家村那样老有所养、少有所依的地方,年轻人在家乡就能找到工作,不用去千里之外谋生计,也许到时每个农民老百姓每天都很想唱一句《咱老百姓今儿真高兴》,也不单单只是过年那一天要高兴了!

鸭子的故事

金红阳*

过了腊八不多久,妈就给我打电话说家里开始备年货了。香肠也灌了,家中喂的几只肉兔也宰了,还有几只鸽子也杀好了……留的几只鸭子本来留着过年吃的,一下子得了鸭瘟,全死了。妈知道我最爱吃腊鸭子,就说准备先买些鸭子,加工、腌制、晾晒后就成了腊鸭子了。我和妈说最好买邻居们自己喂的鸭子,市场的鸭子大都是配合饲料喂的,膘肥,瘦肉少,味道差。妈说这样的鸭子不好买,根本没有人养鸭了。

我的家乡不是水乡吗?怎么连鸭子也没有呢?记得责任田刚到户的时候,每年的麦收是农人最忙的时节,麦子要收,收过的麦田就要及时翻耕放水插秧了。这时节上游梅山、龙潭等水库里的水会源源不断地泄流而下,沟里、渠里、农家的当家塘里,全是满满的水。越是这个时节,西南风带来了大量的水汽,天气突变,几声雷声过后,大雨滂沱,倾泻而下,家乡的田野会是一片水的世界。人们披着蓑,戴着笠,在白茫茫的水田里整理田块,不出半天时间,一块块白亮亮的

---

* 金红阳,生于1965年,安徽霍邱人,在民营企业工作。北京皮村文学小组成员,作品散见于"有故事的人"等网络平台。

水田在人们的辛劳中迅速插上了秧苗,不多久田野里一片绿油油的。

此时你会听见田埂的大路边传来高亢悠长的叫声:"炕鸭……买炕鸭啦……"卖炕鸭的大都是南方来的人,我们喊他们叫"蛮子",他们通常用车几人合伙把鸭子拉到我们这里的小镇上,然后再分开,用一根长长的往上翘着的扁担挑着装满鸭子的鸭篮走乡串户地吆喝着,叫卖着。

农人们歇息的时候,就会从农田里爬上田埂大声招呼卖炕鸭的人停下,看着全身黄色的毛茸茸的小炕鸭在鸭贩的篮子里,举着扁扁的红黄色的嘴胡乱地乱戳鸭篮的边沿。人们看着这些可爱的鸭子,再看看满地的水,满地的秧田地,这个时候正是喂鸭子的时候,鸭子只要小时候给训练好了就可以不用喂多少粮食,秋后稻子熟了鸭子也长大了。要是留种鸭,也不要喂多少粮食,出来的稻茬地有的是虫子和余下的稻粒供养鸭子。这个习俗在我们这里是保留下来了。

只要秧苗一插上,你会看到稻田里成群的鸭子遍地都是。鸭子既可以吃稻田里的虫子,也可以清除田间的杂草。傍晚你会看到成群的鸭子晃晃悠悠地走进各自的家门。

鸭贩子就找到路边的某处树荫下,等待着人们的到来。

"是公鸭还是母鸭?这鸭子能长多大呀?"逮鸭子的人问道。

"可以长到五六斤重,大的还可以长到七八斤呢,公母鸭都有,如果单要,价格就高点。"鸭贩子拖着南方人的腔调说。

人们谈好价钱,付了款就把鸭子放进事先备好的篮子里,也有的用布兜兜着回家。一会儿几篮鸭子就被抢购一空了。鸭子捉回去几天之后,就可以把可爱的鸭子放进水田里,它们欢快地漂浮在水渠里或者是秧田里,用头不停地拨弄着田里的禾苗,戏水觅食。

人们也到当地的炕房去逮炕鸭,那几年只要秧苗活棵了,就是喂鸭子的旺季。人们早早起来挎着不同的盛放鸭子的工具在炕房门口等待着小鸭的出雏,有些人干脆就挤进去,鸭子一出壳就赶紧放进自己的篮子里。那时节小鸭真是好卖呀,鸭子的价格从一块多一直能涨到快五块钱一个了。那时的炕鸭师傅真是赚了许多的钞票,所以南方的鸭贩子就趁机打进了我们这里的市场。

等到鸭子快长大的时候,有的村民看到鸭子长得大有区别。人们从鸭贩子那捉来的鸭子,都是公鸭,而且鸭子只能长到两斤左右,在田野里跑得很快,当你赶它急的时候,还能飞起来,就知道上了当,因此恼恨地把这种鸭子取了个外号"恨天高"(因为人一撵它就能飞起来了),也有的人叫它"爬山虎"(原因是它有极强的行走功能),人们发狠再也不逮南方鸭贩子的鸭子了。

到了秋后,鸭子该卖的也就卖了。喂得好的鸭子,一只能挣上二十三十的,算起来真是不错。我也打算来喂些鸭子。

当秧苗活棵的时候,卖鸭子的又来了。高亢悠扬的腔调传遍乡村的每个角落,"买炕鸭,买炕鸭啦,长得又大又肥的鸭子了……"只见这些鸭贩们的篮子上放着个很大的活鸭子。人们问鸭子怎么样,鸭贩子就喜形于色地说:"我这鸭子就可以长到我带来的大鸭子那么大。不信,你喂一下试试。"

"你这小鸭子赊账吗?"我望着鸭贩篮子上的大鸭子,心里痒痒的。

"赊账,要比现钱贵一倍,秋后来收钱,鸭子长不到和我篮子里的鸭子一样大,我不要钱。"鸭贩子一本正经地说。

鸭子的故事

我和妻子商量着也正愁没有现钱捉鸭子,买化肥还欠着别人的钱呢。反正也不要现钱,鸭子长不大就不给他钱,我固执地想着。现钱是二块五一个,赊账就要五块一个。

我和鸭贩说了,他同意了。于是我逮了一百只小鸭,签好字据。村里人看鸭贩子敢把鸭子赊欠给我,一会儿就围了一大群人,几百只鸭子霎时被村民逮光,而且绝大部分都是现钱交易。鸭贩子数着大把的钞票装进口袋,带着空篮子和一只饿昏了的鸭子,挑着担子迈着轻快的步子消失在村头。

我们把这一百只鸭子看着是秋后家里的一项很大的收入,卖了它可以还上欠化肥的钱,还可以给孩子交学费。看着这一群没有破群的鸭子(成活率100%),到鸭子脱去绒毛、慢慢换上羽毛的时候,妻子说,怎么看这些鸭子就是和去年隔壁王大伯喂的鸭子一样,是"爬山虎子,长不大!"

"怎么可能,是那样的鸭子他敢赊账吗,除非他的鸭子钱不要了。"我不屑一顾地说。

没过几日,乡亲们也都议论开了,说是今年又上了鸭贩子的当。我今年想靠养鸭赚钱还账的希望也就破灭了。后来也不见鸭贩子来要钱。

我痛恨这鸭贩子卑鄙的伎俩。憨厚诚实的乡亲呀,养个鸭子也受骗。

我问妈是不是家里人被卖"爬山虎"的鸭贩子骗怕了。妈说不是,自从你那年喂了爬山虎上当后,村里再也没有人上当了,就是遇到,不要钱也没有人要他的鸭子。

现在交通变好了,也不愁买不到炕鸭子了。是几个本地人从炕

261

鸭市场换来的,鸭子能长到五六斤重呢。

我问妈,你可以让二哥去西湾的孙老头家去买鸭子呀。孙老头住在河湾的交叉口,河堤上的树木郁郁葱葱,遮阴蔽日,河水潺潺,鱼虾丰盛,是天然的养鸭的好地方。每年他家喂的鸡鸭都是供不应求。

听我说到他家,妈说:"孙老头去世几年了,他的小屋现在都没了,哪还有鸭子呀?"

我再问妈,那村南山坡边上的李大叔家呢?

"都没有了。人都不在家,谁还去喂鸭子呀!"妈的声音里透着无奈。

我只记得家乡那时每到梅雨季节到来的时候,秧苗儿在雨水的冲刷下带着劲地往上长,人们给秧苗拔草,施肥,精心管理。一群群的鸭子从这田游到那田,什么虫儿鱼儿虾儿螺蛳儿全部成了它们的美食佳肴。人们在劳作之余,也感受到养鸭的快乐。

那时每逢过年,家家都可以杀上几只自家产的鸭子,美滋滋地吃上腊鸭子。可现在种田取而代之的是集体大户种植,田地用了除草剂和大量的化学肥料。草没了,微生物也没了。在家耕种田地的人少了,鸭子还会有吗?这些只能是回忆了。

不要说鸭了,现在猪呀,鸡呀,自家养殖的基本断绝了。

我连忙给妈打电话说,那就暂时不买了,等新年到的时候再随便买几只吧。

我想就是吃上腊鸭,也没有原来自家产的有风味了吧?

2019 年 2 月 15 日改于北京

路

苑 伟[*]

在表哥那做了三年的木工学徒后,又和本村的一个老板干了两年的装修,那时候心里不安分起来,经常看一些成功学鸡汤类的书籍,身边成功逆袭的例子也多了起来,某某自己当老板了,某某开着轿车回家了,某某出了二十万给村里修路,等等。当时我总是怀疑,这是不是一个预兆,这些成功的例子是在激励我,就像成功学里讲的,只要想要,就能得到? 我也想成功,也想衣锦还乡,光宗耀祖,也想为村里做点修桥铺路的好事。当时我的心一直在蠢蠢欲动,思索着趁年轻自己也闯一闯,没准就能成功了呢? 这种想法也同时出现在一起干活的小雷身上,单干的想法一拍即合,每天干活的同时我们谋划着自己的前途。我们商量着,一步步来,先自己找点装修的活干,等占稳地盘,业务多了以后再招些工人,然后开个装修公司,到那时我们就是老板了。

我们选择夏天单干,天暖和,好混些。大方向是在北京周边,具

---

[*] 苑伟,笔名微尘,80后,山东德州人,木匠,北京皮村文学小组成员,发表作品有《曾经睡过的地方》等。

体地点不好确定,以前干过活的地方是不能去的,那是熟人的地盘,见了面不好说。

麦收后从家里出来先去了小雷同学那儿,廊坊市郊的一个小村庄,这是提前计划好的,出来打工不能盲目,先得有个落脚点。

小雷同学骑摩托接的我们,把我们撂在出租屋里就回工地了。

这是一个院落,从院门到屋门用砖头铺了一条小路,两边龟裂翘起的土片夹杂着零星的杂草和菜苗。西南角厕所旁几株丝瓜正开着黄花。一条小花狗叫了几声便在脚下摇起了尾巴。窗户上没有几块玻璃是完整的,封着的塑料膜也已破烂不堪,被太阳晒得打蔫。

快速走到屋里,灶台放着几个土豆,没有锅盖,锈迹斑斑的锅里爬着几只蚂蚁。旁边一口水缸,原来锅盖盖在这。里屋的炕席已经发黑,还有几处被烧出的窟窿,一张被单团在一旁。一张简易的饭桌上放着电饭锅,没刷的碗筷泡在里面,锅沿上几只苍蝇在旁边没吃完的半袋咸菜上来回跳跃着。小雷踢到了炕沿下接蚊香灰的铁盖子,啪啦一声,香灰撒了一地。

"都快满了,也不知道倒掉,这哥俩,都是老板了,比咱们还懒。"小雷应声说。

"咱俩现在也是老板了。"我调侃道。

收拾完后,我们去了趟超市,买了个鸡架、半斤花生米、一根火腿肠和四瓶啤酒。在太阳快要下山时我们炖上了鸡架,害怕不够吃又加了些土豆。摆完碗筷后,我们记下今天的花销后,就去院外杨树下逗那条小花狗了。

他们哥俩是天全黑才回来的,顺便捎来了馒头和几份凉菜。哥哥和小雷是同学,是去年夏天开始带着弟弟单干的,听说今年惦记买车,说实话我们是来取经的。

席间哥哥给我们上烟,我说"不会"。

哥哥说:"吸烟确实对身体不好,但也有好处,找活时用得到,说话前好开场",听了这话我和小雷也各自点了一根。我小时候偷卷过父亲的旱烟,吸过一口,呛得眼泪都流出来了,从那再没吸过。这次我轻轻吸了一小口,可能是过滤嘴的缘故吧,没记忆中的那么呛了,但还是咳嗽了。四瓶啤酒很快喝完了,哥哥让弟弟又去买了四瓶。

小雷问哥哥:"是不是今年买车?混得可以啊。"

"车是肯定要买的,早晚的事,开车回家别人就不会瞧不起你,觉得你混得不赖,就好说媳妇,谁管你在外面是怎么混的。"

哥哥边回答边用手轰赶落在凉菜上的苍蝇,喝了口酒接着又说:"面儿上是老板,一年算下来还没给别人打工挣得多,而且什么烂事都有。没活着急,有活也着急,今天定了一家活,人家等着结婚,非要明天上人,这边工地还得两天才完工。如果不定,这边完活了,又为没活着急了。"

听到这小雷用脚碰了我一下,使了个眼色。

我说:"如果忙不过来,我们俩可以帮忙干几天。"

小雷接着说:"我们现在也没事干,就当学学经验。"

哥哥举起酒杯说:"大买卖挣钱,可咱农村的没那么多本钱,只能互相帮助了。"

碰完杯这事儿就这么定了。

第二天我和小雷进了工地,本想两天后他们俩会来接替我们,谁知他们却进了另一个新工地。我们觉得情况不太对,回来路上,我们买了些酒和凉菜,打算和小雷同学聊聊。

一直闲聊不好意思开口,眼看酒快喝完了,我硬着头皮说:"那个,嗯,这个工地完工了,我们打算出去转转,找找活,我们是想自己干的。"

小雷同学抿了一口酒,嘬着后槽牙说:"都是熟人介绍的,不好推辞,帮忙再干完刚订好的这家活吧,"沉默了一会儿红着脸又说,"不会让你们白干活。"我们答应了。

我们临走前也买了些酒,这次有些尴尬和郁闷,因为小雷同学最后那句话,我们走得挺远的:"别去太远,我没那么多事儿。"这句话的含义我们明白,这是他的地盘。

离开他我们有些茫然,茫茫大地,去哪儿呢?我们商量着先得买辆摩托车,在哪儿找到活,就在哪儿租房。

我们是在廊坊城里的一个修理摩托车的店铺里买的摩托车,这也是一路打听的结果,当然是旧车,金城90,混油机子,五成新。我们各自骑了一圈,觉得不错,就是什么证件也没有,最后谈到800块成交,还让他写了个收据,证明这车不是我们偷的。临走时卖主提醒我们,在城里骑躲着点交警,现在查得正紧,这辆车就是交警队里出的。当时我对店主的忠告有些不屑,怕什么,反正我们没打算在城里混。骑上摩托车,有种如虎添翼的感觉,找到加油站加满油,顺便打听了一下出城的方向。服务员指了指西南,西南就西南,就是我们的方向,在当时没有方向的时候,无论指向哪,都是我们的方向。

已经离开加油站很远了,总是觉得汽油味很浓,把油箱盖重新盖紧。又骑了一个多小时汽油味还是很浓,不能再往前骑了,必须仔细检查一下摩托车。看看表已经下午5点了,还要为今天的食宿发愁。找个树阴停下车,见地上有滴油,顺着油往上找,见油箱底部有个用哥俩好粘的地方往外渗油。小雷先是骂出了口"×××,油箱是破的",接着用手按了按粘的地方,"漏得更多了,可惜了油啊,先得找个东西接一下"。我环视四周,南北向双车道,前不着村后不着店,偶尔会有车辆呼啸而过,行人更是没有。"咱先得找个村子",这次是换我骑着,见到出口便骑了进去,还好不远处确实有个村子。找到小卖部,买了几瓶矿泉水,在门口见有几个空瓶,也偷偷捡了起来,把出油管打开用空瓶接油的同时,我们俩各干了一瓶,确实也渴了。赶紧接油,见瓶快满了,又喝了两大口,狠心地把水倒掉。打开第三瓶,强灌了两口,把水倒掉,又骂了几遍卖摩托的,空瓶还是不够用,我拿了瓶矿泉水边往嘴里灌边往周边溜达,寻摸着空瓶,听到小雷喊我,迅速边往回跑边把剩的半瓶水倒掉。怕买多了用不了,两瓶两瓶地又买了三次才把油接到不漏。这时的天已是全黑,超市门口也张起了灯,几只飞虫围着灯泡匆忙地转着,稍一停顿便成了壁虎的美餐。我摸摸被水撑得溜圆的肚子,才想起中午还没吃饭,一阵炸酱的香气勾引下,瞬间觉得饿了,饭是好东西一顿不吃确实饿得慌。

超市店主告诉我们,村里没有饭店,更没有住的地方,他说镇上有饭店,也有旅店。

借着摩托车的微弱灯光摸索着奔镇上骑去,害怕走错路,见到有人便停下来问路,就这样跌跌撞撞找到了镇上。

镇上也是冷冷清清的,一条大街转了个来回,就一家开门的饭店,透过门帘,里面一个客人也没有。店主一家正围坐在桌前看电视,电视里小燕子的声音窜到大街上,以至于没有发现摩托车停在门前。我们进屋喊了一声,他们才从电视剧里走出,女主人慌忙放下苍蝇拍过来招呼我们,男主人猛吸了几口烟,懒洋洋地穿上背心去后厨了,小男孩一动没动,眼睛依然盯着电视。

"来碗炸酱面吧。"小雷说。

"我也来一碗。"我说。

"面没有了。"女主人说。

"有什么啊?"小雷问。

"有饺子炒饼炒菜……"

"炒饼吧。"没等女主人介绍完我和小雷几乎是同时说的。

女主人向后厨喊了句"两份炒饼",便去收拾碗筷了。

"屋里太闷了,"小雷把T恤撩到腋下,拍着肚皮说,"再要一份炒饼吧,咱俩平分。我感觉一份吃不饱。"

"嗯,咱们中午都没吃饭,确实饿了。"我说。

"再给我们加一份炒饼吧。"小雷对正在看电视的女主人说。

"镇上有网吧吗?刚才转一圈没找到。"我问。

"再往里走有一家卖手机的,有几台电脑,估计现在快关门了。"

"不能通宵吗?"我接着问。

"人家主要是卖手机和修手机,要不你们一会儿过去看看,在路北有修手机的牌子。"

结完账后我们找到那家手机店,真的关门了,本想在网吧里凑合凑合,我们俩也就花个二十来块钱就能过夜。无奈我们去了家看起来简陋的旅店,50块钱一个房间,两个床位。小雷看看我,我也有些犹豫,50块钱花在睡觉上有点不值,如果我自己的话,一个大男人找个草堆可以对付一晚上,我也看向小雷。

小雷说:"住着吧,看着挺干净的",我点了点头,交了钱。把摩托车停到后院,来到房间,扔下背包,便斜躺着床上,脚搭在外面有些发沉,又把鞋子蹬掉,在床上呈大字形躺着。这几天的经历在脑子里一遍遍地重现,出来有半个月了,给人家干,也挣个千八百块钱了,自己干一分没挣着还花了一千多块,又想着明天不知去哪儿找活,我有些后悔了。不能往下想了,我猛地坐起,小雷见我坐起也坐了起来说:"咱们刚才问完价走的话显得不好。"我点了点头叹了口气说:"嗯,如果走的话,会被人家看不起的,再说如果走了的话咱们只能在野外过夜了,现在外面蚊子特多,万一赶上下雨就完蛋了。"

"对,休息好了才有精神干活,明天咱得去找活和租房。"小雷给我踢过一双拖鞋说。

我和小雷在一起搭档有两年了,很多事情是很有默契的,要不然我们也不会合伙干。

我拿出笔记本,记上今天的花销,而后又算了一下总额。

"咱们一共花了1 373元了,只剩买工具是个大头了,剩下的都是小钱了。"我说着把笔记本撂下重新躺在床上。

"明天先去找个买建材的打听打听,最好先印点名片,"我双手放在脑后,看着屋顶,对小雷说。过了好长时间我就要睡着时,小雷说:"再买两盒烟吧,摩托油箱也要修",就这样我们把明天的计划带到了梦里。

夜很短,刚闭上眼,闹铃响了,天亮了。退房时问店主:"附近哪有卖建材的?"

店主正在盯着手机,QQ 的声音连续响着,"镇上有一两家吧,你们出去找找"。

见店主头也没抬,专心地聊着天,就没多问,出了门又为自己的羞于启齿懊恼。

摩托里加了一瓶汽油在大街上慢慢骑着。

我打了个哈欠,呼吸着新鲜湿润的空气。透着微黄色的光重新看着这个小镇,一条坑坑洼洼的沥青路贯穿东西,坑洼处人为填补的砖头和垃圾混在一起,两边参差不齐的房屋挂着各种牌子,有路南一座平房在后墙开了一个理发店,有在电线杆上挂一条自行车轮胎的修理部。除了看见一个妇女提着尿桶出来就没人了,一辆农用三轮车驶过后又陷入了寂静。我们的车速越来越慢,最后停在了十字路口。小雷问我"去哪?"

"往前走吧,感觉前面这条街繁华一些,先吃些早点,打听一下。"

走到街头又返了回来,停在蒸笼旁,整条街只有这里冒着热气,有些生机。夫妻俩在屋里的机器旁娴熟地捡着馒头,借着抬出笼馒头的瞬间,用搭在脖子上的手巾擦汗的同时贪婪地呼吸几口清爽的空气,便回了屋里。

我喊了句"老乡"。

"这么早,还没熟呢,等几分钟。"

听口音还真是老乡,我心里暗自高兴,我瞬间改成家乡话,"这是什么地方,俺们刚过来,想在这里找点装修活干"。

"干装修啊,你们不如去固安看看,听说那里要建机场,离这儿不远,也就一百多里地。"

我们买了两块钱的馒头,在村口每人吃了一个,剩下的放在背包里,奔固安而去。中途走过几次弯路,虽然路上有些坎坷,还是很兴奋地来到了固安。

固安是个很小的小县城,用了半个小时围县城转了一圈,县城里有几个建设中的小区,并没有要拆迁的迹象。我们的摩托车停在一幅标语旁,对着"天安门正南 50 公里"沉默了片刻。

"离北京很近啊,看样子很有发展。"小雷说。

"嗯,要不咱们就在这。"

"先去找房子。"

我们在离县城不远处租到了房子,房子有点老,不过房租便宜,每月一百元。古董级的独院,三间土坯正房,两间西厢房,屋顶墙头也长满了野草野花,简直就是空中花园。

我们被屋门和窗户吸引,两扇殷实的纯实木门已被风雨侵蚀出道道沟壑,分不清材质,木门下轴伸进石头里,磨得锃亮。花格窗户还残留些纸片,像冬天顽强的枯叶,虽然破败不堪但还能看出做工之精细,是严谨的卯榫结构。外屋整个是黑的,分不清四角,像钻进黑洞。灶台连着里屋的炕,山墙上有一方洞,上面放着一盏油灯,里屋比外屋亮些,墙上贴满了发黄的报纸延伸到炕上。房东揭掉铺在炕上的化肥袋,抖了抖灰尘,"我找几张纸壳铺上就能睡了"。小雷忙着敬烟,"电也得给我们接上,现在离不了"。

电表电线房东要求我们出钱,虽然很不情愿但还是笑脸接受,以后还指望房东给我们找活呢,不敢得罪。房东临走时我们塞给了他一盒烟和几张名片,房东欣喜地答应帮我们留意着本村有装修需要的人家。

我们买了个电饭锅煮了一袋方便面加半把挂面应付了晚饭。房子没有自来水,得每天去房东家打一桶水,这样也好,每天都能接触到房东,可以多了解村里的情况。

万事俱备,只剩找活了。先去建材城,店家是很欢迎我们的,对于店家来说,我们是他们的财神爷,每进一家都会主动给我们分烟,我们也会欣然接受,装得像老板谈生意似的,其实心里发虚。我们每一家都会聊上一会儿,向店主了解一下本地的装修风格、材料的价格、带客户来买料的回扣情况,最后互换名片。

半天下来,各式花样的名片摆满了一炕,太多了,回忆不起哪家料便宜,哪家给的回扣高,索性丢到一边,休息一会儿去找活,找活才是正事。

从我们住的地方往外扩展,每个村每条街地转。看到有新建的房子,会停一会儿,看看有没有人经过,等上几分钟,如果没人经过,便往门口塞上一张名片就走,如果有人经过,我们便上前搭讪,笑脸相迎。这时候烟便派上了用场,"大爷,我们是干装修的,这是谁家的房子啊,您知道装没装?"说话的同时,烟便递了上去,紧接着火机也递了上去,虽然这两个动作我们已经演习了几次,但实战还是有些尴尬。可能大爷误会了,有些惊恐地回答"不抽,不抽",然后疾步走开了,我们把名片塞进门缝也走开了。跑了一天下来,没有想象中的闭门羹,也没有梦想中的馅饼,甚至脸皮也没有练厚,一天的时间流走了。

第二天,我们印了一些小广告,边找活边往电线杆上贴。

第三天,走在前两天找过活的路上,方圆百十来里几乎没有死角,看着自己贴在电线杆上的广告,已没有激情,甚至有些灰心。摩托车的速度快了不少,像是单纯地向前赶路,掠过新建的房子,不会返回来塞张名片,甚至故意掠过。这一天走得很远,回来得也很晚。晚饭后,碗筷泡在锅里,小雷靠墙坐在炕上,点了一支烟,慢慢地吸,重重地吐,那声音像是在叹气。我坐在炕的另一边,闲翻了会儿账本,也点了一支烟,"咱们带的钱还能坚持三四天,买工具的钱不能动"。

小雷把烟头弹到墙角,换了个坐姿说:"要不去装饰公司干点活。"

"嗯,也只能这样了。"

去给装饰公司干活是最坏的打算,那样和给别人打工没什么区别,甚至还不如。

在这个一丁点大的小县城里,装饰公司比超市还多,每进一家都差不多,大都是租个小门脸,起个洋气的名字,里面挂几张效果图,摆一台电脑,打着"免费设计"的旗号。我们没有选择太多,最后与一个微胖看起来挺面善的老板定好明天给他干家活。我们对工价没什么要求,他开的价格我们接受,我们的要求是完工结账,他也答应了。其实我们没有谈工价的条件,一进门我们就已经低头了。

在干了两天活后,我们顺利地预支了200块钱伙食费,也是在同一天,小雷接了一个电话,是问装修价格。幸福来得太快了,兴奋之余有些忧虑,我们不敢怠慢,说要见到房子才能算出价格,还说我们现在很忙,晚上才能过去。挂掉电话后反复琢磨刚才的对话,总觉得刚才回答的"我们现在很忙"不太好,怪自己太鲁莽。整个下午我们没干多少活,分析了见面后的 N 条问题,一一设计出应对方案,还对方案的话术进行演练,甚至一一分析开料单的字体,做到万无一失。那天早早下班,回到住处,洗了个澡,各自换了身不脏也不太干净的衣服,准备好纸笔,奔电话里说的那个村子快速骑去。到了说定的房子旁,大门的左边有我们塞名片时留的记号,挨着的电线杆上有我们贴的广告。时间还早,我们围着房子转了一圈,又围着村子转了一圈,时间差不多时,我们回到原地,给房主打了个电话。来开门的是个瘦高的中年男人,大裤衩,拖鞋,光着背心印记清晰的膀子,一看就是户外劳动的人,我们抢步向前。

"叔,这是您的房子。"

"啊,哈"房主稍微一愣,几乎是同时,他和小雷都掏出了烟,我接了房主一颗,慌忙掏出火机给房主点上。

"你们活很忙,在哪儿干着呢?"

"还行吧,在城里干呢,我们下了班就赶过来了。"

房东边开门边介绍道:"今年春天翻盖的,先简单装一下,自己先住着,等孩子结婚再精装。"

我们在这几间屋里溜达了一圈说:"只吊顶和刮白?"

"嗯,嗯,自己住,不讲究,能住人就行。"

"我们就自己干活,能合上工钱就行,价格肯定比别人低。"我们给房主报了价格,以为他会砍价,只在我们底线价格上提了一点。

和我们预料的不一样,房主没有砍价,只是回答"我回去商量商量"。

我们点点头,"行,没事,啥时候装给我们打电话"。

快到门口时我们补充道:"你这活简单,也就三四天的事,找个空当就能干。"

在我们将要睡觉时,房主打来电话,说明天叫我们算算料,我们知道只要叫我们算料,这家活八成就是我们的了。

第二天还是那个时间我们去给算料,开料单是很有讲究的,也算是潜规则吧,就像医生开的药方一样,只有自己能看懂。房主拿着料单去买料,看不懂,就给我们打电话,只要我们到场,商家肯定会给点回扣的。

也许是第一次开料单,做这种见不得光的事心虚,也许是房主和我们是同样的劳动者,对他产生了同情,我们没敢乱开,甚至还极力节约。

这几天除了装饰公司那家活没按约定的完活就给结账外,还算顺利,顺利地干上我们自己订的这家活,顺利地拿到了回扣,以至于不敢直面房主,像是偷了东西被发现似的,只好卖力干活,才能找回点平衡。房主见我们干活实在,积极地帮我们在本村联系活儿,而且还真的帮我们定了下家。

后来想想可能与这个有关,房主找的活触及了别人的利益。

就在这家快要完活时,我们回家的路上被三辆摩托车拦住,"知道规矩不,以后再干这个村里的活,你们拿不到钱。"

我们瞪着前面摩托上的这六个人,没有回答。我拍了一下小雷,

"走啊"。

小雷轰了两下油门,二档大油门起步。

还好他们没有拦截只是警告,警告我们以后不要上这个村子来干活,不然就要拼命了。

这家完活后我们谎称老家有事,辞了定好的那家活儿,以后也没来过这个村。

手里有了点钱,我们又找了几天活,没什么结果,就去装修公司要尾款,实则想再给他干上一家活。可能老板看出了我们的来意,说是有一家活儿在谈,让我们等消息。我们又转了一天,激情已不再,也只能等消息了。

摩托车被交警扣了以后,我们便死心塌地跟这个老板干到了年底。

后来小雷在他哥哥的帮助下干起了橱柜,我进了家具厂。我也认命了,安于这一线的劳动。现在环保排查,取缔"五小企业",我还是高估了自己的命运,厂子倒了,天亮后又要去找活了。

回 乡 书

陈燕萍[*]

一

是在一个多云偏阴天气回到村里的,下得车来,经过一座水泥桥,桥身老旧,嵌满光阴的痕迹,却自有一股透然的宁静直达心头。桥下的水清且浅,大概是冬天的缘故,所以显得驯顺内敛。沿途不见人迹,唯有杉树头家的狗儿汪汪有声,是把我当成陌生的闯入者了。久不归乡,确如过客。另有一些鸡鸭,胡跑乱叫,热闹安闲,是久违的令人安心的图景。

伴着鸡鸣犬吠,很快到达山底。山道两侧,依旧是清瘦的竹林,因为时令的缘故,叶片发黄,但棱角利峭,十分精神。看着林木深处的幽静,失神了片刻。这条不知走过多少人的山道,不知曾埋过多少人的脚踪?这条不知走过多少遍的山道,不知还能再走几遍?按捺住过分活跃的心思,缓归半山。

---

[*] 陈燕萍,1990年生,福建泉州人。四川大学文新学院2016级比较文学与世界文学专业博士生。

过了竹林,便是长满芦苇的山壁。若是夏日,还有其他许多叫不出名来的绿色植被,可隐虫蛇。记得小学时,有次去上下午的课,行途中,看见山壁上垂着一头小蛇,吓得脚底如踩风火轮般,直冲而下。而今倒是太平,却因此少了生趣。芦苇前边,是一棵落尽叶子通身泛黑的老柿树,逆着穿透云层而来的天光看去,苍老遒劲,立于天地之间,显得孤壮又温暖,因它近半山的家。人渐故去,山中清悄,唯它朝暮相对,像极了半山的守护神。

　　绕过柿树,家在眼前。在从前,行到此处,会有热闹的鸡鸣达闻于耳,有时还能听见电视的声音。如今,满山寂寂,故流水声喧。沟渠边上,围着篱笆,篱笆里侧是阿爸种下的青青绿菜。以前阿公在世时,阿爸也会种菜,且时常自夸手艺出众,但我总觉得他比不上阿公的手艺。看着眼前的满田青菜,忽然生出一种他所言非虚的认同来。

　　视线流转,迎眼遇见一只停停落于篱笆上的小鸟。鸟腹黄色,在暗淡的冬季,十分醒目,因此多看了几眼。它也若有所知地看着我,眼神幽邃,足洞人心。瞬间之后,它又振翅而飞,隐于林木深处。迅疾得仿如刚才所历,不过是梦幻一场。心头却起了莫名的笃定,这必是知我归来的讯号。山中有灵,风声飒飒。

　　到得院前,开门敞户,却无在等的家人。径自入门,放下行李,给阿妈打了电话,说是在山里修整阿公的坟墓,让我下锅准备饭菜。念着时间尚早,便闲倚木门,纵目向远。正对着的柿树顶上密密地立着许多鸟雀,不动不躁不声,如水墨画出的鸟雀图般。又有层云下压,山峦静立,无风无人,但闻呼吸与心跳。瞬息之间,似乎懂得了一些天地的寂兮廖兮的味道。更叫人欣喜的则是,重会了悠缓到仿如静止的山中时光。在外行吟,无论所从何许,经手的时间,总是迅疾到迷糊面目。山中,却以其流泉清风,缓慢而细致地勾描出时间的眼角眉目,入目之后,未必就是美子无度,却实实在在地经得起认真审视。

在如许清晰的时间面前,慢慢垂下头来,听渐起的风声。在风声的陪伴下,淘米入锅,切菜过油。待父母归来,便拿出置于橱柜深处的近来渐用的碗筷,先淋去贮于碗壁的生疏与寂寞,再盛满火气腾腾的人间白粥。

是为归家,是我的家呀。

2017 年 7 月 15 日,夜,写于成都

二

一顿热饭下肚后,便消了与半山的疏隔。饭后稍歇,再起,满庭阳光开阔。尽管周围的许多草木,都呈枯态,摇荡在时起时息的北风中,颇为萧瑟凄凉。可是,在被风吹得有些涣散稀薄的冬阳下,稍微走走或坐坐,便有无可易之的安容宁定缓入于心,这大概正是家所独有的好处了。

坐得久了,郁结在发梢衣角的寒冷渐次退去,心思随即活络,竟想起行途累身的风尘来。看着叮咚落入棕黑色小陶缸的山泉,透亮清净,正宜清尘沐发。起身烧水,将烧开的水倒入净好的盆中,兑入适度凉水,用手轻搅,直至水温合我所需后,再就着水瓢,如嗜酒的人

一般,任头发纵情欢饮,又如虔诚的信徒一般,一下一下梳顺盘错在发间的缠绕心思,以此慰风尘,以此解相思。经此,似乎明白了一点古人所以斋戒沐浴的谦诚。所以谦,是知不足;所以诚,是知其重。在长养我的故乡之前,我自不足;长养我的故乡,正是我生之所本,所以是我心之所重,理当以谦以诚相待。

发净之后,拿毛巾草草擦去水分,就搬起凳子,坐到院外一处紧邻小山坳的狭长空地上。空地旁是一处小菜园,园中种有白菜,个头只有半掌大小,因缺水或是寒冷的缘故,显得有些单薄,但菜色青青,长势喜人。菜园之上搭有竹架,应是新成之故,用以成架的竹身仍留青青色泽,切口也十分崭新。见此,稍觉黯然,为所错过的半山的许多细小变化。尽管常年在外的我,时常错过家山的四季形容,可是不闻不见尚可掩耳自欺,一旦将错过的事实拉近放大,则纵然才所错过的仅是细枝末节,依旧有断裂之痛。

竹架之上是青山,因山中多植松竹,所以在凛冬之时,山色仍青青。松竹之上,是几无浮云的蓝天。可能是因为其时在冬的缘故,空气中的水分杂质都少,所以架上之天的蓝显得十分厚道结实,倘有调皮的人,想拿锤子在上凿个几下,想必于这诚厚之蓝,也无大的影响吧?一般来说,厚实者都趋笨重,然架上天蓝,却十分轻盈。综合来看,这架上天蓝便如名剑的剑刃一般,兼有薄度、韧度、硬度,可靠又灵巧,是颇可取法的品质。

沉于看天之际,四野的风也会不时吹过来。摇动低处的枯草,摇动高处的松竹,其声萧萧,加之乡野的人烟越发稀少,阿爸阿妈又去了山中,只觉得不堪久听。就更投入地看向高处,随风摇摆的枝叶,青青袅袅,似欲离去,似欲留下,取舍之间,有云来去。

时间就在这样的风来云去间慢慢流逝。发已晞干,再次起身,拿来水桶水瓢,就着薄暮的光线,踩上松软的地土,一瓢一珍重地将清透的泉水,淋上菜身,再看它们顺着叶茎慢慢滴入积满枯腐竹叶的地土。如是再三再四,天归于暗,寒从地起。

夜间有星辰,密密皎皎地布满天空,天空已经褪去蓝色,只余过于光洁的幽暗。夜间的风,因看不见草木的摇动,而更显萧瑟,又有浅浅的溪声传来,听在耳里,寒在心里。此情此际,实不宜凭栏久坐,但是能与漫天浩瀚,共一时宁静阔大,便觉得肃肃冬寒,不仅是可以忍受的,更是可爱的,因它让夜变得更静,也让星子变得更为明洁了。

2017 年 8 月 18 日,下午,写于家中

三

一夜无话,醒来已是半山迟日,太阳还只在庭前,不入门户,临着栏杆小站一会儿,就能累下一身寒凉。赶紧离了阴影,站到太阳底下,衣料渐次软柔贴肤,手脚再度灵活好用。

母亲说,要趁着天好,清洗一遍门窗、被套、床单、碗柜、茶具种种。觉得清洗门窗是大宗活计,加之都是木质材料,每次拿布擦洗,都能撩下好多细锐狭长的松针一般大小的木线,十分考验技术与心性,便甩了个懒,只接手最为轻便的清洗茶具的工作。

虽说接手,并未立即动手,只待太阳笼的范围够广够大,温度变

得和暖宜人时,才摆出棕红色的大水盆,牵来水管,注水满盆后,再将茶盘、茶瓯、茶杯等一一置入水中,待阳光晒得温好,就拿着铁刷细细刷将起来。水盆边上立有一些凋枯的藿香蓟,随风来去,有着说不尽意的风流姿态。便想着,纵然经冬萎落,若能自振其心,亦可风姿动人。随风来去的藿香蓟,因靠近茶盘的缘故,会将它的姿仪投影在蓝绿色的茶盘上,墨影蓝盘,两相烘衬,极为悦目。清洗的工作,因之变得充满诗意。

说起来,半山的冬天,除青松绿竹翠翠园蔬的可爱动人外,各色入枯的草木墨影,亦是入目清佳。在清洗茶盘前,因事经过门前的沟渠,半壁枯草随光入影,横斜随意,映贴着柔黄的土色,清暖从容,令人见之心喜。忽然就想起东坡《和陶诗影答形》一诗中所写道的"我依月灯出,相肖两奇绝"的神妙来,说起来,人间丹青画手确可巧夺天工,但是仅从意态天成的角度看,日月与灯所绘出的种种物影,确然更动人心。

经过一番擦拭,污去器新,便按着原来的次序,摆好茶盘、茶瓯、茶杯。之后,倒去盆中水,摊晒茶杯。牵来的水管,在近处淋淋有声。坐在矮凳上,懒懒听着。时有风来,吹动枯与未枯的草木,萧萧飒飒的,让人在闲暖之外,亦生出几许超然远意。

远之所及,及于旧年。也是这样阳光晴暖的冬日午后,也是才归家门不久,趁着心思勤好,一一退了被单,置入盆中,过清水,落洗衣粉,泡沫团团,味道清远,满了庭院。我一边浆洗,一边闻听《诗的时光书》,字句融入水声,水声汇入字句,清透和暖,感心动肠,美好到直欲请时光稍为逗留。时光自是不曾逗留,倒是有一只提耳倾听的公鸡,神色凝定,一脸肃容,俨然已为"我那植物的爱情缓慢滋长/超出了所有伟大帝国的版图"之类的清词妙句所折服。看得我是既乐其趣,又感其契,一时迟疑,待缓过来之后,才开颜畅笑。彼时天长山半,对着处处冬阳,当真是岁月静好呀。

又有一次,是在大年开初,寒意未除,阳光温好,摆了大水盆,在门庭前面的水泥小平地上洗衣服。所以不在庭中乃至门后,大概是因为那段时间水管出了一点问题,阿公阿爸正在维修,但尚未好全。因临四野,八风来袭,虽是晴日,依旧冷甚平日。偶尔抬头,就能看见老屋上面随风萧飒的根根翠竹,交着渐次暗淡的光影,颇觉寒凉。好在阿公随伴在侧,帮我接水倒水,还一脸欣悦地说:"现在的水来得可真是又大又清哪。"在他看来,能让心足的,只消一管既清且大的泉水。如此简单素朴的幸福,真好。

如此简单素朴的幸福,我也还有。如今水管里的水也是既大且清,如今的冬天也是既温且柔,只是伴我共半山许多年月的阿公,再不能听聆水声、闲晒冬阳了。如此想着,风大了起来,天地摇摇晃晃地,颇有一些欲醉未醉的寂寥。

2017年10月4日,夜,写于成都

四

清污去尘后,离年节已经很近了,便要着手准备过年摆盘所需要用到的一些食物,大宗的是打白粿,凡碎的是炸丸子,清简的则是烫猪肉、长命菜(芥菜)、米粉等。

往年,诸如打白粿这类大宗活计,都是阿公、阿爸与阿妈三人合力完成的,长大了的阿弟,于近年来,也很出了一些力气。今年,阿公新逝,阿爸忙于从山上挑来修缮庭院的细沙,阿弟还在上班,打年糕这事,自然而然地就落在我与阿妈身上了。心下觉得,这实在是个挑战,又责无旁贷,如此,只好随着阿妈的差遣,或上楼去杂乱的储物间里扒拉出久未用到的圆柱形木桶,或提着一桶又一桶的水去给许久未用的石磨做清洁刷洗的工作,或是浸泡两头都有些碎散的木槌,或是听着柴火的毕剥声判断隔了同质底盘的木桶中的冬米的炊蒸情况。

这些活计,虽然杂散,倒也还轻快,真正吃力的是槌打米团的程序。待冬米初熟之后,阿妈就抱着整个圆桶,迈着促急的小碎步,走向放置石磨的里厝。我则捧着一盆浑白的米水,紧随其后。阿妈将冬米倒入石磨中,再上下挥舞木槌,碾捶在磨的冬米。这一活计,不仅费力,而且还讲求技术。扬槌的人,要先打米团的中间,再就着一侧慢慢碾捶,直至其中一边变成斜长的不规则形状。当此之际,在旁给木槌润滑的人,就要迅速扣住渐长的米团,折倒回来,加以揉搓,再翻动整个米团。接着,扬槌的人,就要再次重复先前的步骤。至于何时能停,则全看米粒状的饭团,是否已经莹滑如瓷。

出于性别与熟练度的原因,阿妈扬槌的手随着时间的渐久而不断力稀,我这个在旁协助的人,也生生觉得腰疼,便相对草草地过了第一道槌打的工序。之后,阿妈就将已然被捶碾如流油的肥肉一般的米团,一一撕成碎块,投进木桶,重新炊蒸。蒸到尽熟,如前捶碾。

此次的碾捶，较前要久，而且细致。从前，阿公在世，阿爸在旁的时候，他们总是轮番上阵。虽如此，也不免冷天热汗，呼吸因此变得紧促，呼出的气息则是发白的。如今，无人接替的阿妈，只好捶捶停停。斜暖的阳光，透过破旧的老窗照过来，临着石磨，以及磨里渐次变得瓷润莹白的饭团，忽然觉出年俗的诸多妙好来。如果在意的人尚未离去，就更好了。

几次三番，捶打到近乎力尽，才最终收了步骤。阿妈复将捶打得当的米团放进木桶里，抱回厨房，再将它取出，放在事先清洗干净的大簸箕里。我则将小簸箕倒扣在石磨上，再拿上木槌、水盆之类，赶往厨房，继续下一道工序。

这次是先将捶打得瓷白莹润的米团分成婴孩拳头般大小的碎块。之后再将它放在掌心，一只手固定不动，另一只手则就着顺时针方向压紧米团，均匀使力，慢慢团转几圈，直至将它压成秀气的柿饼形状即可。接着，就要用绘有花纹的陶质底印，将按压成型的米团贴在印中，双手拇指紧扣印心，让印中的花纹透入米团，与此同时，空出来的其余八指，则要顾着印边，并不断修揉按压之时的不甚理想处。本来，这算得三道工序，需要三波人马同时进行。从前，都是阿妈分团，我和阿弟、阿公压团成型，阿爸则就型添印。那时的阿爸老爱唬我说，若我不用力帮忙，必会影响考学云云，吓得我真是使出了一身劲力。

昔昨的欢趣还在眼前，操持工序的则只余我与阿妈。耐不得细想，因为阿妈已然分了很多块团，只好速速将其拿在手中压成饼状。阿妈的工序轻易，所以迅快。看我赶不上，又怕压好的饭团散了热，不好添印造型，便一人分担两道工序，我则被遣去处理最后一道工序了。虽则阿妈的动作很快，质量却有些愁人。轻轻嘲谑于她，她先还稍微改进，后则彻底失了耐心，只一味期着完工。看得我无奈，印得我无劲，所以在完成几处呈贡所需的叠数后，就也有样学样地因便制宜起来。

天快黑的时候，阿爸也差将完成挑沙工作，于是叫了我一道上山，将放沙的塑料薄膜对叠收回。山顶风大，暮色将暗，远处那些本来已经显得淡远的山峦愈发地淡远了，并渐渐没入夜色。下山时，踏到路边的碎石，觉出道路的难行与草木的萧瑟，的确是岁暮年深了。

到家后，阿妈还在与白粿"作斗争"，阿爸看不过去，接过手，很快便收了尾，却再无将零剩的米团揉搓成稻穗、肥猪的耐心，也再无这个必要了，因为久不养猪，也渐不种粮了。如此一觉，夜已经主了天地，高空星洁，莹莹的光辉，仿如深情的人再也抑不住的泪一般，冷冷地溢了出来。

2017 年 12 月 21 日，夜，写于成都

五

昼明再次转了夜暗，依旧是贴肤入骨的冷，却因为除夕的到来，而颇沾染了一些节日的喜悦，为此添了几多耐冻的能力。到底杯水车薪，真正地精神与做活，得到太阳出来后，才能麻利起来。这样的娇气，自然是因为有可以期待的太阳，否则，便是天冷雨湿，依旧要将

待办的事宜处理允当。

而半山的房子,是坐东朝西走向,故此,虽然得以在很早的晨便看见纷披而散的虚渺光芒,但到太阳真正抵达门庭时,已是十点左右,实在是做不得多少细事了。若依阿公早先的惯例,可到对山下面蹲坐些时,那儿的太阳来得早。之后,再随着太阳的移步而不断变换自身的位置,或倚靠在柿树附近小道边的矮壁上,或蹲坐于垦辟在土洞边上的用以晾晒谷子的平地。

因为起得晚,加之山老草荒,懒得多动,便只是看着阿妈去平地摊晒谷子。这是今年新收的谷子,按理说,应无问题,但因为收割那阵天气不好,人手也不足,摊晒得并不尽意,便回了潮,生了许多蛾子。阿爸说,这估计是可预期的年份中最后一次种植稻谷了,因这是一桩吃力不讨好的活计,不仅耗费人力物力,收成也不尽人意。以前因为阿公还在世,有人顾着厝边头尾,无甚影响,如今只阿爸一人忙前忙后,究底是分身无术。看着铺展开来的一庭谷子,金灿灿地匀在阳光下,心底生了复杂的滋味。物事与人情,在时间的作用下,到底是不能再复如昔了。

很快就过了午,用了饭。饭后,阿妈忙着拾兜柴火,搅拌油炸丸子的原料(面粉、肉酱、切成细条的南瓜、剁碎的葱头、豆腐、调味料等)。我则拿着刷子、透明胶带、事先备下的米糊,准备粘贴对联。经一番扯、刮、刷、齐、粘、顺的动作,很快就将对联贴好了。

其间,阿妈也过来帮忙。事毕,我与她一道前往厨房,准备炸丸子。她先起了火,倒了许多油在鼎中,将之烧沸,再拿着我已经揉捏好的放在案板上的生丸子,顺着鼎边滚入油中。入鼎的丸子,先是随着翻腾的油水滋滋滋地跳跃着,不多时,就变了颜色。阿妈便拿勺子就势翻一个面,待整个丸子的颜色都变得油亮黄嫩,就可以起勺出鼎了。如是几次,就炸了满满一面盆丸子。将炸好的丸子,放在吃饭的桌上,恰好遇见浅浅照过来的阳光,将桌上的颜色映衬得愈发姣好,让人看着,颇能觉出一股子岁月静好的味道。

接着,则用烧开的热水,烫了切成狭长细条的长命菜(芥菜)、豆腐、米粉、猪肉、鸭子,并将所烫熟的诸物,一一装盘摆好。加上先已备好的白粿、炸丸子、水果,以及金纸香烛诸物,整整装了两篮子,由阿爸挑着,行向竹林下的祖厝,飨呈给新为祖宗的阿公以及阿公的许多先人。

如仪行礼间,思绪翩跹。想起年初阿公新逝那会儿,因我俗务缠身,便节制了许多情绪。待空出得以从容思念的闲暇时,又惘然不知该当以何为思虑又当以何为行迹,只迟滞而明晰地觉出陪我最久伴我最深的人就这么去了,没了。从此,他不能再在我的生命中出现,他亦再不能领略此世的朝夕了。每念及此,实在怅然。久了,又有些豁然:生时当尽孝,逝后当祭奠,而不论生时还是逝后,尽心竭力而已。那时便想着,待到年节之际,就学着从前阿公所教我的礼节以及待我的诸多爱好来祭奠于他。如今,确能这般,心底因此生了轻轻的快活。

敬拜事毕,收盘回篮,再慢慢返回半山。日影逐时西移,透过红豆杉枝叶洒落下来的光芒随之显得力疲,打得壁上已然枯萎的野茼蒿、蕨草之类的植物更显萧瑟了。倒是天色仍是清凝凝的蓝,就着横斜有态的竿芒看去,苍茫广漠,能够让人觉出一种根于生命深处的荒广与渺小来,与此同时,又伴有入心入髓的美。

绕过柿树不久,即到家中。小歇片刻,阿爸又招呼阿妈与我,说要去宫子里敬拜下村中诚贡着的妙慈太祖。先时,妙慈太祖住的是南山,离半山的家近,去得便多。后换了村尾的新址,便去得少了。如前那般,拿了果品香纸,下了山,随着阿爸的摩托车,抵达村尾的宫子。有人在先朝拜,微微看了下,认出是小学时候的同学,囿于久未联系,便没打招呼,只是淡淡地互看一眼,便各忙各事了。新宫临水尾,对青山,环顾之间,两边的草木簇着天地,底狭天阔。宫下,有许多水田,因时节在冬,只余割剩的稻茬横竖排列在积雨的地里,阳光照下来,表层泛着亮,深处却是幽暗的。宫子本身倒是清亮敞阔,规模比之南山大了许多,因此觉得太祖在这住着也很好。但若真要选择,我还是钟爱南山,因山高而幽,云深而渺,是更适合神人的居所。

虔心默祷之后,便收拾归家。已是天色将暗时分,趁着晚霞盘落远山之际,收谷子,做晚饭。阿弟适时归来,看着崭新的庭院,对阿爸说:"这几天真是辛苦了",阿爸立刻扬起嘴角:"这活儿确实做得不错吧?"

很快就是年夜饭时间,是第一次没有阿公同在的年夜饭,吃得寂寞而珍惜,因为已经逝去的提醒着可能的失去,所以更觉出当下团聚的难能可贵。

待彻底收拾妥当上楼后,在栏杆前立了一会儿,能听见随着风声传来的邻厝稚童的清脆笑音。他们正在燃放烟花,颜色款式都很简单,红的、绿的、黄的,"砰砰砰"地开绽在半空,转眼又散了,灭了,寂下去。是从前的童心,是逝去的时光,是尚未触及的命运。看哪,在那燃过烟花的夜之极处,既有渊深的幽暗,亦必有待起的光明。

2017 年 12 月 23 日,夜,写于成都

六

  伴着断断续续的鞭炮声再次醒来的时候,已是新桃换过旧符的大年初一。着毕新衣,出得门来,一眼就能扫见贴在大门瓦上的薄薄白霜,在清浅的天光的映照下,晶莹着,圣洁着,给人带来无限的朝气与美好的愿景,而这正是开年第一天的要义所在。

  恭谨地祝福,隆重地用餐。之后便在铺缮一新的庭院里,支好矮桌,列好小凳与一条暗紫色楠木靠椅,摆好瓜果茶盘,烧好热水,从容闲惬地等待太阳以及人客的抵临。虽然如今的村落几无人归,因此人客稀疏,太阳却不嫌寥落与清悄,依时赴约。将烧好的热水倒入装了新茶的白色小瓷壶,烫洗一遍后,正式分杯对饮起来。间或吃些瓜果,说些闲话,阳光的热度渐浓,四野的风不时往来。

  很快,阳光就把人熏得神开意朗,各人便照着自己的兴趣,活动开来。阿爸出门寻人聊天去了,阿妈回屋看电视,阿弟继续慵懒地晒太阳,我则随意地翻阅《爱欲与哀矜》,以此营造一副好学的假象。事实上,我并没有那么嗜书如命,可自小便听家中的长辈说起,大年初一是讨彩头的好时机,便想着或可借着受到赐福的年节之力,来去一去我那散漫怠惰的劣习。后来的事态走向说明,一切不能化入日常仪轨的行为,纵是讨得的彩头再好,也无甚用处,一如之前的许多"靡

不有初鲜克有终"的尝试一样。虽则如此,想要变得更好的心情,却是真诚的,至少在阳光明好的当下,是真诚的。

翻着看了几页,倦意上涌,便以书卷为枕,就着靠椅躺下。天空凝蓝,如风定的海面,偶有轻渺的薄云飘过屋顶,向着对山栽有竹林的高处移过去。风飒飒地吹起来,擦过庭前屋后的草木,擦过对山的竹子,掩冉之间,颇为萧瑟广阔,又极为俊逸风流。在这样的安静中,渐渐疲软如遭了霜打的菜叶一般,蔫蔫地失了意识。

醒转之后,太阳渐弱,云层转多。用一顿热饭消去渐回的冷意,之后便相携着上山,去探看阿公的新坟。阿爸阿妈在前,我与阿弟在后。山路狭仄,显是久未行人,好在草木萎落,少去许多枝蔓。临近坟前,遇见一枝背着田野的开得俏皎的蕊红瓣白的野花,颇有一些意外。印象中,这样的草木,应在春时开花。不及细想,便到了阿公坟前。暑假归家时,曾到过一回,那时近着黄昏,又值雨后,满山云霞草木,蓊郁灿烂之极。如今的坟地较之暑假,又有一番修缮,坟庭更阔,背山更高,用阿爸的话来说,这是更宜于后代的设计。这对我而言一窍不通,不好妄言。对着新土碎石,只直观地觉得有些碍眼,因它赫然提示着渐有所淡的生死茫茫。

不多时,便下了山。经过一处年月有时的古老杉树,与阿弟忆及与它相关的恐怖传说。据传,这株杉树里住着许多蜈蚣,倘若将它砍倒,住在其中的许多蜈蚣将会遍满世界为祸人间。又因树下常常停灵,放置花圈,颇有一些与此相关的恐怖故事。因此,在村里尚还人多、农事闹热的时候,每及春种秋收送饭挑粮经过其侧,都会肝胆俱颤地脚底生风。如今,再次经过,依旧战战兢兢,纵然胆大如阿弟,也说倘是夜半两三点,他亦是不敢经行这样的僻路的。听得我更其畏缩,差点就要拉着他的手臂快速奔跑起来。

好在路途不长,很快就离了那处令人脊背生寒的处所。心绪重归宁静,如此,才又有了赏玩的余暇。顺手摘了两枝枯在路侧的野茼蒿,到家后,将其插在落了抹灰的墙面上,微而观之,真是破败萧条。忍住继续往下想的惯性,重新烧了水,泡了茶,待落在身后的阿爸阿妈归家。辰光愈悄,日影渐去,开年第一天的新好便渐渐地染了墨意,旧旧地落入夜色中去了。

2017 年 12 月 27 日,夜,写于成都

七

初二无事,悄然而过。值得一提的是,白日里应邀去参加大姨家孙子周岁宴的阿爸阿妈回来后,生火起鼎,炒了一盘南瓜子,皮脆肉香,就着氤氲在寒意中的暗黄灯色吃来,颇有一番今昔叠合的恍惚之感。

初三,起了个大早,因要准备阿公的周年祭。在我有限的经验里,一直以为要隆重举办的是三年祭(即二周年祭),印象中,每至此时,都要请厝边头尾好好吃顿饭,不曾想,竟有周年祭一说。到底是历练的人事少了,只是这样的人事历练,多来何益?同样寡于经验的阿爸,听邻村的辉姑丈公说,周年祭要按着逝者儿子的多少而相应推前举办祭奠的日期。如此一来,只有阿爸一子的阿公的祭奠日期,就

要从初四变为初三。因何要以儿子的个数来决定周年祭的日期,阿爸未问,姑丈公未说,我所习得的知识亦没有相关介绍,加之又无心探问,便揣着糊涂地明白运作起来。行坐的余暇,有所感慨:阿公,竟已离去一年了。

上午的时候,事尚无多,主要是清洗炊具碗筷,并泡蒸糯米,因为稍晚些时,需捶一磨糍粑。早起的天色原有些阴沉,待将圆柱形木桶、T字形木槌泡在棕红色的大塑料脸盆中时,竟稀稀松松地落起雨来。垂直的雨线落在盆中,荡开细密的涟漪,轻轻兜摇着随手放在盆中的红色水瓢,竟十分好看。这么想着,便消了先前存在心底的对雨的一点怨意。怨意所来,自是怕这雨误了办事的效率,也会给人客的行动带来不便。

从上午十点左右开始,便陆续有人客抵达家中。他们身上都挑着担子,担中置有香烛金纸等用以祭奠的用品,亦有米面之类粮食,为何要备办后者,又是令我备觉困惑的地方。无暇多问,帮着迎客接担,煮茶待客。但因为家中人少,所至人客与我们又都是或有直接的血缘关系或具名义上的亲缘关系,故此,待接担完毕且更加忙碌之后,便任他们自行休息交谈了。到捶打糍粑的时候,因阿爸阿妈要准备午饭,实在腾不出人手,人客中的汉伯公甚至都自发自觉地帮助阿弟将一磨糍粑打了下来。

待人客集齐后,饭也备好了。因为下雨的关系,改了原先在楼下摆席的打算,大家一道上了二楼大厅,几十个人促在一起,显得拥挤,因而热闹,缓了垂檐的雨滴弥过来的冷意。

饭后,未及清理杯盘,便与众多人客一起,拿好先已备下的自家祭品,一道前往祖厝去祭奠阿公。燃香点烛,请神开祷,呈摆祭品,燃烧金纸,继续祷念,默祝人我,送神归位。之后,匆匆而来的人客,又匆匆地各自离去。看着那些渐散渐远的背影,心底颇有一些迟滞的钝痛,似乎,祭奠不该如此。又似乎,祭奠本该如此,外人无非为了场面,余悲唯有亲人可以承担。这么想着,也下了石阶,过了被雨水打湿的黑色纸灰,踏出祖厝的大门,转归半山的家。雨小了很多,氤氲开来的水汽却依旧漫笼在转将翠碧的竹林,润洗着枝叶,牵连出点点春消息。

悄然之间,春已来归,而人却悄然辞世,逝去的人,又渐渐暗了淡了在后人心中的印记,直至化成幼时在祖厝中需要仰头才能看见却并不识得也未在意的牌位上的疏远且又淡漠的字符。这是早已往逝之人的宿命,也是新才辞世之人的宿命,亦必是缠绵痛切或渐有所忘乃至毫无知觉之人的宿命。

那却是颇为遥久的过去或将来的事了,多思无益。只如今,春已渐归,雨意淋淋地催了新叶、绽了新花。阿公从前种下的石楠树的顶上,已有薄嫩的枝叶抽发,肉花(蜀葵)的枝头也可得见点点新绿了。阿爸种下的茶花,则渐开渐盛,多瓣层叠地缀着雨滴,丰美富丽地叫人动容。至于我早先从邻厝家挖来后栽在庭前的月季,虽则新枝旧叶同在,花却不见疲态,款款而开,招徕许多蜜蜂。看得悲意渐去,心眼俱明,便冒着雨,拍了好些。后则转回二楼,临着栏杆,看落在瓦上、枝叶、庭前、田畴、远山的帘帘春雨,溟溟濛濛地,似已能窥见渐炽渐盛的铺展开来的无边绿意,一种与生命同色的绿意。

忽然就想起《圣经》中的句子来:"一粒麦子不落在地里死了,仍旧是一粒;若是死了,就结出许多粒子来",生命的消亡与复现,或许如是。若能秉承先人遗志,又因性生长,那么,周行在血脉中的血液亦必如万古不废的江河一般继续流淌下去吧?

站着听雨的时候,意外接到两个久未联系的同窗的电话,说要来家中。与阿爸阿妈说了,之后,待他们抵达桥头,便下山相迎,复又归山。一路言语,抖落出许多从前,那时阿公尚在世,见得他们来临,殷勤周至地款待。如今,依旧有殷勤周至的款待,安排这一切的人却成了阿爸阿妈。一时悲欣交集,欣转胜悲,因那点点绿意所将汇成的无边之春。

2017年12月30日,夜,写于成都

八

过了初三,年节的喜气与祭奠的絮乱,尽都消了下去。原就归人一年更比一年少的山村,不劳过度地迅归清悄,又成了朝暮风云的苍老精致的舞台。夜中风大,透入门缝,挑动旧帘,并不时催着结了蛛网的风铃发出声响,空落落地荡在暗寂的山厝,先是脆越渐转虚薄,接着便入了水的盐般化在广漠的黑里,听之在耳,仓皇于心,为所曾鲜活的拥有,为终归虚茫的鲜活。

从前,真是爱极这样有风的寒夜。因为锁窗闭户之后,便可拥着一灯暖黄,将黑暗与冷意拒之在外,或翻书听乐,或随意写点文字,或与新旧相识做点随心的交流。纵然在夜半之际,偶尔会听到从阿公房中传来的咳痰之声,随之有所惊慌,但总归是安闲而有底气的。却哪知,灯不常亮,风渐转寒,所曾歆享的安闲翻了个面,竟成了不堪久处的无何有之苍茫。人哪,终究是浮于水面的陆地,以为落步安稳,可是一步一履间,无一不是山河碎裂。

好在,开裂之处,亦有锦绣之好。

譬如那落尽枝叶的庭前的老柿树,在春夏之际,嫩绿蓊郁不见疲色,反而有一种才刚临世的淋漓元气。渐秋渐冬之后,花果零落,只余上下横斜的枝干,虬虬曲曲地映着晨曦晚霞,静静看去,纵然有一种至老的颓然萧瑟,却更有一种宛如夕阳将于长河尽处落去的疏广宽谅,尽显沉淀过诸多年月之后的睿智容达。因此,在短暂的居于半山的日子里,但凡无事,总爱抬头看看那长满云霞的老柿树的枝丫。

譬如经了口角,转而怀着满腔郁愤躲入厝后的小路时所遇见的长在山壁上的苔藓。经一番查询,知其学名为东亚金发藓,又名杉叶藓,私以为,杉叶藓最为形象且好记。这是经眼有年的植物了,对它的知解,却实在有限,也从未有特别的兴趣,遇时觉得寻常,不见亦不挂念,只是在机缘的作用下,任其随意出没在我的生命中。然而,正是这一山壁习焉不察的杉叶藓,最终引我走出情绪的困地。其时,正是晨雨方歇,低密的杉叶藓上垂着颗颗雨珠,斜贴着看过去,极为晶明纯净,不禁让人想起慈怜而悲悯的眼神,足有度除化解一切苦厄的力量。刹那之间,先前累积在心中的那一腔如怎么样都敲不碎的坚冰一样的郁绪,很快便融了,化了,继而洋洋地汇入山间的浅流。顺此觉得,或许凡所错悲,都是为了遇见将来之妙。

譬如阿公去世之际,厝边有开得正好的茶花;譬如祭奠之后,于归途中所看见的垂凝在竿芒茎尖的山间清露；譬如落在丛杂的弃地的美人蕉，也会开出极为鲜嫩饱满的花朵；更譬如，对已然消逝、正在消逝以及行将消逝的一切的珍重记录，尽管有表不及里、言不及义乃至挂一漏万的遗憾，但是却能以裂处的纹理为题材，顺此钩织描绘出基于真诚的锦绣之好。是以才会不厌其烦地将回乡所历，絮叨成文。

　　留给我的时间，毕竟有限，很快便要离家了。时在黄昏，走得匆忙。其时月牙新浅，边上跟着一颗星子，相对斜斜地挂在晕了夜色的松竹林上，蘸色过度的水墨画般，点点汇入四肢百骸，泼描出满腔的深情与不舍。无以多言，只好揣着一腔依依，佯装无情，合着暮色晚风，经菜园，绕柿树，隔着枯萎的竿芒的缝隙去看天边的水墨山景，从容疏闲，一如已然完成的画作一般。我们却是故事里的人，只能在命运的执笔下，渐告渐别渐集悲欣，直至将所珍所爱，化入血脉，刻在心头，是为回乡之书。

2018 年 1 月 1 日（元旦），写于成都

外 公 的 家

小 海*

  我站在外公家碎砖摞成的低墙外头往里看,院子里布满了荒草干枝,在风雨侵蚀下日渐倒塌的厚厚土坯墙,堂屋房顶自然脱落,年久失修的小青瓦,一边着地斜横在两堵墙之间的桐木梁,还有院子中央一个曾经繁华一时的大磨盘,都让我感到恍若隔世。

  在这一派萧条下,几棵翠竹尤为显眼,在萧瑟的寒冬让人感到些许生机。可其实自从外公离世后,院子已有很久没有人去过了,一把生锈的铁锁,锁的不只是院落,还有沧桑的世事。

  每次我都不敢多想,因为想到外公我心似有泪珠翻滚,但总也流不出来。这是真正让我从外公离世后想写却一直不敢写,最后又促使我写出来的真正源动力,也是让我真正心动心痛的地方。

  外公生于1921年,那是一个大变革的时期。但其实外公晚年通常给我们讲的故事中和大时代有关的,或我所期待听到的历史事迹

---

* 小海,生于1987年,河南商丘人,农民,工人,北京皮村文学小组成员,目前在北京某公益机构工作。在珠三角、长三角、京津冀等地打工十五六年。上班间隙在工厂维修单、仓库发货单、记录工序册后面,在机台、流水线、集体宿舍与公交车上记下一个普通工人的悲喜苦乐与青春挽歌,在车间写作长短作品六百余篇。

并不多。

外公是上过私塾的,听说他年轻的时候还在乡政府里做过几年会计和生产队书记。可都是短期的,用外公自己的话说是"我不分左右派,两边都拉我,但我哪边都没去"。外公的哪边都没去或许最后得以让他安享晚年,但也正是因为哪边都没去,也让他世俗的一生碌碌无为,甚至九十岁了还常常大发雷霆。

讲外公的故事一定要从他的家族说起。据外公自己说他的兄妹曾有十多个,长大成人的只有三个,他的一个哥哥和一个姐姐,其余的全都中途夭折。有饿死的,有病死的,有几个他也只是听说,因为外公没见过他的那些未曾在世间谋面的哥哥姐姐们。外公是最小的一个,他的一个成人的哥哥在私塾读书学习很好,且文武双全。

据外公说他哥是在去别的县谋差事的路上被人毒死的。当时他在夏天赴任的路上口渴了人家送了一个西瓜,他吃了就没去到当官地,途中被送回家就不行了。后来外公家人听说他哥哥是被他朋友暗害的,再后来人家去做了官。外公的父亲就去告官,最后也没一点进展,因而郁郁寡欢,在一次田地里干活时猝死(不知是否含恨),亦属英年早逝。他唯一的一个姐姐也是在出嫁前,得天花病而逝。最后剩外公一个,不知道外公的怪脾气是否与这个经历有关。

外公和外婆结婚大概是在1941年左右,外婆大外公三岁,我们那一带在祖父母那一辈俗称"女大三,抱金砖"。外公外婆一共育有七个子女,一个儿子,六个女儿,我舅舅排行老四。

舅舅很小的时候听说还是很机灵的,可在经历了诸多事件后就变得像现在这样了。一次被驴蹄,一次被狗咬受到惊吓,还有一次就是舅舅和他的一个远房表妹在井口边玩耍发生的蹊跷事。他那个表妹不小心掉进了井里,还好不远处有人,村民们都忙着急救。救出来以后外公不由分说把舅舅打得几天不敢回家,最后表妹被救出来清醒后说是自己掉井里面的,可结果已不可逆转。舅舅的精神似乎慢慢开始异常,常常自言自语,嘴里说着或许只有自己才能听懂的话。起初外公外婆也没怎么在意,估计是家里孩子多也忙,时隔一段时间请医生看也没见什么改善,就那样舅舅慢慢落了个"傻子"的外号。

我记忆中舅舅至少失踪过三次。第一次大概有二十多年了,在我很小的时候,几个姨家齐动员找了好几个月也没找着。最后听人捎信儿说在两百多里外的一个窑厂,家里过去人把他给接回来了。还有两次是前几年,那时候我已经出来打工了,一次都没参与找过,所有我也很难体会到处向人打听询问舅舅下落时候的焦急苦痛尴尬心情。

小时候在我记事儿时起去外公家的时候,就知道有个舅舅和舅妈了。舅妈是云南的,那时候娶不上还时兴到偏远山区讨媳妇,舅妈除了说话不怎么清晰外,其他还好,但显得没那么灵动。

我还记得,他们的庄户地和自留地都很多。在大门前面的两边是大柳树和池塘,记忆中每次快到他们家门口,成群的鸭子就在水塘边嘎嘎叫。紧接着他家喂的小黄狗也开始出门叫。他们养的狗是像现在城里人养的,是个头比较小的品种,在我们那里的农村大多都是养大柴狗或者狼狗。他家那种小的狗只是叫,不咬人,印象还挺特别。然后舅妈就拉着长嗓子走到门口说:"小帅帅家来了,来了。"我那时候不怎么听得懂她的云南方言,但知道那是她特有的一种欢迎仪式。他家院子里有一棵树,应该是大枣树、桃树和石榴之类。他家的堂屋门前有青砖铺的三层长阶梯,西北角的农村式茅厕也很干净整洁。他家有个大磨盘,一个村庄的人都是在舅舅家磨面。外婆是出了名的热心肠,经常帮人家磨面筛麦皮什么的。外婆一辈子都和和气气,或许她的脾气是被外公给用了,外公到九十岁了还时常怒发冲冠。

我小时候外公也就是差不多七十多岁,他帮他们村附近人家问红白喜忧大事。家里有盘碗供村里及附近村民用,本来是想出租赚些小钱补贴家用,但几年下来,钱非但没赚着,盘子碗倒是少了好些。三姨一直抱怨着,外公总是咧嘴一笑说,"肯定难免有损坏,哪有越用越多的"。

在90年代初那会儿舅舅家还养着一匹马,拉磨和犁地用的。印象深的一次是舅舅赶着马,后面驾着车,坐着当时应该有七十多岁的外婆到我们家。外婆给我们带了吃的,记忆中自己很是开心。多年后我问过妈妈:"舅舅如果是傻子怎么找得到我们家?十来里呢。"妈妈说:"马是通人性的,姥姥知道路啊,姥姥说着,舅舅赶着。"现在我还无法想明白,一匹马,一个傻子舅舅,一个上了年纪的外婆,驾个木架车路过了多少路口,走了多少错路、弯路,训斥了多少次马,重复了多少回马号,费了多少工夫,最后才到了我们家。那时候还没有电话什么的,我此刻想到了妈妈看到舅舅驾着马车带着外婆到我家的时候,应该是感到意外且惊喜的。既有担心也有感动,那一刻母亲的心底一定是幸福的。现在她的儿子我已经三十来岁,没钱没结婚,成天整夜在城市辗转。妈妈在村里祈祷守望,为我操的心肯定比小时候尿床屙裤子要洗的烦恼痛苦来得更大更深。

舅舅和舅妈年轻时也要过几个孩子,但是都没养大。有睡觉压着的,有喂饭噎死的。有一个算命先生对外公说过"家有一支蜡还不明",起初外公不怎么信,但后来经不住几个姨在他面前轮番做思想工作。他决定将大门的朝向和位置都挪了新的地方,但似乎已无济于事,舅舅舅妈都五六十了,再要孩子也不现实。

一次偶然机会,在郑州工作的老乡给操心捡了一个,在市福利院门口,说女孩个头很高长得很排场。可等姨带着外公去了,一看原来是个残疾人,年龄大概在五六岁左右。介绍人就说"她现在还小,养养就好了",尽管三姨明显感到了这可能是个负担,但外公说:"既然来了,就带回去养养看吧。"显然外公是动了恻隐之心,最后养了一两年还是不见好转。几个姨都说让送回去,可外公又坚持说:"你看吧,养条狗还有感情,何况是养个人呢,都两年多了。"姨也没办法反驳什么,就那样一年年过着。我记得每次去舅舅家的时候,她走路不稳,只能快速走几步就倒。所以印象中她天天牵着舅妈的衣角满院子跑,咯咯笑得手舞足蹈。

我十五岁南下打工几年没回家,陆续听闻外公外婆年龄大了,生活已不能自理,还要养三个不能自理的,也不现实。再加上舅妈得了一场重病,不久便离开了人世。她嫁过来大概有二三十年,但好像没回过一次家,听说还是她云南老家的亲戚来看过她。我不知道她有没有想过父母,是不是也嚷着闹着说要回家,但她一个人是根本无法回几千里外的老家的。到她将要去世的时候,我也猜不出她是怎么想的,是否有过不可阻挡的思念和挣扎。

她走后,那个领养的表妹被送走了,听说又被送到了福利院门口。她的命运如何,不得而知。她是否会被另一家再次领养?在该结婚的年龄是否也出嫁了?过着怎样的日子?想起幼年的她我会想起近几年大火的诗人余秀华,余秀华的精神世界是被整个时代所接受、喜爱甚至是崇拜的,但一个与世事格格不入的、被唤作傻子的人,其命运又该被谁守护呢?释迦牟尼吗?玉皇大帝?还是救世主上帝?我不得而知。显然,命运之神在每个人的轮回里表现得不尽相同。

我2007年南下深圳打工四年后,第一次回老家,知道了外公和外婆已经开始轮流在我家和几个姨家养老了。由于大姨嫁得远,在别的市住,二姨得了癌症在五十岁左右也过早地离开了人世,外婆和舅舅也就住在了三姨家。商定舅舅家的可耕种地归三姨家管理使用,直到外公外婆离世。

外婆在九十三岁左右时的一个晚上,那时她住在四姨家,在没有任何人在身边的时候离世了。四姨早上做好饭准备喂外婆呢,一叫没应声,一看发现外婆断气已久。于是召集了直系亲属拉回好久已没人住的家里,好像当晚就匆匆下葬了。在老家很少有这样子的,再没有亲人也要放三天,甚至还有八九天的。但对于没有男系后人的,再加上姨家过得不富裕,都忙着各家子的事情,外婆当晚就立即下葬了。

我虽然没有听外公说起过想念外婆或他别的亲人的话,但每每讲起往事或二姨他都落泪。由于外公在村里是个书生,一辈子都不怎么干农活,我印象中他总是骑着洋车子(自行车)到处转,和同样年长的一些人聊天。到九十岁了还吵着闹着说要骑车子,但几个姨决定不让他骑车了,万一摔倒可不得了。

外公在晚年给我留下最多记忆的就是他一直在说他认为重要的事情。外公毛笔字写得好,他说他在十多岁的时候被国民党抓去当壮丁。在知道他有学问之后,提升他为小指导员。但据外公说他根本无心待在那里,他惦记着他的妈妈,还有家里的三个女儿。在一个明月夜的饭后休息时,他逃了出来,一连跑了十几里,鞋子都跑丢了,躲在玉米地里一整夜不敢出来,在黎明的时候开始边问边找踏上回家的路,摸了三四天才到家。我问他当时什么心情,他说"那是死里逃生"。

他在一九四几年没饭吃的时候还扛着包袱去过上蔡、内黄、项城、大湾,他说那都是离我们那里百十里外的地方。他靠写花鸟字为生,除了自己的开销,能在村里省下来些指标可以让姨多吃点,几个月后回来还能多少带回一点钱。他老年最喜欢给我们讲的就是他自己编的顺口溜和谜语,他能讲上一大老天。还有和理科相关的,用算盘开平方开立方都能以很快的速度算出来。他还会隔河望木算距离,不到河对岸看太阳就知道对面树多高,不用尺子就能测量土地面积。这些都是他年轻的时候跟一位老师学的,一直想教我们十几个外甥里的其中一个,但每个人都忙着自己认为重要的现实生活,没一个人愿意学。可我还是蛮喜欢听他讲些真实的过往故事的,但那些谜语我实在是记不住也学不会。

在他九十多岁的时候,我试着问他庄子,因为我们县是庄子故里,想了解庄子对他有什么影响,但他说没怎么听过。我问孔子,他说:"孔老夫子啊,三千学生,厉害是厉害,但打倒孔家店的时候被推倒了。"我说不出什么话来,他继续转变话题给我讲他的谜语。他偶尔还会问我在哪上班、一个月赚多少钱。当我说出在江苏、一个月两千多的时候。他会说听说那里很远:"两千多块,那么多啊,我们那时候一个月最多的才十几块钱!"可外公是不知道一个普通工人在城市里打工,两千多元够干什么的,娶个媳妇的花费都已经十来万了。外公无论在谁家住,没有住两天就想骑车去别家,还想回他的老宅院。但他年事已高,家里屋子都塌了,更别说做饭。但他不听,又是吵又是闹,一发火就像要打人一样。妈妈和姨无论是谁怎么劝说他都不听,他一说起自己的家庭就哭,几乎每天都发火,脾气大得谁都没办法。

外公病危是在前年快过年的时候,那年我刚好回家早,听说外公病了就去四姨家看他。他说他想回家了,我还特意问他回家干什么,他说:"人老了,想家,可家里又没有人给我做饭。"我们就安慰他说:"等病好了,春天花开暖和了再回去,回去多住一段时间。"我清晰的记得他说:"等不到春天了,我知道这一次恐怕是等不到春天了。"

结果没过一个星期再去看他的时候,外公气色已明显暮沉,坐在太阳下没有一点精神,头都抬不起来了。姨父几个立即送他去村医院,大夫一看情况严重就说看不好,让他们去镇医院,最后又坐救护车到县医院。县医院医生看外公年事已高,说出了实情,对我们说:"恐怕是看不好了,可能熬不过今夜,你们考虑,老(死)医院不如老家里,建议回家。"就开了些药挂着点滴,当天晚上表哥开车,我们好几个人拉着外公从医院奔回家了。

从县城到外公家都是柏油马路,也就半个多小时车程。在回去的路上，三姨就一直对外公说："快到了，叔，快到了，快到家了。"其实外公已经昏迷大半天了，到县医院后几乎都是处于昏迷不醒状态。夜里已经十一点多了，异常的静，车厢里一种肃穆但自然的感觉，就像树叶发芽到葱绿最后随风飘散一样。

到家后，外公被安置在了一间才盖好一个月的新房间里，那是村里给农村贫困户补贴盖的一间房子。表哥用电瓶发了电，我们就给外公铺好床挂上点滴，表哥他们半夜回家拿吃的用的去了，包括大姨前几年给外公准备的孝布和寿衣。刚半个多小时，外公就停止了呼吸。他虽没有说话，但或许他知道自己到家了，那一片他晚年朝思暮想却又回不得的土地。不知道他是否听到了他父母兄弟姐妹和所有亲人的呼唤与迎接？记得那天夜里星辰明亮寂寥，不禁令人感到一种北方冬天的苍茫感，外公终究还是没有等到春天，就倒在了冬天的冷风中。

第二天外公就被葬在了北地，几个姨父说："无论如何把老人家安稳地送进南北坑，也算是尽心意了。"四姨父还说："墓地选在大块地的鱼脊背高处，风水是上上吉，有利后人。"可傻子舅舅在三姨家住着，如今已近七十岁，一年不如一年，真看不出有利在哪。

其实外公晚年的性格总给我一种力不从心的感觉，悔当初没有如何如何。他会感慨"活着时候走南闯北，死后落个土骨堆"的人生无常，以及"人要失时下贱低，马瘦长毛露出蹄。兴时狸猫欢似虎，落地凤凰不如鸡"的自嘲心酸。不知外公他是否知道项羽，是否感到了西楚霸王壮志未酬的悲愤雄心？其实我们年轻人何尝不是呢？置身在城市的高楼里，也许也有所谓的梦想，但又有什么用呢？在历史的长河里、在时代的巨轮下,我们不过是一粒粒弱不禁风的沙子,在世间的世俗轮回里辗转、漂泊,像无根的浮萍一样感受着生命的珍贵与卑微。

望着院内的一片荒芜苍凉,不禁又想起外公家之前的热闹了。每到八月初三外婆生日,六个女儿几大家子都要坐上好几桌,吃饭聊天,热闹到太阳落山了才回家。现在想想真是怀念,那些岁月都不知道被什么偷走了,再也回不去了,如今只有断垣残壁在诉说着农村小家族的兴衰更迭。

是的,周天子的雪山还在,可宫殿没了;王昭君的传说还在,可容颜没了。李太白的气魄也依然,但身体不知去向。外公的兄弟姐妹哪里去了?曾经领养的表妹哪里去了?他们家曾喂的马、狗哪里去了?院子里一年年开的桃花哪里去了?只剩下沉默的院落在四季交替的风中衰败凋敝着。我也猜不出那不远处在一抔黄土下面的魂灵对这一世的辛酸历程有着怎样的爱恨荣辱。

站在外公家的院子外边,我一句话也说不出,心在颤动但流不出一颗泪滴。想起了去过的城市,想到了在深圳的工厂加班的夜里,想到了宁波孤岛上的日子,想到了苏州的虎丘塔和北京的颐和园还有那些青春的梦想与爱情,都在时代与个人的欲念中存在着消失着……

这时一个四十多岁模样的中年人向站在半截墙边的我走来,问我是谁。我说我就是路过外公家想来看看,他说:"咱俩是老表呢,恁姥爷家之前那么热闹,你看现在,你还有心过来看看呢。走,老表,吃饭没?去我家喝茶。"他真的挺热情,虽然我俩关系很远,可被认亲还挺温暖。他说:"我两个女儿都出嫁了,到时候说不定还不如恁姥爷呢。"我说:"怎么会呢,现在男女平等了,您就等着享福吧。"

天快黑了,我辞别了那个"老表",骑车回程了。此刻外公已在村庄北地沉默地躺了两年,舅舅在三姨家不理世事地吃着住着,半个月后我又将去到熟悉而陌生的城市里继续枉然的生存游戏与废墟之上的理想追求。外公院里的枯枝下面是一片又快到了春天的土地,我知道,在阵阵的东风后,又一年里,新的野草将成为这个院落的真正主人……

冬季出发的匠人

安 庆[*]

这个季节出发的大都是有手艺的匠人,那些木匠、铁匠、泥瓦匠等。农闲开始,再次真正的忙碌要等到来年的麦季,在这个比较长的时间段里,他们要靠自己的手艺出去挣钱。

实际上,麦芽儿刚透出地皮,他们就迫不及待地出发了。

那些锡匠已经开始在村子里吆喝,他们推着小车,扯着嗓子——焊锡壶,打锡壶,打锡壶的来喽——声音悠长而有节奏,一声压着一声,小车上放着打壶的工具、被褥以及做饭的锅碗。我在现场看过打壶的过程,打碎的锡块放在一个带把的小锅里,在炉子上化,风箱咔哒咔哒吹着火苗,炉子旁是一个窝在细沙间的模子,融化的锡水倒进模子里,慢慢地就是一个成型的锡壶——翻新或者新打的锡壶。锡壶在乡村的用途是用来暖被窝、暖身子的。当夜晚来临,寒气从门缝里挤进来,外边的风扑嗒扑嗒地刮,甚或小雪在窗外飘洒,院子里撒

---

[*] 安庆,本名司玉亮。中国作协会员,河南省文学院签约作家,鲁迅文学院第22届高研班学员,河南"中原小说八金刚"之一。曾获第三届"河南省文学奖"、第二届"杜甫文学奖"、第八届"万松浦文学奖"、河南省第12届"五个一"工程奖等。出版中短篇小说集《遍地青麻》《扎民出门》,长篇小说《镇》等。

满了一层白色，这时候最暖和的地方就是被窝，坐进被窝里脚蹬着温热的锡壶。

锡壶是一个容器，装上水，放在炉子上烧热，放进被窝，在睡前被窝被一把锡壶先慢慢地暖热，至少是驱走了冰凉。一个家庭未必会有更多的锡壶，锡在乡村也是不好找的，那些用来打壶的锡需要慢慢地积攒。往往一个家庭只有一把锡壶，要轮流地暖着被窝，一个被窝暖热了，再放进另一个被窝里暖，最后放进的可能是家中年纪最长者的被窝里，也或许放在最小的孩子的被窝里。孩子在被窝里睡，脸蛋儿被锡壶的热气腾得红红的，孩子的母亲怜爱地看着甜睡的孩子。如果锡壶的温度冷下来，会再将锡壶在炉子上温一下，刚烧热的锡壶要用一块布包着，太热，手脚挨上去会不舒服，更怕烫了最小的孩子。

乡村冬季的夜晚，就是这样暖着过的。

我们老家的那把锡壶还在放着，也还偶然地使用。我对这把锡壶情有独钟，从我记事起，家里好像就有这把锡壶了，我母亲还在时就有。小时候它无数次地暖过我的被窝，母亲不在后，这把锡壶我们还一直在用，只是中间又重新地化制过。后来我们家又多了一把锡壶，是奶奶不在后留下的，那把锡壶成了父亲的专用。这几年，我们有了电热毯，有了空调，父亲却还一直在用着奶奶留下的那把锡壶，他也使用电暖器，但锡壶他不舍得丢下。冬天的夜里，父亲将锡壶温开，放进被窝，父亲的冬天还是这么过的。

现在，很难听到打锡壶的吆喝了。

木匠是乡村匠人里更大的队伍。

曾经的那些季节，在每条街上似乎都能看到行走的这些匠人，尤其那些木匠,他们带着手艺在村庄间行走,在一条街上随时可能就会听到锯木头和刨木头的声音,看见正在打制的家具。我家的几件老家具,哥哥结婚时的家具,包括我结婚时的家具都是这些行走的匠人打制的。我记得有一年我们家要打一辆架子车,那两个从黄河南过来的木匠住到了我们家,他们在我家待了五六天的时间,给我们家做了一个方桌、一个柜子。但架子车做坏了,他们量错了尺寸,车厢比正常的窄了大约十余厘米,显得又窄又长,放在轮子上两边显得空空荡荡。好长时间我们拉着架子车出去,都会引来好奇的目光,不断地有人在问,你们的架子车怎么像个怪物。父亲的回答总是说,做成了这样。我记得那两个木匠的羞愧,说要重新为我们家做一个,可重做需要木头。他们又提出扣掉自己的一些工钱,我们家没扣,两个木匠走南闯北离乡背井的不容易,那辆架子车将错就错用了很多年。父亲和母亲的善良感动了他们,一年后木匠再次回到我们村庄,执意为我们家免费做了两件简单的家具,我至今还在使用的一个三屉桌,就是他们那次做的。

  木匠在那个时代里是很吃香的,我的妻子同我说起过当年附近村庄的一个小木匠,那是我们还未恋爱未订婚之前,小木匠跟着一个老木匠在她们村子里做家具,小木匠的心灵手巧被她父亲看中,便托人说合要成就他们一桩婚姻,可阴差阳错没有成功。我们常常开玩笑说,如果当年她跟了小木匠,我们就做不成夫妻。妻子说,和谁走在一起是一种缘分,和他没有。

  我妻子的二哥其实也是一个木匠,也曾是一个走在异乡的匠人。二哥的前妻那年早逝,他不想再守在家里,在一个冬天的早晨扛着木匠工具离开了村庄。他先是投奔到几十里外的一个亲戚家,在那个村庄干了将近一个月,然后再一个村庄一个村庄地流浪下去,他的手艺日渐成熟,离自己的村庄却越来越远。一年后他走到了开封,开封成为他人生的另一个落脚地,他在那里又成了家,有了孩子。后来二哥进了一家企业,木匠的手艺渐渐地冷落。妻子常说二哥的命不好,这个二嫂也早早地走了,撇下了他和孩子。二哥个头不高,看上去干练精明,额头的皱纹很深,有一种藏在内心的不服和孤独。他后来没有再找,一直带着孩子生活,孩子娶妻生子,他退休后在一家企业找了一份门岗的工作。前几年他突然患了大病,这一次他选择了回到故土,在他早年离开的村庄里度过了余生里不多的光阴。我最后在一间小屋里见到他时,他已经没有多少说话的力气,不久就在那年的冬天离开了人世。二哥也是以一个木匠的身份,以一个乡村匠人的身份出走的。在乡村,有很多以手艺游走的人远离了故土,异乡最后成为了故乡,有的人像二哥一样最后回到故土,也有很多最终留在了他们生活的地方。

关于木匠以及另外匠人的风流韵事也常在乡村相传,在我毕业回乡的那一年,我们村里的一个女人,跟着在她家做活的木匠离开了村庄。我记得她的模样,高高大大的身材,长方脸,骑在自行车上显得更加高大。就是这个说话不多且身高马大的女人和木匠私奔了。那件事很长时间都是村庄的话语,她留下了一个男孩,那个男孩现在已经结婚,孩子都几岁了。当时的村里人想不通她为什么会狠心地抛下自己的孩子,为什么选择了和一个木匠私奔。她的丈夫和家人曾经连续很长时间出去寻找,始终没有找到,或者找到了没有唤回女人。这件事既成定局,慢慢地也就淡了,她和那个木匠一直在一起生活,又有了自己的孩子,据说过得不错。她留在家里的儿子听说也去认了母亲,并保持着和母亲联系,这样的结果也让人感到一种欣慰。

匠人是乡村的能人、乡村的另类,我曾经特别地羡慕他们。

在冬天,我更喜欢的是铁匠铺,那些火苗、火星,让我特别地想靠近。我揣着手,盯着炉子里喷出的火苗,听着叮叮当当的锤声,充满了向往。尤其到了晚上,我站在黑暗里,看着铁匠铺里火星闪动,打成的铁器搁放在炉子的旁边,火星在铁器上渐渐地熄灭,泼上水发出滋滋的声音,就像在演着一场电影,人物和场景都在。夜渐渐地深了,铁匠炉子才安静下来。少年时代的冬天,每年都能等到他们,每一家好像都有要打的东西,所以铁匠在一个村庄要待很久,一个地方结束了,才移到另一个村庄。我追随着铁匠去过周围的村庄,看他们在另一个村庄的炉火,他们在炉子上做饭,在棚子下睡觉。我不知道究竟想看到什么,可能我始终有一颗做浪子的心,羡慕铁匠无拘无束的生活。

我的一个本家叔在他四十岁后成为村庄的一个铁匠,我们两家离得很近,守在家里就能听到传来的锤声,感受到一种震动。他原来在镇上的修配厂,修配厂停产后他回到了村里,我们才知道他在修配厂原来干的就是铁匠的活儿,学了一手铁匠的手艺。他回来两年后在家支起了一个汽锤,汽锤代替了手工,婶子不用再配合他的小锤抡动大锤,那锤声嗵嗵地很响,更有节奏,夜里显得更响。我少年时代乡村的电还不正常,他们往往等到夜里来电时赶活儿,夜晚打出的大大小小的铁器,第二天他和婶子骑着三轮车带着,去赶附近的庙会。

然而,这些匠人早已经不再是乡村的风景,很少再能听到铁匠的叮当声,见到谁家请的木匠,打锡壶的吆喝更是听不到了。那个铁匠的本家叔几年前已经不在,汽锤和铁匠炉子被当成废铁处理了。

一个时代像一个季节,就这样更替着。

其实,我也算是一个手艺人。我没有学成木匠和铁匠,多年后成为一个在纸上、在电脑上写字的人。这种手艺我练了很久,在几十年的修炼中,才知道做一个手艺人着实不易,要做到出色更非易事。我回想我修炼手艺的过程,回忆我在手艺路上的开端,真正写作的第一个东西。想起母亲离开的那年,葬完母亲,我看着母亲的坟地上那棵栽下的坟树,就是那天夜里,我写出了第一首诗《妈妈的坟树》。那个夜晚,一个十几岁的孩子竟然伴着眼泪在一本旧作业本上,写出了上百行诗歌。后来我又写下过很多行的诗,再后来我写下了很多的小说和散文,我对这门手艺的修炼是从写给母亲的一首诗开始的,我忽然感念,我的这门手艺是母亲给我的,是她在冥冥之中对我的指引。多年来我一直在这门手艺的路上修炼,把很多装在心里的东西陆续地写出来,包括写那些乡村的匠人。这时我才知道,手艺好一定是来自内心的喜欢。

这个世界其实就是手艺的世界,我在手艺的路上一步步走着,始终告诫自己,要把心放进去,好好地走好。我想起一个傍晚的钉鞋摊,可能不会再有人来钉鞋了,那个钉鞋的师傅还在平静地坐着,平静地在等。我在他身边的小凳子上坐下,看见他在手边一个小本上密密麻麻地记着什么,开始谈话时他告诉我,这是数字,是他的记录,他今天差一双鞋就能够一万双了。我问他是多长时间的数字,他说,很多年。我说，你为什么一直在等，明天不行吗？他说，今天是我的生日，我想钉够这个数字，就这一点固执的想法。我返身往家跑，从家里掂出了一双鞋，那双鞋有一点点开胶，原本打算再穿一段就扔掉了。我让他把我的那双鞋修了，完成了他的心愿。

  我起身离开，他叫住了我，说，我认识你，你是个作家。我站住脚步，说，我也是一个手艺人，我们一样。他看着我，说了一声谢谢。我说，你谢什么，快收摊吧。他说，我会买你的书看，你说了我们都是手艺人，我要看看你的手艺。

  夜幕里，我看见他弯下腰，收拾起摊子。

故乡的水文变迁

万华山*

> 常言道：一方水土养一方人。
>
> ——题记

我的家乡地处淮河沿岸，是豫南地区的一个小村落，驻马店市正阳县大林镇冷冢村。要具体到庄，我们万姓人家，有三十多户，逐水而居，叫作万楼。

关于万楼和万姓人家，村里一直流传着美丽而苦难的传说。传说中，在清朝中期，有一户万姓人家从湖北麻城出发，男人用扁担担着挑子，女人背上馍笼，牵上孩子，迁徙到了这里。当年，这一地带并不是粮食的高产区，而是荆棘野蒿满布，到处狼狐出没。

有一首流传至今的童谣，说明了万楼当时的蛮荒：日头落，狼下坡，蛙子叫唤鬼吆喝。但这样的情状并没有吓倒先祖，他筚路蓝缕，以启山林，硬是顺着水脉开垦了万楼这片土地，从此我们便世代逐河

---

* 万华山，1989年出生，河南正阳人，高中辍学后出外打工。2016年到北京，现为图书公司编辑，北京皮村文学小组成员。

而居。流经这里的河,南北走向,属于淮河支流的分叉,在漫长的岁月里,它哺育了一代又一代人,却并没有自己的名字,她的名字就叫河!

河流经我们村大概有十里左右,沿河的庄稼,都旺盛疯长。万楼处于河的东岸,大概有近千亩的田地,两百多口人,每人平均能分配三四亩田地。之所以叫田地,是因为淮河处于旱地农作物和水田农作物的分界线上,土地一半是旱地,一半是水田,农作物一年两熟,一季水稻,一季小麦。我们县里有句俗话,"掏钱难买正阳坡,一半干饭一半馍"。老祖先的选址,是颇使我们骄傲的,以我们村为中点,北高南低,属于略有坡度的冲积平原,往南二十里易涝,向北二十里易旱,处于中间地带的万楼,在近两百年的时光迁延中,几乎一直旱涝保收。万家人财两旺,在清朝的时候,重视起科举来,"忠孝传家久,书香继世长",我的先祖中出了不少举人、秀才,他们多数荣升为乡镇的士绅阶层。

在族谱的讲述中,仿佛有了河,就能岁月安稳地将日子有滋有味地过下去,但到了清末和民国,风云突变,许多优秀的万姓子弟捐躯在战场上,再也无法在河的怀抱里畅游;新中国成立了,河在大集体的制度下,清了河泥,宽了堤坝,似乎也赶上好光景,可三年困难时期一到,河就不再是温柔的母亲河了,河开始逞凶,她吞噬了数不清的饿殍,那是她曾经养育的儿女!

梨　花　岛

水的实际用途大概有两种,一为灌溉,一为生活用水。但除了实际用处,仁山智水,水文地貌从来都是美好的景观。

除了河,万楼有独属的两大水文景观——梨花岛和大野堰。

在20世纪90年代,新农村尚未规划之时,万楼大概有二十多户人家,分别聚居在两处:一个高的坡地,以大石磨和泡桐树为中心散布,称为大庄;一个低的洼地,一圈水洼围住一块凸出的小岛,称为小庄。大庄面积大,居住的户数也多,小庄住的人少,显得幽静。

被一圈清冷冷的水给围住,这小小的岛屿上,四周培土,种了一溜溜的梨树。梨树在五月开花,千朵万朵,白胜于雪,真是一个世外桃源般的存在。

小庄又有一个别称,叫作梨花岛。

梨花岛与外界的沟通,只有一座细长的天然青石板桥,进进出出,全指望着它。小庄的人,对青石板很敬畏,以为是一块天石,逢年过节,要烧火纸祭拜它。青石板每年最忙的是两个月份,农历七月和腊月。

"七月半,啃梨蛋。"梨树夏天挂果,初秋成熟,而七月半的梨,已经酸酸甜甜,很吃得了。于是,大庄的大人孩子,撂下饭碗瞎溜达,扛上铁锨去田里放水,从地头割草回来,玩绷弓子打鸟……总要在无意间,路过小庄,踏上青石板。

那时候,梅老太还在,梨树多是她家逝去的公婆种下的,她便是梨树的主人。梅老太年轻时便守寡,抚养一众孩子长大,经历了无数的艰难困苦,她总是乐呵呵的面对了,苦难之于她,像是一副仁慈的催化剂。她坐在梨花树下的竹榻上乘凉,老远看见青石板上有了身影,便高声招呼,"来啊,来坐坐"。无论是谁,只要去了,梅老太都会拿起倚在梨树上的竹竿,地上摊开厚布单,抓稳了,往结果厚实的枝桠,一阵左晃右摇,勾人馋涎的梨子便顺着重力,扑簌簌落下来。

梅老太还在世的时候,我奶奶经常会牵上我,踏过青石板,去树下陪老人说话。通常,梅老太会放下针线活,用竹竿打下几个梨,从小箩筐里拿出一把剪刀,一边和奶奶说话,一边给我削梨吃。

梅老太去世八年了,坟边上长了几棵野树,认不清是什么树。

青石板更忙的时候,是腊月,腊月舞狮子。在90年代,老家不流行去南方打工,当时也没有那么多电视一类的娱乐,小伙子们在耕作之余,还贮着一身的蛮力。万楼有两个舞狮队,舞狮队的小伙子们个个精壮,舞狮子,一来为了娱乐,二来正月里在各村镇舞一段,多少有个彩头钱。

万楼舞狮队,在村里是扬了名的。到了腊月中旬,舞狮队要排练拿手好戏"狮子摘星星",这是个大戏,平时难得一见。得了消息,不光是大庄、沈庄、李楼、冷围子的人,也都来瞧热闹。

只见最高最壮的老梨树,在高高的枝叉子上,拴上繁密的红疙瘩,那是红碎布里包着的生鸡蛋,两头狮子便要上树摘星了。锣鼓镲,锵锵锵,咚咚咚,嚓嚓嚓,扮一头狮子的两个人,上面的负责托狮子头,爬树,在下边的拎着麻袋,接鸡蛋。小伙子们的狮子是威武的狮子,也是调皮的狮子,摘下一颗星星,便冲观众努努狮子的大扁嘴,姑娘红了脸,大孩子看得傻笑起来,胆小的孩子哇的哭出来,钻进妈妈的怀里。

这时候,梅奶奶总是早早就睡了,从未见她凑过热闹。

小伙子的麻袋逐渐满了起来,比赛也越来越激烈了。踩着梨树年迈的枝叉，有时难免一阵摇颤，好在狮子们灵巧，并没有摔下来，每次都有惊无险，狭路相逢，比拼的就是勇气。

最后，狮子下了树，谁摘下的星星多——不计破掉的——自然是赢家了。赢家除了摘得更多的鸡蛋，还赢得一顿酒钱，当然，更重要的赢得了是村人，尤其是姑娘的称许。

锣鼓渐息，人们打着灯踏上青石板走了。夜在喧闹之后，显得无比的空荡与寂寞。

不久，民工潮起来了，年轻人都去了南方。舞狮子成为一个无法重现的经典回忆。

梨花岛在万楼的地面上，依然如地球引力般存在，但是那一洼洼的清水，已经枯竭了，青石板成为一种摆设式的存在。梨树也在几年前的土地平整中，被悉数砍戮。

那些飘荡的白色梨花，注定只能通过梦的小径抵达，诉说过往的美丽，哦，我的梨花岛。

大 野 堰

"堰"字是"土"与"匽"的结合，实体的堰，是指"让水结束流淌，停下来休息的土坝"。

万楼的水文地貌除了梨花岛的一围水洼之外，就是大野堰。顾名思义，便可究其形成的原因——来自大自然的神工。大野堰自西向东，连绵两里，像一条卧龙，横亘在万楼的庄稼地上。

如果说，梨花岛的水洼主要关涉生活，那么大野堰便关涉生产。

每逢端午，万楼的秧苗都培育得葱黑，是时候从育秧田里拔起，移栽到南坡和北坡的水田里了。

大野堰在北坡，不像河属于村集体，大野堰就像一方内流湖，她的储水独属于万楼，承担了万楼一半的水田灌溉。

到了农忙季节，大野堰的岸边上，架满了柴油机，随着柴油机的黑烟，和嘡嘡的电机声，大野堰的水咕嘟咕嘟淌进水田。翠绿的秧苗扎成一束束，被均匀地抛散在田里，再由插秧能手——穿花衣裳的姑娘们——顺手拾起，分成三五棵一朵插到水下的软泥里。"糍粑好吃磨难捱，大米好吃秧难栽"，一个小人在汪洋般的水田里缓缓倒退移动，仿佛劳苦的日子，永无尽头。但好在冥冥中，万楼风调雨顺，万姓人家也都勤劳诚恳，日子过得很殷实。年复一年，春种秋收，就像大野堰里的水，冬枯夏汛。

大野堰除了灌溉，还承载了我许许多多的童年乐事。每当夏天，需要用柴油水泵抽干堰里的水，堰埂上便早早地蹲着站着一群手持水桶脸盆或者鸡罩的人，长于淮河沿岸的孩子都是鱼鹰，大家看大野堰要干，早就跃跃欲试，想要跳下去捕鱼。在齐膝盖深的浑浊的水底，被惊醒了夏梦的鱼儿们，这会儿都漏出圆小的嘴，在水面上一开一闭呷哺着。那时候，万楼人家的晚饭桌上，总少不得一盘喷香的炸鱼。

大野堰犹如大海，堰底也有高低起伏，有深沟有浅滩，浅滩上往往冒着一排排的同人等高的红蓼子，夏季的红蓼子是水中最大的阴凉，一群群的龙虾便躲在红蓼的根部。我们拨开红蓼，那些用屁股兜子往后退的龙虾，往往被杂缠的红蓼拦住，正好来个瓮中捉鳖。我拎着水桶里红通通的龙虾,晚饭桌子上,少不得一份麻辣小龙虾。

大野堰的堰边各种野草蓬勃旺盛,最是放牛的好去处。我和同伴早上骑牛出发,甫一抵达岸边,就将牛赶下野堰,二里长的大野堰,堰水浸凉,水牛浮动在其间吃草游水,乐得自在。

我们这帮孩子,便提上网兜去捉龙虾,或者玩闹一会儿,下野堰游泳。我们经常玩一种仰着跳水的游戏,叫"摔菜瓜"。背对大野堰的水面,在一帮同伴的注视下,嘴里喊着"摔,摔,摔菜瓜",然后身子往后仰,"啪"的一声脆响,砸在了水面上,大伙儿哄笑几声,接着轮到下一位。这比赛怎么算赢呢?"摔菜瓜,看谁摔得响。"

时过境迁,自从2006年国家取消农业税以后,农民们摆脱了沉重的纳粮负担。人们开垦荒地的热情被调动了起来,庄子上的荆棘地,小沟小丘小池塘,通通被除草、削平、填埋,变成一块块平整的水田,而大野堰作为野生的水域,先是被临近堰边的田地主人不断填实,缩小面积,后因用水量加大,大野堰不堪搜刮,夏季也遇到枯水期,人们便引来河水,直接将堰底耕为水田。

如今的大野堰,像一眼枯死的泉水,渐于消失,再也不复当年的水乡风貌。而追忆里,我们的汗洒在那里,我们的笑声遗落在那里。

水　井

过年回乡,发现村里家家户户都吃上了自来水。因为政策上要保护地下水,原先的压水井已经成为了过往,我家还安装了净水机。这个小小的发现,让我觉出淡淡的悲哀。

记得小时候,我们一年四季都是饮用压水井里的水,压水井里出的水冬暖夏凉,压上来,直接喝,自带一份甘甜。

那时节,万楼家家都有压水井,水井打在院子里,是归井龙王管的,所以事先要看风水,再确定位置。打水井并不麻烦,因为万楼的地下水丰沛,挖个六七米,清洌的地下水便一涌而出。

小孩子都是喜欢攀比的,而邻里孩子的攀比项目,就有比井水这一项。

我们通常会找个罐头瓶子,或者汽水瓶,或者啤酒瓶子,对着压水井出水口,接上满满的一瓶水,一路唱着跳着去学校。

在去学校的路上,小翠会扬起罐头瓶子,早上的阳光穿过瓶子里澄澈的水,把小翠的脸变得无比宽大,是一张向日葵的脸。小翠说,你的井水没有我的清,我家的井水就是矿泉水。我一听就火了,我们两家挨得最近,井与井的距离,不超过二十米,这样说,没有道理!我追着小翠和她抬杠,小翠把罐头瓶子从脸上拿下来,脸又变小了,像一朵栀子花,变了栀子花的小翠不等我,自己跑了。

其实,距离近并不一定就会水质相同。在大庄的中心位置,小飞家的井,压上来的是碱水,带着一股怪怪的味道,并且也不甚清澈。他拎的啤酒瓶子灌着碱水,有一回,我带的水喝完,喝小飞的,一扬脖子,一口下去,差点没喷出来,那水里仿佛添加了一种怪味的佐料,像巫婆的毒药。

我们这些孩子,偶尔也会往水里放东西:糖精粒。那时候,家里做甜味的饼子或者馒头,和面的时候会化些糖精水进去。有一次,我偷了奶奶的糖精,放几粒在井水里,瓶子晃一晃,那几个小小的透明晶体立马消失于无形。我很得意地带上自己制造的高档饮品到班上，放在桌子上，生怕瓶子歪掉，自己舍不得喝。到下午第三节课快完的时候，马上就要放学了，我的水还剩下半瓶，我问扎着马尾辫的茜茜，喝不喝？茜茜说自己有点渴，便喝了一口，喝完便说，哇，原来是糖精水啊，我不知道，又偷你奶奶的糖精了吧，我不喝，你自己留着喝吧。茜茜拒绝了我的糖精水，也拒绝了一段美好的情愫。

小翠经常和人比井水，她执拗地说，俺家的水就是纯净水，同学们睁大眼睛透过罐头瓶看，清亮澄明，的确看不到一丝杂质，便不置可否。

我坚定地说，对，我证明，她家的井压上来就是矿泉水！

水　　稻

万楼处在有利的位置上，曾经是水稻的高产区。人们精耕细作，培育农田就像养育孩子一般，各家的田地里每到开春，都会施上大量的绿肥。

人不误田，田不误人。万楼的水田在丰收的年份，亩产可以达到一千三百到一千四百斤，即使交掉每亩两百斤的纳粮，每户人家还是绰有余裕。

最早，农田里是不上化工肥料的，农药也用得不多。插秧的时候，有很多水蛭在田里，一不小心，就吸附到人的腿上。胆小的姑姑，一被水蛭吸上，马上便惊叫着在田里跳起来。水蛭吸住肉，又滑又软，还能自由伸缩，是很难拔出来的。这时候，有经验的爷爷会用秧苗叶子往水蛭上一擦，水蛭受不了秧叶子涩滞的痛感，便放开嘴，自己滚落下来。

在稻子快要成熟的季节，田里生出各种有趣的小玩意儿，蛐蛐、蚂蚱、蝗虫、小青蛙、小鸟儿，这些大自然的宠儿们，不用勤劳，也可以享受丰收的欢欣。在诚实厚道的农人那里，从没听说过谁抱怨过这些小东西偷吃了他们的庄稼，这是千百年来，人与自然相处的分享之道，祖辈们都是如此。

进入90年代中期，水田开始使用化肥农药，农作物的产量开始大幅度提升，同时，那些田间的小动物们也渐趋消失，田野开始寂静与寂寞。

到了新世纪，河里和大野堰里的水开始不够用，人们考虑开采地下水。自2009年到2010年，两年的时间，万楼打了十口井，不是院子里的压水井，而是八十米的深水井，每一口井造价都在万元以上。

有了这十口深井，万楼的水稻生产勉强维持了几年。但城乡的收入差距毕竟悬殊，种水稻的收成比不上一年打工的收入，并且育苗、施肥、灌溉、打药、脱壳，样样都很操劳。人们选择了做甩手掌柜，在工厂里是不用操那么多心的，机器一关，自己就是个自在人。

如今，曾经人丁兴旺的万楼，也成了只剩留守老人和儿童的寂寞村庄，那些祖先逐水而居，辛苦开垦出来的良田，逐渐走向荒芜。

下田插秧的姑娘，穿着花衣裳、欢声笑语的场景再也不得见。人们选择了种植产量低、人工成本小的旱稻，或者用南方的抛洒秧苗的方法，哪怕成熟期晚，水稻品质有所下降。

风　水

　　有一天,邻居万昭飞家来了一个风水先生,他瘦长得像一竿竹杖,竹杖敲地,一步一点,围着昭飞家屋前屋后兜了一圈,又端详了一下小坤良,说,你冲撞了龙王,你家的宅子坐在龙头上,门口左右两口塘,就是龙眼睛,你看看,你看看,龙眼睛被你们糟蹋成啥了?

　　昭飞家门口的两眼池塘,过去可以淘米洗菜,如今水里塞满了垃圾,浮在水上的塑料袋、旧衣服、厨余,让水里翻滚着泡沫,夏天成群的苍蝇在上面开大会,练体操。

　　坤良是昭飞五岁的小孙子,夏天的时候,他害了红眼病,当时家里并没有重视,便很快转成了大病,最后不得不手术去除了一只眼睛,五岁的娃娃成了独眼龙。昭飞怎么也想不明白,这才要看风水。

　　在我们小时候,村子里的垃圾中,多是可以分解的有机物,扔到粪堆上,到了春天可以作为肥料。但是工业文明和商业文明在90年代末开始席卷而来,那些塑料、农药、金属的垃圾物,土地再也不能自行消化。

　　到了新世纪的第二个十年,新农村建设大面积铺开,政策以及风气,要求村民分组集中聚居,于是我们远离了大庄和小庄,搬到了田地最南端靠近马路的地方。此后,家家都有消解垃圾的粪堆的传统,在新的居住形态里不可能再呈现出来。但是,人们的消费欲望被激发了,垃圾正在源源不断地产生。

　　自从坤良出了事之后,大家才注意不再往水塘里倾倒垃圾,但是倒到哪里呢？倒到漫天坡的野地里，任由污染。这是一个无解的问题。

直到2018年的年中，镇上给村里每个庄子都配上了垃圾桶，每家只要一年缴纳几十元的垃圾清理费。人们很快就习惯了这个方便的垃圾清理方式，再也不用污染自己脚下的水土了。

后　　记

亲不亲，故乡人；美不美，故乡水。故乡的水滋养了野花和庄稼，也滋养了一代代人的梦寐与青春。在时代和人事的大变迁中，每一滴水，都逃无可逃，被迫裹挟着与我们一同流动、迁延、枯竭，死而复生，变化了一张张面孔。那故乡的水，在梦里依然清波荡漾，柔情得像母亲的手，给我爱和温暖，抚慰时代的阵痛。

我姥娘

信世杰[*]

在我们鲁西北地区,管姥姥叫姥娘。

小时候我有三件玩具:爷爷做木工的刨子,姥爷卖豆腐的梆子,还有姥娘的听诊器。我姥娘是个赤脚医生,她的药箱里除了听诊器还有注射器、体温计和血压计,但这些都容易坏,经不住玩。

童年时代,我经常学着姥娘的样子,挂着听诊器给别人"探病"。通过这只听诊器,我第一次感受到生命的律动。那只听诊器如今还挂在姥娘家墙上,每次去,我都会摘下来,再听听自己的心跳。

一

我姥娘叫赵秀云,生于1944年,家中有三姐一弟,她排行老四。她家里七口人,一共两亩多地,成分是贫农。姥娘说,家里虽然穷,但上面有三个姐姐,基本用不着她干啥活。1955年,我姥娘虚岁12岁,

---

[*] 信世杰,1991年出生于山东滨州,上海大学创意写作专业博士研究生。

姐姐们说,家里不能没个识字的,得送俺妹去上学。

于是,我姥娘成了大龄小学生。她用一年时间念完一、二年级,两年时间读完初小。1957年,国家搞农业合作社,我姥娘入社干活挣工分。干了一年,她又去考高小,考上读了一年后,教育部门下文说:年龄达到及超过15岁的在读高小学生,一律清退。

1959年,我姥娘回村继续参加劳动。那时人民公社的大食堂只能吃定量,到第二年,定量也供应不上了,大食堂彻底关门。三年大饥荒,那代人都有关于饥饿的记忆。我姥娘说,那时候偷也没得偷了,就见啥吃啥,好歹都活了下来。

饥荒过后,我姥娘长到了18岁。计划经济时代,物资调控不及时,大部分地区靠山吃山,靠水吃水。姥娘家在黄河北面,是棉产区,纺织业相对发达,但粮食产量少,有穿无吃。黄河南边粮食产量高,但没有棉花,有吃无穿。我姥娘身上套了几层衣裳,手上牵着羊,跟着村里两个老人走路过河去潍县(今山东潍坊市),卖衣卖羊换粮食。

从姥娘家南下到潍县,步行需要两天。三人刚过黄河,就被当地公社干部拦下,老太对公社干部说,俺们河北边今年遭了灾,没吃的,俺娘仨去潍县投亲戚。干部打量了三人一番,问,这些东西可不是拿去卖的?老太说,可不敢卖,俺是拿这些去亲戚家换粮食。干部又问,你闺女一层层地穿这些衣裳干啥?老太说,放别处怕掉了,怕叫人偷了,穿身上放心。公社干部心好,看他们也不是啥坏人,就睁一只眼闭一只眼放过去了。姥娘跟我说,那时候也知道撒谎不对,可是肚子饿,没别的办法。

终于到了潍县集市上,把羊和身上衣裳卖了。一只羊在我们本地十几块买的,到了潍县能卖到五十。身上的旧衣裳在那也值钱,一条新点的长裤能卖到十来块。这一趟走下来,我姥娘净赚一百五十多块,这在当时是个大数目。

潍县粮食价格比我们那低不少,但姥娘他们不敢买,半路上太容易被偷。我姥娘把赚来的钱缝到贴身衣服里,坐货运火车回了家。回家后买了一麻袋地瓜给一家老小充饥,又在集市上买了些布,买了几只羊,伙着村里几个年轻人第二次出门。这次运气不好,一到潍县集市上就被管理人员逮个正着,没收了羊还罚了款。还好他们把布藏了起来,被放出来后,装成要饭的下乡卖布,赚回点本钱。第二趟出门做生意没赚到钱,还有些担惊受怕,后来也就没人再去了。

二

1963年,经人介绍,我姥娘姥爷成了婚,但姥娘的户口还在娘家,要继续在娘家干活挣工分。我姥娘22岁那年,户口迁到婆家。村里要选个识字的女子去上卫校,本来定的是我二姑姥,但二姑姥去了农业中专,村里决定让我姥娘顶替二姑姥。

1966年,我姥娘23岁,成了一名大龄卫校生。课没上几个月,"文化大革命"开始了,因为比同校孩子都大几岁,见识也多不少,我姥娘当选"革委会"主任。她带着小同学们批斗校长,我问姥娘为啥要批斗,咋个斗法,姥娘说,学校蒸锅坏了没人管,宿舍屋顶坏了哗哗漏雨,上报了几遍也没人修,我就带着同学们去医院里把校长找来,问他为啥不愿为同学们服务。我问姥娘,你们打人了么?姥娘看着我说，为啥打人，人家又不多坏，我们就事论事，只批不斗，让他把人民群众的问题解决了就行了。

在卫校当了半年"革委会"主任，我姥娘因怀孕退学。二姑姥从农中学习班结业，去卫校替我姥娘接着上学。二姑姥从卫校毕业后，在联合大队（由四个自然村组成）卫生所当赤脚医生。我姥娘生了我大舅，接着又怀上我妈。二姑姥当了一年赤脚医生，觉得太累，正巧碰上滨县织布厂招工，她就去做了工人。

1969年，我姥娘生下我妈，顶替二姑姥当了赤脚医生。姥娘说，那时候赤脚医生的诊所就开在自己家里，联合大队四个村子几千口人，不管白天黑夜，只要有人来叫就得背着药箱出诊，经常饭吃到一半扔下筷子就出门，一年睡不了几个囫囵觉。姥娘当赤脚医生时没有留下照片，多年后，我看到谢晋导演拍摄于1975年的电影《春苗》，从赤脚医生春苗身上找到了点姥娘年轻时的风采。

1970年，姥娘生下我小舅。三年时间生了三个孩子，又加上日夜出诊劳神费力，姥娘身体开始出现问题。姥娘说，那时候出诊路上经常晕倒，有人见了把她扶起来，她在路边休息一会儿继续走，没当啥事。她说最对不住的就是三个孩子，根本顾不上，只能交给婆婆带。

三

在改革开放前的贫困年代里，几百万赤脚医生背着药箱奔走在乡间，保障了广大农村人口的基本健康。1978年改革开放后，农村搞家庭联产承包责任制改革,集体经济解体,赤脚医生制度自然也没了依托。我姥娘从一名赤脚医生变成了乡村医生,变的只是名称,那只赤脚医生的医疗箱还是挂在姥娘肩头,哪家有个大病小灾,她依旧是随叫随到。

改革开放解除了农民与土地的捆绑关系,农村人也得以自由地选择职业,也能在种地之外干点副业。种地不挣钱,我姥爷就做豆腐卖豆腐。早起做一大盘豆腐,骑车走街串巷,赶在各家吃早饭的当口卖掉,再骑车回家下地干活。下午干完活再做一盘,赶在各家吃晚饭时卖掉。一天天地起早贪黑,卖完豆腐放下梆子赶紧拿起锄头下地,其中的劳累自然不必多说。但我姥爷是个慢性子,慢性子的人沉得住气,干活有条不紊,能把每天要做的事都安排妥当。

我姥爷性子慢,但我姥娘是个急性子。以前集体经济时代,赤脚医生不用下地,行医治病一样算工分。从赤脚医生变成了乡村医生,分到自家的地一样得好好种。每天下地干活,谁家有事就到地里来找,问药就回家给人拿药,看病就背上药箱子出门,忙活完了回来继续干活。姥娘性子急,做啥事都要火急火燎地要一气儿做完,本来身体就差,再加上每天着急上火,大病小病是常有的事,除了每天给别人看病,还得给自己看病。姥娘三十多岁时身体最差,经常头疼得在床上打滚。

姥娘身体不好,姥爷早晚还要卖豆腐,家中地里的活自然要落到三个孩子身上。在我妈的记忆里,最害怕的就是做农活,不是和土地没感情,也不是忘本,而是自幼在地里操劳而生成的恐惧。在当下以市民文化为主流的语境中,"耕食生活"成了一种带有审美想象的理想生活。在这种想象中,人与土地的关系是审美的,但如果同我的亲人们一样,与土地建立的是一种不可解绑的经济关系,那务农种地绝不是个好营生。可那时没办法,地不能不种,病不能不医,豆腐也不能不卖,一家人在日日辛劳中渐渐走向富裕。

姥娘家日子慢慢好起来,是在1985年之后。随着改革开放的深入,我们那里开始建起一些工厂,大舅小舅和我妈到工厂里干活,挣得比种地多。经济发展了,农业机械化水平提高,种地的人力成本降低,人慢慢从土地上解放出来,种地渐渐成了副业。家庭收入多了,种地不累了,我姥娘的身体也开始有了好转。

1991年,村里新设了医疗点,姥娘本可以转为正式乡村医生,但她身体实在扛不住,又加上表姐和我在这一年相继出生,姥娘结束了自己22年的赤脚医生生涯。

四

我问姥娘,当赤脚医生这么多年,出过医疗事故么?她说,给别人看病时从没出过事故,就是差点害了自家人。

那是1971年,我二姥爷十来岁,家里要来亲戚,姥娘做了几样好菜。二姥爷放学回来,见了好菜就要先吃,姥娘说亲戚还没来,等会儿一块吃,二姥爷赌气走了。那时候敌敌畏(一种剧毒农药)没有专门的瓶子,都是盛在用过的糖浆瓶子里由公社发到各村。我姥娘怕小孩子误食,特意藏在橱子顶上。二姥爷贪吃,憋着一肚子气到处找吃的,在橱子顶上把糖浆瓶子翻了出来,以为找到了好东西,拧开盖子就喝了几口。

敌敌畏剧毒,喝下去烧得胃里难受,他又掬了些凉水喝。直到肚子疼得受不了,二姥爷才把实情告诉大人。姥爷姥娘一看情况不好,赶紧驾上马车往医院赶。那年月,老医生基本都被下放了,值班医生不紧不慢地给兑了药,喝下去还是不见好转。旁边一位看门师傅悄悄凑过来说,赶紧送市里大医院吧,再晚点你这孩子怕是救不回来了。姥爷赶紧赶着车到了市医院,终于抢救回来,但二姥爷从此落下了病根,人很干瘦,一辈子肠胃不好。姥娘说,干了半辈子赤脚医生,最悔的就是这件事,那年月人都饿,正是长身体的孩子,该让他先吃两口。

我姥娘说,她当赤脚医生时虽然身体不好,但有一件事让她觉得很幸运。那时候人们观念不像现在,赤脚医生给人看病都不戴口罩,否则人家觉得你看不起人。姥娘给那么多传染病患者打过针,但她从没被传染过。

1991年之后,姥娘虽然不当赤脚医生了,但免不了给人家打个针,瞧个病,谁家有个头疼脑热的,还是习惯来找她。但大多数时间里,姥娘主要照看姐姐和我,也是从那时候开始,她的身体慢慢好转。我姥娘经常笑说,看自己年轻时那状况,真没想到能好好活到现在。

2015年,山东政府开始为赤脚医生发放补助,首先认定服务年限,按20元/年的标准发放补贴。很多跟姥娘同期当赤脚医生的都把年数尽量往多里报,但她只报了从1969年到1991年共22年,每月能领到440元。我们都说她,你1991年以后也没中断给人看病,为啥不多报点?姥娘说,后来那是乡里乡亲帮帮忙,不算数,该到哪就算到哪,不敢瞎胡说。姥娘常念叨这个社会好,没想到能过上这样的日子。

姥娘当赤脚医生22年,差点把自己身体拖垮,又用了二十多年才把身体养好。如今,她耳聪目明,就是心脏有些不好,天天吃保心丸。当了半辈子赤脚医生,姥娘攒足了人缘,谁家菜园里长了菜、果园里结了果,都是先送来给她尝尝。现在,姥娘的日常就是跟老太太们打扑克,她说,常活动着脑袋不痴呆,到时候还能给我们看小孩。

2017年农历七月初五,是我姥娘73周岁生日。民间有句俗语说"七十三、八十四,阎王不接自己去",姥娘已经跨过了"七十三"这道坎儿,但她还是经常笑着谈论死亡。她说,活到现在也差不多了,好日子孬日子都尝过,再坚持坚持争取能看到我们几个都成家。我们跟她开玩笑说,您只要活着每年就有五千多块钱补助呢。姥娘说,哟,那还是使劲活着好。

"石头"的漫漫乡建路

李文英　李　勇[*]

11月的山城重庆正是多雾的时节,23日这天零星飘着点小雨,飘飘渺渺如烟似的薄雾从嘉陵江上缓缓升腾起来,笼罩了整个山城,为它增添了一种梦幻神秘之美。

缙云山南麓庄严神圣的西南大学礼堂里,却是另一番景象。礼堂里灯火璀璨,来自全国各地的乡建人物齐聚一堂,掌声雷动,这里正在举行"2018爱故乡人物"颁奖大会。

山西武乡姜村的杨斌青(网名"石头")荣获"2018爱故乡年度人物",他也是山西唯一获得这项殊荣的人物。

身穿蓝色小西装、敦实睿智的"石头"——杨斌青健步走上领奖台。站在颁奖台上,他心潮澎湃起伏难平。喜悦激动从他的心田漫向眼眶,二十多年来的乡建历程一幕幕在眼前闪烁。

---

[*] 李文英,山西省武乡职业中学高级语文教师。李勇,在武乡县委宣传部工作。

石家岭的呼唤

1993年,21岁的杨斌青从邮电学校毕业,回到了生他养他的武乡,在邮电局当了一名线务员,负责县城电话的安装和维修。

随着通信业的不断发展,农村的电话业务需求与日俱增,杨斌青他们开始走入农村安装交换机与电话,西到泉之头,东到河神烟,东西长150多公里,22个乡镇他们一个一个跑。下乡工作,使杨斌青再次长时间地接触到了农村。

70年代,父亲在柳沟中学任教,母亲在河不棱附近的村庄当民办教师,杨斌青就出生在那里,并跟随父母亲在河不棱一带度过了很长时间。河不棱的生活给少年的杨斌青留下了深刻的记忆。

冬季的河不棱一片荒凉萧瑟,西北风打着尖利的口哨在河谷两岸肆意地穿梭,还不时地把大片的雪花沸沸扬扬地从天空中扯下来,把河不棱一带捂个严严实实;一两天后又呼啦啦把它们吹上天空,阳光下魔术一般地把它们变幻为水晶般的冰锥,挂在屋檐、树梢。

深秋原本已经瘦弱的小河,经过几场大雪又丰盈起来,像是一条洁白晶莹的绸带从河不棱穿过,在阳光下散发着诱人的光芒。这里成了杨斌青他们儿时溜冰玩耍的乐园。

冬天的假期,小伙伴们全给了这条小河。双腿盘坐在简易的木制冰车上,两个胳膊轻轻地在冰面上一点,屁股底下一用劲,"噌"地一下,冰车滑行出很远,再一点,"嗖"地一下,已在一丈开外。孟子曰"独乐乐不如众乐乐",滑冰也是如此。最高兴的是一群小伙伴来一场比赛,选定起点、终点,一声令下,几个小伙伴像离弦之箭一般从起点处射出来,飞速向终点滑去,欢呼声中,第一个到达的人高扬双臂突破终点,然后稳稳地掉头开始观看下一轮比赛。有时他们不比速度,比力度,在冰面上玩起冰车碰碰车,力气大的能把小伙伴摔个狗啃冰。

如果不是遇到了两个大学生,也许杨斌青会觉得河不棱是最好的地方,滑冰是世界上最快乐的事情了。

读初中时的那年夏天,柳沟中学来了两个师大的实习老师。大城市来的年轻人,立即给柳沟中学带来了一股清新的山外气息。喇叭裤配淡蓝的衬衫,微微的波浪卷披在肩上,抖煞煞、洋忽忽的(方言:太漂亮了),最关键的是这两个大学生教给了他们一首非常好听的儿歌《蜗牛与黄鹂鸟》:"阿门阿前一棵葡萄树,阿嫩阿嫩绿地刚发芽,蜗牛背着那重重的壳呀,一步一步地往上爬。……"

轻松活泼的旋律,清新有趣的意境,瞬间击中了斌青少年的心,原来世间还有比《学习雷锋好榜样》《三大纪律八项注意》等革命歌曲更好听的歌曲。外面的世界到底还有什么更精彩的?小斌青不知道。

一定要上大学,走出去看看外面的世界,这个念头瞬间在小斌青心头生根发芽。

如今,杨斌青已经大学毕业,又回到了生养他的故乡。下乡工作中,他发现变化最大的是河不棱的小河,因为温室效应,河水几近断流,河面上滑冰的欢乐场面渐渐消失不见了。其他的方面和外界的飞速发展比较起来,简直像是蜗牛爬坡,发展十分缓慢。山还是那些萧条的山，土地也还是那些收获并不丰厚的土地；尤其是教育，还是功利性的应试教育，"学好数理化，走遍天下也不怕"的观念根深蒂固。

当年的"蜗牛与黄鹂鸟"让斌青生出了美好的向往，那不仅仅是对山外世界的向往，也是对艺术的向往，是对美的向往。如今站在浊漳河畔，望着汤汤的流水，斌青没有"逝者如斯夫"的感觉，他只想"我能不能也做一些事情，就像当年那两位大学生哥哥姐姐影响自己一样，去影响一些家乡的弟弟妹妹们，让他们即使生活再艰苦心中也会有远方？"

可是斌青不是教师，他不可能去学校影响他们，眼下能做的就是在电信工作中尽职尽责，加快武乡的通信事业发展了。

工作中他不断地成长，由最初的线务员变成了机务员，不久成为电信技术员、办公室主任、业务经理，2006年当上了网通公司副经理。2007年8月，业务出色的杨斌青被调入上级单位长治联通公司，离开了生他养他的武乡，成了故乡的游子。

从武乡到长治，上司的石家岭是分界线。站在石家岭上回望，武乡那层层叠叠郁郁青青的山峦，那一条条奔流不息的河流，那一座座充满文化气息的建筑，那一垄垄黄土丘陵……一幕幕从眼帘闪过。连他自己都不知道，武乡这个曾经并没有给他什么感觉的故乡，什么时候已经在他心上占据了这么重的分量，让他一踏上武乡的土地就感觉如此的亲切、如此的踏实，甚至还有莫名的兴奋，而离开她的时候是这么依依不舍、惆怅，如此难以割舍。

渐渐融入长治生活的杨斌青终于明白了，是石家岭在向他呼唤，是贫困而又温馨的武乡在向他召唤：故乡的游子啊，你可不能忘却生养你的故乡，你更不能忘记你站在浊漳河畔的渴望！从此，他把自己的QQ昵称更改为"石家岭"。

公益，从平顺奥治村萌芽

杨斌青来到长治担任无线市话业务中心副经理，2008年去潞城市当了分公司副经理，三年后成为潞城市分公司总经理，之后又去壶关做了一年分公司总经理，2015年回到中国联通长治市分公司任综合部经理兼网络分公司综合部经理。

每一次工作的变动，都让杨斌青接触到不同的工作环境，接触到不同思想的人。这些不仅让他在工作上的思路更加开阔，更直接影响到了他的思想，他开始思考：我是谁？我从哪里来？我要到哪里去？思考的结果是：我是武乡人，我从武乡来，我要为武乡尽一份力。

2007年冬天的一个周末，他参与了"长治车友会"组织的一次公益活动，这是他第一次真正参与的公益活动，也正是这次公益活动，让杨斌青知道了自己在工作之外，还应该走一条什么样的道路为武乡尽力。

发起这次公益活动的是车友会会长，是一个网名叫"大改锥"的人，活动内容是到平顺县阳高乡为奥治村学校学生进行捐助。一行人带好大家筹集来的物资驱车前去，不长时间就到了奥治村对面的山梁上。站在奥治村对面看去，沿着山沟曲曲折折盘旋而上的奥治村依山而建，鳞次栉比的房屋就坐落在斧削刀砍的崖壁之上，背依连绵起伏的青山。奥治村看起来很有点古村落的味道,可惜这里的交通并不便利,制约了经济的发展。村子并不大,大概有400余户人家。到了奥治村学校,大家把筹集来的衣服、书包、笔记本、笔等东西分发给学生。

在电视上看过很多捐赠仪式,并没有什么特别的感觉,甚至有时还觉得这种献爱心有作秀的成分。可当自己真正参与进来时,杨斌青有了不一样的感觉,他挨个同学发放物品,和他们短暂交流,抚摸着他们稚嫩的脸庞,听着他们甜甜的感谢话语"谢谢叔叔",看着孩子们拿到东西时相互比看、炫耀的笑脸,他感受到了他们内心小小的满足和喜悦。此时,杨斌青觉得自己付出的微不足道的爱得到了丰硕的回报,他甚至有了一种微妙的幸福感,原来只有发自内心的付出才能体会到爱。

回到长治,短暂的满足和幸福之后,杨斌青内心不平静了,他想到了石家岭的呼唤,想到了生他养他的武乡:我们武乡也是在太行山旮旯里,也是贫困的地方,我们从太行山腹地的武乡走出来,不是要离开她远远的,而是要来外面广阔的世界中寻找一条能够回馈武乡的道路。我们为什么不能也用这样的方式去帮助武乡?

此后他又去了吕梁碛口隐于大山深处的李家山学校进行捐赠,还去了沁源和沁县。他想也许可以尝试用公益捐赠来回馈武乡。

他把自己的想法和同在长治的老乡武强、李立平、李长虹几个人一商量,大家都有同感,都渴望为老家贡献自己微薄的力量,做一些公益活动。于是几个人一拍即合,在2010年组建了QQ群,把在长治的武乡人组织起来,开始尝试开展公益捐赠活动。

大家在群里发动老乡效仿之前的活动回武乡做了几年公益,逢年过节经常给乡亲们送些东西。几年后,杨斌青感觉这样做下去不是一个很好的办法,群里人数有限,单纯个人的捐助对促进武乡的发展简直就是杯水车薪。要想实现初衷,必须重新思考定位。

"家乡全家福"开启公益路

"家乡全家福"公益拍摄缘于一次偶然。

2015年,杨斌青偶然得知山西省摄影协会的副主席每年要在吕梁找个村拍摄全村福。他突然想起了自己在农村观察到的有趣现象,和城里人喜爱挂字画不一样,乡亲们的墙上只挂三样东西:一是领袖像的年画,二是孩子们的奖状,三是陈旧的全家福。因为农村条件有限,很多人家的全家福只有在特殊的日子,比如孩子当兵或者结婚的时候才可能拍摄,因此并不是所有人家的墙上都有全家福。

这件事一下触动了他,比起"全村福",老百姓是不是会更关注"全家福"?而他现在是山西省摄影协会的会员,正好有摄影的特长,于是他就萌生了一个公益念头,趁2016年春节的时候为乡亲免费拍摄全家福,给一个个普通的家庭留下美好的记忆。和几个摄友一商量,大家都愿意参与此事,于是"家乡之音"公益团队就这样产生了。

全家福拍摄的第一个地点选在了故城北良村。2016年2月7日正是除夕,"家乡之音"组织公益团队偕同"走遍长治剧组"和"小鱼南瓜视觉印象"一行28人走进了北良村,为当地的村民免费拍摄。

因为斌青的同学已经事先在村里进行了宣传,很多人家已经做好了准备,他们一到达立即投入了拍摄。第一张照片是给一对姐妹拍摄的,姐姐穿着粉色的合身棉袄,亲呢地搂着身着大红色羽绒服的妹妹留下了永久的记忆。另一户人家在白墙绿门前留下了一家幸福的合影。

顺利拍摄了几家后,意料之中的不配合还是发生了。他们刚走进一户人家的大门,老人就热情地迎了出来,撩起围裙擦了两把手,喜滋滋地说:"你们快进屋暖和一下,俺孙子到邻居家玩耍了,我去找回来。"不一会儿,老人带着穿戴一新的孙子回来了,在院子里摆开架势就要拍照。正准备的时候,老人的儿子一掀门帘从隔壁屋子走了出来:"干什么,干什么!我们家不拍全家福!"老人一愣:"孩呀,人家可是免费来给咱们拍全家福的!""什么免费,我们在城里见多了,今天拍照免费,明天取照片的时候,指不定多问你要多少钱呢!这种骗人的小把戏见得还少了?"老人狐疑地抬头看了看杨斌青他们,好像要从他们的眼睛里看出这伙人到底是不是骗子。村子里斌青的同学一直随行,赶紧出来说:"婶婶呀,这是我的同学,他真的是免费拍摄。何况就算他骗你我还能骗你?到时取照片收钱你来找我!"老人的儿子一脸的冷漠:"管你们骗不骗,反正我们不拍全家福。"同行的摄影师们面面相觑,无可奈何地摇了摇头。

又去了几家,也被拒绝了。杨斌青心里很难过,可还是很理解他们,谁让现在的骗子无孔不入呢?老实善良的乡亲实在是怕上当受骗。好在大部分人家还是选择了相信,斌青他们很快就又投入到拍摄中去了。

整整一天,他们拍摄了 40 幅全家福。临别的时候很多人感激地将他们送到了村口。在村委的大门口,拍摄组又给在场的人留下了北良全村福。

冲洗放大时斌青来到了长治的腾达影像公司。看着斌青带着那么多的全家福,年轻的老板韩伟以为他是个照相馆老板,开玩笑祝贺他能挣不少钱。当得知他是做公益的,免费给老百姓摄影冲洗,韩老板大为感慨:"做公益很好!做公益的人不容易,我也为做公益的尽一份力量,以后你的公益照片全交给我,我只收成本费。"从此腾达影像公司成了"家乡之音"的公益伙伴。

正月十三上午,天气晴朗,到处还洋溢着新春的气氛。杨斌青和"大道无极""小鱼南瓜""江湖豪客"等八位"家乡之音"代表把冲印好的照片马不停蹄地送到了北良。全家福照片一幅幅摆在了村委会的大院里,所有的乡亲们全部聚集到这里来领取。大家兴奋地指指点点,逐一细看过去,这幅亮点是童稚的脸庞,那家吸引人的是小伙媳妇年轻靓丽的身姿,看那边还有一个皱纹满面失却了门牙,却在儿孙簇拥之下露出幸福满足笑容的老人……乡亲们喜笑颜开,亲切地叫着杨斌青的网名:"石头,石头,以后可是要常来啊。"各家寻找着各家的照片,不时打趣着别人。那些当初拒绝拍摄全家福的人则讪讪地站在旁边,一副悔不当初的表情。

还有几个老实的乡亲再三确认收不收钱,当得到不收钱的肯定答复后,一位老人激动地拉着杨斌青的手,不停地说:"感谢你们,感谢党,感谢政府。"一个聋哑孤独老人拿到自己的单人全家福时,他没有办法用语言表达谢意,只是眼含热泪一个劲地冲他们竖起了大拇指。

看着老百姓领取照片时高兴不已的神情,杨斌青连日来的劳累辛苦一下子烟消云散,觉得受多大的委屈也值了,"我们这才做了多大点事,就能换来百姓夸党夸政府,我们一定要把这件小事坚持做下去,也算能为我党增光添彩吧"。

万事开头难,有了北良的拍摄经历,2017年洞则沟50幅全家福顺利拍摄完成。后期制作成本费大概需要2 500元,2016年他们自己解决了,今年这笔费用怎么解决?几个"家乡之音"核心成员凑在一起商量,杨斌青建议通过集资来解决,这样可以让更多的人参与到公益事业中来,大家一致赞同。

于是杨斌青在"家乡之音交流群"发出了集资信息,为了让参与的人数更多一些,他还设定了捐款上限,每人最多100元。

500人的大群一呼百应,大家纷纷解囊献爱心,5元、10元、20元、50元、100元……不到半天时间,全家福后期制作费用全部筹集完毕。

到现在为止,他的"家乡全家福"公益活动已经坚持四年,分别为北良、洞则沟、西河、朱家垴、大梁村、蒲池村、上北漳村村民拍摄了全家福,并冲洗放大装框送到每家每户,很受乡亲们和爱心人士的欢迎。

令斌青感到更高兴的事情是,通过拍摄全家福,他影响到更多的人参与到为武乡服务的公益行动中来了,这个比拍摄全家福活动本身的意义更重要。

"家乡之音"汇人心

拍摄"家乡全家福"活动前,杨斌青想让大家了解这是一个什么样的活动,就申请了一个微信公众号。2016年1月6日,杨斌青以网名"石头"筹建的"家乡之音"微信公众号(jxzy00001)正式上线了。他将其定位为一个纯民间、纯公益的公众号,除了宣传全家福活动外,还准备传播发扬家乡红色文化与游子积极上进的精神。

"家乡之音"公众号建立之初,并没有一下吸引人们的注意,关注的粉丝数量很有限,可是"石头"不灰心,他说:"我们这是做公益,是一件很理性、很纯洁的事情,我们不需要哗众取宠,只要汇聚爱心、汇聚更多的人心,扎扎实实做有意义的事,社会一定会认可我们。"

"家乡之音"公众号在第一时间把在北良村免费拍摄全家福的活动情况发出后,这个公众号就迅速传遍了大江南北。短短时间内,"家乡之音"的关注粉丝近万人,遍布国内(包括港澳台)所有省份,覆盖180多个城市。各种正能量的文章、照片、信件像潮水一样迅速向"家乡之音"公众号涌来。

八路军太行纪念馆军史研究专家郝雪廷发来的《假如这些大学还在武乡》,点击量达到了21 239次。很多人第一次知道,原来国内很多知名的高等学府是从武乡走出去的,武乡是一座培养和造就抗日骨干和革命英才的大熔炉。中共中央党校的前身就是1939—1940年曾在武乡烟里村和下北漳驻扎过的中共中央北方局党校,中共中央戏剧学院、鲁迅美术学院的前身是1940年在下北漳成立的"前方鲁迅艺术学校",中北大学的前身是1941年在武乡温庄村成立的"太行工业学校"……

《看咱武乡价值连城的国宝》,向我们介绍了在石门出土的新石器时代的石磨盘、石擀杖,让武乡的老百姓明白武乡的历史已经可以上溯到八千年前;《武乡姜村手擀面》介绍了武乡的风俗人情、地方特色;《武乡小时候的照片》《武乡好人》等热帖点击量也非常惊人。这些热帖还被其他公众号争相转载。"家乡之音"公众号已经累计发布内容2 000余条,通过公众号,大家更多地了解到了武乡的历史、现状,"家乡之音"公众号成为武乡联系古今的桥梁、沟通内外的纽带。

一时间"石头"的名号取代了杨斌青,成了武乡文艺界一块有温度、有硬度的"石头"。

2016年4月23日,中央电视台原主持人樊登博士在看了"家乡之音"活动的介绍后很是感动,提笔写下"祝家乡之音越办越好"的题词,一线实力作家小岸老师、中国作协会员蒋殊老师也都给"家乡之音"题词。

随着在网络世界的互动,很多参与公益活动的文友都有了在线下组织见面会的想法。2017年1月7日是值得纪念的一个日子,"家乡之音文友见面会"在八路军太行纪念馆隆重举行。虽然那天小雪霏霏,道路湿滑,可还是不能阻挡家乡文化人那颗火热的心。武乡籍的作家、画家、摄影家、普通的文学爱好者二百多人,从北京、天津、太原、长治等四面八方赶回来聚在了一起。

这次文友见面会是"家乡之音"公益团队一次里程碑式的会议,这次会议就像一座桥梁,沟通了家乡内外文化人的心灵;也像是一条纽带,把关心武乡文化、愿意为武乡文化建设出力流汗的人紧紧地联系到了一起。大家欢聚一堂热火朝天地讨论如何促进武乡发展,并达成了共识:"家乡之音"公益活动内容要扩展,线上线下要相结合,尽可能做更多的实事。

2018年春节刚过,"石头"在微信群里吼了一嗓子,"谁到分水岭扶贫献爱心去?"群里人纷纷跟帖相应。大家自发组织起来,购买了食油、挂面、牛奶、挂历等年货,还有文具、衣服等许多物品。到了那里他们才发现,分水岭太偏僻了,许多人家居住在陡峭的山岭上,因为交通不便,居住地太分散,根本没办法通电、通水,条件极为艰苦。家中条件好的人家安装了太阳能光伏板,而一个孤寡老人唯一的家电却只是一只手电筒。

山脚下有一户人家,家里有两个小孩,女孩十岁左右,男孩大概五六岁,都在离家几十公里外的县城寄宿上学。同行的小朋友把带来的文具、积木、书包赠送给这两个孩子,男孩抱住积木爱不释手。孩子的妈妈叹息一声:"家里穷,上学都不容易,哪有钱买这些东西啊!平时见了人家的玩具,连脚都挪不动了。"在场的"家乡之音"团队成员立即表示,只要孩子好好学习,就一定帮助他们上学。准备离开时,屋外墙壁上一幅画吸引了团队成员,蓝色的心形图画里面歪歪扭扭写着一些字,仔细辨认才发现里面写着"我爱我家,我们是幸福的一家人",很显然是那个小男孩的笔迹。

小男孩的这幅画打动了在场的公益人员,"石头"的心里酸酸的、暖暖的:"他们生活虽然艰苦,却是温馨的;即使贫穷,也充满了希望。武乡有多少这样的家庭啊,哪怕我的力量微弱,也要尽自己最大的努力来帮助他们。"

此后,"石头"更多地和"家乡之音"团队成员联系,帮助老乡卖米,帮助龙湍的老郝重建饭店,帮助挂面姐推销挂面脱贫致富……

夜深人静一个人时,"石头"也常常想,"众人拾柴火焰高"。是啊,如果不是"家乡之音"团队和公众号,石头能不能结识这么多武乡文化界的有识之士?能不能为武乡做出这么多有意义的事情?答案当然是否定的。如果"石头"没有在浊漳河畔的思考,他会不会走上今天这条公益道路?答案可能也是否定的。

艰难创办"家乡书屋"

"家乡之音"公众号建立起来后,家乡文化人士积极发稿,有的还寄来了许多书籍,支持"家乡之音"公众号的发展。

虽然之前拍摄全家福等公益扶贫行动尽了自己微薄的力量,可"石头"更想在文化方面为武乡做一些事情,这是他刚刚毕业就产生了的想法,可那时条件有限,心有余力不足。2017年初他觉得可以做一些这方面的尝试了。收到一部分赠书后,他有了创办"家乡书屋"的想法。

书屋建在哪里呢?这是一个大难题。同在长治的老乡国瑞宾馆经理赵采莲,答应免费为他提供两间地下室。还未筹建,3月份,石头被调入中国联通山西分公司任办公室副主任,工作地点由长治到了太原,建书屋的计划由此暂且搁浅。

省会的工作环境更为广阔,接触到的资讯更为发达,信息更新速度更快,工作压力也更大。工作一段时间后,"石头"发现了自己存在的最大问题,不是工作经验不足,而是自己的理论思想跟不上,影响了看问题的深度、广度、高度以及对未来发展方向的判断。

解决问题的办法只有一个:学习。省城毕竟是省城,在这里你需要什么,它就可以给你提供什么样的平台,你愿意学习,它就可以给你提供很多学习的地方。"石头"除了经常去听各种讲座,2018年他又报考了中央党校在山西省党校办的研究生班,学习"科学技术哲学"课程。

石头一边工作,一边学习,一边经营他的"家乡之音"公众号。好在父母给了他一个好身体,繁重的任务没有让他疲倦不堪。稳定下来后,"石头"又陆陆续续收到一些友人的赠书,创办"家乡书屋"的想法又开始在他脑海中盘旋。

同在太原的有一群有文化的老乡,赵太生、曹志红、安志伟、暴书红、王孝青、郁旭光等,大家聚在一起时,谈论的话题总离不开家乡的文化发展。2017年5月"家乡书屋"的创办又被大家提上了议事日程,大家纷纷出谋划策。首先,书屋的定位必须紧紧围绕"家乡",收集、整理的应该是武乡籍文化人士撰写的书籍,和其他非武乡籍文化人士撰写的与武乡有关的书籍;其次,这个书屋不是盈利性质的,不出售书籍,只为热爱武乡文化的人提供一个读书的平台,并希望通过这个平台,定期开展一些文化活动,以不同的形式学习家乡、宣传家乡。

确定了书屋的主题基调,"石头"开始着手准备,去二手市场淘了一些书屋需要的书架、桌椅板凳,在太原的老乡通过各种渠道又赞助了一些。胖乎乎的安志伟几个晚上都过来帮忙,汗流浃背干到深夜,终于准备妥当,"家乡书屋"在石头的出租房内有了框架。

万事俱备,可最重要的问题还是书籍数量不够。大家在出租屋内边吃着山药蛋菜馒头,喝着小米汤,边讨论下一步的计划,不知谁说:"众人拾柴火焰高,发动大家捐书吧!"心动就立即行动,2017年6月19日,"石头"立即在"家乡之音"公众号和微信交流平台发布了书籍征集通告。热心家乡文化建设的爱心人士纷纷捐书或提供有关信息:书法大家肖丽老师捐赠了自己的作品,原山西省高级人民法院院长、文化大家李玉臻捐助了大量的书籍,甚至捐赠了一些珍贵的绝版书籍;八路军军史专家郝雪廷老师捐赠了武乡第一份诗歌报《鸽哨》的创刊号,武承周老师捐赠了《游击队长魏名扬传奇》……

"石头"自己也经常在网上寻找,一次发现了一套4本《武乡秧歌剧集》,售价300多元,这对各方面都需要经济支援的"石头"来说,实在是价格不菲。可这套书很珍贵,市面很难见到,如果被别人购去,对家乡文化实在是个损失,这种遗憾绝对不是几百块钱所能弥补,于是他咬咬牙立即买下补充家乡书屋。只要有机会见到武乡文化人,他绝不肯放过淘书的机会。到北京就专门抽空去拜见李零教授,得到李教授的赠书《回家》;去拜见历史学、法律学专家纪坡民,得到纪先生的著作《宪政与立国之本》……

短短几个月,通过大家赠书和石头自己购书,书屋的藏书数量已经接近2 000册,最久远的有民国时期的,也有近几年出版的,年代跨度比较大;而且内容五花八门,有志书、戏剧、小说、诗歌、散文、识字教材、医药、方言、绘画、书法、音乐,还有报纸、杂志等等,数不胜数,简直就是武乡的百科全书。

2017年7月,"家乡书屋"已经初具规模。11月1日,家乡书屋在太原市学府街碧水兰亭举行揭牌仪式,正式开始接待客人。

俗话说"好事多磨","家乡书屋"的创立也不可能一帆风顺,运行几个月之后，租住的屋子到期，房东要收回房屋。"石头"自己倒好说，可书屋该怎么办，他只好四处打听，寻找合适的地方。寻找中恰好碰到"路过书店"的老板路凯，听说他的情况，路老板当即爽快地答应帮忙，把他自己的书店腾出一面墙，免费借给"家乡书屋"用。太原的朋友们立即帮忙搬家，"家乡书屋"又暂时安顿下来。

家乡书屋的书籍数量仍然在不断地增加，"石头"也没有空闲整理一个目录册，可是一些特别珍贵的书籍，"家乡之音"团队成员却都心里有数。一天，"太行飞雪"在网上二手书市场闲逛，突然发现网上出售纪坡民先生写的《宪政与立国之本》，扉页上赫然加盖有"家乡书屋"的印章。"家乡书屋"的书籍怎么会在网上出售？是谁在出售？得到消息的"石头"立即赶到书店核对，还好虚惊一场，那本书还稳稳地站在那里，看来是有人了解它的价值，准备偷偷出售，但还未找到买家。

这种情况可不能掉以轻心，"家乡书屋"的书和现下市面流行的书不同，它们都是经过时间老人之手，大浪淘沙积淀下来的关于武乡的很有价值的书籍，记录了即将消失的原汁原味的武乡本土文化以及武乡珍贵的历史资料等。有的书籍已经是孤本或者是绝版，每一本都异常珍贵。"家乡书屋"在收集过程中其实已经起到了抢救保护武乡文化遗产的作用，这是创立初期没有预想到的收获。如果这些书籍失窃，也许会给武乡文化带来损失。

石头立即找到路老板，路老板无可奈何地摊摊手，原来他的书店也经常丢书。看来"路过书店"只能是路过一下，不能久留，哪怕租金再贵，家乡书屋也得另寻地方。

得知"家乡书屋"情况的夏尔巴公司老总暴书红对"石头"说:"干脆我公司给你一间屋子吧,虽然不是很大,可存放你的书籍应该足够了。我们上班时间总有人,保证丢不了你的书,要是有看书的客人来了,我们还能帮忙招待,倒个茶水什么也挺方便;偶尔家乡书屋有个文化活动,也总算有了个固定场所。平时没人来,你就锁起来。"

又是一群伙伴帮忙,家乡书屋在不到一年三易其址后,总算不用再四处流浪,落户在了夏尔巴公司。

乡村建设的尝试

2018年初夏,"石头"偶然接触到了一个"乡村建设微信交流群",他第一次听到了新名词"乡村建设"。初夏的龙城,夜晚灯火璀璨,道路两旁的行道树已经绿树成荫,很多行人徜徉街头欣赏美景。石头坐在自己的出租屋内,不停地刷着微信,时而还要上网查找相关的资料,了解群内行家谈论的东西。

原来"乡村建设"并不是一个新名词,早在上个世纪二三十年代,就已经兴起了乡村建设运动,梁漱溟、卢作孚、晏阳初三个人被称作"乡村建设运动三杰"。50年代曾经又进行过一次轰轰烈烈的乡村建设,即我们熟知的"大跃进",可惜最后以失败告终。2001年,中国加入了WTO,同年重启了自下而上依靠民间力量的乡村建设,到现在又17个年头了。

石头又认真阅读了《中共中央国务院关于实施乡村振兴战略的意见》,终于明白了乡村建设的内涵,就是以乡情乡愁为纽带,利用网络平台,调动起城市里那些还保留有乡愁情感的文化人、音乐人、诗人,立足乡村文明,吸取城市文明及外来文化优秀成果,切实保护好优秀的农耕文化遗产,并推动优秀农耕文化遗产合理适度利用,充分发挥其在凝聚人心、教化群众、淳化民风中的重要作用。

石头内心莫名兴奋起来,兜兜转转这么多年过去了,终于遇到适合自己的道路了:致力于乡村文化建设。拥有乡土情结的文化人,石头周围不就有一批这样的人吗?一直支持自己的"GSLS 文化沙龙",长治的老乡,太原商会的老乡,他们虽然都各自有自己的工作,可他们都和自己一样,是有着乡土情结的志同道合的文化人啊。至于利用网络,那简直就是自己最大的优势了,在中国联通山西分公司的工作,让他熟悉了网络的特点,了解了新媒体的优势并能熟练运用新媒体;前段时间哲学的学习则让他提升了思想境界,他涉猎了一些对于信仰的研究,有了一些对人与自然规律的粗浅总结。这样他在线上可以汇聚引流热点内容,寻找共同议题;线下制定具体措施,组织活动,凝聚大家的智慧并共同参与,这样乡村文化建设的道路一定可以走得长远。

思路清晰了,家乡书屋该发挥它的大作用了。2018 年 6 月,著名作家蒋殊老师《重回 1937》出版。"石头"在第一时间拿到了这本书,并花了两天时间把它读完。许是家乡故事的缘故,想去天安门参加阅兵的李月胜,冬日河谷逆风垂泪的郭贵云,一口气吃下 12 个生柿子的王桃儿等 13 个老兵,他们在抗战中表现出来的善良淳朴、勇敢无畏、默默奉献的精神,一下一下敲击着"石头"的心房,直敲击得七尺男儿热泪婆娑。13 个老兵如今有的已经离开了人世,活着的也大多行将就木,可是他们身上的武乡人精神、红色精神不能随着他们离开就消失在这个世界啊。"苦难不能回避,历史必须铭记",一定要让更多的武乡人、更多的中国人读到《重回1937》这本书,了解这13个老兵的故事,了解红色武乡的历史。

可是怎么样才能做到呢?把书放入书店,有多少人会去主动阅读或购买?即便有人读了,他们能不能了解到书背后的故事?自己出钱购买捐赠吧,又没有多少钱;即便买下来,对于宣传武乡文化,究竟能起到多大作用?他辗转反侧,夜不能寐。

隔天,"家乡之音"几个成员又聚到了一起,自然而然就聊到了《重回1937》。石头说:"我想组织开个《重回1937》发布研讨会,扩大这本书的影响力,同时宣传咱们武乡的文化。"孝青立即说:"要是开研讨会,会场我来提供和布置,我们邮政大厦会议室可以借用。"任国胜说自己可以拍摄视频,制作上传到网络上,扩大影响。许多人积极准备发言,一切准备就绪。

6月12日这天,"石头"组织家乡文化人士近二十人在家乡书屋召开"《重回1937》主题研讨会"。研讨会由"石头"主持,蒋殊老师讲述了自己的创作经历,安志伟、曹志红、暴书红等很多文化人士发表了自己的阅读感想,一群武乡人用纯正的武乡话畅所欲言。"家乡之音"公众号实况录像播出,并陆续发表了许多人的读后感,立即引起了武乡和各地读者阅读《重回1937》的兴趣。武乡"悠悠朗读"展开了演讲朗诵;学校组织学生阅读文章,观看有关影片,了解抗战历史;各乡镇都召开了有关《重回1937》的读书活动。《重回1937》读后感纷纷向公众号发来;线下研讨会和线上公众号相互结合,武乡文化建设进行得如火如荼。

万事开头难,懂得了这种乡村建设模式后,再开展有关活动就轻车熟路了。8月20日,石头再次组织了一场文化沙龙——"王刚、板山和我"研讨会,这次研讨会在太原"家乡书屋"举行。举行这次研讨会的意义,不仅仅是歌颂了武乡雄奇俊丽的板山,为武乡的文化旅游王牌锦上添花,更重要的是要给青少年树立一个榜样,一个读书上进的榜样,一个促进乡村形成学习文化氛围的榜样。

王刚是武乡一个地地道道的农民,只有初中文化,可就是这样一个农民却在"山西赋 汾酒赋"赋文学比赛中获得二等奖。研讨会召开后,王刚这个自强不息、刻苦钻研的农民形象一下子进入了公众的视野,在如今物欲横流、金钱至上的社会中,这无疑是一股清风吹向了某些颓废的青少年。谁说这是一个拼爹的时代?谁说这是一个看脸的时代?这是一个需要你拼命学习的时代,是一个不会埋没人才的时代。

看着家乡掀起一股股读书学习的高潮,石头开心极了。是的,还有什么能比这样的事更高兴呢?因为他凭着热爱家乡、热爱故乡文化的一颗心,凝聚了家乡一些文化人的力量,在一定程度上推动了家乡文化的建设。

乡村文化建设不仅仅是读书,还有许多其他的方面,比如非物质文化遗产保护的问题。武乡的传统文化很多,其中"焦龙爷文化"特别知名,武乡本土人士曾进行过专题探讨,并且写下了很多文章。可惜迄今为止,"焦龙爷文化"仍然没有被列入非物质文化遗产名录。

国庆节过后,石头和他的一群伙伴们来了一次"太行祈雨古道行"，他们黎明从韩北乡的祈雨古道关牛角出发，途经四里沟、小岭山、梨树烟、枪杆背、顶山，一直越过石香炉到达了焦爷庙。一路上林深木茂，危崖耸壁，五彩斑斓，美景如画。他们沿途了解了许多有关焦龙爷的故事，听向导讲解了祈雨的整个仪式，又实地查看了一些遗迹，对焦龙爷文化有了一个初步的了解。

回到太原后，"石头"和他的伙伴专门请来了山西省非遗保护促进会副理事长李春荣、作家刘小云、太原市非遗保护中心主任张建明等，和武乡焦龙爷文化专家韩炳祥等一起热议，希望促进家乡非遗文化保护工作。目前焦龙爷非遗保护工作正在申报中。

爱故乡，永远无止境

2018年6月，北京爱故乡文化发展中心承办的"情归故里 共建家乡——寻找2018爱故乡人物"征集评选活动正式启动。这是目前国内嘉奖乡建人士的民间最高奖项。

"石头"决定参加此次评选活动。10月25日，"2018爱故乡人物"考察组如约而至。散落在太原的"家乡之音"团队成员全都聚集到了家乡书屋。

书屋并不大，约二十多平方米，陈设也极简陋，靠西的墙上摆着一溜书柜，柜里整整齐齐、满满当当全是有关武乡的书籍，那是武乡文化的荟萃。最显眼的是书柜正中悬挂着的鲜红的"家乡之音"旗帜，哪里有"家乡之音"团队，哪里就会飘扬起"家乡之音"的旗帜。

靠东的墙上，挂着满满的一墙照片，记录着每一次公益活动、乡村建设的瞬间精彩,照片中有耄耋老人,有儿童,每幅照片后面都有一个感人的故事。人数最多的是2017年"家乡之音"年会的照片,那次年会是"家乡之音"公益团队里程碑式的聚会,它吹响了有乡土观念的武乡文化人的集结号,迈开了乡村建设的第一步。

中间窄窄的地下摆着几张桌子,除了叠放整齐的书籍,还有一本签名留言册,凡是到过书屋的武乡文化人,都在上面签名留念。

考察组两个年轻的成员不用多询问,只看看书屋内心已经被打动。二十多位"家乡之音"成员轮番讲述,每个人都有自己有关"家乡之音"的故事,每个人都有一段乡建的经历,每个人都可以代表"家乡之音"团队,"石头"和他们不分彼此,已经融合为一个融洽的乡村建设团队了。不用再多问,不用再多看,"家乡之音"乡村建设团队的概貌,已经在考察组的脑海中形成完整的轮廓。

"石头"的事迹不仅打动了两个年轻的考察组成员,还打动了中央党校(国家行政学院)社会与生态文明部教授、博导张孝德,他提笔写下了推介语:

> 乡村振兴的最终标志是人来了。人来了,乡村就有活力,这是乡村复兴的希望所在。乡村发展最缺的不是资本,而是爱乡村、爱农民的人。几千年来,乡贤一直是中国乡村发展的中坚力量。在乡村文明复兴的路上,最重要、最需要的是乡贤要回来。新时代乡村振兴也同样需要大量有情怀、有威望、有能力的新乡贤回村。

如今,"石头"终于站在了西南大学礼堂领奖台上,光荣地获得了"2018爱故乡年度人物"称号。大屏幕上,滚动播放着杨斌青乡村建设的一幅幅照片,磁性的男中音宣读着"第六届爱故乡大会"组委会的颁奖词:

"雏鸟长成,反哺其母"。杨斌青从山里走出的那一刻,也开始反哺故乡。从一张全家福开始,他端起相机,将温暖和情意送到千家万户。从一个公众号开始,将"家乡之音"传遍大江南北,汇集游子之心。从网上宣传到线下帮扶,从家乡书屋到文化交流,杨斌青和他的团队,以乡情为纽带,再造故乡容颜。他的网名是"石头",坚硬的石头,却有着对故乡永不改变的赤子之爱。

聚光灯下,激动的杨斌青接过了一座沉甸甸的奖杯和一册获奖证书,那不仅仅是一座水晶奖杯,那也是对他乡村建设路洒下的一滴滴汗水的肯定;那薄薄的获奖证书,重如千钧,那是对"一块石头垒起一座山的高度"(蒋殊语)的褒奖。站在领奖台上,'石头'感慨万千:"实在没有想到获奖,我只想通过我做的平台的努力,在四种文明或更多不可连续的文明中找到一个共同点,让大家有更多的机会来交流沟通达成共识,这样才能更好地推进我们爱故乡,推进我们的乡建工作……"

是的,乡村建设永远没有一个固定的模式;而爱故乡,也永远在路上,它将一年又一年,一代又一代进行下去。

68 岁老人的人生过往与手机世界

甘庆超[*]

一大早,迎着霞光出门,来到村子中央的小广场,看到一家小卖部门前零零散散坐着四五个人,刚好有条长凳上只坐着一位老人,我说,这里的太阳舒服。这样打完招呼,我就顺着老人旁边坐了下来。

与老人的相遇,完全是缘分。开始的聊天非常随意,地里种什么、大家现在牵着骡子去干什么等等。当老人拿起手机,手指非常娴熟地在微信界面上滑动时,出于从事媒介研究的敏感性,我觉得这个动作应该是一个不容错过的细节和丰富世界的体现。

这次寒假调研,我随老师来到了云南大理州剑川县沙溪镇的石龙村。石龙村离 4A 级景区石宝山约 3 公里。村子曾一度谋划发展旅游,将村里的水泥路改成了复古的石板路,每家的房子从结构、材料到颜色也进行了统一要求,但由于离景区有一定距离,村子的旅游业始终不温不火。刚进村子时,我一度被眼前的景象震撼。村子的生活气息与近十年湖北"空心村"老家给我的感受完全相反,村里有

---

[*] 甘庆超,湖北天门人,云南大学新闻学院文化传播专业 2018 级博士研究生,贵州兴义民族师范学院文学与传媒学院讲师,研究方向为媒介人类学。

11个小卖部,单停在村广场的微型车就有十多辆,新建和翻新房子的家庭不少。离过年还有二十多天,外出打工的人还没有回来,村里人告诉我:"年前年后十天,村里都会堵车,堵到车都开不动,你说有多热闹。"

晚上有感而发,我在朋友圈写下:"好久没吃到这样的大灶饭,好久没见到如此充满凝聚、充满人气、充满变化的村庄,好久没听到这样成群小孩打闹嬉戏声不断,好久没见到如此青年五斧把碗口粗树劈断,第一次感觉像回到了童年时光。"

老人张大爷,68岁,有两儿两女,里孙外孙共八个,最大的孙子在剑川做生意,最小的孙子在沙溪读初中,其他的孙子分别在玉溪、昆明、深圳、大理、浙江等地打工或学习,另有重孙一个。张大爷现在离村三公里远的宝相寺做第一师傅(主持工作),会做法事,还带领着一个法事团队,经常在葬礼上做法事,月收入在2500元左右。

张大爷叙说起自己这一生的经历时,像有说不完的话、讲不完的事,我索性也不打断,静静聆听他人生的点点滴滴与跌宕起伏。1966年,张大爷初中毕业,因为读过书,被安排在村公所的供销社当售货员,这一当就当了十多年。80年代初期,国家实行联产承包责任制,他重拾农活。干了两年农活,他心不甘,看到有人买了村里的第一台拖拉机,贩卖建房子的木料赚到了钱,考虑自己手上有些积蓄,还有养育四个子女的重担,他买了村里的第二台拖拉机。他将木料从沙溪镇或剑川县拉回村里卖,一车木料50元,他卖100元,刨去油钱,剩下的就是自己所赚。90年代,张大爷看做木料生意的人多了,利润也越来越薄,就开始做木匠。在做木匠的同时,他跟着父亲学会了洞经古乐和做法事。2000年,宝相寺第一师傅退休,因为自己的特长和父亲是寺里第二师傅这两个原因,被请去寺里当第一师傅。

听他叙述人生过往,有三个故事能较好地代表张大爷的品性和追求。第一个故事,是80年代初,他得了阑尾炎,需要动手术,县医院医生水平有限,没有能力动手术。他托熟人关系,将会动阑尾炎手术的医生从大理请到了剑川,给自己动手术。第二个故事,是80年代末,他建现在住的房子,当时四周还都是稻田,村长不让建。他直接去镇上,找到了一位素不相识的副镇长,直接和副镇长讲理,将土地证办了下来。以张大爷为起点,在他的房子周围陆陆续续建起了房子,并且有些村民在办土地证遇到问题时都会找他,他也都给帮忙办了下来。第三个故事,是在90年代,村里有一个在镇上工作的公职人员,因为得了一种慢性病,正好临近单位体检,怕单位知道自己得了病被开除或要求提前退休,找到张大爷。张大爷找到县医院的朋友帮忙,最后,这位公职人员去体检时,只是去走了一下过场,就拿到了体检合格单。第一个故事和第三个故事,张大爷找的都是同一个人帮忙,这个人是自己二十来岁时在沙溪镇住院时认识的一个病友。张大爷说,这个朋友和自己非常聊得来,也很欣赏自己,处成了一辈子的好朋友。后来这个朋友调到大理工作,还有一点权力,对于张大爷的请求基本都予以帮助了。而第二个故事,事件得到解决,完全是靠张大爷自身的勇气和胆识。

从张大爷粗线条的生命史来看,他虽然生活在农村,但并不以干农活为主,他眼界比较开阔,不因循守旧,是一个敢于尝鲜、敢于挑战的人。

张大爷的媒介使用史,听起来像他的生命史一样有趣生动。他买的第一台收音机,也是村里的第一台收音机,是剑川的一个朋友主动给张大爷买的,花了150元。这位朋友,是他在供销所工作时认识的,离开供销社后在政府系统工作。关于他与收音机的故事,最为深刻的是他从收音机上听到毛主席去世的消息。他说,当听到这个消息时,其实自己半信半疑,甚至怀疑是反动分子捣乱播放出的假消息,但他还是忍不住将这个消息告诉了村里人。村里人说,你张大爷胡说八道,这是在造谣,你等着去坐牢吧。"当时村民这样说后,自己表面上不露声色,其实内心非常害怕。"他回忆说,这件事后,自己在村民中的威信得到了提高,大家对自己的信任也增强了很多。

他的第一台电视机是在80年代末买的,当时村里有了好几台电视机。每到晚上,左邻右舍都会过来看电视。他说,人多的时候,家里的客厅都能坐满。自己最喜欢看的节目是新闻和体育类,不喜欢看电视剧。

他的第一台录音机购于1999年。买录音机的主要原因是自己想学洞经古乐。张大爷给我详细描述了磁带的样子:两个圆孔,里面的带子是黑色的,带子绕着两个圆孔转动。当时磁带要去县里买,自己也只是听洞经古乐,所以自己的磁带非常少。后来建新房子,将录音机和磁带扔掉了,电视机也不知道被放在什么地方,始终找不到。"现在有点后悔了,应该保存起来,说不定可以成为古董。"他恋恋不舍地说道。

他第一次买手机是2005年,花了1 000元,牌子是摩托罗拉,办卡花了50元。买手机的原因听起来十分孩子气。当年有人买了村里的第一部手机,他觉得手机十分神奇,拿起来居然就可以和远方的人通话。因为好奇心驱使,他买下了人生的第一部手机,也是村里的第二部。他说,当时手机基本没有什么用,因为没有电话可打,一年多的时间,手机基本不会响,自己只是拿着随便按几下。从有第一部手机到现在,他已经用过15部手机。换手机的原因五花八门,除了手机音量小、信号不好、进水等原因外,还有个主要原因与他的年龄显得不太相符,"当看到村里有人拿的手机比我的好看、时髦,我就会动换手机的心思,并且还会很快独自一人去县里买"。我问他为什么不在镇上买时,他说县里卖手机的店多,可挑选的手机也多。张大爷买手机,主要看重的是音量大,其次是手机外观好看,至于是什么品牌,他不在乎。所以之前买的手机是什么牌子,他基本记不清。他现在用的这部手机是华为品牌,2016年买的,花了1 600元。我问为什么买华为手机,他说,选手机时,给孙子打电话,主要想试下手机的通话音量大不大,孙子就给自己推荐了华为。华为手机在2018年年中时摔坏了,手机屏幕下方有一厘米宽的地方不停地闪烁,因为这个小瑕疵,他又花三千多元买了部新手机。用了两个多月,新手机被外孙媳妇看到,说这款手机是VIVO女性手机,不太适合他用。他听后,索性很大方地将手机送给了外孙媳妇,自己只好又把坏了的华为手机拿出来用。"虽然手机的这一点小毛病并不影响使用,但不好看,想着年前花两三千元,再去买一部华为手机。"说到买手机,他脸上有点神采飞扬。

对于手机的使用,远远不及他买手机来得方便和及时。他的手机上,除了出厂时自带的一些APP外,后来安装的只有爱奇艺和微信。白天，因为张大爷要在寺里忙工作，没有时间使用手机，"每天晚上八点钟，忙完了一天的活，我都会打开手机，主要看微信和爱奇艺"。微信是买手机不久，在玉溪读大学的孙女帮他安装的。张大爷的微信好友中，有儿孙辈18人，医生2人，法事上的朋友2人，在寺庙求福的2人。这些好友，都是对方主动加的他。在孙女的帮助下，他会使用语音、视频聊天和发语音，发朋友圈、点赞、文字聊天和评论以及主动加别人为好友等功能他还不会使用。张大爷主要是用微信来看朋友圈、佛学群、腾讯每天推送的3条新闻以及语音、视频聊天。佛学群是他一次在剑川参加佛学大会时，朋友把他拉入群的。群里的成员主要是在剑川一带做法事的人。张大爷从不在群里发言。他说，群友们发的佛道教义和佛学故事自己每天都会看，但他认为这些内容有些不合理，可能是假的，不可全信。腾讯推送的新闻他十分相信，认为都是真的。对于看到的信息，真真假假，张大爷有自己的判断。对朋友圈的关注很少，他说那些东西看起来费劲，没有意思，有些也看不懂。他通过语音、视频聊天的主要对象是远在深圳、昆明、玉溪的孙子们。

在访谈过程中，张大爷主动给在玉溪上大学的孙女发了个微信视频聊天，他自然地凑到摄像头前，在一旁的张大爷老伴立马也凑了过来。张大爷自豪地告诉孙女，云南大学的教师和学生在他这里。他拿着手机，有模有样地在我们面前扫了一遍。

张大爷手机上的爱奇艺，是2018年3月来寺里求福的一个小伙子帮忙安装的。他和小伙子在聊天过程中，说自己喜欢听山歌，小伙子主动帮他装了爱奇艺，并帮他搜出了云南山歌。从爱奇艺上的播放记录上显示,张大爷在装爱奇艺之初,都是在看云南山歌视频,最近一个多月,播放记录显示了《亮剑》《小兵张嘎》《举起手来》等视频。张大爷不会使用爱奇艺的搜索功能,问他通过什么方式找到这些视频的,"自己乱点就点到了,随便看看,有的还很好看,有时想点回上次看的地方,都不知道怎么弄"。从播放记录上看,每部电视剧他确实都只看了一集或两集。

上午访谈时,张大爷说喜欢看新闻,我说可以帮你装一个专门看新闻的东西(说APP软件,张大爷听不懂)。他一口答应,于是我给他手机装了一个凤凰新闻客户端。下午,我再去访谈时,从客户端的浏览历史记录看,张大爷已经看了十条新闻,主要是政治和体育新闻。

晚上八点钟后,张大爷的时间属于手机,严格意义上属于微信和爱奇艺,我相信,今后应该还会属于凤凰新闻。

张大爷通过手机消遣娱乐,每天晚上是手机陪着他进入梦乡;联络情感,时常和自己的孙子们视频聊天;保持威望,不停地喜新厌旧地更新手机。一个已经年近七十岁的老人,在他的晚年,将人生的重点和追求放在手机上,着实让人有些吃惊。

手机,作为一种物品,因为张大爷有一定的经济基础,可以随心购买。通过手机这样一种物品,他借以标榜自我、刻意炫耀、让人羡慕。但手机作为一种联络个人与世界、真实世界与虚拟世界、身体与心灵的工具,在张大爷的接触和使用过程中,似乎还有很大可以发挥和进步的空间。我问他,为什么不让孙子多教些,让自己会的更多。"年纪大了,学这些东西太费脑子,现在会的就够用了。"他满足地说道。

张大爷的手机虽然是自己买的,但手机里仅有的爱奇艺、微信和凤凰新闻客户端都是他人帮忙安装的,并且他会使用的功能极其有限。让人诧异的是,张大爷被动接受的这三个客户端,他都非常喜欢,爱不释手,可以说是"见一个爱一个"。

对于手机,张大爷虽然不想学更多的东西,但离不开;虽然安装的APP很少,但都很喜欢;虽然一直在买手机,但也一直在换手机。这些"虽然"与"但",看似矛盾,但从张大爷的一生过往来看,他敢于接触新鲜事物、不墨守成规,以期在村民中保持威信与地位,这样的矛盾又很好理解。

在城里,人们用手机刷微博、逛淘宝、看新闻、点外卖、支付消费。有的人觉得自己花在手机上的时间太多了,过度依赖手机影响了自己的生活;有的人觉得手机实在太方便了,一刻也离不开,离开一刻便觉得自己魂不守舍。每个人的生活都与手机发生着关联,生活在乡下的张大爷也不例外。张大爷与城里人对手机的依赖表面上看似乎不一样,但实质上有一点是相同的:手机不仅仅是一种沟通工具。在张大爷的世界里,手机更是一种美化自我形象、提升个人威望的符号象征物,一种让自己保持年轻心态、值得不断追求的新奇技术物,一种让自己晚年生活丰富多彩、开展交往的情感寄托物。

回乡见闻之刘大哥的故事

陈一伊[*]

刘大哥今年27岁,住在我外婆家隔壁,这种隔壁,不是城内单元楼的隔壁,而是乡下两栋挨着的楼房。刘大哥家的这栋楼房,高三层,每层两间,算下来有六间房,买这栋楼房花了二十多万。这个价格在农村算是合理的,一方面,这房子原来的主人是个个体户,算是村中的有钱人,房子随着主人的身价增值;另一方面,这房子地段好,处在镇上的中心地带,对面就是镇政府,旁边就是镇上最大的超市、移动营业厅,再下去一点就是镇医院、镇中学。这片区居住的人家,大多属于镇上有些名气的人家。刘大哥一家新搬来,自然对这片有些生分,因为生分所以安静。像我,若不是外婆提起隔壁住进了新人家,我可能就不会发现。刘大哥家搬过来的时候也没有过事,搬进来后也很安静,一家人好像不怎么出来。我就问外婆:"隔壁的人家怎么都不开门,好像屋子里面没有人。"外婆说:"他们一家都在外面打工,等你过年回来的时候,他们就回来了。"

---

[*] 陈一伊,北京外国语大学中文系学生。

所以,我第一次见到外婆隔壁的新邻居还是在他们搬过来后的第一个新年,农村人讲究:若是换了住处,第一年一定是要在新房子里过的。那次只是草草见了一面,第一印象是刘大哥的父亲不高,头发有些花白,母亲倒是比父亲显得高大一点,两颊红红的,看着很健康,刘大哥很高,五官端正。刘大哥的父亲和外公打招呼,外公问:"回来了,明年还出去吗?"刘大哥的父亲答:"明年不出去了,待家里。"外公说:"待在家里也好,不然房子空着怪可惜的。"第二年也就是今年,这一年刘大哥的父亲母亲并未外出,外公外婆为人和善,两家的交际多了起来。我回到外婆家的时候,刘大哥的母亲正在帮外婆打扫房子。外婆年纪大了,腿脚不方便,刘大哥的母亲为人热心,就过来帮忙,晚上,外婆就做了几个小菜,把刘大哥的父亲母亲请过来一起吃饭。饭桌上,刘大哥的父亲问:"这是你二女子的娃吧,和她妈长得像。"是的,一般他们见了我,都会说我和我妈长得像。"在外上大学吧?大几了啊?"我答道:"在北京上大学,大二了。"刘大哥的父亲说:"真有出息,将来一定当大官。"其实我是不想当大官的,不过这个是最通行的祝福人的方式。刘大爷笑着祝福人的样子,笑眯眯的,有些腼腆,不知怎么,我就记住了。外公问:"小刘今年啥时候回来啊?"刘大哥母亲说:"二十六就回来了,就是后天。"外公说:"那今年回来得早,我记得去年他是二十九晚上才到的家。"刘大哥的父亲说:"今年工地发工资快,就回来得早一点。去年那个老板迟迟不发,所以二十九才回来。"他们又聊了一些庄稼的收成,村里的人事,我有些倦了,就先去睡了。想着学院要求回乡调研的社会实践,怎样去找有趣的人、有趣的事呢?

我对于周围的邻居很熟悉,他们大多都是看着我长大的,隔壁的王伯伯,我小的时候,他就经常叫我去他家吃好吃的。对于刘大哥家我有些生疏,加上刘大哥打工青年这一身份,我便萌发了一个念头,去采访刘大哥吧。我和外公说了一下我的想法,外公是知道我要搞社会调研的,因为我回来的第一天就和他"抱怨",有什么有趣的事情呢?外公说,我是在家乡待多了,所以觉得不新奇。是啊,我基本上每个假期都回来,小时候周末也回来。如果不能去写新奇的事情,就去找一些普遍又生疏的事情吧。这样想着,刘大哥真的是一个很好的选择呢。

因为双方长辈的熟悉,所以刘大哥对于我的"打扰"很自然地就接受了。那天是农历的腊月二十九,在我们这边二十九是要做馍馍的,叫"二十九,蒸馒头"。我去的时候,刘大哥的母亲正在厨房忙着,刘大哥帮母亲填着锅炉的火。他穿着亮黄色的安德玛羽绒服,脚上一双耐克运动鞋,我想起来了,刘大哥的父亲说今年工地发工资快。见我来了,他便起身往客厅走,我连忙说不用,就在厨房吧,还有火,暖和。这样既不打扰填火的任务,也可以采访,刘大哥的母亲就会轻松一点,不用担心火势。腊月二十八是任务繁重的一天,对于一户农村人家来说,新年没有 200 个馍馍,是绝对不可以的。这馍馍不仅是自家吃的,也是招待客人的,更是客人走后要带走的礼品之一。馍馍有油渣子馅的,有萝卜豆腐馅的,有小豆馅的,有芝麻白糖馅的。不同馅的馍馍,用不同的造型区分开来,比如豆包是圆形的,糖包是月牙形的,油渣包上点有洋红洋绿(一种红色和绿色的颜料),用筷子的圆头点两个红点和两个绿点,萝卜豆腐包上就点一个红点一个绿点。

刘大哥的母亲笑着对我说，大哥最爱吃油渣包，她要多做一些，让他吃个够。虽然外面也有卖的包子，两块钱一个大包子，刘大哥的母亲还是觉得自己家做得好，而且外面买也不划算。尽管包包子是个累活，可是新年的劳累是一种幸福。由于村里有一户人家接儿媳妇，刘大哥的父亲，领了个职事，一大早就去帮忙了。看着别人家接儿媳妇，刘大哥的母亲在为刘大哥担心，27岁的单身小伙子，在农村不多见。其实，这栋房子最初买下来的时候，我听外婆说，是要用来接儿媳妇的，那个时候刘大哥应该有一个女朋友，后来新娘子没有来。结婚的这家人，与刘大哥家算不上亲戚，可是住得近，就也要走动起来，刘大哥毕竟是家中的独子，上有父母，还未结亲，以后也需要街坊的帮助。加上常年在外，家中的人情多半是父母在走动。农村的人情，说大也不大，说小也不小，一家有事，最少也需要200元，若是领个职事，到时候主人家会给50元的红包。职事也是有分的，大小厨房的主厨200元，写礼人200元。这种一般都是固定职位，比如：写礼人一般都是村中有些声望的人。刘大哥一家是这里的新住民，父亲就是普通的职事，应该就是50元红包，母亲有时会做帮厨，可得100元。一年的话，大大小小也要有20个礼。最简单的比如结婚，结婚是一个礼，生孩子又是一个礼，有的时候还会有一个订婚礼。农村人抹不下情面，又想着我也会有需要人家的一天，结婚都去了，生孩子怎么能不去呢？尤其到了年末，过事的人会更多，刘大哥中午吃过饭后就要去山上的亲戚家，说是收枋子（棺材）。每次说到这里，刘大哥的母亲就忍不住抱怨，当初搬新家没有过事，这些年来，都在给别人家"送钱"。村里虽说要移风易俗，减少礼钱，可也实在没有减下来。

一个小村子，就是一个小社会，亲戚的关系靠血缘来维持，街坊的关系，若是旧街坊，必然有常年住在一起的情分，新的街坊，像刘大哥这种，必然需要用这种方式去维持。常年不在家，新年的时候更是要多走动一些，人情关系是很重要的。

高中辍学后的刘大哥在朋友的介绍下，去了哈尔滨做汽车配件工作，东北经济萧条，工资低，虽然物价便宜，可天气实在冷得很，没做多久，大哥就辞职了。

刘大哥想，既然东北经济不景气，大家都说广州经济发达，去那里试试吧。在广州的刘大哥，没有朋友，父母那时都在西安打工。刘大哥进了一家富士康工厂，做音响。富士康的工作实在苦，一年多的生活，就是站在同样的流水线上，不停地做着。机器的嘈杂，流水线的不停，没有朋友的孤独，工作的疲惫，看不见阳光，刘大哥做了一年多便离开了。广州虽然繁华，但对刘大哥这一代的年轻打工者而言，机会的大门早已关闭。"那些去广州变富了的人，原来是80年代去的啊。我都生在90年代了，又没有文化，没有技术，只有一个月一千多元的工资，我感觉我能看到的就是这些。"刘大哥说。

离开广州后，刘大哥认识到掌握一门技艺的重要性。同是在西安打工的高中同学，考了塔吊司机证，一个月有6 000元的收入。刘大哥心动了，也做起了这份工作。"我最初干这份工是会害怕的，那么高的塔吊，我要从中间的标准节一节一节地爬上去，还好我没有恐高症。开始的时候，就像那栋楼房是一层一层搭起来的，塔吊大概100米高吧。后来就会加高，加高的时候会在楼和塔吊之间搭上架板，我从架板进入驾驶室里面。"刘大哥回忆。

在工地上，塔吊是核心，塔吊司机坐在窄小的驾驶室中，依靠自己的眼睛和塔吊指挥员的眼睛进行操作。经常一坐就是好几个小时，中午休息两个小时，下午接着工作，到了晚上，遇上加班，也要继续。用刘大哥的话说，工作的那天就要随时待命，24小时都有可能是你的工作时间。由于上下塔吊不方便，塔吊司机在上塔吊前，一般不会喝太多水，上去之后，也选择不喝水。到了夏天，以前驾驶室没有空调，只能忍着。还好从前年开始，工地上的塔吊驾驶室大多装了空调。做了三年塔吊工作的刘大哥，渐渐地有了人脉，有时朋友有事不能上班，刘大哥要是有空就会过去代班，这样也能挣一些钱，刘大哥说，出去代班的工资会高一些。这样算下来，一个月能有6 000元的工资。可是，刘大哥又说："你看，我同学刚开始做的时候是6 000元，到了现在还是6 000元，物价都在涨，可是我们塔吊司机的工资却不涨。虽说塔吊是工地的核心，可是塔吊司机的工资却不是最高的，像木工、电工之类的，他们的工资是按量计算的，我们是按天数，他们的工作时间相对灵活一些，挣得也比我们多。"

伴随着全国房地产行业的逐渐饱和，塔吊司机的需求量逐年下降，可塔吊司机的实际人数却有增无减。以西安为例，虽是省内司机居多，可近年来，外地司机人数明显上涨。一般外地从业者的进入，总是以低工资为敲门砖，没有关系与人脉，自降身价就是最好的方法。外地司机的进入，对本地的司机而言是一种冲击，可打工者之间总是互相理解的，刘大哥说："都是讨生活么，大家都不容易。"不容易的时候，老板会一连几个月不发工资；不容易的时候，你可能会生病；不容易的时候，家中可能出事；不容易的时候，是打工者最不愿去想的时候。

刘大哥说,他算幸运的,这次待的工地,虽然中间三个月没有发工资,还好年底老板给结了80%。他说:"大家都是互相理解的,有的时候是因为老板要不到钱,只要他不是故意不给,等待我们是可以忍受的。我们工地隔壁的一个工地两个月前出了事,一个塔吊倒了,塔吊司机死了。那个司机很小,其实我们这个行业是有违规考证现象的,也有年龄不到就去工作的,这算是这个行业公开的秘密。老板只要看你会开就行,一般不会去考虑你有没有证,不过近些年来,对证件的要求变高了。不过,那个塔吊司机的去世,不是因为他的技术原因。事故一是因为塔吊没有检修,其中一个螺丝松了;二是因为那天老板要求去吊超载的东西,这个是违反规定的。司机去世后,据说赔了200万元,可是人没了。我们这个行业还是很不安全的。听他们说,那个小伙子还是家中的独子。"

讲到这里,我们的心情都有些沉重,不知道去世塔吊司机的家庭,以后将如何生活下去,一个家庭的悲哀,不经意间就上演了。不过刘大哥说,他是坚决不会去吊超载的东西的,工地没有发安全服,他也自己备着,安全帽是一定要戴的。高度的精力集中,是对自己安全的保证。而高度的精力投入的背后往往是高度的心理疲惫,工作结束后的刘大哥只想躺在床上休息。他说,感觉自己都步入中年了,虽然还没有到30岁,每天下班后他也不想刷手机。对于身体的健康倒是愈加关注,一方面看病要花钱,一方面生病就挣不了钱,年轻时爱喝的可乐雪碧,现在也戒掉了。但是他会抽烟,疲惫的时候,烟草好像可以起到舒缓作用。现代人的生存焦虑,在刘大哥的身上同样存在。任何一个可能爆发的事件，都有可能给这个家庭带来极大的冲击。所以，现代人可能一边焦虑，一边工作，可能完全不想未来，而选择逃避。刘大哥说，他就不去想。

其实，刘大哥的未来，也不是想不到，就像他说的，等这个工地的工作结束之后，就会去找下一个。虽然这个工地，宿舍是男女混住，食堂的饭菜既贵又不好吃，手机充电有时也不让，老板和他只签了合同，没有缴纳五险一金，但刘大哥说已经算是不错的了，比如签了劳动合同，比如年前结了80%的工资，比如没有天天加班。这让我想到，中国的农民总是有极大的乐观与包容，也许是经历苦难后的人生感悟。就像刘大哥说的，外面虽然不怎么好，可是外面能挣到钱，如果在家里，真不知道要怎么活下去。我不禁惊叹，如果仅靠种地，农民是怎么活下来的？在农村，每个家庭，总会有一两个人外出务工；每个家庭，只有新年的时候才有可能全家团聚；有的人，新年也未能回来。幸好科技的发展，即使相隔万里，也能天涯共此时。

农村的小孩子，若从小就有父母做伴，是极幸运的；农村的老人，若年老不必外出奔波，在家门口就可以生活，而且没有大病，不必因自己的病痛而对整个家庭感到愧疚，是极幸运的；农村的青年人，若学业有成，通过教育可以一定程度上改变自己乃至家庭的生活，是极幸运的。

可更多的，是像刘大哥这样的人，他们是最普通的农村人。他们的父辈，既没有抓住改革开放时期的经济机遇，只是当土地再也不能供养自己之时去做了普通的农民工；也没有在村里的政治中取得一定的地位，是一个在村中看似有发言权却也没有发言权的人。再加之常年在外,村庄好像只是新年和老年的居所,是心中情感的居处。而刘大哥他们,接受教育的道路已经堵死,发展的黄金时代早已远去,新时期物质生活选择逐渐丰富,可口袋里的积蓄不知道还能够用多少年。也许,他们未来的生活会像他们的父辈一样,等到年老,回到村里;也许,新时期的农村建设,会让刘大哥找到致富的机遇。

  一切都是未知,可是仍要走下去。刘大哥说,他正月初五就要回到工地上去,把这份工作做完,现在开开心心过年,顺便问问回来的同学,有没有什么新的工作。忙着生活,忙着挣钱,即使母亲再三催促,即使村里同龄人都有了小孩,可是工地上女孩子少啊,也没有时间,等吧,也许就会等到一个新娘子呢。

  就像我们聊着聊着,等着等着,刘大哥母亲蒸的第一笼包子也熟了,大哥的母亲硬是塞给我好多个,说让我拿回家给外公外婆吃。真是不好意思啊,好像我就是去人家家里等包子吃的,不过,包子是真的好吃。也许,包子的魔力,就像是乡村的魔力,在你心里挠着痒痒,等着你回到那里去。

  想着包子的我,现在就想回去。

我的四叔四婶的独塘凹

日涉园*

腊月二十九早上,我在城关儿子家收拾卫生,爱人在离县城60里的村里老家,准备明天的年饭,刚打电话嘱咐我把堆在塑料盆里的腌肉,捡最大那块掂上来,下午早点去看四婶,四婶躺在床上快半年了,人怕是要不行了。

低头默默地跟着爱人走,心里头沉落落的。一脚踢飞一个小石头子,落在独塘凹的水中。飘着一层枯叶的半塘锈水,溅不起一点波浪,死气沉沉的。

听说这座常年生锈的水塘,有时到了夏天还会开出淡红的昙花来,昙花是苦命的花。四叔搬家上来的那天就碰上昙花开了,这难道是四叔四婶家的宿命?

说起四叔的家世苦,方圆几十里上一辈的人没有不知道的。不禁想起奶奶对我说起这件事的情景。四叔的父亲和我爷爷是亲兄弟,我父亲兄妹两个。四叔和在我家住了一辈子的打单身的小叔是

---

* 日涉园,湖北人,从事建筑工作,北京皮村文学小组成员。喜欢诗歌、散文、话剧、小品等创作,发表作品若干,参演电影《移民二代》、工人话剧《我们》等。

亲兄弟,还有两个妹妹,我小叔最小。四叔六岁、我小叔才三个月大的时候,他妈妈就去世了。他爸比他妈还先去世一年,那个惨呀,秋天树叶子飘得满地都是。我爷爷挑着一担箩筐,一头挑着一个孩子,手里牵着两个孩子,从四十里外挑到自家里头来,就这样两家合成了一家。我奶奶为了嚼饭喂我小叔糖吃多了,一口牙早早就掉光了。我奶奶一提起这事,就忍不住拿出皂青色手帕擦眼泪。爷爷叹口气,青筋暴露的手,拿着旱烟袋在院子石板上禁不住哒哒地嗑。

后来四叔长大熬成人,命里该有一家人,可因为家里穷,住的是他姥姥家的两间半瓦房,讨了四婶这个不太玲珑的做老婆。四婶的娘家在西山里头,那里修了水库。她也是个苦命人,爸爸早就不在了,就和妈妈相依为命,结婚后就把妈妈一起带过来过日子。四叔有三个孩子,两个儿子,最小的是个女儿。女儿从小发高烧,家里没钱,上医院迟了,烧成了脑膜炎,人瘦得一阵风就能刮倒,还有点呆傻。我小叔有时去她家,生气吵她,说她吃饭碗端着比鼻子还高,上厕所就在门口场子上拉,还爱挪窝,哎,这就是四叔的命。

独塘凹是20世纪60年代"上山下乡"运动时村里的老知青点。靠山脚下一排坐北朝南的房子,早已代替了那些年久的铁架瓦房,靠西边四间平台水泥房是两个儿子的,东边两间正冒着烟的红机瓦屋就是四叔四婶的住处了。

"四舅(四叔是我爱人的亲舅,她嫁过来,一直都没有改口)。""舅妈好些了吗?"我把肉搁在矮凳子上,再往他褪色的黄大衣兜里塞点钱。四叔礼节性地扯了一下,这习惯的动作多年都没有变过。

"你还拿肉过来,你舅妈现如今不比往常了,早就不能吃肉了。"

我听了心里往下一沉。四婶能吃肉在湾里是出了名的,两碗红烧肉当饭吃,吃完就接着干活,不耽搁,四婶能吃能憨做也是有名的,原来身体一直很好,感冒都很少有,倒是四叔每年秋收完就发伤寒,让四婶侍候他。没想到四婶刚七十岁,一场突然袭来的肺肿瘤成了压垮老黄牛的最后一根稻草。早就听说四婶病了,在外面一直抽不出时间回来。只觉得这世间有些事情等你想起来做就已经晚了,都成了一种形式和仪式,子欲养,亲已不待。

封闭的铁炉子呼呼地扯着火,烟筒伸出墙外,屋子里虽然很暖和,但由于怕火灾,炉子不能放在床边上。这隔开的温暖却暖不进四婶发寒的心。房门老有缝,关不严实,一阵风钻进来,撩动铺在竹棍子床边的几根稻草,瑟瑟发抖。四婶空洞落陷的眼睛正对着房门,我连忙用木凳子把门顶上。

四婶看见有人来,口中念念有词,并伸出一只手来。

"舅妈还是玲珑的,能认人。"爱人连忙过去拉住四婶的手。

等我拉住四婶的手,眼泪怎么都忍不住,便掏出卫生纸,扭过头去看床尾的一堆乱稻草。

拉住四婶干瘦厚茧发寒的手,这只为家为儿孙勤扒苦做的手,这只为我盖房子和泥提灰的手,这只给我抱过孩子的手,这只抚摸过最后的农耕时代所有农具的手。

四婶费力地把手抽回去。指着隔壁那边,对我的头比划比划,又摆摆手。我把头放低了些,听四婶哎哎地说什么,我明白了他比划的是他儿子,意思是很少过来看她。我不由得想起我的小堂妹、四婶的傻女儿,不知道来看过她可怜的娘没有?我也想起那个一到冬天一直坐在这个屋里头烤着松树柴火,六七年前才去世的老太太——四婶的老娘,她活了九十多岁,临去世还有她的不太灵通的女儿给她端水护侍养老送终,可是四婶的傻女儿到现在还不知道母亲的死活。

四婶的嘴巴一动一张的,爱人帮着在炉火上的铁碗热着八宝粥,准备喂她。

我爱人就空和四叔在聊,我抽身往隔壁大堂弟家去转转。

大堂弟一家住在城关买的电梯房里,昨天下午回老家,今天提前吃完了年饭,看样子做得很丰盛,桌子上还摆满了大碗小碟的,有的菜根本没动筷子。大堂弟的湖南媳妇做饭倒是有一手。进到厨房里,一小堂弟蹲在门边拿钢丝球"嚓嚓"地在盆子里洗糍粑,堂弟媳抹着围裙在锅里叮叮当当地洗碗。她和我打了声招呼,就开始诉苦:他们这一屋子没几个利落人,不是傻就是痴,刚才送一碗饭过去,说吃不下,又端过来,真没用。

真是隔河打水不相溅!我对这湖南媳妇总不感冒,嫁来这许多年总拿这边当外人当傻子,多谢你一年一度的孝心,一个垂危的生命已经不能享受,哪怕一点点!

"还是你家老爸修得好,有福分,不拖累后人,一顿饭的工夫就走了,死得好。"

听她这话,我真想发火,又忍住了。

她继续唠叨:"哪像我们家这老婆子,躺在床上都快半年了,还一直这么往前拖。"

真想跟她杠两句,这油盐不进的东西!

这湖南媳妇的利跋劲在我们上下湾是出了名的。傻堂妹嫁到安徽去了,不让回娘家,来一回骂一回;小堂弟被媒人骗了,娶了个精神病老婆,只住了一年就让她连打带骂给撵走了。重新单身的小叔子被她挖过来合家卖苦力。一大家子多年的心血帮她在县城买了套电梯房,老公公只进过一次门,可怜婆婆都不知道门往哪开。老公常年在外打工,由她当家,带着孩子在城关陪读打麻将,一年到头除了拿米拿油拿菜,很少回独塘凹来。

"我看这下全指望四舅了。"爱人哽咽着,"幼年的夫妻,老来的伴。养儿防老,我们是指不上了。看在四婶一生为你帮忙撑这个家吃苦劳累的份上,你多受累一点儿。"

"再冇得么事说,不是我一直守着她不离身,那还有她的命在。"四叔用力吸了口烟又吐出来,"上回好容易碰上个晴天还是下面的婶子上来帮忙抹了个澡,指望她的后人,哼,在家也不来拢个摊。"他指的是隔壁弄的湖南的大儿媳妇。爱人说:"小堂弟在家也不来帮下忙呀?""指望不上,被那嫂子带坏了,照样学,来点个卯就走。再说儿给妈洗澡,没有的事,就我这把老骨头不累。"四叔那张大厚嘴翘得老高,就像动画片里的唐老鸭。四叔年轻的时候一生气就是这样,那时候生产队的人都叫他"徐老翘",都叫出了名。

四叔和我小叔一样,从小没进过学堂的门,一生是个抓一把撒一把的人,七十多岁了,手里也没攒下什么钱。

四叔一生错过好多,带着一家老小从拐弯抹角的漫漫岁月走过来。

"徐老翘,嘴巴大。养的鸭子天上飞,赶着鸭子上了架,"这是那些年四叔在湾里落下的笑柄。四叔曾当过鸭老板,养着两百只鸭。

那时田刚分到户,家大口阔,正缺粮食,一大帮活物饿得,那真是呱呱叫。那一天四叔去视察一夜未归的鸭伙计。才一个晚上,那些鸭母都变成了鸭公,嗓子都叫不出声来了。水田里漂着十多只鸭子,脚朝天,一动不动的。四叔赶紧跑到我家里来找小叔,"坏了,要倒大霉了,鸭子都遇上瘟疫了"。小叔从鼻子里"哼"一声,"对,是遇上瘟疫了,发的是饿瘟病,这病我能给你治。你拿钱买上250斤稻谷,我帮你挑过去,保你治好"。四叔一听不对味,三句话讲不拢,小叔还呛他,"你才二百五呢!指望帮着出主意,你倒看哥的笑话。哼!还亲兄弟哩"。

说起四叔养鸭子,他跟从湾间田老头为师傅。田老头说养鸭子容易,冇啥本钱,稻场里扫点儿秕谷背上,到时撒撒就行,又不吃正经粮食,长大了,生蛋用箩筐挑,到时你想不发财都不行。头懒牵瞎子,二懒放鸭子,好糊弄。这下四叔真的被他糊弄了,糊弄得鸭苗钱都赔了。

无计可施的四叔后来干脆当上了甩手掌柜,不管了。再后来鸭队伍全军覆没,都饿死扔掉啦。我想起四叔那时为什么比我看的书本里头的傻皇帝还笨,问百姓为什么不吃肉糜,可我四叔当时连饭都吃不饱,为什么不把鸭子杀掉吃了呢?真是暴殄天物。

那是个初冬的下雨天,我和小叔在家绕着长板凳搓麻绳,四婶又慌里慌张地跑过来找小叔告状。呜里哇拉,比比划划的,一副天要塌的样子。我搬个凳子让四婶坐,她也不坐。小叔知道四婶家又乱摊子了,趁天阴无聊,不闹白不闹。这回小叔义不容辞,放下手里活就准备过去。

坐在房里头烤火、眼睛看不太清楚的奶奶,听到堂屋里的喳呼声,喊我进去。奶奶双眼气成一条线,稀疏的眉毛挤成疙瘩,骂一声"这死扳命的四老翘,混成一家么人啰"。毕竟是一个锅里分出去的,真是恨铁不成钢。奶奶一生气,瓦罐火笼"咚咚"在地上碰,让我跟过去看看。

淋着雨跟在小叔后面,听小叔在嘀咕"做个人真是难"。当时还是小孩子的我,后来才体会到小叔心里的难处。在小叔的心中,哥哥家里日子过成这样,自己脸上无光。

那时候我家里头奶奶是当家人。四叔的丈母娘有时拿把破撮箕来借谷子喂鸭子,我奶奶看在小叔份上给了两回,后来就不再借她了。我们家也没有多的粮食。有一回我看见四叔丈母娘掂着一只空撮箕往回走,失望的眼神,我也感到很无助。

走近四叔破木院门的猪槽院子,一眼看见墙边的木椅子已经摔得稀烂。凳脚是凳脚,椅靠是椅靠,散了一地。四叔站在漏雨的堂屋中间,叉着腰,和他的丈母娘在吵嘴。丈母娘带着哭腔的声音炸炸的,也不让势,拿着乌黑手帕擦着红眼泡。四叔大嘴巴翘得老高,还在强词夺理,找东西要摔的架势。小叔气不打一处来,也跟着呛他哥人穷气大,马瘦毛长的,只会拿东西出气,怎么不照自己的脸打?于是拿墙角那张半新椅子递过来,"这还有一张,来,有本事你接着往下砸"。四叔正在气头上,当然来者不拒。就这样,家里最后的一张椅子,也让这兄弟俩合伙给报销了。

后来听说四叔家里的人都端着粗瓷碗蹲在地上吃饭,倒也干脆利落。

那天奶奶交给我的任务是把在一旁气得呆眉呆眼木头木脑的堂弟带回奶奶那儿问年成情况,我现在还记得小堂弟在我家那副一言不发的样子。

谁知砸完了家里的破东西,四叔倒开始转运了,村里的吴书记找上门来了。

老吴书记蹲在四叔家里把他好好"表扬"了一顿,夸他敢想敢干,敢于砸烂旧世界,再建一个新世界,勇气可嘉。

老吴书记问他都砸完了吗?说再给他一个新的任务,去一个新的地方让他随便砸,一切从头开始,保他砸出金窝窝。原来吴书记是代表村委会来四叔家给安排一条活路的。

树挪死,人挪活。四叔只能背水一战了。那天搬家,四叔所有的家当装上两板车就拉上去了。

说起这个村里的老知青点,到四叔接手时已经是个破烂摊子。

独塘凹是由两条小冲汇集成一条主冲,在我们湾上头三里地,这条冲有二十亩水田,两边山上有好多坡地,还有几架山场,柴禾快被砍光了。

独塘凹也叫大塘凹,因毛泽东时代在分水岭的一侧修了一座大塘而得名。风调雨顺时在下头种水稻,收成也不错。后来一年夏季发了一场大水,把大塘埂打断了,大塘凹就荒废了,只剩下一座独塘的半塘锈水,湾里人又叫它独塘凹了。

种不了水稻,就种花生、黄豆等旱庄稼,村里头搞了两年,本都不够。后来吴书记另想主意,干脆把这个半死不活的场子承包给四叔去打理,吴书记不断给四叔打气鼓劲,说村委会一年只要一千五百斤稻谷就行。

四叔一到独塘凹,就像换了一个人,做事时全身一股子狠劲儿。一家人劲往一处使,心往一处拢。家里除了傻丫头以外,没有一个人吃闲饭,两个堂弟也长成半大小子,能帮家里干活儿了。四婶也从不偷懒,只是闷头苦干,老丈母娘也精神多了,全心地做家务,往地里送饭送水。

种田没有塘,就像孩无娘。四叔拿出以前砸木椅子的劲头儿,挥起木夯向石头砸去,向黄土砸去,把一切退路砸断,把那些年的霉运砸得泥浆乱溅,把浑浊不堪的岁月砸出一塘清水来。

有水好种田,四叔家头一年就打了一万多斤谷,一炮打响,成了我们村里第一个种粮大户。那天上缴大队一千五百斤稻谷,还破天荒地请了一桌客,桌子上放满了鸡鸭鱼肉。吴书记首先站起来,把酒杯倒满,高兴得上下嘴合不拢:"我老吴还真没看走眼,你今年干出了成绩,打了个翻身仗,我们村里也跟着沾了光。来,为我们的徐老翘砸了穷根,我们大家一起砸一个。"一咂嘴,一杯红高粱下了喉。

那天四婶也放开量,两碗红烧肉下了肚,接着挑上一百多斤的两满箩筐稻谷去大队交粮,往来几趟毫不在乎,因此这四婶能吃肉能干活在湾里传开了。

四叔家种旺了村上的田,下面湾子里的自留田也种得风生水起。赶上第二年小队调田,四叔家人多抓阄分到了大畈中间最大的担八(九亩田)。插秧的那天,湾里人全都来了,这种大集体才有的阵势,让四叔家重新找回来了,真是大快人心。一大片水田里,男男女女,红衣绿裤,排上雁阵,你追我赶,只大半天时间,湾子里最大的四方田就换上了绿装。

四叔的大嘴乐得合不拢,打挑子到街上采买果子(油条)白沙糖来过中(小吃),大伙吃得满嘴冒油。

人踩人低,人抬人高。四叔在湾子里的地位一下子提高了,成了个小地主的角色。四叔看管大片山场、大片山坡油沙土地,种都种不完,这可是种花生打油的好山地,湾里人都缺,大家争着向他讨地,一改过去的态度,客客气气的。

湾里人上山砍柴要和四叔打招呼递烟,连吴书记来砍柴也和他点头。

四叔四婶家的日子火起来了,独塘凹火起来了。那些年四叔家过年的对联都是我包了,什么"五谷丰登""六畜兴旺""鸡鸭大发"贴满了墙壁猪栏。

后来我成了逃跑的牛郎,逃离故乡,流落到城里。再后来听说四叔四婶家种田越来越不行了。粮食不值钱,十多年还是这个价,越种多越亏本,年轻力壮的都和我一样跑光了,大水牛也多年不养了,独塘凹的一冲良田都荒了,长了一人多深的荒草。

"发病时在县人民医院检查了一下,说是肺上长瘤,治疗得好几万,没法子,就弄回来了。"四叔低头无奈地说。

"你家原来不是有低保吗?"我问。

"是办了两年,后来取消了,说我家大儿子在县城买了电梯房。我看是为去年征地的事我到张书记家要掀他桌子,他故意卡我脖子。"

把我气得一下站起来:"四叔,别怕,这事我下午就去书记家找他!"

四叔又开始埋怨自己:"这病也怪我,这几年我有时不落屋,没好好照料她,你四婶又不会做饭,咸一碗淡一碗的,还常常喝凉水。有几回说这里痛得很,我也没当回事。"四叔拍拍胸叹口气:"唉,病根可能是这样落下的。"

我说没见四婶桌子上有药,她不吃药吗?

"苦,她倔得很,不吃。"四叔摇头。

"你不是会挖中药吗?"我听说那些年四叔挖中药治好了周围好多人的妇科病。

"是的,能挖,她这病也能对付一下,可是很苦,她也不肯喝的。"

我望着四婶一张干黄的脸,决然的样子。她一生吃的苦太多了,不想在剩下不多的日子里再苦自己。她不相信自己丈夫能治好自己的病,残存的记忆已不相信这个世界。

我和爱人站起来准备走,爱人说趁现在在家,天晴了就上来给舅妈洗个澡,可看这天哪天能晴好呢?

这时,四叔家的一只大麻猫,正衔着一只小奶猫从门缝往外钻去。

"你看这只老猫子,也会嫌弃人,喂了这么多年,铺窝安在这里头好好的,说搬就搬走,不念个旧。哎,老话说,单猫独狗,不死就是走。"四叔摇着脑袋说,"我怕你舅妈不好了。"

在老家吃罢年饭,留给村里一阵爆竹烟火气,儿子们带着孙子们,抛下无足轻重的衰老亲情,挤进车里头往县城一溜烟跑去。他们借口去城里新家贴那一纸对联,不愿在老家多待。

夜晴不是好晴,这是腊月三十刚刚打春的上午,这是四叔四婶独塘凹的上午。大清早东山的太阳像昨夜喝多了酒的醉汉,露了一下憋红了的半边脸蛋,就躲进厚厚的云彩里头,留下一天茫茫白霜,留下茫茫世事,也不管它。

二〇〇九年正月二十日

父亲的春节流浪日记

九 月*

20年后,父亲又开始卖小菜。他说这是前世跟母亲有仇。

说这话时,已经是他在海南三亚海鲜市场卖蔬菜的第五天。1月28日出发的时候,我们可没想到这些。父亲坐了12小时通宵的绿皮车硬座到湛江换轮船再坐大巴到三亚,第二天晚上八点终于到达一条叫做迎宾路的海鲜街。沿着观景街道走到头,就是海。

对于在湖南邵阳的小村中生活了52年的父亲,"海南"两个字的魔力,在没消停的颠簸中迅速消失。大巴过处,"一路上都是树,车少人少,没什么看头","五指山就是不高的连续不断的小山"。父亲在微信群里实时播报,穿着老家阴冷天气下的厚外套,热汗直流。

一

离海边还很远,父亲迈不开脚。在员工与老板合住的上下铺安

---

* 九月,湖南邵阳人,曾为媒体工作者。现居澳大利亚,喜爱创作。

顿好后,1月30日下午他正式上岗。守在拥有几十个餐馆的海鲜市场里唯一卖蔬菜的摊位上,他只能在手忙脚乱的间歇匆匆吐几句苦水。离除夕还有五天,上一名员工刚走,父亲过来顶缺。手工剥蒜、包装菜盒、买算卖收、清扫摊铺……忙到晚上十一点,还没吃上晚饭,"只适合女人做,得手脚麻利才行"。站了大半天就腰疼,父亲有点后悔。

31日中午,他扒了几口饭就骑上菜铺的电动车,迫不及待地赶到海边。踩在冬日暖阳下的沙滩,父亲小心匀速地转了一圈,录了个40秒的小视频,和着海风,没发出一点声音。他还不适应在人群中自拍,尽管不会有人看他。镜头中那些吃闲了撑太阳伞纳凉的人,大概有些就是刚从他手中接过菜的游客。

接下来几天,他都没有时间出来。来给海鲜买配菜的游客络绎不绝,在十几个菜柜中清点菜品,父亲一会儿就累得手脚发酸,站得久了脊背也隐隐发麻。最大的难受是饿得慌,从中饭到晚餐往往要挨七八个小时,有时甚至一天只能吃上一顿饭。最贵不过七八块一斤的菜,父亲一天下来能卖两千多块。母亲在家里备着和弟弟两人的年货,每天只能在微信群里声援。一天十四五个小时的劳累,她怕许久不做体力活的父亲扛不住。

已经放假的我劝父亲辞了工来广州过年,父亲只是一句,"过了年再说"。菜摊旁边只有餐馆,也走不开,他只好从网上买些泡面和零食预备,却被告知要等到年后上班才能发货。提前一天进年货的当晚,搬运、打包、冷藏,父亲一直干到凌晨两点半,第二天早上八点半就被老板叫醒摆摊。几天下来,父亲双眼肿胀,发梢的白更明显了,他有些撑不住。母亲一个个电话打过去,父亲没空接。不喜欢多说话的他宁肯酸着手,一行行地手写敲字回复。我把所有的微信零钱发了红包"鼓舞士气",父亲却不收。

二

二十来年前,父母在村旁的集市上也有个卖菜摊,五平方米的整间门面都是我们的。每天来买菜的都是邻里乡亲,我的整个小学阶段就在父母一声声的招呼中度过。直到六年级的一天,开合木门上的铁锁在夜里被人撬开,几箱鸡蛋和一些值钱的货物全部被偷走。这一遭亏了不少钱,父亲心灰意冷,关停了铺子。隔壁是我的小学同学家的门面,后来开了两三家分店,几年后在村口盖起了全瓷砖地面的三层洋房,一直经营到现在。

此后的二十余年,父亲打过零工、做过生意,而从1998年开始玩的股票渐渐成为他的命根子,直到去年夏天被强制平仓,以亏空三十八万、欠下近四十万收场。父亲眼睁睁地看着手中的股份被一点点吞噬殆尽,在住了三代人的土砖房中,守着一台闪烁的旧电脑,终于心如死灰,"这辈子全完了"。

我们都没有想到,被迫从股海脱身、从此断了发财梦的父亲,在年过半百之际,竟突然开了窍,开始实打实地在家乡找工作挣钱了。而有许多年,怎么也劝不动、骂不醒的他一心栽在股市中,绝不走"二十年才能还完债务"的打工之路。无论过不过年,他的身上几乎从来拿不出几个现钱。

在来海南之前,父亲尝试做过泰康人寿保险公司的销售经理,一遍遍地问我怎样在微信上发广告。他也终于肯下载支付宝,还突发奇想地将红包扫码提现的二维码贴在市内繁华的步行街,每天为赚上一份早餐钱而开心不已。或许,当我们都外出工作,父亲终于体会到,赚下果腹的钱,哪怕几十、几百元,也比股票里涨跌揪心的几十万元来得更踏实。

三

吃不上饭的情况在除夕当天并没有改善。下午三点多,老板还没有安排午饭,也没有准备任何的年货。"连瓜子花生也没有",父亲忍不住向我们抱怨,"这个年过得心累。"而菜摊上售卖的一箩筐砂糖橘,老板不请吃,他硬是不肯动一个。

母亲很有些发愁,毕竟这份工作是她给说的。老板是我的姨父,姨妈是母亲唯一的姐姐。为了这一趟,父亲放弃了在老家找的一份"美差"——卖门面赚提成。攒下人缘的父亲运气好时一个月卖上两三套,工资竟能接近万元。正是1月28日领完工资,他才放心地跑来海南岛,结果不仅被扣半个月的提成,还不得不将新买不到半年的电动车亏本卖了。守着一天长达十四五个小时、月工资仅四千的工作,看着同事在微信群里晒的年会红包,父亲愤愤地说:"以后就是饿死,过年也再不出来打工了。"

下午六点,母亲和弟弟在灯光昏黄的家里晒出了年夜饭,我没有兴致地做了一人份的晚餐。小区内响不起任何的鞭炮和烟花声,我按照母亲特意的电话叮嘱,摆上双数份菜碗。父亲还在菜摊上忙碌,卖完了才能做一顿凑合的年夜饭。母亲从别的群复制发来长串的祝福语,我和弟弟隔着屏幕回复笑脸表情迎合,却显得苍白无力。

不巧的是,做记者的我当天被要求加入"年夜饭"直播群,配上文、图、视频给读者拜年。我的双手停留在回复界面,不知该用哪个表情来回应。看着朋友圈里同事转的热文《消失的年终奖》齐刷刷地占了一屏,面对再次入群工作的提醒,我终于厚着脸皮给领导发了私信:"今年家里不在一个地方过年,也没有年终奖,能申请不参加吗?"领导没有强求,至少没有让这个大年夜过得更糟。我心一横,从借呗上偷偷地借了六千块,一人三千,给父母当过年红包。

当晚十一点,父亲收工后去了趟依然喧闹的三亚湾,说去看沙滩上的脚印。吹着有些凉的海风,这个年就算是过了。回到合租房,下边是仓库,半夜还在卸货,早上六点就发车,拖车的声音让疲惫的父亲连个深沉的睡眠都不可得。

我们都睡下的时候,父亲脊背有些发凉,在已经没有人回应的微信群里,自顾自地打出几行字,"原来在家卖小菜都不卖,现在跑这么远来卖菜,前世作多了孽。"在人前话不多的父亲学会了发笑哭的表情。

四

一家人整整齐齐愉快地吃年夜饭已经是2017年的春节了。毕业后在广州工作半年,我租了套两室一厅,买好车票,把父母接了过来。

虽然年夜饭仍然是母亲多年来拿手却有些招腻的鸡鱼蛋肉八大碗,但在比老家暖和得多的天气中,一家人行花市、爬白云山、逛沙面岛、吃早茶,让这些在广州生活再普通不过的日子多了柴米油盐之外不同的味道。那一年唯一不愉快的事情,是为了让父母体验一下在电影院看影片的感觉,我瞒着他们买了几张电影票,特意挑了父亲喜欢的战争片《血战钢锯岭》。当知道被我连蒙带骗地要去电影院,母亲拖着脚步边走边叹气,而后看到售票处近 90 元的票价,更是不肯进,坐在休息区低头抹泪,直到我给她看手中的实际票价。只是电影全程中,母亲躺在座位上闭着眼愁着眉没有看一眼。

最近一次和父亲吃饭也已是两年前了。趁回湖南采访的间歇,我回老家待了一宿。父亲一大早给我买来最爱吃的豆腐木耳肉丝米粉,还有一条硕肥的草鱼,准备中午炸红烧鱼。只是,一个人在家不常做"大餐",父亲不熟练地拿筷子翻着一整条鱼在炒锅中两面来回煎,怎么也不能熟透。烧焦的黑烟绕了父亲一身,"没煎好,凑合吃吧"。

两年过去,吃饭似乎仍然是一件不那么容易的事情。

五

大年初一的午后,父亲终于走到了"天涯海角"。花 81 元买了门票,他没有去排在岩石前等待照相的人群队伍里。海水清得可人,海风或许带着和匆匆吃完的午餐不同的咸味。

老板十分难得地请饭店的厨师为两家员工做了一顿开年饭。十个人分着吃一只螃蟹,父亲夹了个蟹腿,"可能是卖不掉的,不好吃,带生抽甜味。大概和龙虾肉一样的味道"。

父亲看着对面玻璃水箱里四五百元一斤的大龙虾,渐渐习惯了有一顿没一顿的日子。有时,老板给父亲带上半份炒粉做中饭,说是自己一人吃不完;有时,老板丢几个破皮的砂糖橘给父亲,笑道"又不会吃死"。对此,父亲只能闷在心里。

年初三,终于来了个女员工加入菜摊,麻利地一股脑把收银机的电线拔了,提高菜价卖出。老板笑得合不拢嘴,轻松下来的父亲并不说话,"由他们去吧"。

但是名为亲戚的老板却要克扣父亲的工资,比别人少结算500元,还当面只发女员工红包,这让父亲终于熬不下去了。"早就没有亲戚的情分了。再过两个月,还完十年前做生意欠下你姐的八千元,就不做了。"母亲虽然为难,但也没说什么。

写完这篇文章已经是深夜十二点,父亲还在进货没有歇下。幸好,一年只吃一次年夜饭。

再听到父亲消息的时候,他已经在前往三亚总站的公交车上了。

昨晚一两点进货回来的途中,因不明原因丢失了一瓶矿泉水,老板不认赔,停下车硬让老爸黑灯瞎火地找回来。和股票绝缘后已经很久没脾气的老爸终于爆发了。

中午十一点,离他出发已经有一个多小时。三亚湾的海水渐去,父亲的语气听起来并不着急。但一年到头几乎从不主动给我电话的父亲,在电话响了几秒后就迅速挂断了,或许他正压抑或纠结着心里升腾起的逃离欲望,只想尽快找到一个能够安身一时的地方。父亲不会用携程,没有提前查票,因而错过了总站的车次。广州也好,邵阳的家也好,都行。他又马不停蹄地赶到三亚西站,靠着早上吃下两个包子的体力,扛着行李,两小时后买上了明天出发来广州的最后一张票。而此刻,他待在汽车站里给手机充电,拒绝了花钱订住宿的请求。

还有明天,明天就好了。

附 录

"故乡纪事·爱故乡非虚构写作大赛" (2019年度)征稿启事

2019年农历岁末临近,"春运"已经开始,数十亿规模的人口要在工作地与家乡之间往返,为的是与家乡父老一起度过中国人最重要的节日。不管何种社会阶层,也不管相隔多遥远,除夕夜总是家庭、家族团圆的幸福时光。那些平日里只有留守老人、留守妇女、留守儿童的乡村,也将迎来奔波一年的亲人,即便再偏僻的地方,也会炮竹声声辞旧岁。酸甜苦辣、千百滋味,都将凝聚在热气腾腾的年夜饭里。春节不光是走亲访友、呼朋唤友的特殊时刻,也是体认风土人情、感悟时代变迁的时刻。

党的十九大以来,中央启动实施乡村振兴战略。习近平总书记强调:乡村要"看得见山,望得见水,留得住乡愁"。实现乡村的可持续发展,需要激活乡村内部的积极性,也需要发挥返乡者的物质和精神支持。

爱故乡文学与文化小组成立于2016年,致力于用文学、文艺的方式来关照故乡、书写故乡。近些年,每到春节前后,移动互联网平台都会流行各种返乡文化,有的情真意切,有的发人深省,也有的猎奇卖弄、消费乡土。为了更好地反映新时代新乡村的新面貌,也为了推动大家热爱故乡、发现故乡之美,我们发起"故乡纪事·爱故乡非虚构写作大赛"(2019年度),期待各行各业的朋友们来写故乡人、讲故乡事、抒故乡情。写作者既可以是返回故乡过年的外来者,也可以是在本乡本土建设家乡的实践者。当然,我们认为的故乡,不止乡村,凡是有生活记忆、有奋斗经历的地方,都是我们心中的故乡,都是值得我们去书写的内容。

在乡村振兴战略背景下的乡村书写,我们提出三点写作建议:

一是文体要求:非虚构写作是一种新闻采访与文学描述相结合的文体,需要充分的调查研究和较强的文学功底,好的非虚构作品既有文学性,也有社会感;

二是写作态度:书写者应该尽量放下批判或赞美故乡的外在视角,需要深入故乡的人情世事之中来体认和观察,尤其是需要放下既有的成见、偏见,侧耳倾听他人的言说故事;

三是工作方法:除了个人化的写作之外,我们特别期望两三个人或三四个朋友组成非虚构写作小组,在相互讨论、辩论中确定选题,共同完成对故乡的时代观察。

相信在这个大时代,肯定有丰富的中国故事和中国经验,我们希望借"故乡纪事"呈现社会的真经验,提出时代的真问题。

具体投稿要求如下:

主　　题:故乡纪事

文　　体:非虚构文学(非虚构小说、非虚构诗歌、散文、随笔、

报告文学、纪事文学、特稿、深度调查、社会学报告、民族志、口述史、人类学田野等）

字　　数：不限

截稿日期：2019 年 3 月 20 日

投稿邮箱：nonfictionpku@163.com

评奖结果发布：2019 年 4 月中旬在北京发布

我们将邀请黄灯、鲁太光、刘忱、黄志友、郭春林、潘家恩、阎海军、范雨素、孟登迎、王磊光、沙垚、张慧瑜等学者、作家、社会工作者担任评委。设立：

年度作者奖 1 名，奖品是：奖杯、证书和五本非虚构经典著作

年度作品奖 1 名，奖品是：奖杯、证书和五本非虚构经典著作

年度故事奖 1 名，奖品是：奖杯、证书和五本非虚构经典著作

年度人物奖 1 名，奖品是：奖杯、证书和五本非虚构经典著作

年度诗歌奖 1 名，奖品是：奖杯、证书和五本非虚构经典著作

优秀作品奖 30 名，奖品是：奖杯、证书和五本非虚构经典著作

获奖作品将优先推荐发表在澎湃新闻"镜相"栏目、"崖边"公众号、"新青年非虚构写作集市"公众号、"爱故乡行动"公众号、"乡村建设研究"公众号等。获奖作者将有机会与国内著名非虚构作家实现一对一互动。

欢迎大家踊跃投稿！

发起单位：

北京爱故乡文化发展中心爱故乡文学与文化小组

西南大学中国乡村建设学院

"新青年非虚构写作集市"公众号

崖边 Mook

评委:

黄　灯:非虚构作家,深圳职业技术学院教授,爱故乡文学与文化小组组长

鲁太光:文学批评家,中国艺术研究院马克思主义文艺理论研究所副所长,爱故乡文学与文化小组副组长

刘　忱:中央党校(国家行政学院)社会与生态文明教研部教授

黄志友:北京爱故乡文化发展中心总干事

郭春林:重庆大学人文社会科学高等研究院教授

潘家恩:重庆大学文学与文化研究中心主任

阎海军:非虚构作家,媒体人,《崖边 Mook》主编

范雨素:作家,皮村文学小组成员

孟登迎:中国社科院大学人文学院副教授

沙　垚:乡村传播研究者,中国社会科学院新闻与传播研究所副研究员

王磊光:作家,江西师范大学文学院讲师

张慧瑜:基层传播研究者,北京大学新闻与传播学院研究员,"新青年非虚构写作集市"发起人

2019 年 1 月 20 日

"故乡纪事·爱故乡非虚构写作大赛"(2019年度)获奖名单

党的十九大以来,中央实施乡村振兴战略,中国进入新时代,乡村要"看得见山,望得见水,留得住乡愁"。实现乡村的可持续发展,需要激活乡村内部的积极性,也需要发挥返乡者的物质和精神支持。

2019年春节期间,北京爱故乡文化发展中心爱故乡文学与文化小组与西南大学中国乡村建设学院、"新青年非虚构写作集市"、"崖边"公众号联合发起"故乡纪事·爱故乡非虚构写作大赛"(2019年度),期待各行各业的朋友们来写故乡人、讲故乡事、抒故乡情。

我们邀请黄灯、鲁太光、刘忱、黄志友、郭春林、潘家恩、阎海军、范雨素、孟登迎、沙垚、王磊光、张慧瑜等学者、作家、社会工作者担任评委。

大赛共设立:年度作者奖1名、年度作品奖1名、年度故事奖1名、年度人物奖1名、年度新人奖1名和优秀作品奖30名等奖项。

我们共收到293篇作品,总字数超过一百万字,经过评委老师的评选,现公布获奖结果如下:

故乡纪事·爱故乡非虚构写作大赛
2019年度作者奖
《村居现状忧思录》
陈年喜(诗人,获2016年中国工人诗歌桂冠奖)

故乡纪事·爱故乡非虚构写作大赛
2019年度作品奖
《寻觅眷恋:一次返乡引发的牧区重思》
阿希塔(中国传媒大学博士生)

故乡纪事·爱故乡非虚构写作大赛
2019年度故事奖
《异国部落归来"乡土重症记者"终返滚烫的脸庞村庄》
刘楠(中国人民大学新闻学院博士生、探村博士联盟发起人)

故乡纪事·爱故乡非虚构写作大赛
2019年度人物奖
《外公的家》
小海(诗人,北京同心互惠公益店店员)

故乡纪事·爱故乡非虚构写作大赛
2019年度新人奖
《一个农村老人的死亡》
张学婷(中山大学新闻系大三学生)

故乡纪事·爱故乡非虚构写作大赛
2019年度优秀作品奖
(排名不分先后)

《我的故乡,没了》
李广旭(上海大学文学博士)

《冬季出发的匠人》

安庆(作家,河南新乡)
《春节返乡笔记》
李若(非虚构作家,河南信阳)
《陇中小村庄的病与痛》
陈子陌(大学生,甘肃陇西)
《我的回家之旅,我的年》
蔡诚(诗人,北京燕郊)
《万楼的水文变迁》
万华山(小说家,编辑)
《我姥娘》
信世杰(上海大学文学博士)
《回乡散记》
郭福来(作家,河北吴桥)
《小公园:迷宫或废墟》
曾雯湘(华南师范大学)
《长治久安》
崔智皓(闽南师范大学)
《回乡书》
陈燕萍(四川大学文新学院博士)
《古羊山娘家记事》
何足辉(海南热带海洋学院)
《行将消失的民间职业戏班》
刘志红(钢琴教师、音乐人类学硕士,江西樟树)
《父亲的春节流浪日记》
九月(前媒体工作者,湖南邵阳)
《西海固的悲悯》
赵会喜(魏县实验学校教师)
《每个人都需要老有所依》
蒋建梅(南京财经大学新闻学院教师)
《戈壁递给我的三杯茶》

李娜(阿拉善电业局修试管理处)
《石头的漫漫乡建路》
李文英、李勇(李文英,语文教师;李勇,宣传部门工作。山西武乡)
《回乡见闻之刘大哥的故事》
陈一伊(北京外国语大学中文系学生)
《回乡记事》
微尘(木匠,北漂)
《断桥的故乡》
徐良园(瓦工,北漂)
《团结与裂化:我的猪年黔鄂双村散记》
姚华松(广州大学广州发展研究院,城市规划师)
《68岁老男人的人生过往与手机世界》
甘庆超(云南大学新闻学院博士研究生)
《2019沙井村春节期间见闻》
史庆芬(爱故乡人物,《沙井村纪事》作者,北京顺义)
《麦子熟了》
郑云霞(湖北省钟祥市)
《拾荒"妖怪":平凡践初心,老者爱无疆》
赵丽娜(温州大学)、赵卫波(延安大学)、王琪(东北师范大学)
《我们》
杨晓霞(深圳)
《大礼堂》
黄亚洲(空调维修工,"美篇"签约作者,湖北)
《时代侧影:给历史一个回声》
梅赞(诗人、散文作家,湖北)
《故乡·童年·四季》
曹瑾(重庆)

恭喜获奖作者,期待更多的朋友参与到爱故乡活动中!